LA FELICIDAD

Autores Españoles e Iberoamericanos

LLUÍS-ANTON BAULENAS

LA FELICIDAD

Traducción de
Luis Santana

Planeta

Diagonal, 662-664, 08034 Barcelona (España)

Primera edición: enero de 2006
Segunda impresión: febrero de 2006

Depósito Legal: M. 5.049-2006

ISBN 84-08-06452-5

Composición: Rali, S. L.

Impresión y encuadernación: Brosmac, S. L.

Printed in Spain - Impreso en España

AGRADECIMIENTOS

A mi amigo Jordi Català. Por sus conocimientos sobre el tema, por sus mapas, por sus diagramas y, sobre todo, por la pasión compartida por nuestra ciudad.

A Josep M. Huertas Clavería, por su amistad y su magisterio.

Gracias a ellos —y al servicio de hemeroteca de *La Vanguardia*—, esta novela se puso en marcha con el mejor de los presagios.

También a Q. M., disculpándome, si ha lugar, por el homenaje sin permiso. Disfruta del mejor de los mundos, y eso para mí significa la felicidad.

PRIMERA PARTE

1

Una mujer y una foca. Cada día, tarde y noche, una mujer joven y atractiva y una foca gorda y vieja de ojos empañados.

Sobre un escenario, dentro de una gran pecera, la bella y la bestia danzando bajo el agua.

En el foso, tal como lo hacía en las funciones de cinematógrafo, un pianista remarcaba con acordes enérgicos los momentos estelares de la actuación.

La muchacha se abrazaba a la foca como si formasen un matrimonio. Se desparrancaba y se aferraba al animal rodeándolo con los muslos. Tan pronto lo acariciaba como lo golpeaba con los puños; tan pronto parecía querer seducirlo como pelearse con él. Le cogía la aleta y, dándole golpecitos, simulaban pedir a la concurrencia que echase dinero.

Entonces el pianista se lucía y el público, básicamente masculino, como obedeciendo a una señal convenida, comenzaba a aplaudir y a patear, a lanzar gritos y a silbar. Luego se desmelenaba del todo cuando la mujer y el animal salían a tomar aire y se quedaban con la barbilla graciosamente apoyada en el borde de la pecera.

Indudablemente era una buena atracción, una de las mejores del Paralelo. El público barcelonés, que era un público entendido y lo sabía apreciar, volvía a llenar cada noche el Pabellón de los hermanos Soriano. Y más aún cuando en uno de los números salía una bella protagonista, prácticamente desnuda, con aquel traje de baño de fantasía y lentejuelas que se le ceñía al cuerpo como una segunda piel.

Entre el público de aquel helado viernes del primero de enero de 1909, distraído como siempre, se encontraba un joven de mirada huidiza y felina como de gato doméstico, alto, bien plantado, y con el aire de quien va por el mundo perdonando a los demás. Aplaudía con desgana y a destiempo. Ni siquiera se había quitado los guantes verdes de cabritilla. Se trataba de Deogràcies-Miquel Gambús, ladrón de cuarta generación, ladrón vocacional, ladrón de cuerpo entero, ladrón de manos limpias y ropa cara. Un ladrón bien perfumado pero ladrón al fin y al cabo, dedicado en cuerpo y alma a su oficio como lo habían estado su madre, su abuelo y su bisabuelo.

Además era abogado. Por esa razón sabía que en su familia eran ladrones en el sentido clásico y estricto de la palabra. Sin bromas ni ironía, con absoluta seriedad, les explicaba a sus íntimos que los latinos llamaban a los ladrones «fur» o «latro». Y que «fur» estaba relacionado con el verbo «fero», el cual, en una de sus diez o doce acepciones principales, quería decir «me llevo», «arrebato», «arranco» y hasta «saqueo». Y añadía:

—Tanto es así, que en la familia Gambús nos llevamos las cosas de los demás desde tiempos inmemoriales. «Latro» está relacionado con «lateo», que significa «me oculto». Más claro, imposible: me llevo las cosas y me escondo; tomo, *distraigo* objetos que no son míos, materiales o inmateriales, con animus dolendi directo o no, y después me evaporo o me busco la vida.

He aquí la descripción de las principales actividades de la familia Gambús durante los últimos cien años.

En el Pabellón Soriano, los gritos del público se elevaron por encima del tono habitual y el joven Deogràcies-Miquel, aunque fugazmente, volvió a prestar atención al espectáculo. Era cliente de la sala desde su apertura, cinco años atrás, cuando los actuales dueños absorbieron el anterior local, el famoso Trianón, cuna artística y catapulta triunfal de la inmortal Bella Chelito. Por aquel entonces no tenía necesidad de acudir medio de incógnito como ahora. Tenía menos preocupaciones, era más joven, fornicaba con más alegría y estudiaba Derecho. Su madre lo había obligado a cursar la carrera:

—Cuanto más a fondo conoces las leyes, más a fondo te las puedes saltar. No siempre gratis, es verdad, pero como todo en la vida, se trata de valorar los pros y los contras. Un abogado con una ley en la mano puede robar y estafar más que una pandilla de desharrapados con una pistola. Lo entenderás en seguida. —Y añadió, visiblemente contenta—: La estafa es consustancial a tu naturaleza, la llevas en la sangre. Al día siguiente de tu nacimiento, a la edad de un día, ya deberían haberte metido en prisión preventiva. No lo hicieron entonces y perdieron la oportunidad.

Lo cierto es que no le gustaba mucho que Deogràcies-Miquel fuese al Paralelo. Y no se trataba de razones morales, ni mucho menos. Sencillamente, como buena profesional del delito que era, tenía muy en cuenta las cuestiones de seguridad. Había tenido dos hijos y Deogràcies-Miquel era el único que le quedaba vivo. No quería que le sucediese nada. Tenía miedo de que algún hecho fortuito, una mujer, una redada por sorpresa de la policía, una bomba anarquista... pusiera en peligro el futuro de la familia.

Pero él, quitándole importancia, le explicaba que precisamente en el Paralelo recibía lecciones imprescindibles como complemento a su preparación:

—Mire, madre, hay una artista, una muchacha muy fina, que canta una canción que hace referencia a una pulga. Resulta que la pulga se ha instalado en lo más recóndito de la ropa de la pobre desgraciada. Sobre todo en su ropa interior. La pulga le pica y la tiene mortificada. Y la chica venga a rascarse como una loca y a buscarla. Lógicamente tiene que ir quitándose ropa para facilitar el trabajo. Y el público, por compasión, la ayuda. Es entonces cuando...

¡Zas! La bofetada le dejó los cinco dedos maternos de la mano derecha estampados en la cara.

—No es más que un vulgar número de *deshabillé*. A mí no me vuelvas a contar marranadas. ¿O es que tú también has subido a buscarle la pulga? —añadió secamente la señora.

Mientras ella se retiraba a sus habitaciones y él se palpaba la mejilla, en voz baja y sonriendo le contestó:

—No se lo voy a negar.

La mujer se detuvo y se dio la vuelta. Casi con desprecio le dejó caer:

—¿Es que acaso es tu puta, esa hija de... pulga?

—No, madre —respondió el muchacho, impresionado por aquella insólita exhibición de falta de humor—. Pero he visto cómo iban detrás de la famosa pulga presidentes de la Audiencia, aristócratas, diputados provinciales, tenientes coroneles, grandes industriales, terratenientes e incluso obispos, todos más o menos disfrazados y todos más o menos bebidos. Gente muy importante que...

—Ya veo por dónde vas. Pero déjame decirte una cosa: en nuestra casa el chantaje no ha sido nunca una finalidad, sino un simple medio. Los chantajistas nunca llegan a viejos. Todos acaban sufriendo de arteriosclerosis y se mueren de un ataque de apoplejía, si es que antes no los han matado.

Y allí se quedó Deogràcies-Miquel Gambús, boquiabierto y boqueando como un pez fuera del agua, víctima una vez más de la confusión provocada por una respuesta materna.

La foca acababa de salpicar al público de la primera fila, que se había apartado casi a la vez describiendo una especie de ola. El animal simulaba graciosamente unos estornudos y la muchacha intentaba sonarle la nariz con una sabanita. La gente se mondaba de risa. El pianista, que oficiaba de maestro de ceremonias, se dirigía al graderío y escogía a un espectador al azar que dejaba de reír en seco. Hacía que el privilegiado cogiese una sardina fresca de un cesto. En ese estado de nervios, con la sardina en la mano, lo hacía subir sobre un taburete y, apoyado contra la pecera, le pedía que levantase el brazo lo más alto posible. Entonces, foca y mujer, nadando desde el fondo, salían disparadas para cogerle el pescado con la boca. Si era el animal quien lo conseguía, la muchacha intentaba quitárselo con los dientes y dar así la sensación de estar dándole un beso en la boca. Si era ella quien llegaba primero a la sardina, era la foca quien atacaba. Había excitación en el ambiente.

Dentro de la pecera volvían a pelearse. La muchacha salió un segundo para tomar aire, se zambulló, se colocó a la espalda de la foca y con un brazo la estrechó por el cuello como si quisiese ahogarla. La bestia se agitaba con fuerza dentro del agua y volvió a salpicar al público de la primera fila, incluyendo esta vez a Deogràcies-Miquel, que se espabiló de pronto, se dio cuenta de que se le habían mojado los guantes de cabritilla y se enfadó. En aquel momento, la foca estaba arrinconando a la muchacha en un ángulo de la pecera para impedir que volviese a la superficie.

Los espectadores no paraban de silbar y patear sobre

el suelo de madera. Algunos incluso insultaban a la foca con imprecaciones de imposible aplicación como por ejemplo «puta foca». Una foca nunca puede ser puta, pensó Deogràcies-Miquel Gambús. Una gallina parece que sí, es de sobra conocido, pero de una foca aún no hay nada escrito.

El piano parecía a punto de estallar. La muchacha movía los brazos como una demente, abría y cerraba la boca, soltaba burbujas, abría desmesuradamente los ojos... Su cara se volvió de color lila: se ahogaba... La gente fue callando progresivamente hasta que se hizo el silencio. De repente se deshizo del abrazo mortal de la bestia y, triunfante, salió a respirar entre un clamor de locura que, procedente del graderío, pudo oírse en la calle.

Cada día, tarde y noche, una mujer joven y atractiva, y una foca gorda y vieja de ojos empañados.

El joven Deogràcies-Miquel observó a la chica un momento, posó de nuevo sus ojos en la larga cabellera de color caoba, volando bajo el agua en mil trenzas que parecían sostenidas por un globo aerostático. Le pareció agradable. Le pareció simpática. ¿Dónde la había visto? Era un pedazo de mujer. Y con aquel cabello... Un recuerdo le rondaba en la memoria vagamente pero no conseguía materializarlo. Así que lo dejó correr, bastante ocupado ya con sus preocupaciones.

Porque se daba el caso de que el joven Deogràcies-Miquel Gambús, conocido familiarmente como Demi, debía determinar el momento de su entrada oficial en el mundo de los negocios de la familia. Su madre, la matriarca, doña Miquela, se jubilaba. Toda una vida dedicada al latrocinio llegaba a un digno final, el mejor: no solamente no la habían relacionado nunca con la cadena de delitos que a lo largo de más de cuarenta años había cometido, sino que había aumentado el patrimonio familiar de un modo escalofriante, espectacular y grandioso: eran más ricos y, por encima de todo, mucho más respetables que la generación anterior.

Una marca difícil de superar, dijo para sí el joven Deogràcies-Miquel Gambús, que permanecía sentado cuando todo el mundo volvía a levantarse para aplaudir...

La familia Gambús había llegado a Cataluña, a comienzos del siglo anterior, acompañando en su regreso desde Francia a Fernando VII. Un oscuro asunto obligó al bisabuelo, Miquel Gambús I, a instalarse, en una especie de exilio, en un pueblecito de la ribera del Ebro situado entre Mora y Tortosa llamado El Cagaire. Con bastante dinero, pero casi a escondidas. Desde el anonimato, rodeado de algarrobos y almendros, con el mote de «el Gabacho», fue creando una red de poder que en pocos años creció de modo espectacular. Era el mejor en la práctica del soborno y en el uso de testaferros. Y fue de los primeros en comprender que robar información era más productivo que robar oro.

Ya era alcalde del pueblo cuando le tocó vivir una crisis que para cualquier otro habría sido definitiva. Lo juzgaron y lo encarcelaron durante el Trienio Liberal por haber mantenido su fidelidad al ex rey Fernando. Pero Miquel Gambús I *el Gabacho,* salió adelante. Tuvo que emplear mucho dinero en ello, pero salió airoso del apuro. Durante mucho tiempo un hecho fue recordado con admiración: encerrado en la prisión de Lérida, los guardianes tenían órdenes expresas no sólo de protegerlo y evitarle cualquier molestia, sino de velar porque no le faltara de nada. Desde su celda, el señor Gambús siguió controlando la vida de su pueblo y administrando sus negocios.

Una vez repuesto el rey Fernando gracias a las tropas aliadas europeas, el prestigio y el poder del viejo Gambús llegaron a ser inimaginables. Abandonó la prisión a hombros de sus carceleros, como un torero, entre alegres aclamaciones. Dedicó un día entero a distribuir propinas especiales entre el personal penitenciario y a regalar dotes a las hijas de otros presos. Fundó un centro para tuberculosos en la capital del partido judicial y le entregó un generoso donativo al párroco local. Incluso los alcaldes de otros pueblos de la comarca acudieron a él en busca de consejo. Pasó de ser Miquel Gambús I *el Gabacho*, a Miquel Gambús I *el del Rey*. Instalado de nuevo en el pueblo, lo primero que hizo fue ordenar la detención del iluso que había tenido el atrevimiento de sustituirlo como alcalde durante el año y medio que había estado en presidio. Hizo que lo atasen desnudo sobre una mesa situada en medio de la plaza Mayor del pueblo. Con toda parsimonia se calzó sus guantes blancos de hilo, dedo a dedo, y le cortó los testículos con unas tijeritas de costura para que el suplicio fuese mayor. Cuando acabó, se los tiró a los perros para que se los comiesen. Lo hizo en público y ante los cabeza de familia del pueblo. Del pobre castrado no se volvió a saber nunca más y entre la gente se rumoreaba que se lo había vendido como eunuco a un reyezuelo de la lejana Costa de los Esclavos. Ni que decir tiene que el hecho no trascendió los límites del término municipal.

Fue sucedido por su hijo, Miquel Gambús II, conocido como «el Mierda», debido a su inclinación por darse aires de grandeza. Alcalde vitalicio de El Cagaire, como su padre, vivió hasta 1899 rodeado del respeto de sus conciudadanos. El pueblo cambió mucho gracias a él. Incluso lo hizo de nombre. La denominación única, tradicional y oficial del lugar había sido desde siempre, por razones obvias, la de El Cagaire: el río, encajonado en la montaña, trazaba una curva muy cerrada que, a vista de pájaro, parecía el culo de una persona en posición de defecar. Como la figura de un *caganer* del belén. El segundo de los Gambús, deseoso de comenzar su mandato con una acción simbólica y al tiempo espectacular, mandó llamar al señor párroco y lo interrogó sobre el nombre. El párroco precisó que en los primeros documentos en que se aludía al pueblo, allá por el lejano siglo IX, ya aparecía denominado así. El «Ille Caccariu» del bajo latín había evolucionado tranquilamente hasta El Cagaire catalán. Tranquilamente hasta la llegada del segundo de los Gambús, claro, que no estaba dispuesto a vivir en un lugar con una denominación como aquélla. Miquel Gambús II *el Mierda* le echó un poco de imaginación. ¿No existían Alguaire, Albaida, Alfara, Alfabia, etc.? Con un pequeño retoque en un texto medieval y el soborno a un diputado provincial consiguió que la población conocida durante mil años como El Cagaire pasara a llamarse oficialmente Alcagaire de la Roca. Y sus habitantes, de ser conocidos como «cagadines», pasaron a serlo como «alcagaireños».

Temerario y a la vez calculador, astuto, violento si llegaba el caso, siempre al acecho, el pueblo prosperó con él, pero era de conocimiento público que había saqueado, robado y matado cuanto le había sido preciso. Sin ningún remordimiento, sin ocultarlo. Más sanguinario aún que su padre, cuando algo le interesaba, pobre de quien se cruzara en su camino: se lo quitaba de encima como quien se sacude una miga de pan de la manga. Sin preocuparse ni por las formas ni por el momento.

Jamás ningún tribunal de justicia pudo demostrar nada contra Miquel Gambús *el Mierda*. Era la época dorada del caciquismo y la red de intereses económicos y, sobre todo, políticos, de la familia, lo habían hecho prácticamente intocable. Sólo una vez erró en sus cálculos y ocurrió al final de su vida. Subestimó el poder temporal de la Iglesia, se dio de bruces con ella por una cuestión formal y tuvo que ser enterrado como un paria.

Ahora nos encontrábamos de lleno hacia el final de la era de su hija, doña Miquela, quien, operando con tanta eficacia como sus dos ilustres antepasados y, no hace falta decirlo, sin llevarse a tantos por delante en virtud de cierto toque imaginativo, había estado a punto de lograr la cuadratura del círculo. De no ser por el cariz delictivo de sus actividades, ya se habrían escrito libros sobre ella. Era la gran Miquela, internacionalmente célebre. Abrió un nuevo camino en la forma de obtener ingresos para la familia; una vía incluso artística, creativa, que ya funcionaba a pleno rendimiento en vida de su padre, entre 1880 y 1890: la falsificación de los resultados de las elecciones. En una época en la que abundaban los fraudes electorales, sólo ella era capaz de hacerlos sublimes, como tocados por la mano de Dios Nuestro Señor; indemostrables, perfectos. En Alcagaire tenía un laboratorio donde inventaba y experimentaba los métodos más diversos y sofisticados, desde la construcción de urnas de falsedad indetectable a la creación de centenares de personas inexistentes que únicamente tomaban cuerpo para ir a votar. Pedía cifras astronómicas por garantizar la victoria electoral y apalabraba acuerdos por los que, si no se conseguía el fin propuesto, no cobraba. No falló nunca. Y aun hoy, ya retirada, algunos de los personajes más importantes del reino, en señal de agradecimiento, se disputaban el honor de sentarla a su mesa.

Pero ya tenía sesenta y tres años y el corazón le decía que era el momento ideal para retirarse. Tal como había hecho su padre con ella, había llegado la hora de traspasar el poder a su hijo. Desde que se habían trasladado a

Barcelona hacía nueve años, lo había estado preparando intensivamente para aquel momento. Durante ese tiempo, además de conservar la vara de alcaldesa de Alcagaire, se había consagrado a dos objetivos básicos: vengarse de los que se habían atrevido a humillar a la familia en la muerte de su padre y formar a su único hijo, a su heredero.

Como se ha dicho, Deogràcies-Miquel era un muchacho genéticamente falto de escrúpulos, marca que había hecho grande a la estirpe de los Gambús. Doña Miquela lo advirtió en seguida. Un día, cuando aún era pequeño, en el salón de baile de la casa solariega de Alcagaire, sujetando una copa de coñac francés en la mano, su madre le explicó:

—Un ladrón lo es porque roba, ¿no? Pues al verbo robar, en nuestra querida lengua catalana, llana y sencilla, se añade el término «joder» a todos los sinónimos conocidos y parecidos de otras lenguas vecinas y hermanas. Alguien dice «me han jodido el reloj». Yo digo: «Se lo he jodido en sus narices y ni se ha dado cuenta.» El componente doloroso del empleo de «joder» en el primer caso, relacionado con el significado original del verbo, es muy claro. Se trata de un dolor no solamente moral, sino casi físico: me han jodido bien jodido. Por el contrario, cuando yo le «jodo» algo a alguien, el sentido es completamente al contrario, expresa un placer casi sensual: te he jodido bien jodido. ¿Lo entiendes?

—Sí, madre.

—¡Qué vas a entender...! Pero qué coño, ya llegará el momento. Aún no eres más que una mierdecilla de niño. Mira lo que te dice tu madre: desconfía de quien usa el verbo «robar» en vez de uno tan versátil y contundente a la vez como «joder». No hay color. Al lado de «joder», «robar» semeja un pariente aburrido, un cuñado mezquino, una madrina miserable, una especie de sobrino raquítico...

Si ya llegamos al caso de un remilgado que en vez de «robar» usa palabras como por ejemplo «sustraer», no esperes ni un segundo y mátalo. Mátalo, Demi. Liquídalo sin piedad porque, si no te la ha jugado, te la jugará. Tenlo siempre presente. La historia de los Gambús es una historia de ladrones, no hay por qué ocultarlo. Pero eso sí, ladrones catalanes; al mismo tiempo que robamos, jodemos.

Nunca lo había olvidado.

Acabó la carrera, abrió un despacho profesional que a menudo funcionaba como tapadera legal de otras actividades familiares y se aplicó en dejarse aconsejar por su madre, empeñada como estaba en hacer de su hijo un ladrón de provecho.

Así había ido pasando el tiempo hasta el presente. Y el resultado, aun sin ser malo, no acababa de ser del todo satisfactorio tanto para la madre como para el hijo. Para él, porque intuía que quizá la genética no había funcionado al ciento por ciento y no estaba seguro de poder sustituir sus carencias con la simple aplicación. Para ella, porque sospechaba que tal vez se había equivocado y había sobrevalorado las posibilidades del hijo...

Por eso se daba el caso de que, antes de jubilarse, la matriarca le exigía una acción espectacular. Sus antepasados habían protagonizado unas cuantas a lo largo de su vida. Ella se la exigía ahora, sin casi ninguna experiencia, para demostrar su temple. Le había dado a entender claramente que todos los recursos de la familia estarían a su disposición. Sin embargo quería asegurarse:

—Si te ves con fuerzas, durante mi fiesta de jubilación anunciaré solemnemente tu nombramiento como jefe absoluto del entramado de los negocios familiares. En caso contrario... En fin, que si tengo que seguir pilotando la nave de la familia hasta que me muera, lo haré —recalcó la vieja—. Pero me gustaría saberlo en seguida.

El espectáculo había concluido y la gente abandonaba la sala. Dentro de la pecera, el animal descansaba; se había ganado su salario. La muchacha ya no estaba. El pianista secaba con un trapo las salpicaduras de agua que se habían depositado sobre la tapa lacada de su piano. Cada día, tarde y noche, una mujer joven y atractiva y una foca gorda y vieja de ojos empañados.

Sin mucho interés, Deogràcies-Miquel Gambús echó un último vistazo al escenario. La mayoría de las veces iba a los locales del Paralelo para poder reflexionar en paz, sin que la función le importase. En otras ocasiones se dejaba caer por allí para divertirse. Pagaba por una mujer de la vida, seducía a una cupletista o echaba mano de una de sus amantes ocasionales y se las llevaba a pasear por los alrededores. Estas últimas, poco acostumbradas, se le pegaban como un molusco y él las hacía transitar entre el gentío para que las mirasen bien miradas. Y ellas se le pegaban aún más, temerosas y excitadas a la vez. En una familia barcelonesa como es debido, el Paralelo como concepto, sencillamente, no existía. Era *terra incognita*: mujeres, tantas como se quisiera; damas, ni una si no era por causas de fuerza mayor. La nueva burguesía barcelonesa temía y despreciaba el Paralelo por su aire permanente de tierra de nadie, de sitio fronterizo, abierto y desordenado las veinticuatro horas del día. Deogràcies-Miquel Gambús se aprovechaba de ello para «ablandar» a sus amantes: no las devolvía a la civilización hasta que sus ropas no se habían impregnado del pestazo a anís mezclado con el de ron; el del petróleo de las lámparas y el del humo del tabaco. Porque pensaba que, según qué tipo de mujer fuese, había que ponerla a remojo como el bacalao. Después, sólo por el hecho de volver a llevarlas a casa, entre tules y sedas, se deshacían como confites y le dejaban hacer todo lo que quisiera, que frecuentemente tenía más relación con los negocios que con el amor.

Deogràcies-Miquel Gambús se encontraba a gusto en el Paralelo porque, pese a todas sus contradicciones, él era y se sentía ladrón. Del mismo modo que un cura no se siente nunca extranjero en ningún lugar del mundo mientras tenga una iglesia a la que acudir a refugiarse, él, en los ambientes más mestizos, se encontraba en seguida como pez en el agua. En el Paralelo había de todo: marineros extranjeros que subían del puerto, campesinos endomingados, gentes de mala vida, artistas, charlatanes, putas, empleados sin trabajo, obreros... Además, de vez en cuando se dejaba caer por allí alguna figura relevante de la sociedad barcelonesa. De paso o de celebración, de riguroso incógnito o no. Éstas eran las víctimas más interesantes, aunque a veces era necesario guardar turno a la hora de intentar estafarlas.

De ahí habían salido algunos de los negocios más importantes que había hecho Deogràcies-Miquel durante los últimos años, siempre a modo de prácticas y manteniendo al corriente a su madre. En ocasiones se trataba simplemente de establecer un contacto que podía derivar en algo importante, aunque fuera necesario recurrir al chantaje. Otras veces se daba cuenta de que había que actuar de inmediato. En estos casos no dejaba pasar la oportunidad y golpeaba fuerte, seco y contundente. Era la marca Gambús.

Una vez en la calle, se caló la gorra y se subió las solapas de la chaqueta. Sacó la petaca del bolsillo y comenzó a liarse un cigarrillo. En la puerta del teatro había dos obreros discutiendo acaloradamente y se detuvo a escucharlos, más por costumbre que por interés. Debían de haberlos echado de algún café de los alrededores. El más joven tenía un flequillo rebelde que le caía sobre los ojos. Cuando se cansaba de apartárselo con la mano, lo hacía soplando hacia arriba. Buen mozo, fornido, barba espesa, sin bigote, con patillas, vestía unos pantalones de felpa gris. Tendría unos veinte años y hablaba con una energía impropia para la hora que era. Su compañero, ya en la cincuentena, medio dormido, escuchaba y se sorbía los mocos. El frío era intenso. Ambos, además de la gorra y las alpargatas, llevaban el mismo blusón azul, que debía de haberles suministrado la empresa para la que trabajaran.

—¡No puede ser que no sea de ningún partido ni sindicato! —decía el más joven—. Todo el mundo se está uniendo. ¿Qué me dice de la Solidaridad Obrera? ¡Hágase del Partido Radical como yo!

El otro lo observó con toda la calma y le respondió:

—No te esfuerces tanto conmigo, y menos a estas horas. Llevo fundiendo vidrio desde los once años. Es un material que siempre tendrá demanda, con huelgas o sin ellas. Fundir vidrio es un trabajo como es debido; el único que he tenido en mi vida. No sé hacer ninguna otra cosa. ¿Qué trabajo me daría tu don Alejandro Lerroux? Hala, hasta mañana, que es tarde.

Y se fue.

El muchacho se quedó en silencio, pensativo y soplándose las manos. Deogràcies-Miquel Gambús estaba a punto de ofrecerle tabaco para consolarlo cuando se le acercaron a un mismo tiempo una vieja que quería venderle un ramo de rosas mustias y una gitana para venderle ajos. Con toda la parsimonia del mundo se sacó el reloj del bolsillo y comprobó que eran casi las dos de la madrugada. Únicamente en Barcelona, en el Paralelo, a aquellas horas, podía encontrarse a dos obreros discutiendo de política y presentársele aquel par de espantajos.

Compró las rosas y se las regaló a la gitana. Compró los ajos y se los dio a la vieja. Eran cosas que lo animaban. Desgraciadamente, su madre tenía razón: hacía nueve años que vivía en Barcelona y estaba encantado con la ciudad. Le gustaba el Paralelo. Y hacer negocios. Y eructar en el Círculo del Liceo apostando al bacará. Y dos olores: el de las damas barcelonesas después de haber follado y el de la *brochette de foies de volaille* que servían en el Suizo. Todo le gustaba.

Del bolsillo de los pantalones sacó una cajita de plata con píldoras de estricnina. Allí mismo se tragó una, sin agua. Resultaba curioso que ese mismo producto, según la dosis, fuera un estimulante o un veneno. En Barcelona lo usaban para matar ratas y, en el viejo pueblo de Alcagaire, para matar perros y raposas. Fue allí donde, siendo muy joven, tuvo conocimiento de sus otros efectos, tan atractivos e interesantes, gracias a un médico poco escrupuloso que ejerció en el pueblo una temporada.

Hacía nueve años que vivía en Barcelona y cada día se preguntaba cómo podía haber prescindido de ella con anterioridad.

2

Le parecía que la habían atrapado y no sabía ni cómo ni cuándo ni dónde.

Cada noche, y más de una tarde, en remojo dentro de una pecera gigante, magreándose con una foca.

Fin de la función. Cabeza mojada. Piel reblandecida y arrugada. Frecuentes migrañas debidas a períodos demasiado largos bajo el agua sin respirar. Moratones en las piernas y en los brazos porque, a veces, la foca no calculaba bien la fuerza de los golpes.

Camino de casa, resfriada, helada y exhausta. Por las mañanas se levantaba tan cansada como lo estaba al acostarse la noche anterior. Todo un año trabajando en el Pabellón Soriano y no había podido ahorrar ni dos reales.

Nonnita Serrallac había ido allí a pedir trabajo porque la programación de aquella sala, contrariamente a lo que era habitual en el Paralelo, tenía más que ver con el circo que con el music-hall. La explicación era muy simple: se trataba de la especialidad que mejor conocían sus dueños, los hermanos Soriano, castellanos de Salamanca con antecedentes familiares de charlatanes y feriantes. De hecho, pared con pared con su flamante Pabellón, mantenían aún la caseta donde cada domingo por la mañana subastaban todo tipo de artículos, desde cazuelas a despertadores.

Nonnita Serrallac se había presentado allí hacía casi un

año, con los restos de su circo. La última gira había sido un desastre. Volvían arruinados de tierras castellanas. Abandonados por los dueños en Madrid, intentaron el regreso a Barcelona sin dinero, casi sin poder alimentarse y con el invierno a las puertas. Eran tres caravanas con personas y un carro con animales: un león desdentado, una serpiente que ya no mudaba de piel, una foca con los ojos empañados y el loro *Trinitat*, tirados por las correspondientes caballerías: cuatro mulas y una yegua. Entre las personas se encontraban Tomàs Capdebrau, antiguo sastre y ex administrador, Nonnita Serrallac, dos equilibristas, un guitarrista —que, según conviniera, cantaba canciones napolitanas o andaluzas—, dos payasos y una bailarina. A la altura de Alcalá de Henares, los equilibristas se lo pensaron mejor y se unieron a un grupo de saltimbanquis con el que se cruzaron y que se dirigían hacia Galicia. Al paso por La Almunia de Doña Godina, los dos payasos tuvieron una revelación: hartos de hacer reír cuando en realidad lloraban por dentro, resolvieron cambiar de vida y empezar de nuevo como personas formales y decentes. El guitarrista fue detenido por la policía municipal de Zaragoza y allí se quedó sin saber muy bien por qué. Más tarde tuvo lugar el episodio en el que una mula le soltó una coz a Tomàs Capdebrau y lo dejó idiotizado. Y, pocos días más tarde, cuando éste aún no se había recuperado del todo, la pobrecita bailarina se murió de unas fiebres. Fue muy triste. Murió en un villorrio de nombre tan poético como Nuez de Ebro. Las cataplasmas de cabezas de arenques amasadas con unos polvos extraños no sirvieron de nada. Tras una semana entera poseída por la fiebre y la tos, la muchacha, de nombre Elisabet Cors, tan fina y delicada, se fue al otro mundo maldiciendo. Lo hizo cagándose en Dios por haberle dado una vida tan corta y una muerte tan perra. Como última voluntad le pidió a Nonnita Serrallac que la enterrasen vestida con su tutú y sus zapatillas. Y así se hizo. Eran pobres como ratas y no tuvo ni un ataúd decente. Arrancaron un par de tablones de una de las tartanas y colocaron a la muerta en medio, entre tabla y tabla, como un bocadillo. Lo ataron todo con un cordón dorado acabado en una borla de pana roja arrancado de una cortina. Nonnita Serrallac la acompañó a la fosa común. «No te puedes quejar», le dijo a la bailarina. «Tendrás más suerte que muchos de nosotros: enterrada de verdad, nada de nichos...» El sepulturero retiró una lona que cubría un hoyo hecho en la tierra. Nonnita Serrallac borró mentalmente lo que acababa de decir: el agujero era más estrecho de lo normal y tenía un charco de agua en el fondo. Habría humedad. El hombre declaró muy orgulloso: «Nuestro pueblo es pequeño y muy formal. Gracias a su amiga podremos inaugurar la fosa común. No se preocupe, la encajaremos de costado...»

Para sobrevivir hasta Barcelona fueron vendiendo sus pertenencias. Los propios carros y caravanas, a medida que se fueron estropeando, fueron desmontados y reducidos a leña para cocinar y calentarse. A los animales, o los subastaron en las ferias, o se los comieron, la serpiente incluida. A lo largo del camino fueron estafados, atracados y recibieron alguna que otra paliza. En Cervera coincidieron con una caravana de putas francesas que se dirigía a Madrid, con las que fueron confundidos, pese a que ellos iban en dirección a Barcelona. Cuando se aclaró el malentendido los expulsaron igualmente, que putas y feriantes eran la misma cosa. Siguieron a marchas forzadas y, como Napoleón en Rusia, fueron dejándose la piel, tanto ellos como los animales.

Además de Nonnita Serrallac, consiguieron llegar a la tierra prometida barcelonesa la foca, que había sobrevivido dentro de una bañera desportillada, un loro real, llamado *Trinitat*, un carro alargado color lila de cuatro ruedas y adral bajo, tirado por una mula esmirriada, y el pobrecillo Tomàs Capdebrau, disminuido mental a causa de una coz.

Era un ejército derrotado que pedía asilo político a la puerta generosa del Pabellón Soriano.

Los dueños, después de ver a la muchacha ejecutar un par de números, la contrataron sin dudarlo un momento. Y cuando ella insinuó que no podía dejar tirado al grupo de animales irracionales, Tomàs incluido, que la esperaban en la calle, acabaron por acogerlos a todos. Incluso se hicieron cargo del mentado Tomàs Capdebrau, al que la conciencia le iba y le venía sin avisar. En los momentos de lucidez hacía de todo: de vigilante, de vocero para atraer clientes, de portero... Alimentaba a los animales y fregaba el suelo... Cargaba y descargaba... Pero de repente comenzaba a perder vitalidad. En esos momentos parecía estar, pero en realidad había comenzado la huida. Luego se quedaba quieto, como si se le hubiese acabado la cuerda, con los ojos abiertos fijos en un punto. Entonces lo sentaban durante un rato en un taburete, hasta que se recuperaba, cansado y sin recordar absolutamente nada. La muchacha sufría mucho por él. Temía que un día se escapara y se perdiese. En aquellos días Barcelona estaba llena de desgraciados. En cada esquina encontrabas idiotas, mutilados, ancianos abandonados a su suerte... Un carrito de una asociación piadosa recorría las calles cada dos días y recogía a los que hallaba muertos, sobre todo en invierno. Sin Nonnita, Tomàs Capdebrau no habría durado vivo ni una semana. Los hermanos Soriano le permitían ocupar un pequeño cobertizo detrás del teatro, junto al lavadero, con la foca, el loro y la mula.

A cambio de aquel montón de favores, Nonnita Serrallac actuaba por un precio razonable y, según conviniera, cambiaba de personaje. En un año había sido «La Bella Tere, bailarina y transformista», la célebre «Miss Waloby, admirada por sus palomas amaestradas y el loro *Trinitat*», la famosa «Mademoiselle Antoinette, maravillosa imitadora de pájaros». Ahora interpretaba a «La intrépida Frida, la amazona del mar» o «La Bella y la foca salvaje».

Cada noche, y más de una tarde, en remojo dentro de una pecera gigante, magreándose con una foca.

Tenía ganas de llegar a casa. Le dio un beso en la mejilla a Tomàs y salió a la calle. Ya se había resignado a regresar con la cabeza mojada. Era lo que más le molestaba del número con la foca: hacer el camino de vuelta a casa de noche y con el pelo húmedo. En invierno era fatal. Por eso estaba siempre resfriada. Y cansada. Estar así la ponía de mal humor y lo pagaba con el que tenía más cerca. Se ajustó el mantón de algodón sobre los hombros, el pañuelo a la cabeza, la bufanda de lana tapándole la boca y comenzó a caminar a paso vivo Paralelo adelante, en dirección a la Aduana. No le gustaba volver sola a casa, pero si no había más remedio, lo hacía.

Desde el primer día se había negado a vivir en el teatro, como su amigo, allí, de cualquier manera. Por eso había alquilado un piso en su antiguo barrio, ahora en plena transformación. El alquiler era ridículo, porque el edificio ya estaba vacío y sería derribado en muy poco tiempo. Toda la zona estaba en una situación similar. El ayuntamiento había decidido abrir una nueva avenida desde el puerto hasta el Ensanche. Era tan nueva que ni siquiera tenía nombre aún. Se la identificaba con la letra «A». Provisionalmente la denominaban Gran Vía A. Una comisión municipal había adelantado que seguramente acabaría llamándose Via Laietana, lo cual, a ella, le daba absolutamente igual.

Rodeó el monumento a Colón siguiendo los raíles del tranvía. Era un sitio delicado porque describía una curva muy pronunciada. Los tranvías reducían la velocidad pero aun así las ruedas chirriaban. La compañía trataba de remediarlo untando las vías con una grasa que llenaba de hedor el aire. Ella esperaba a que el tranvía se acercara y, en el último momento, se apartaba y se detenía para escuchar los juramentos de los tranviarios, que la insultaban.

Continuó caminando en silencio, manteniendo el mar siempre a la derecha, con prisa pero con cuidado de no resbalarse: el empedrado estaba lleno de musgo húmedo y peligroso. Los adoquines parecían enmarcados en verde. Aquel camino la atraía particularmente pese a no ser el más recto. A aquellas horas de la madrugada, con la quietud de la noche, le gustaba sentir la salobridad del agua que el viento traía; le complacía observar las farolas del muelle, de una luz casi agónica, borrosa y difuminada por la niebla baja.

Llegó hasta la embocadura de la futura nueva avenida. Era exactamente como un hachazo en plena ciudad.

La claridad de la luna rompía la intensa oscuridad. Y eso permitía a la muchacha contemplar los edificios que aún quedaban en pie, que no eran demasiados. De noche y bajo aquella luz, los esqueletos de las casas parecían decorados teatrales. La mayoría de los edificios de aquella zona ya habían sido derribados y el panorama que se tenía subiendo desde el mar era desolador, pura destrucción, como si hubiese tenido lugar un terremoto. O como si el general Espartero hubiese vuelto a bombardear Barcelona desde Montjuïc: Nonnita Serrallac había sobrevivido a la desaparición de su circo a fuerza de pensar en su casa, en las calles y callejones del viejo barrio. Y se había encontrado con que ya no existía nada: ni barrio, ni calle, ni casa, ni familia: su padre había muerto mientras ella estaba ausente y su hermano pequeño había desaparecido sin dejar rastro. Tras unos cuantos años de no pisar su casa, debió de pensar que su hermana no volvería jamás.

Donde antes se ubicaba un barrio ahora tan sólo había armazones, una serie de inmensos solares y explanadas separados por hoyos, montañas de escombros, zanjas profundas como trincheras o, simplemente, cercados de madera... Y además aquellos agujeros negros e inmensos, de los que se decía que, con el tiempo, servirían para que por ellos circulasen trenes bajo tierra.

En el camino a casa, Nonnita se detuvo junto a la palmera enana. Estaba en medio de un solar despejado y liso, vacío e inmenso. La palmera enana, ella sola, era el último testimonio de un patio interior que había tenido también un limonero y tres ciruelos. Ella lo sabía porque había vivido allí de pequeña: una planta baja larga y estrecha. Un pasillo con habitaciones en un solo costado y, al final, el patio, con la palmerita, el lavadero y el retrete.

De detrás de la palmera sale una mujer. Acaba de alargar la mano para coger un limón de un limonero invisible. La conoce, es su madre, muerta desde hace veinte años. Se come el limón a mordiscos, sin quitarle la piel, porque dice que limpia por dentro. Y su padre, fallecido no hace aún diez meses, está sentado en un taburete de tres patas bajo la palmera y fuma un purito con su habitual parsimonia. Nonnita le pide que deje de fumar, le dice que el bigote blanco se le está volviendo amarillo por culpa del humo. Pero el hombre le responde que la amarillez le viene de la muerte, no de fumar. Y que a ver si ni muerto lo van a dejar tranquilo. Y la madre, con el limón en la mano, observa en su hija una especie de determinación desesperada que no sabe descifrar. Y calla, porque si en vida ya no era demasiado espabilada, menos debe de serlo ahora que está muerta.

En aquella planta baja, la de la palmera en el patio, ha vivido un buen montón de años. Y ahora los muertos vuelven allí. O tal vez no se han marchado nunca. Y contemplan a Nonnita con curiosidad mientras se dirige hacia su casa. Tolerantes y educados le sonríen con su sonrisa de muerte. Mientras se marcha, aún ve a su padre concentrado en la tarea de sacarse con la uña del dedo meñique las briznas de tabaco que se le han quedado entre los dientes. De reojo le parece que su padre la llama. En vida no han hablado nunca más de cinco minutos seguidos y, ahora que está en el otro barrio, le entran las ganas de charla. Debe de ser muy aburrido eso de estar muerto.

Cerró los ojos. De ninguna manera quería que los muertos del barrio comenzasen a salirle al paso. Aunque fueran sus padres. Pero no lo podía evitar. Se los encontraba por todos lados, como si las obras, además de piedras y tierra, también hubiesen removido tumbas y hubiesen forzado a sus moradores a salir a pasear. Por otra parte, a los muertos antiguos aún podía reconocerlos, pero no a los nuevos, ya que había pasado una buena temporada rodando por el mundo. Tenía miedo de no reconocer a los difuntos recientes, confundirlos con los vivos y que la tomasen por loca.

Cuando abrió de nuevo los ojos, ya había dejado atrás la palmera. De pequeña se subía al árbol para jugar. Con él hacían palmas y palmones. Quizá al día siguiente ya no estuviese. Los gitanos se la llevarían. Eran muy profesionales, de una eficacia absoluta, capaces de pasar todos los escombros de la calle por un cedazo para ver de encontrar cualquier cosa interesante.

Nonnita Serrallac repitió las palabras «palmas» y «palmones», que la alegraban, para expulsar la palabra «cascote», que encontraba irritante y hermética. Pero no dio resultado.

Porque todo a su alrededor eran cascotes. Se hizo la

ilusión de que incluso los restos de las casas reunían a la gente según sus circunstancias. Estaban los montones de escombros de viejos palacetes, cuna de antiguos linajes, que habían visto nacer, crecer y morir a hombres y mujeres egregios, prohombres de Barcelona. Las piedras de estas casas parecían exigir justicia. Eran piedras bien trabajadas, blancas, nobles y poco resignadas a su suerte. Después de tantos siglos, quién se lo iba a decir...

Sin embargo, la mayoría eran cascotes de los pisos populares. Eran reconocibles porque, a diferencia de los edificios más nobles, las piquetas las reducían casi a polvo después de repetir el mismo espectáculo: Nonnita lo había visto con sus propios ojos; llegaba al lugar una brigada de derribo y descubría que, a punto de tirar el edificio abajo, ¡aún había una familia dentro! Les decían que saliesen, que la cosa no iba en broma. Pero los inquilinos se negaban a ello porque no tenían adónde ir. Llegaba la guardia municipal y los sacaba de mala manera. Y al final, los expulsados se quedaban observando cómo las piquetas entraban en acción, contemplándolo sin saber qué hacer, mientras a un lado yacían apilados cestos, hatos de ropa, maletas e incluso colchones.

Así estaban las cosas.

Todo se demolía porque se decía que Barcelona tenía que ser la París del Mediterráneo.

A ella, aquella desolación le parecía una especie de fábrica de muertos. El primer día estuvo a punto de caerse dentro de una zanja gigante. Resbaló y tuvo la suerte de poder agarrarse a un carro parado. Cuando se recuperó del susto y miró a su alrededor, vio tantos agujeros que le pareció que se encontraba en un cementerio.

Era tarde y por el camino no había nadie. Y a cada paso de la muchacha parecían brillar por todos lados las pavesas de las ánimas.

Cruzó la plaza del Àngel y tomó por la calle de la Tapineria, completamente dormida pero llena aún de los ecos de la vida diaria. Durante el día era un hormiguero de actividad y tiendas. En poco tiempo no quedaría nada de aquello. La calle se ensanchaba un poco a la altura de una tienda de lápidas. Observó su escaparate: los gemelitos huérfanos de la familia Tarrida no estaban. Últimamente se los encontraba apoyados indolentemente, formales y difuntos, esperándola. Durante años había borrado su recuerdo, incluso su rostro.

Su casa estaba al lado mismo, en la riera de San Juan. Vivía en el último piso y le gustaba la escalera porque tenía un pozo en mitad del patio. Arriba del todo había una polea y, durante años, la gente se había subido el agua por el hueco de la escalera. La casa tenía asignada una fecha aproximada de derribo: entre seis y diez meses. Tal vez incluso antes, porque las obras de la denominada Reforma iban mucho más rápido de lo que se había previsto.

El viento movió la llama triste de uno de los faroles de la calle. Nonnita se encontró con el sereno muy cerca de su portal. Con el uniforme y aquellas patillazas pasadas de moda parecía un general y, cuando coincidía con ella, corría siempre a acompañarla. Recorrer todo aquel tramo por la noche, incluso para una mujer de una pieza como Nonnita, no era demasiado agradable. El barrio, con sus desniveles y sus ruinas, formaba zonas aisladas verdaderamente inhóspitas que, cuando oscurecía, se convertían en parajes solitarios y peligrosos. Familias enteras, gente misérrima expulsada de los inmuebles derribados, sobrevivían entre los escombros, en chabolas improvisadas y en condiciones infectas. El vigilante la escoltaba hasta el portal, se lo abría y charlaban un momento. Y si tenía, le ofrecía una cerilla encendida de esas largas, de cera, para que pudiese subir la escalera sin tropezar. Él también iba a perder el trabajo. Si no hay calle, no hace falta vigilante que la vigile ni manojo de llaves que abran todas las puertas del vecindario.

Fue subiendo la escalera. En el edificio no quedaba nadie. En los últimos meses lo habían abandonado las dos últimas familias. Estaba en tan malas condiciones que la amenaza de ruina había provocado más inquietud que la propia amenaza del gobierno municipal. Cuando las piquetas de la Reforma hiciesen acto de presencia, ya se habría caído la casa ella sola. Nonnita era su última moradora.

Se encontraba a gusto en aquel piso. La habitación principal, bastante grande, era una especie de taller desordenado, con una estufa de hierro colado que calentaba y servía como cocina económica. En la misma calle había unos cuantos parecidos, ocupados por artistas y pintores. Eran talleres con vistas a los campanarios y al cimborrio de la catedral, rodeados de azoteas con palomares. También disponía de un cuarto para Tomàs Capdebrau, con una mesilla de noche desportillada procedente de uno de los pisos vacíos, un orinal y un jergón hecho con un relleno que, por sí mismo, explicaba la historia de su vida: panocha, paja, lana, crin y plumas. El problema era que su amigo casi nunca pasaba allí la noche porque tenía miedo de que el edificio se hundiera y lo atrapase dentro, mientras dormía. Cuando Tomàs no quería dormir en casa de ella o en el teatro con los animales, se iba al albergue municipal masculino de la calle del Cid.

Por el contrario, Nonnita Serrallac tenía miedo de pocas cosas. Una vez en el piso, volvió a tener la sensación de que el barrio era un inmenso cementerio. En la calle el silencio era total.

Se metió en la cama, sopló y apagó la llama del quinqué de petróleo y se arrebujó.

Estaba tan cansada que tenía la impresión de que nunca se recuperaría lo suficiente.

3

Pronto amanecería. De pie en mitad de su despacho, Deogràcies-Miquel Gambús observaba las cortinas de seda color salmón que lo aislaban de la calle. Se oía el tictac del reloj de pared. La calma era total y la atmósfera tibia gracias al calor seco que producía la estufa.

Horas antes, por un extraño presentimiento, había ido al cuarto de baño, había encendido la luz de gas y se había puesto delante del espejo. No le costó mucho descubrir el origen de su inquietud: le habían salido pelos en las orejas. O quizá ya los tenía, el caso es que él los descubrió aquella madrugada fatal. Inspiró profundamente y, con la energía de la hiperventilación, se enfrentó de nuevo con el espejo. Efectivamente, no había ninguna duda: eran ocho o diez unidades en total. Y además, con aquella tendencia odiosa del cuerpo humano hacia la simetría, los pelos aparecían repartidos por igual en las dos orejas. Dentro del desastre, se consoló: no eran gruesos y negros sino delgados y castaños. Pero el hecho era el mismo. Surgían de dentro de la oreja y se extendían por toda la extensión del pabellón auditivo. Incluso se veían algunos que crecían en solitario, y que, por ese mismo hecho, destacaban orgullosos, como un árbol lozano en mitad del desierto. Su primer impulso fue llamar a su barbero privado pero, hombre práctico y lógico como era, dada la hora lo dejó estar. ¿De qué iba a servir cortar aquellos pelos tan descarados sabiendo que al cabo de cuatro días volverían a asomar la cabeza con toda insolencia? Habría que estudiarlo a fondo con el barbero. Pero con calma. De pequeño, en el pueblo, el jardinero de la familia le había comunicado perfectamente su sentimiento de impotencia ante los tréboles invasores: si no te empleas adecuadamente y los arrancas de raíz, tarde o temprano vuelven a crecer.

Con aquella preocupación se sentó a la mesa. Era una mesa imponente de caoba clara, cortada en líneas rectas. Por razones obvias, su madre la llamaba la «mesa-ministro». Ante él tenía un montón de hojas llenas de notas escritas a lápiz. Esparcidos aquí y allá, libros y revistas de consulta. Y junto a la pared, una pizarra llena de esquemas dibujados con tizas de colores apoyada sobre un trípode. Se acercó y, mientras los miraba, abrió la tapa de cristal del reloj de pared. Tomó la gran llave de orejas que colgaba de una cinta y comenzó a darle cuerda. Mientras lo hacía se dio cuenta de que llevaba dos días encerrado, rumiando sobre su futuro. Las dudas lo devoraban. El simple hecho de dudar ya lo hacía parecer indigno de su familia. Cerró la tapa de cristal del reloj y se volvió hacia la pizarra, a su lado: sin ningún tipo de intención irónica, más bien al contrario, se había dedicado a investigar sobre las diversas formas del delito. De un modo organizado y metódico, como correspondía a su personalidad. Así que elaboró una lista larga y compleja de las diferentes variantes del arte de robar. Sin embargo se encontró con una sorpresa ligeramente exasperante: casi todas las posibilidades ya habían sido probadas —y con éxito— por sus antecesores. Y él, por dignidad, no se quería repetir.

En cualquier caso, había llegado a un par de conclusiones simples pero incontestables: que había una infinidad de medios para robar y estafar, pero el mejor era la combinación de métodos. Ejemplo: robar a alguien, arruinarlo por completo y ofrecerle a continuación un préstamo a interés usurario. La otra conclusión era que un mismo hecho, según la época, no solamente no era considerado como delito, sino que podía llegar a hacerlo a uno objeto de honores.

Volvió a sentarse. Así pues, había que considerar a fondo en qué época estaba viviendo para encontrar el modo de robar y ser al tiempo una persona bien considerada.

No hacía falta ser muy listo para darse cuenta de que los delitos cometidos mediante la fuerza bruta eran los que la sociedad rechazaba más decididamente. Tal vez porque eran los más aparatosos y los que dejaban más en evidencia a sus autores. Se trataba de formas demasiado primarias, pero sobre todo antiguas y pasadas de moda.

Nuevamente levantó la vista hacia la pizarra; en ella había escrito «Estafa por abuso de confianza». Eso ya le gustaba más. Era más refinado. Además, en eso tenía algo de experiencia: sin ir más lejos, dos años atrás había culminado con éxito una estafa de la que se sentía muy orgulloso. Fue al presidente de la Asociación Catalana de Fabricantes de Harina. Era un hombre gordo, achaparrado y con unas gafas pequeñas clavadas en la punta de la nariz, eufórico porque regresaba de Madrid con un contrato del Ministerio de Estado en el bolsillo. Había asistido al Primer Congreso Africanista y allí mismo se había comprometido a proveer al Ejército de África de un gran cargamento de harina de primera calidad. Con el fin de mantener los precios, el acuerdo era secreto. Coincidió con el joven Gambús en uno de los saraos del Paralelo. Tras un par de rondas y la visita a una casa de putas de categoría de la calle del Carme, ya se lo había contado todo. Antes de que el hombre soltara la última gotita de esperma, la maquinaria delictiva de los Gambús ya se había puesto en marcha con todas las consecuencias. En el día previsto, la harina fue embarcada en el puerto de Barcelona en dirección a Melilla. A las pocas horas, durante la noche y en alta mar, el barco, con la tripulación previamente sobornada, fue interceptado por otra embarcación. Con rapidez asombrosa, un pequeño ejército de hombres sustituyó los sacos de harina de primera calidad por otros sacos idénticos de harina rancia, picada, podrida o de mala calidad. La mercancía llegó felizmente a Melilla con un pequeño retraso que el capitán atribuyó a un problema en la sala de máquinas. Los militares descubrieron inmediatamente el engaño y acusaron al industrial de estafador, el cual negó la acusación, ya que había visto con sus propios ojos cómo la harina buena había entrado intacta en las bodegas del barco. Pero no le quedó más remedio que proveer al ejército de una nueva partida de harina de primera calidad si no quería ser denunciado por estafa o, lo que era peor, perder un cliente potencial tan importante. De modo que se comprometió a suministrar la nueva harina a mitad de precio. En ese momento apareció en escena Deogràcies-Miquel Gambús. Casualmente estaba en disposición de ofrecerle, casi de un día para otro, la cantidad exacta de harina de primera que necesitaba. Claro que, al doble del precio y por hacerle un favor, ya que aquella harina la tenía más que apalabrada y el perjuicio que le iba a suponer faltar a aquellos compromisos no se podía medir en pesetas. El pago al contado, claro. El negocio fue limpio y redondo.

La vieja Miquela, después de escuchar la explicación de su hijo y de examinar las cuentas de la operación, admitió:

—No está mal. Tienes imaginación, eres rápido y no te da miedo tomar decisiones. Sin embargo, has cometido un par de errores indignos de la familia: todo el tiempo, toda la energía y, sobre todo, todo el riesgo, no guardan proporción con las ganancias obtenidas. Para que lo entiendas, habría valido la pena si los sacos, en vez de polvo de harina, hubiesen contenido polvo de oro. Y en segundo lugar: revenderle a la víctima su misma harina era innecesario y muy arriesgado. No vamos bien, Demi. Demasiado riesgo. Te has dejado ver demasiado. Y la discreción es la norma número uno. No estás a punto…

Aquellas palabras resonaban todavía en su cabeza y, mientras borraba la pizarra, sentía cómo la vergüenza le encendía las mejillas.

Pensaba: hay que estafar, pero desde una posición sólida. ¿Y qué posición hay más sólida que la que proporciona la legalidad? ¡Aquélla era la solución! No hay ninguna ley en el mundo civilizado que castigue el enriquecimiento fruto de los beneficios, aunque sean abusivos, de determinados negocios. A comprar por cinco lo que vale diez y a continuación venderlo por mil, nadie lo llama estafa, sino hacer un buen negocio. Se abochornó: admitir aquella premisa era tanto como admitir la razón básica de toda la mierda intoxicadora anarquista... Por otra parte, según el producto, podía ser peligroso: 1. El pueblo come pan. 2. Fabricar una barra de pan me cuesta un céntimo, pero yo la vendo a 90 céntimos. 3. El pueblo deja de comer pan. 4. ¿Resultado? 4.1. El pueblo pasa hambre y llegan las revoluciones y el desorden. O lo que es peor. 4.2. La autoridad interviene. Mala cosa… Conclusión, hay que controlar al pueblo y a las autoridades. Y sin que ninguno se dé cuenta.

Se acercó a la estufa para calentarse las manos. Mientras tanto no dejaba de reflexionar. Estaba satisfecho, la cosa era fatigosa, avanzaba lentamente, pero avanzaba.

Empezaba a estar cansado. La vieja Miquela nunca llegaría a saber el esfuerzo que estaba haciendo para ser un digno sucesor suyo. Se incorporó y se dirigió a la licorera. Mientras se tomaba de un trago un dedalito de vino añejo, abrió el periódico del día anterior. En grandes letras decía: «Cien mil muertos en los terremotos de Sicilia y Calabria.» ¡Qué desastre...! De pie, completamente enfurruñado, iba pasando las páginas casi sin mirarlas: ¿se puede saber por qué se obstina la gente en vivir en estos sitios donde no hay más que terremotos e inundaciones?

La palabra «inundación» le produjo deseos de tomar un baño caliente en plena madrugada. Despertó a uno de los criados para que se lo preparara y, una vez dentro del agua tibia, repasó la última carpeta. De su puño y letra había escrito: «También puedo robar mediante la usura.»

Se excitaba al pensar en adentrarse en un territorio oscuro y resbaladizo como aquél, siempre al borde de la legalidad. Además, la usura provocaba una tentadora unión, casi antinatural, entre las leyes y la moral...

Salió del agua envuelto en una toalla de cuerpo entero. La habitación se mantenía agradablemente caldeada. Pronto amanecería. Se recostó sobre la cama para seguir reflexionando. Bostezó, unió la idea de usura a la de actividad bancaria, y se preguntó: ¿quiero ser un banquero? Se respondió que no. Y dicho esto se quedó dormido como un tronco.

Se despertó al mediodía, abrió todas las ventanas para que entrase el sol y constató que tenía mucha hambre. Bajó a desayunar y en el comedor se encontró con su madre, que ya estaba almorzando. La vio contenta y aprovechó para preguntarle:

—¿Cuándo será su fiesta, madre?

—Aún no lo sé con seguridad. A comienzos del verano. Las invitaciones oficiales saldrán en el último momento y se entregarán en mano. Máximo secreto. El mínimo tiempo entre la comunicación y el acontecimiento.

Piensa que si todo sale como espero, algunos de los invitados de Madrid hasta podrían celebrar el consejo de ministros aquí, en nuestro comedor... Confío en ti; la fiesta no será lo mismo si antes no me has comunicado lo que espero...

—Claro, madre. Estoy trabajando en ello día y noche.

—Tienes mi plena confianza. Y aféitate.

Y salió del comedor arrastrando la bata mientras llamaba a la asistenta, como hacía siempre que estaba contenta. Unos cuantos meses. Demi Gambús tenía unos cuantos meses para resolver su destino y, de paso, el de su familia. Parecía mucho tiempo, pero no era así.

Sintió ganas de salir a la calle. ¿Llamaba al barbero o no? Sin darse cuenta, se encontró afilando la navaja en la tira de cuero, es decir, que se iba a afeitar él solo. Preparó el jabón y se lo extendió lentamente por la cara. Dejó que la espuma le tapase los orificios de la nariz y se le metiese por los oídos. Sacaba aire por la nariz y hacía pompas. Mientras tanto seguía reflexionando. Era incapaz de quitarse de la cabeza el asunto de la usura. Acababa de recordar un famoso episodio familiar atribuido al primer Gambús. Miquel Gambús I fue capaz de organizar, hacia 1850, una flota de quince barcos de diverso tonelaje que a lo largo de la costa africana transportaron en secreto varios centenares de caballos. Evidentemente, todos robados. El destinatario era el fabuloso rey N'Geco, de Dahomey, en guerra con Francia por el control del golfo de Guinea. Pensaba sorprender a los franceses con un regimiento de mujeres guerreras montadas a caballo.

Sin otro incidente que un pequeño encontronazo con piratas berberiscos que no sabían con quién se la jugaban, aquel abanderado de la delincuencia organizada llegó al puerto de Cotonou.

Miquel Gambús I fue el invitado especial del rey

N'Geco, que lo colmó de atenciones y le pagó el transporte con piedras de oro, la más pequeña de las cuales pesaba 100 gramos, y dos muchachas, para redondear. Al parecer el hombre explicaba que los orgullosos franceses querían imponerle un trato comercial usurario y por esa razón les hacía la guerra. Sí, usurario…

Una de aquellas legendarias piedras doradas fue conservada siempre a la vista, en la vitrina del comedor de la casa solariega de Alcagaire. De las dos chicas, una murió antes de llegar. La otra vivió algunos años. El tiempo suficiente para oscurecer ligeramente los genes de unas cuantas familias de Alcagaire.

Eran otros tiempos, tiempos románticos en los que se podía ser ladrón y a la vez héroe.

Demi Gambús, con la boca abierta para tensar mejor la piel de la cara, acabó de afeitarse, se secó los restos de espuma que le quedaban y se dio un pequeño masaje con una loción especial. Se encontraba mucho mejor. Se acercó al espejo y se miró distraídamente la cara. Estaba a punto de cumplir treinta años pero aún se conservaba bien. No tenía arrugas, los ojos todavía le brillaban y… ¡aquellos putos pelos de las orejas! ¡No se había vuelto a acordar de ellos! El rapto de ira lo llevó a tirar compulsivamente del cordón de la campanilla. Un minuto más tarde apareció, asustado, uno de los criados, de unos quince años, de nombre Joan. Deogràcies-Miquel Gambús ni lo miró, se limitó a gritarle:

—Ahora sí, ¡que venga el barbero!

—Pero si se acaba de afeitar.

—Si dentro de media hora no entra por esta puta puerta ese coño de barbero, te juro que te colgaré por los huevos de la farola de la plaza hasta que…

No hizo falta que acabara la frase, el muchacho ya volaba hacia la calle.

Además, aquella noche le tocaba ir al Liceo. Iría con su madre. Desde hacía unos años se había aficionado a acudir allí. Le iba que ni pintado para hacer y deshacer negocios y culminar asuntos amorosos. En este sentido, el palco era una especie de fortaleza inexpugnable al servicio de los intereses de la familia Gambús. Representaban *Tannhäuser* y había leído en el periódico que, en atención al deseo de los wagnerianos barceloneses, el tenor Viñas interpretaría en catalán algún fragmento de su intervención. A él la cuestión le resultaba completamente indiferente, pero sabía que a la viuda Roca no. Aprovecharía para pasarle una nota con una cita. Tenían montado un piso para sus encuentros. Pero si no les apetecía quedar allí, para que no los viesen juntos se encontraban a menudo en uno de los saloncitos reservados del Grand Restaurant de France, en la plaza Reial. La viuda Roca no le fallaba nunca. Era práctica, agradecida y divertida. Acostumbrada al trato de su difunto marido, bolsista, hombre de negocios y diputado provincial, apreciaba en extremo la falta de escrúpulos que se adivinaba en Deogràcies-Miquel Gambús. Y también los manteles de hilo, la vajilla de Limoges y la cubertería de plata del Grand Restaurant de France.

Volvió a contemplarse en el espejo. Solamente alguien que no estuviera bien de la cabeza se presentaría en el Liceo con pelos en las orejas.

4

Nonnita Serrallac abre la puerta y en el rellano se encuentra con Jaume, el barbero de la calle Tarongeta, el del rostro picado de viruela. Un rayo oblicuo de sol invernal incide sobre él de costado y hace que la oreja se le vea rojiza y translúcida. Jaume es famoso por la gracia con que coge a los clientes por la nariz con dos dedos de la mano izquierda, como una pinza. A continuación echa sus cabezas hacia atrás y los afeita con la mano derecha. Si los clientes no tienen dientes, les mete un huevo de madera en la boca. Se lo ha mandado construir expresamente. Es un poco más pequeño que el que las mujeres utilizan para zurcir calcetines. Después de cada servicio, lo lava meticulosamente con agua y jabón y lo seca con una toalla limpia, limpísima. Luego lo guarda dentro de una bolsa de cuero. Y eso lo sabe la clientela, lo admira, lo agradece y lo comenta: el huevo de Jaume está más limpio que la mayoría de los habitantes del barrio. Al principio todo el mundo hacía chistes a su costa: «¡Jaume, méteme el huevo en la boca!», o «¡Jaume, el hombre de los tres huevos!». Después, como todo, la gente se acostumbra a las cosas y ya ni repara en ellas. Jaume dice: «Ahora hay mucha gente sin dientes y si no fuese por el huevo, no habría manera de dar forma a las mejillas y conseguir un buen afeitado.» Pero Nonnita recuerda muy bien la diferencia de trato y se lo hace ver: «Sí, Jaume, pero si el cliente es un señor, se lo das con toda delicadeza y le dices: "Si me hace el favor, el huevo..." Si el cliente es uno cualquiera o ya tienes confianza con él, lo miras y le sueltas: "¡Huevo!" El interesado abre la boca y se lo metes sin contemplaciones.» Y Jaume, el barbero de la calle Tarongeta, se ríe porque lo han pillado. Y Nonnita Serrallac sabe que la cosa tiene mérito porque ya hace años que cría malvas, y los muertos ni ríen ni lloran. Jaume admite que, de vivo, afeitaba a los muertos, que les cogía la nariz con dos dedos y les levantaba la cabeza. Sin embargo no les metía el huevo en la boca. Y el barbero de la calle Tarongeta vuelve a reírse porque sabe que lo han vuelto a pillar. Reconoce que a los muertos no les introducía el huevo en la boca por miedo a que el rigor mortis le jugase una mala pasada y luego no lo pudiese recuperar. Porque, las cosas como son, y el hecho de que estés muerto no quita para que la verdad sea la verdad. Y dice: «Cuando me morí, me metieron el huevo en la boca para que me lo llevase al otro barrio, pero se olvidaron de afeitarme y eso me disgusta.» De pronto se la queda mirando fijamente, abre los ojos de par en par, infla sus mejillas de muerto y regurgita el huevo, que le asoma a medias por entre los labios. «¡Basta!», grita Nonnita, y lo aparta como si se pudiese apartar a los muertos. Comienza a bajar los peldaños de dos en dos mientras Jaume, el barbero de la calle Tarongeta, se ríe con ganas pese a tener el huevo en la boca. Ella, antes de salir, le pregunta: «¿Y qué te parece que el plan de la Reforma corte tu calle justamente por la mitad, y de tener forma de letra U pase a tener forma de L?» Y él: «No me parece nada. Como yo no voy a tener que verlo...» El típico egoísmo de los muertos, piensa ella. Cuando llega abajo, mira hacia arriba por el hueco de la escalera. Desde el último piso, la cara de cadáver de Jaume se asoma al vacío con una expresión muy tranquila. La muchacha le dice: «Jaume, estoy embarazada, ¿qué hago?» Y él se pasea el huevo por la boca y hace un gesto inequívoco: se pasa el dedo índice de la mano derecha por el cuello, como si se lo cortase. «¡Vete a la mierda, hijo de puta, muerto de mierda!»

Abrió el portal y salió a la calle. Varias niñas de uniforme bajaban corriendo y gritando. Debían de ser del colegio de monjas de la Sagrada Familia, que estaba un poco más arriba. También sería derribado. Las dejó pasar y casi se sumó a ellas. Debía darse prisa para llegar a tiempo a la función de la tarde. Se había dado cuenta de que Jaume era el primer muerto que se le metía en la escalera. Hasta entonces no se habían atrevido. Y no sabía cómo interpretarlo.

Estaba embarazada y tal vez se estaba volviendo loca. Se decía: «Soy joven y fuerte y tengo muy buena salud.» Se lo iba repitiendo mientras estiraba el pañuelo que se había colocado sobre la cabeza. Aquel gesto le daba un aire como de tener prisa. Se decía: «También soy guapa, y no veo por qué he de preocuparme.»

Pero sí lo estaba. Y mucho. Porque ya era más que evidente que estaba embarazada.

Empezó a pensar en el hijo futuro, niño o niña, que iba a tener. Unos días antes, cuando se desvanecieron todas las dudas sobre su embarazo, se sintió como una idiota. Lo último que podía pasarle, pensó, era ser madre. Le parecía tan imposible que jamás había tomado precauciones. Y ahora estaba preñada. Sólo le faltaba eso. Tal vez de ahí le venía aquel cansancio. ¿Por qué no puede haber ningún placer en la vida? Cuando las cosas van medianamente bien durante una temporada, de repente, te cae una gorda encima.

Cruzó la plaza del Àngel, más allá de la cual había el barullo de las obras, la destrucción absoluta de los escombros. Rapidito, rapidito por miedo a encontrarse con más muertos.

Lo más curioso es que había decidido tener aquel hijo. Al fin y al cabo, ¿qué diferencia había? El mundo estaba fuera, esperándolo, se había dicho. El mismo mundo de antes, la misma gente... Se decía: «Yo lo querré, tal vez su padre también; eso si lo encuentro. Y quien lo va a querer con toda seguridad va a ser Tomàs. La vida es la misma, únicamente cambiará el camino para recorrerla. En lugar de una persona, seremos dos.»

Tomàs era el único que lo sabía. Se lo había confesado sin querer una tarde en que le pareció que estaba medio ido. Lo hacía de vez en cuando. Hablaba con Tomàs como si lo hiciera con la pared. Le servía para reflexionar en voz alta. Pero no, en aquel momento no estaba ido y lo entendió perfectamente. Ya puestos, se lo explicó y de paso le pidió consejo. Nunca lo había visto alterarse tanto.

—¿Y de quién es, si puede saberse? —le preguntó.

—De Jordi.

—¿De qué Jordi?

—El que actuaba con nosotros en el Soriano, con los rusos, el del número de los ciclistas cómicos.

—¿Quieres decir el saltimbanqui italiano?

—Sí.

Entonces Tomàs se colapsó. La muchacha le dio un par de bofetadas pero seguía sin reaccionar. Sus ojos abiertos miraban fijamente hacia el techo. Como ya estaba acostumbrada, no se asustó. A veces se rehacía con los bofetones; si no, tardaba entre quince minutos y dos horas. Pero siempre se recuperaba.

Siguió caminando hacia la parada del tranvía. Pasó junto a las trincheras profundísimas de la calle. Varios carros cargados de escombros, cascotes y tejas rotas subían lentamente y con gran esfuerzo por la calle, rodeados de nubes de polvo. En uno de los solares, un cajón de madera con un libro abierto encima y las hojas al viento. Se acercó: era un Nuevo Testamento. No lo tocó. Con aquellas páginas tan amarillentas seguro que le traía mala suerte. A la luz del día todo se veía distinto. No mejor, sólo distinto. Había restos de edificios cortados en vertical, como con un cuchillo. Se veían paredes solas, sin puertas ni ventanas, llenas de carteles de propaganda. O puertas sin pared ni casa, con un rótulo pintado a brocha que decía: «Entrada exclusiva para clientes.»

Rápidamente se abrió paso entre otro montón de barceloneses desocupados que se dirigían a «ver la Reforma» y desembocó en el paseo de Colón. Salvada.

Ir al teatro por ese camino empezaba a ser una pesadilla. ¿Por qué lo hacía? Ni siquiera era el más lógico. Cortando por Ferran y luego por la calle Nou se ahorraba casi diez minutos de camino y, lo que era más importante, evitaba encontrarse con aquella tropa de muertos tan pesados. O por lo menos con la mayoría.

Con el italiano la cosa fue como fue. Ni ella misma lo sabía. O sí que lo sabía: se enamoró como una loca. La primera vez en su vida que le pasaba. Lo veía a diario en el Soriano con sus compañeros rusos, tan apuesto, con sus mallas, haciendo acrobacias... Empezaron a salir juntos, hicieron el amor... Y de repente desapareció. Luego ella supo que estaba embarazada.

Subió al tranvía que recorría el paseo de Colón y continuaba a lo largo de todo el Paralelo. El mismo día en que ella le confesara su embarazo a Tomàs, o al día siguiente, éste le dijo: «Deberías encontrar a ese hombre, ¿no te parece?» Entonces ella se enfadó mucho y le gritó: «¿Y cómo, eh, espabilado? ¡Dímelo! ¿Cómo cojones lo encuentro?» Él agachó la cabeza y se fue a darle zanahorias a la mula. Tras unos instantes de silencio, ella se le acercó. Cuando se enojaba era insoportable. Le pidió perdón. Luego le preguntó: «¿Cómo quieres que me ponga a buscar al padre de mi hijo? Los dos vimos cómo se iba con sus compañeros rusos hacia la estación.»

Como siempre, el tranvía tomó demasiado rápido la curva del monumento a Colón y las ruedas chirriaron sobre las vías inesperadamente, como una tiza en la pizarra. Todos los pasajeros soltaron un «¡huy!» menos ella, que ni se había dado cuenta porque iba pensando en el padre de su criatura. El muchacho se llamaba Emidio. Se hartó de aclarar continuamente que no era Emilio, sino Emidio. Un día preguntó cuál era el nombre más habitual en Cataluña. Le respondieron: «Hombre, Joans, Joseps y burros los hay en todas las casas (1) pero también hay muchos Jordis.» Dicho y hecho: se cambió su nombre por el de Jordi. Tenía una voz clara y fuerte, y una mirada y una sonrisa cálida y contagiosa difícil de explicar, que te atrapaba y no te dejaba, ni siquiera cuando ya había dejado de sonreír. Eso hacía que Nonnita se sintiera bien, tranquila como pocas veces lo había estado. Se enamoró de una manera profunda, salvaje y al mismo tiempo pausada. Lo había conocido ejerciendo de saltimbanqui, con los rusos, aunque su verdadera profesión era la de marino mercante. Paseaban por el Paralelo y él le contaba historias de negocios fabulosos que habían acabado en quiebra, de proyectos que seguro que los sacarían de la miseria, o le decía que estaba tranquilo porque, en el bolsillo del pantalón, tenía el remedio para sus males. Ella no se lo creía en absoluto, pero lo dejaba hablar y lo abrazaba y le

(1) Se trata de un dicho rimado propio de Cataluña: «De Joans, Joseps i ases n'hi ha a totes les cases.» En la traducción al castellano se pierde la rima pero el sentido queda claro. *(N. del t.)*

besuqueaba el cuello... Un día, de madrugada, le registró la ropa mientras dormía. No encontró ningún tesoro, únicamente un trozo de tabaco de mascar en un bolsillo, el pasaporte en el otro y, en el bolsillo interior de la americana, una medalla de bronce completamente abollada con un cristo y una inscripción en italiano. Era un desvergonzado. Poco más o menos como ella. Y de repente se fue sin avisar, casi a escondidas. Y ella se había quedado con un palmo de narices. Entonces no lo comprendió. Tenía que haber alguna razón concreta. Él le había dicho muchas veces que la quería, y ahora estaba embarazada. Estuvo resfriada un par de días y cuando volvió al teatro, los rusos y el italiano se habían ido.

Al principio se preguntaba: ¿y si al final no se hubiesen ido? Se daba y se quitaba la esperanza, como en un juego: «Quizá algún teatro los contrató en el último momento... No ha pasado tanto tiempo... Debería comprobar si hay alguna sala en Barcelona que ahora mismo esté ofreciendo una atracción de ciclistas cómicos... Pero tal vez no sea de ciclistas... También cantaban y bailaban muy bien, tocaban la balalaika... Un grupo de rusos no debe de ser tan difícil de encontrar...» Finalmente se rebelaba y se decía: «¡Que me busque él a mí!»

No tenía más remedio que resignarse. El hijo que llevaba dentro no tendría padre. «¡Pues que no lo tenga!», dijo en voz alta.

Pensaba en todo eso cuando se dio cuenta de que ya estaba a la altura del Salón Arnau. Solicitó parada y se apeó. Una muchedumbre acudía a la sesión de tarde. Todo eran hombres, con gorra o sombrero, que se encaminaban a la taquilla. Según los hermanos Soriano, no había que preocuparse, en el Paralelo había público para todos. Mejor.

En el Pabellón Soriano, Tomàs Capdebrau, de rodillas, hacía que el loro *Trinitat* comiese las pipas de su boca. Era un animal precioso, un loro real de más de dos palmos de altura, verde, con la cabeza amarilla y la punta de las alas azules. Y por todo el cuerpo pinceladas rojas, azules y negras. Tomàs lo había encontrado, recién nacido y abandonado, en el fondo de una jaula. Aún tenía restos del cascarón en la cabeza. Unas horas más tarde descubrió a la mona jugando en su jaula con un montón de plumas de colores. Comprendió entonces que el número de los loros ventrílocuos había pasado a mejor vida y que el pollo acababa de quedarse huérfano. Lo adoptó, lo bautizó con el santo del día, que era Trinitat, y consiguió sacarlo adelante. Con el tiempo, *Trinitat* se reveló como un buen parlanchín, pero con muy pocas ganas de trabajar. Era un loro tan inteligente como gandul. Y agradecido, ya que incluso tuvo la oportunidad de devolverle el favor. Fue un año atrás, cuando la coz de una de las mulas impactó de lleno en la cabeza de Tomàs. Se oyó un ruido seco y quedó tendido en el suelo con los ojos en blanco y un hilillo gelatinoso de color gris brotándole de la oreja derecha. El loro se volvió como loco y voló hasta donde se encontraba Nonnita Serrallac, que se asustó de verdad; hasta ese momento únicamente lo había visto caminar. En dos minutos todo el mundo rodeaba el cuerpo inmóvil de Tomàs y hacían comentarios sobre el líquido que le salía de la oreja. «Quizá es un chorrito de cerebro», aventuró alguno. «Imposible, de donde no hay nada, nada puede salir», dijo otro con cierto mal gusto. Un médico rural le puso un tapón de cera en la oreja por si acaso. «No puedo afirmar que sea el cerebro, pero tampoco puedo decir lo contrario», y le cubrió toda la cabeza con emplastos. Tomàs

Capdebrau estuvo delirando durante ocho noches y ocho días y, contra cualquier pronóstico, no sólo no se murió, sino que llegó a recuperarse, si bien su maquinaria no volvió a funcionar igual que antes del accidente. El entendimiento se le quedó espeso y neblinoso. Con frecuencia sucedía que, súbitamente, te lo encontrabas inmóvil, con los ojos abiertos y fijos. Por todo eso tuvo que dejar de coser, claro. Según cómo, cuando se los veía juntos, el loro parecía tener más juicio que él.

Tomàs vio a su amiga bajar del tranvía y la saludó con la mano. Cuando la tuvo cerca, le dijo que el loro tenía fiebre. Ella lo miró y le respondió:

—Que se joda.

Y él venga a reír, con la risa del bobalicón que se sabe acompañado en la vida.

Nonnita Serrallac se fue para dentro a saludar a la foca y a la mula, en este orden. Por el momento, eran su única familia. Si Jordi no se hubiera ido con los rusos, podría hablar con él, explicarle que pronto sería padre. Quizá también era su familia.

Y aún pensó otra cosa: que habría que espabilarse porque dentro de muy poco la barriga se haría evidente y ya no podría hacer el número con la foca. Ni ése ni ningún otro. Y volvió a pensar: «Ha habido días en que lo he pasado tan bien con Jordi...»

—Tomàs, ¿pensar demasiado produce dolor de cabeza?

—Muchísimo.

—Me lo temía.

Nonnita creía que las enfermedades y el desánimo de todos ellos pasarían en bloque a su criatura. Tenía que pensar qué se podía hacer por la mierdecita de ser humano que llevaba dentro. Pero no podía.

De momento, antes de la siguiente función, había que fregar el vestíbulo del Pabellón Soriano con agua y lejía.

A media tarde comenzó el jaleo previo al espectáculo en el vestíbulo. Normalmente, los teatros y los cines del Paralelo se hacían la competencia en cuanto a ruido, a ver quién hacía más. Se había puesto de moda que los cinematógrafos hiciesen sonar unos timbres de sonido cascado cada vez que comenzaba la sesión; cuarenta, cincuenta veces sin parar... Sin embargo, para llamar la atención ninguno como el Pabellón Soriano, con las estridentes notas de su gran órgano mecánico de colores chillones y molduras retorcidas hasta la exageración. Y unos muñecos giratorios de cartón piedra, cara expresiva y tamaño natural, que hacían sonar con fuerza unos platillos. Valía la pena acercarse al Soriano; en cien metros a la redonda del Paralelo, en cualquier dirección, se dejaba oír el alboroto que armaba.

Nonnita Serrallac se plantó bajo aquella gran luminaria de la entrada para vocear las novedades. No le gustaba demasiado. A veces lo hacía Tomàs, pero últimamente cada vez era más difícil encontrarlo en condiciones. Cogió el altavoz y, como siempre, se puso con ganas a ello:

—¡Novedad en el Soriano! ¡Novedad en el Soriano! Un programa de categoría internacional. Con atracciones tan notables como las de los teatros Olimpia y Folies Bergère de París, el Wintergarten de Berlín o el Empire y el Hipódromo de Londres... ¡Entren, señoras y señores, y vean la maravilla de las maravillas: una, dos, tres, cuatro, cinco, seis, siete y hasta ocho veces ha de levantarse el telón a petición del público, para aplaudir a la extraordinaria amazona oceánica en lucha mortal con la foca salvaje de la Antártida! ¡Sí, lo han oído bien! Asistan a un cruel suplicio, a un combate marino de verdad. Drama entre bestias y personas en el fondo del mar protagonizado por la inigualable, por la bellísima Marina, la amazona de los océanos...

De pronto se atragantó y comenzó a toser. Tuvo que

dejarlo. La impresión la había dejado muda: acababa de ver a Deogràcies-Miquel Gambús, que sacaba una entrada sin advertir que aquel espectáculo ya lo había visto unos cuantos días antes.

Comenzó el espectáculo y la muchacha lo localizó inmediatamente en las gradas, totalmente ajeno a lo que sucedía en la pecera gigante. No le quitó el ojo de encima, pero el joven no prestó nada de atención hasta el momento culminante, cuando el redoble del tambor y el piano acentuaban el dramatismo de la situación. Era cuando un espectador debía subirse a un taburete con una sardina en la mano, levantaba el brazo y foca y mujer salían disparadas del agua y la atrapaban con la boca.

Súbitamente, un bramido llenó el local y a continuación todo fue silencio. El espectador, con la emoción, había perdido el equilibrio y se había caído dentro de la pecera. Hubo un instante de indecisión: ¿sabría nadar? La pecera, apoyada sobre unas artísticas patas de madera estilo rococó, contenía suficiente cantidad de agua como para que se ahogasen no uno, sino dos o tres espectadores. Porque la antigua ciudad de Barcelona, pese a ostentar el título de marinera, fiel al espíritu contradictorio y rebelde que la ha hecho famosa, engendra mayoritariamente hijos que no saben nadar. De modo que si algún barcelonés, de nacimiento o adopción, se cae dentro de una pecera gigante llena de agua, lo más probable es que se ahogue.

El hombre se movía entre jadeos y se agarraba a la muchacha en un desesperado intento de manosearla hasta el último momento. La foca, tranquila y feliz porque había acabado el trabajo antes de lo previsto, lo miraba sin curiosidad, despistada, mientras saboreaba la sardina. El personal de la sala lanzó a la pecera un salvavidas que lucía la leyenda «Reina de los mares, 1896», pero el accidentado se negaba a sujetarse en él, ya que el cuerpo de la muchacha le parecía más seguro y atractivo. Y la gente, en las gradas, muriéndose de risa, porque aquel desgraciado, ya fuese por los nervios o por el magreo, exhibía una erección de caballo imposible de ocultar. Unos segundos más tarde llegó el pianista con una escalera de mano y, entre la muchacha por abajo y dos hombres desde arriba, consiguieron sacar del agua al náufrago de pega. Una vez que el infeliz, calado hasta los huesos, tocó tierra firme, comenzó a saludar. La gente se mondaba de risa porque él no se había dado cuenta aún del ufano estado de su verga. El pianista, como es corriente en su profesión, estaba pendiente de todo. Por eso cogió el trapo del polvo de su piano y se lo dio para que se cubriera las vergüenzas. Entonces, el interesado se dio cuenta de lo que pasaba y, en un segundo, aquella lanza flamígera se convirtió en un petardito mojado. Y claro, la gente se rió aún más: los espectadores no paraban de aplaudir y silbar, felices y contentos. Y todo por diez céntimos.

El alboroto obligó a Demi Gambús a fijar su atención en la pecera. Y tuvo de nuevo la misma sensación: que la muchacha de los cabellos color caoba le resultaba familiar, aunque no sabía de qué. Cuando acabó el espectáculo, a la salida, se la encontró de frente. Para obligarlo a detenerse se cruzó en su camino. Abstraído como iba, estuvo a punto de tropezar. Ella lo detuvo con la mano. Llevaba puesto un albornoz y unas zapatillas, y el pelo de color caoba, aún mojado, se lo había peinado hacia atrás.

—Buenas noches.

—Buenas noches —respondió él.

Y sin mirarla, continuó adelante. Ella lo siguió y le tiró de la manga:

—¡Eh!

—¿Qué pasa? ¿Quién eres?

—La de la pecera. Lo sabe perfectamente.

El muchacho, después de asegurarse de que su perseguidora no llevaba compañía, se calmó y se la quedó mirando con una sonrisa medio burlona. Sacó la petaca y comenzó a liarse un cigarrillo mientras distraídamente le decía:

—Felicidades, señorita, lo hacen muy bien.

—Tú también lo hiciste muy bien, hace nueve años.

El repentino tuteo provocó que las piezas de Deogràcies-Miquel Gambús encajasen inmediatamente. Sintió que el rubor le cubría las mejillas. Fue sólo un segundo. Luego refunfuñó:

—Ya veo que tienes buena memoria. ¿Sigues haciendo aquel numerito tan curioso?

—No. —Y añadió con voz temblorosa—: Trabajar con la foca es más agradecido que hacerlo según con quién.

Deogràcies-Miquel Gambús se agachó un poco para dejar que el resentimiento de la muchacha le pasase de largo, por encima de la cabeza, lo suficientemente lejos como para no tener que preocuparse, y lo bastante cerca como para estar al quite.

—No me sorprende tu rencor —dijo—. Y lo entiendo, pero lo siento: no me importa. ¿Qué quieres de mí?

—No quiero nada, sólo hablar contigo —dijo ella, algo más segura.

—¿Hablar? ¿De qué?

—No te asustes, de nada que te pueda perjudicar.

Él la miró de arriba abajo y volvió a sonreír. ¿Cómo podría perjudicarlo una muerta de hambre como aquélla? El albornoz se le abría y le echó una mirada a los pechos: aún tenía un buen cuerpo. Realmente era una muchacha muy bonita. Todavía se podía hacer algo con ella. Nonnita se dio cuenta y se tapó. Demi Gambús sacó la cartera del bolsillo, pero ella lo detuvo.

—No quiero dinero.

—No tenía intención de dártelo. —Y le alargó una tarjeta de visita—. Pasa a verme cualquier día. Hablaremos de lo que quieras menos de aquello tan desagradable. Es agua pasada.

—Entonces no pareció desagradarte…

—No quiero discutir.

—Viejas historias, ¿eh?

—Tú lo has dicho. Adiós.

Se caló la gorra, se alzó las solapas y se fue a paso vivo y con las manos en los bolsillos. Y no sin cierta desazón. No estaba particularmente orgulloso de la historia que la muchacha le había hecho recordar.

Ella, a su vez, se quedó mirando a Deogràcies-Miquel hasta perderlo de vista. Cuando volvió a entrar, aún tenía la excitación del encuentro a flor de piel.

De cara a la función de la noche, la caída del espectador en la pecera les obligó a comprobar que las paredes de vidrio no se hubiesen resquebrajado: el hombre calzaba botas y todo el mundo había sido testigo de las patadas que había dado contra los vidrios cuando sintió que se ahogaba. Sin embargo, Nonnita Serrallac no estaba para nada; se movía como una autómata.

Una vez comprobado que la pecera no perdía ni una gota, fue necesario vaciarla: la foca se había asustado y no había parado de vomitar, un flujo delgado e interminable que había teñido el agua de un tono marrón. Imposible aprovecharla. El espectáculo de la pecera arrastrada hasta el borde de la acera para ser vaciada con una manga directamente a la calle, congregó tanto público como durante la función una hora antes. La gente, pese al frío, salía de los cafés para verlo y aplaudir. Algunos mentecatos empezaron a gritar:

—¡Que salga la foca! ¡Que salga la foca!

Y el pianista, que en el fondo era muy bromista y pensó que aquello redundaría en beneficio de la fama del Pabellón Soriano, la hizo salir a saludar. Y como estaba bien enseñada y sabía aplaudir desde pequeña, el animal, en su vejez, pese a su malestar arañó otro minuto de gloria que llevarse al paraíso de las focas muertas, si es que existe tal cosa.

—Nonnita, una vez tengamos vacía la pecera, podríamos limpiarla a fondo… —sugirió uno de los patrones.

Ella no quería problemas. Tampoco le convenía. Así pues, a fregar y a callar. Todo un panorama.

Tomàs estaba dentro de la pecera gigante, vacía, con un cubo, jabón y una bayeta. Nonnita se subió al taburete y desde arriba lo estuvo observando unos momentos para ver si tenía el entendimiento abierto o cerrado. Le resultaba imposible quitarse de la cabeza el encuentro con Deogràcies-Miquel Gambús. Le confesó:

—A veces pienso que si me muriese en este mismo momento, no me importaría nada.

Y él, tan soso como buenazo, acostumbrado a aquellas ocurrencias de Nonnita, le contestó:

—Eso es una tontería. No lo digas ni en broma.

Y ella, apoyada en el borde de la pecera como en una barandilla:

—Que sí, que no lo sentiría nada. No sé qué sacamos de vivir así. Todo el mundo tiene derecho a tener un sueño. Y si no fuese por…

Tomàs vio que ella no sabía cómo concluir la frase, y a él no se le ocurría nada, de modo que continuó fregando en silencio. La muchacha tiró la bayeta al suelo y dijo:

—¿Qué nos ha pasado? ¿Qué coño nos pasa para que tengamos que vivir tan arrastrados? Es ridículo. ¿Es que no lo ves? Los dos aquí, dentro de una pecera…

Pero Tomàs, desde que la coz de la mula le había abierto el coco como una granada, en ocasiones era una alma bendita de Nuestro Señor. Sólo sabía que en aquel lugar y en aquel preciso instante, lo que tenía que hacer era fregar con una bayeta una pecera gigante y no pensar en las ideas de Nonnita. Únicamente sabía eso y nada más. La muchacha le preguntó por sorpresa:

—No crees que podamos cambiar de vida, ¿verdad?

Calló, y un momento después, más aburrida que triste, sin esperar que le contestara, le soltó:

—No sé qué es lo que sacamos de vivir.

Tomàs volvió a oírla y volvió también a hacer un esfuerzo para pensar, pero como le sucedía últimamente, no le salió nada. Nonnita lo comprendía muy bien. Para ella misma, sus mejores momentos eran cuando no pensaba en nada, cuando ni siquiera soñaba, sino que permanecía como haciendo el muerto en medio del mar, no deseando nada, sólo flotar y dejarse llevar, como si fuese un vegetal con tres terminaciones nerviosas en lugar de trescientos millones.

La función de noche pasó sin pena ni gloria y más bien con algunos silbidos. Había muy poca agua y el animal casi no podía nadar. Además, Nonnita tenía la cabeza en otra parte. Había faltado muy poco para que se ahogara de verdad. Hasta la foca se dio cuenta. Su único pensamiento era acabar y marcharse a casa.

—Nonnita, ¿quieres que acabemos de llenar la pecera?

—¡No! Perdóname, Tomàs, pero es que estoy muerta. Ya lo haremos mañana, ¿te parece?

Se cambió en diez minutos y se marchó, como si tuviera prisa.

A aquella hora de la noche aún había mucho movimiento. El Paralelo estaba plagado de teatros y teatrillos, cafés concierto, restaurantes... La mayoría sabían a qué hora debían abrir, pero no la hora de cierre. Y menos aún con aquel frío. La gente buscaba resguardo...

Tomàs la esperaba a la puerta con su maletita en la mano. Nunca se separaba de ella. Era de piel y parecía un maletín de médico. Probablemente era la más reluciente de Cataluña desde que, durante una *tournée*, un campesino le dijo que podía mantenerla siempre impecable a fuerza de limpiarla con pasta de ceniza y cerveza.

Nonnita lo miró a los ojos. De noche resultaba más difícil ver si tenía la mente ligera o espesa, y a ella no le apetecía nada ponerse a comprobarlo. Sólo quería irse. Pasó a su lado y comenzó a caminar Paralelo adelante sin decirle nada. Ella caminaba y Tomàs la seguía, como un perrito. Nonnita oyó su voz, allí detrás, que decía:

—¿Ha sido la caída de aquel fulano a la pecera lo que te ha puesto de mala leche?

La voz era firme y se vio con ánimo de responder:

—Tomàs, de mala leche, siempre tengo un poco guardada para repartir. ¿Te he contado alguna vez que mi padre, cuando era pequeña y me portaba mal, me colgaba de la palmera por los pies hasta que pedía perdón, y que por eso estoy enfadada casi desde que nací?

Continuaron caminando en silencio un rato más. Tomàs le preguntó:

—¿Quién era aquel con quien has hablado nada más acabar la función de la noche?

La muchacha se detuvo en seco y se dio la vuelta. El otro, que iba lanzado, casi tropieza con ella.

—¿Es que te dedicas a vigilarme?

—No, pero estaba fregando y te he visto.

Se encontró con sus ojos y toda la rabia se le disipó. Tomàs no tenía ninguna culpa.

—No te preocupes, era uno de esos muertos de hambre que creen que todo se puede comprar con dinero.

—¿Y no es así?

Nonnita Serrallac se lo quedó mirando para comprobar si Tomàs era consciente de lo que acababa de decir o simplemente era la pregunta de un idiota; querido, pero idiota. No llegó a averiguarlo y estalló en una carcajada:

—Eres un viejo hijo de puta y no sé por qué te aguanto.

—Te hago compañía. Y no soy ningún viejo.

La verdad es que la muchacha no dejaba de pensar en aquel de quien ni siquiera recordaba el nombre. Cogió la tarjeta y leyó: «Deogràcies-Miquel Gambús.» La ira comenzaba a subirle desde el estómago a la boca.

Como todos los demás componentes del circo, Tomàs también había estado presente aquella noche de fin de año. Fue durante su estancia en un pueblo perdido, a orillas del Ebro.

—¿Cómo se llamaba el pueblo de la famosa función especial del cambio de siglo?

—De eso hace ya mucho tiempo.

—Nueve años. Es mucho o poco, según como se mire. Yo me acordaré toda la vida.

Estuvo a punto de confesarle que, en realidad, el muchacho con quien había charlado a la salida de la función de la tarde era el hijo de puta que había protagonizado aquella actuación con ella. Sin embargo no lo hizo.

—¿Me lo dices o no?

—¿El qué?

—¡El nombre del pueblo, cojones!

—Alcagaire. Alcagaire de la Roca.

Qué nombre tan ridículo. Y hacía un frío espantoso. La niebla se condensaba de madrugada sobre las bestias y con el nuevo día aparecían muertas en la jaula, blancas como muñecos de nieve. El personal enfermaba. Era imposible avanzar. Aquella familia tan poderosa les había brindado su hospitalidad y habían podido instalarse en un solar situado en el centro del pueblo, junto a una avenida completamente nueva e iluminada con electricidad. Les dieron leña y comida. A cambio les pidieron dos funciones públicas, una el día de Navidad y otra el de San Esteban. El muchacho, a espaldas de su familia, les pidió otra función, ésta privada, muy particular, para la noche del 31 de diciembre de 1899 al 1 de enero de 1900. ¿Cómo podían negarse a ello?

El frío había acabado por juntarlos y caminaban cogidos del brazo. La muchacha lo observó en silencio. Nunca se había preguntado qué edad tendría. De Tomàs le gustaban otras cosas, como por ejemplo la atención que prestaba al cuidado de su barba, fuerte y recortada, partida en dos por una especie de raya. También le gustaba su cabeza grande, que fuese bajo pero con buena planta. Y que, pese a haber perdido un poco de cerebro por culpa de una mula idiota, siguiese hablando con gestos amplios y dignos y llevando con tanta autoridad la bata gris de su antiguo oficio de sastre. Incluso entonces, cuando durante muchas horas del día no regía y le temblaban las manos, conservaba la bata en perfecto estado de revista, limpia y almidonada. Si no hablaba, apenas se le notaba que tuviese la cabeza agrietada y aplastada por uno de los lados.

Los primeros montones de escombros les sirvieron de aviso para saber que entraban en el espacio de la Reforma. Una familia de gitanos cargaba en una tartana las cuatro tablas, muebles desballestados y trastos viejos que en el derribo de una finca habían sido olvidados. Los cargaban ordenadamente, con criterio, organizados: las mujeres y los niños aguantaban los faroles y los hombres trabajaban. Ocupaban una zona e indirectamente la defendían, marcaban su territorio. Se lo llevaban todo, la madera carcomida de los marcos de las ventanas, trozos de hierro y alambres retorcidos. Cargaron incluso toda una pared entera en la que aún había pintado a brocha un cartel que avisaba de la existencia de un perro rabioso.

Un muchachito, apoyado en la antigua esquina de la calle Pom d'Or con Isern, come cacahuetes de un cucurucho con aire jactancioso. Es gordito, bizco y luce un bozo muy tupido. Se recuesta en una de las pocas farolas de gas que aún funcionan en la zona. Prácticamente a su lado, la actividad de los gitanos provoca que se levanten pequeñas nubes de polvo ante él. El muchacho va hecho un pincel: pantalones de brillante terciopelo negro, alpargatas blancas cerradas, camisa azul, blusa y gorra nueva. Maquinalmente pela otro cacahuete y se lo mete en la boca. De repente cierra el cucurucho y se lo guarda en el bolsillo, como diciéndose: mejor que me sobren unos cuantos para mañana. Luego se planta ante ellos. Nonnita no lo conoce.

—¿Quién es éste? —le pregunta a Tomàs.

Y señala hacia adelante. Él, como en aquel momento está pero no carbura, no dice nada. Es una suerte, porque la muchacha se da cuenta de que ya vuelven a estar en las mismas, y de que el muchachito es un muerto. No hay manera de evitarlo. Encima a ése no lo conoce de nada. Sólo le faltaba eso, que se le aparecieran muertos desconocidos.

Nonnita le pregunta al muchacho qué quiere y éste le responde que de ella nada, que viene a buscar a Tomàs porque le han asegurado que también corta trajes para difuntos. Entonces le explica que es peón de albañil y trabaja en las obras de la Reforma, en aquel mismo sector. Que se ha matado hace dos días, a primera hora de la mañana, al caer de un inmueble a medio derribar. Que necesita un traje a medida porque el capataz ha enviado un telegrama a unos parientes suyos de Murcia para que vayan a recogerlo. Y para cuando lleguen quiere tener un buen aspecto. «Quiero que vean que en Cataluña he prosperado», dice. «Por eso mientras tanto me he puesto la muda limpia.» Nonnita le responde que es muy joven y que no necesita un traje, que con la muda limpia ya tiene bastante para irse al otro barrio en perfectas condiciones. Él, sin embargo, con el aire jactancioso que se gasta, le suelta que «los jóvenes de hoy en día somos presumidos por naturaleza y, además, lo que me interesa por encima de todo es dejar pasmados a mis familiares». Y ella piensa que eso es justo lo que le faltaba: muertecitos chulos y forasteros; y lo manda a la mierda no sin antes añadir que Tomàs corta trajes para cadáveres, pero que no se trata con fantasmas. Y el muchachito se queda esperando que vengan sus parientes murcianos para enterrarlo en Barcelona porque llevárselo cuesta mucho dinero. De hecho, viajar desde Murcia también es muy caro, le dice ella. No quiere que el chico se haga falsas ilusiones. Pero él, que es un muerto reciente y murciano, eso no lo sabe. E insiste en que quiere irse al cielo como un señor. Nonnita le dice adiós con la mano y él le hace un corte de mangas después de sentarse en el poyo irreal de una casa inexistente. La expresión de su rostro es ahora de enfado: se le han caído al suelo los cacahuetes que había guardado y que, a medida que llegan al empedrado, se desvanecen cual finísimas gotas de lluvia.

Siguieron adelante. Nonnita Serrallac estaba nerviosa porque temía encontrarse más muertos en cualquier momento y aquella noche, precisamente aquella noche, no le apetecía lo más mínimo. Tenía un montón de cosas en que pensar y deseaba llegar a casa lo antes posible, sin interrupciones. Además, a veces se equivocaba. Hacía unos cuantos días, poco antes de llegar a la plaza del Àngel, vio la hoguera del guarda de una de las obras. Una comisión había decidido salvar un edificio en concreto, como un *ninot* indultado en las Fallas. Sería desmontado piedra a piedra y reconstruido en otro lugar de la ciudad. Por eso era preciso tenerlo vigilado. El guarda tenía un perro que abultaba casi tanto como ella. Los dos, hombre y animal, vigilaban y se calentaban. El caso es que la primera vez que se topó con él no le dijo nada porque creyó que era uno de los muertos del barrio. Luego resultó que no, que era un ciudadano vivo.

Atajaron por la calleja del Crist de la Tapineria. En el balcón del principal de la primera casa había una capillita con un Cristo, de ahí el nombre de la calle. El dueño de la finca no alquilaba el piso si el arrendatario no aceptaba la obligación de mantener siempre el Cristo iluminado por la llama de una lámpara de aceite. Ni Dios, ni Cristo ni el Espíritu Santo serían capaces de obrar el milagro: al cabo de poco la finca iba a ser también derribada. Y el Cristo con ella. Pero Nonnita lo miraba cada vez que pasaba por allí. Cuando la llama se apagara, ya podía ir haciendo la maleta.

Llegaron al portal. Ella entró y Tomàs se la quedó mirando.

—¿Qué haces hoy, subes o no? —le preguntó.

—¿Y si durante la noche se cae el edificio y me pilla dentro?

—Haz lo que quieras —dijo ella.

Y comenzó a subir sabiendo que él lo haría detrás. Entraron en el piso y cada uno se instaló en su habitación.

Nonnita Serrallac se echó una manta sobre los hombros y fue en busca de Tomàs para pasar un rato más con él. Se encontró con que ya se había dormido y se tendió en el catre a su lado. Era lo suficientemente grande. Más que un catre se trataba de un jergón grande tirado en el suelo. Mantas no les faltaban; eran los restos del naufragio del circo. De repente Nonnita se había sentido muy sola. Tal vez porque aquella noche sólo se le había aparecido un muerto. Quizá se había acostumbrado tanto a sus muertos, que si faltaban a la cita los añoraba.

No quería dormir sola; deseaba sentir un poco de calor cerca.

Con la confianza insípida y anodina que proporcionan el compañerismo y la costumbre de haber rodado por el mundo durante tanto tiempo encajados en espacios reducidos y compartiendo por fuerza olores e intimidad, se hizo un sitio junto a Tomàs. Así era en la galera, tirada por dos mulos, siempre en movimiento y mirando al cielo: si llovía en noche de espectáculo, era una catástrofe; si la lluvia los atrapaba por el camino o acampados, eran días de espacios cerrados y humedad, llenos de horas muertas. Pensó: «Él ha visto cómo me hacía una mujer y yo lo he visto hacerse viejo.»

Necesitaba guardar toda su energía para ir al encuentro de Deogràcies-Miquel Gambús, que le había devuelto a la memoria el peor momento de su vida. Después de aquello cortó en seco el excéntrico número que la había hecho famosa. Se prometió que nunca más volvería a hacerlo y hasta el momento lo había cumplido.

Ahora estaba embarazada. Un barcelonés más: ¡menuda novedad!

No lograba conciliar el sueño. El recuerdo la desvelaba. En la oscuridad de la habitación, la muchacha tan sólo era una sombra. Apoyaba el mentón en el pecho y levantaba las rodillas, se recogía sobre sí misma. Evocó aquellas tardes de otoño cuando, entre función y función, hacía el amor con Emidio en su escondite de la montaña de Montjuïc. Lo habían descubierto por casualidad. Era una oquedad natural bajo una roca, prácticamente invisible desde el camino de ronda. Parecía una marquesina. Despejaron el suelo de maleza y extendieron encima una manta.

Era una fuerza enorme que los atrapaba de repente: se adentraban en el silencio de la montaña como si huyeran. No había nunca nadie porque se trataba de una zona militar. Tumbados en su escondite, levantaban la cabeza y veían recortarse allá arriba la silueta del castillo. Y pegando la oreja al suelo se podía llegar a oír el claro rumor de la ciudad.

Aquel nido de amor les duró apenas unos pocos encuentros, el tiempo que tardó en descubrirlos el soldado de guardia. Ella se asustó tanto que clavó las uñas en la espalda de su amante hasta hacerle sangre. Habían tenido al soldado a cuatro pasos y ni se habían dado cuenta. Tuvieron que marcharse montaña abajo, corriendo, cogidos de la mano y riendo hasta las primeras casas del Poble Sec. Cuando sus compañeros lo vieron llegar con la espalda ensangrentada se asustaron. No por él, sino porque el número de las bicicletas cómicas lo hacían con una especie de mallas como de equilibrista, con la espalda descubierta. Aquel día, Emidio Forlì, alias Jordi, tuvo que actuar con una capita azul celeste, brillante, que le cubría hasta la cintura. Sus compañeros se mondaban de risa y lo trataban de mujercita. Pero como lo hacían en ruso, él y Nonnita Serrallac también se reían.

Pensando en eso se durmió.

Tomàs se despertó, de madrugada, y la encontró a su lado. La destapó un instante para recorrer a la luz de la vela su pelo color caoba, la nuca clara, los pechos pequeños y tersos... Lo que más le gustaba a Tomàs de Nonnita era el rostro, de rasgos marcados, con unos pómulos pronunciados, como de eslava. Solamente en aquella situación, medio dormida, le aparecía de vez en cuando una pequeña sonrisa en la cara como si en el mundo de los sueños aquella carrera tras una pizca de felicidad tuviese alguna posibilidad de éxito.

Comprobó que el embarazo aún no le había hinchado la barriga. «De momento sólo le hincha la mala leche», pensó.

5

De Tarragona a Barcelona, pasando por Cádiz. A Eustaqui Guillaumet le llegaba claro y limpio el olor a agua salada. Tenía mucho frío y oía silbar el viento entre los cordajes como un murmullo. Contemplaba el puerto desde el ojo de buey de la sala de oficiales, donde lo tenían encerrado por precaución. Veía un cielo gris y cubierto y un ambiente brumoso que difuminaba vagamente el contorno de los edificios de la ciudad. Y justo debajo de él un grupo de tres barcas atadas entre sí balanceándose suavemente. Campesino de manos curtidas y cuarteadas, natural del discreto y trabajador pueblo de Vila-rodona, hacía ya muchos días que había partido hacia Barcelona en busca de fortuna. Tenía diecinueve años y ganas de comerse el mundo.

Sin embargo, antes pasó por Tarragona para recoger a un futuro compañero de aventuras con el que se había citado. Después de esperarlo sin éxito durante tres días en una pensión de mala muerte, triste y aburrido, estuvo a punto de mandarlo todo a paseo y volver a casa. Afortunadamente no fue así y decidió emprender él solo el viaje hacia la Ciudad Condal. La culpa la tuvo un marinero, que lo engatusó con la promesa de llevarlo a Barcelona casi gratis, por la mitad de lo que costaba el billete de tren, a bordo del vapor *Játiva*. Él aceptó encantado, aunque en realidad aquella embarcación partió hacia Cádiz con un cargamento de tejidos, maquinaria, quincalla, embutidos, quesos, calzado y pájaros cantores. Denunciado como polizón por el mismo marinero que lo había embaucado, fue obligado a trabajar para pagarse el pasaje hasta la ciudad andaluza —a la que no deseaba ir—, bajo la amenaza de ser lanzado al agua si molestaba demasiado. Así pues, el resultado fue que Eustaqui Guillaumet lo pasó peor aún que las ratas que por la noche paseaban tranquilamente por la cubierta bajo el claro de luna del Mediterráneo. Una vez en Cádiz le dijeron que no podía desembarcar porque legalmente él no existía, pero que si esperaba cuarenta y ocho horas, el *Játiva* zarparía hacia Barcelona y lo podrían llevar. Aunque, eso sí, trabajando más aún que en el viaje de ida. Eustaqui aceptó el trato y así fue como pasó los últimos días de 1908 tiritando de frío y despertándose aterrorizado por la noche porque soñaba que lo engañaban de nuevo y esa vez lo abandonaban en Fernando Poo.

El tráfico marítimo del puerto de Barcelona en el primer día de enero de 1909 registraba la llegada, entre otros, del vapor *Eugenia* que, procedente de Savannah y con pabellón de Austria-Hungría, transportaba, lógicamente, algodón, 2.850 balas. También atracó el falucho *Pepito*, de Palamós, con paquetes diversos y, naturalmente, una caja de gambas. A media mañana fondeó en el muelle el vapor *Játiva*, que venía de Cádiz, cargado con 532 efectos, entre los que se contaba vino, harina, sardinas, arenques, salvado, garbanzos, envases, aceitunas, uvas pasas y diversos objetos personales. Además de la tripulación había otros viajeros: una familia de Sabadell que volvía a casa tras veinte años de aventura comercial andaluza, y Eustaqui Guillaumet.

Así pues, el muchacho entró en el muelle junto a la familia de Sabadell, que saludaba agitando enérgicamente pañuelos y guantes. ¿A quién saludarían?, se preguntó. Aún estaban bastante lejos y, además, no se veía que nadie los estuviera esperando. Lo interrumpió el capitán del barco que, viendo llegar el final del viaje, intentaba convencerlo para que continuase con ellos. Se había afeitado y perfumado y se había puesto el uniforme limpio y planchado para bajar a tierra. Hacía tiempo que no se topaba con alguien como Eustaqui, con esa capacidad de trabajar tanto por tan poco. El chico, que no veía el momento de abandonar el *Játiva,* le contestó que muchas gracias, pero no, que desembarcaba. Y aprovechó para preguntarle por qué saludaban los de Sabadell.

—Mucha gente lo hace —respondió el capitán—. En realidad no saludan a nadie. Es una manera de mostrar su alegría por haber llegado sanos y salvos. El mar da miedo; a veces hay pasajeros que se vuelven hacia nosotros y nos aplauden. ¿Estás seguro de que no quieres quedarte? Si es por dinero, lo podemos considerar.

No hubo manera y el hombre, enfadado, lo mandó a la mierda y le dejó claro que, una vez atracados, le daba cinco minutos para desaparecer de su vista.

No necesitó ni tres. Bajó por la pasarela con su hato y sus cuatro perras. Como no tenía bolsillos o bien los tenía agujereados, guardaba el dinero en un nudo que había hecho en los bajos de la camisa. Se quitó la gorra y se rascó la cabeza. Algunas gaviotas revoloteaban sobre él y temió que lo confundiesen con los montones de desperdicios que había en aquel rincón del muelle. Desde lo alto, pensaba, todo debe de verse parecido, personas y cosas. Y las gaviotas no son precisamente muy listas.

Movimiento de grúas, poleas, mozos de cuerda que corrían a descargar, con carretillas o sin ellas, cadenas que rechinaban, carros que llegaban, tartanas que se iban, gente gritando, montañas de toneles, garitas con guardias fumando en silencio, cincuenta palos de telégrafo apilados uno sobre otro, raíles y vagonetas de vía estrecha oxidadas, polvillo negro en el aire y, detenido, un vagón inmenso lleno de carbón. Y los carteles de las diferentes compañías navieras clavados en el suelo, cada una con su porción de muelle: La Sociedad Anónima de Navegación Transatlántica, que cubría la línea de América del Sur. Agente en Barcelona: Gallart & Cía. Rambla Santa Mónica, 21; La Línea de Vapores de Mr. Slogan, Jr. De Barcelona a Stettin, Danzig, Königsberg y Riga. Agente: Sr. Torrevedella. Rera Palau, 4; La Compañía Transatlántica. Nueva York, Fernando Poo, Tampico. Agente: Ripoll & Cía. Dormitori de Sant Francesc, 25... Todos aquellos nombres lo hipnotizaban y le bailaban ante los ojos, tan preciosos como si fueran perlas negras de un tesoro: al fin estaba en Barcelona.

Pasó entre dos larguísimas hileras de balas de ropa y algodón más altas que él mismo. Al fondo, una reja cerraba el perímetro del muelle. Sin dudarlo un momento se acercó y la saltó.

Estaba exultante: más carros, más gente, coches, tranvías, un paseo plagado de palmeras y a la izquierda, al fondo, la estatua altísima de aquel Colón con el brazo estirado que señalaba el mar. Le gustó y para allá se fue. Le parecía mentira. «Eustaqui, has ido de Tarragona a Barcelona pasando por Cádiz, pero ha valido la pena», se decía.

Compró un cucurucho de altramuces a una vieja castañera con pañuelo en la cabeza y delantal con puntillas, que le dijo que aquello era la Rambla.

Se pasó el día de arriba abajo sin darse cuenta, entre aquella muchedumbre que no paraba quieta: muchos hombres con gorra y blusón abotonado hasta el cuello y también algunos niños. Mujeres, pocas. Y entre las que se veían, abundaban sobre todo las criadas. También algunas de la vida a las que distinguía porque en Tarragona había visto otras parecidas. Y muchachitas que salían de trabajar de los talleres o de las tiendas. A diferencia de lo que ocurría en su pueblo, no le parecía que ninguna de aquellas mujeres se ofendiera al sentirse observada; más bien al contrario, se dejaban mirar. Si iban en grupo, sonreían, como si no les importase nada todo aquel público masculino que las seguía con los ojos. Y ellas, clip-clap, clip-clap sobre el pavimento, todas hacia la parada del tranvía.

En medio de la Rambla oyó un alboroto, con fuerza pública incluida. Le preguntó a un transeúnte y éste le susurró que los guardias obligaban a guardar la vez:

—Es para entrar en ese café en el que dicen que se sirve cerveza. Pero se ve que la mayoría sólo quiere entrar para echar un vistazo. Creo que el sitio está muy bien.

Eustaqui se quedó con la boca abierta. «Cuando lo cuente en Vila-Rodona no me van a creer: la gente peleándose y haciendo cola para ver cómo es por dentro un café nuevo. ¡Y la policía repartiendo palos para que se respete la vez!»

Los tranvías de color calabaza y los *riperts* verdes y rojos pasaban llenos hasta los topes. Aun así, los vendedores de periódicos subían y bajaban en marcha. A la hora de comer se veía a algún hombre que paraba un coche de punto y lo alquilaba para volver a casa.

Vio también a muchachos con americana y sombrero que, cansados del trabajo, se detenían en los quioscos y tomaban un café. Así dejaban libres las aceras y los escaparates de las tiendas. También había hombres mayores que paseaban arriba y abajo cargando a la espalda unas pancartas de propaganda de sopa preparada.

Y los limpiabotas, esperando a los clientes con mucha dignidad, con el cepillo y el betún.

Al atardecer, las tiendas empezaron a cerrar sus puertas y las nuevas farolas de luz eléctrica comenzaron a iluminar espacios ya vacíos de gente. Hacía mucho frío. Sólo se oía el chirrido del rodar de los tranvías, ahora medio llenos o medio vacíos.

De repente comenzaron a temblarle las piernas. No había comido en todo el día y acababa de sentir mucha hambre. Estaba en la calle Gínjol. Levantó los ojos y leyó: «Café Gambrinus»; entró. Pidió un plato de sopa caliente.

—¿Con carne o sin ella? —le preguntó una mujer tras la barra.

Preguntó por el precio, se hizo cargo de su situación y la pidió sin carne con un hilo de voz y ganas de llorar: un gigante con cara de niño angustiado.

Acabó su sopa y pagó. La mujer le preguntó si se encontraba bien. Él le respondió:

—Le parecerá increíble, señora, pero acabo de llegar de Tarragona pasando por Cádiz. Necesito trabajar. Puedo desempeñar cualquier tarea, siempre que sea honrada.

—No lo pongo en duda. Pero... ¿sabe leer?

—Algo.

—Pues lea.

La mujer sacó un periódico de debajo del mostrador, buscó una página y se lo entregó. Eustaqui empezó a leer en voz alta —sólo sabía hacerlo así— las letras grandes: «En Barcelona existen hoy entre ocho y diez mil golfos que constituyen una verdadera lacra social.» Y más adelante: «Por más doloroso que nos resulte confesarlo, es una auténtica vergüenza que miles de jóvenes adolescentes se paseen por las calles de nuestra gran ciudad, vagando sin rumbo, mal vestidos y aún peor alimentados, y tan propensos a ocurrencias insanas como tercos y reacios a toda disciplina.»

Se paró. Leer más de siete u ocho líneas le producía mareos.

—¿Lo ha comprendido? —le preguntó la dueña.

Eustaqui asintió con la cabeza. La mujer inclinó la olla y le echó un cucharón más de sopa y un trozo de carne. Apuntándole con el cazo le dijo:

—Vamos, cómase este trocito de carne. Le invito. Y acépteme un consejo, joven... Supongo que no tiene dinero para pagarse una pensión como es debido, ¿no? —Y sin esperar respuesta continuó—: No demasiado lejos, en la calle del Cid, hay un albergue municipal. Es sólo para hombres. Dormir cuesta quince céntimos. Va allí y se echa un buen sueño. Mañana se levanta temprano y se mete en los baños que hay en la calle Mina, que está justo al lado. Se lava a fondo, se cambia de ropa y luego se afeita en una barbería. Créame, será un dinero bien invertido. Entonces ya puede salir a buscar trabajo. Hoy en día, en Barcelona, que no le tomen a uno por vagabundo es primordial; la policía está nerviosa.

—Los ricos están nerviosos —dijo un cliente que lo había oído.

Los dos se volvieron. Era un hombre de mediana edad con bigote y perilla y un vistoso pañuelo negro rodeándole el cuello. Le habían dado una buena paliza. Llevaba la cabeza vendada y, pese a que el ojo derecho, tumefacto y amoratado en varias tonalidades, no lo podía abrir por la hinchazón, se distinguía aún su mirada penetrante. Se había colocado la gorra sobre la venda y el efecto era bastante cómico. Vestía un terno pasado de moda, relativamente elegante, de color indefinido y con una manga desgarrada de mala manera. Con un dedo tembloroso señaló a Eustaqui y gritó:

—¡Tú!

Sorprendió al muchacho con la boca llena de garbanzos y con un trozo de carne pinchado en el tenedor. El hombre del pañuelo negro, con cierta dificultad para hablar, insistió:

—Tú, criatura ingenua abocada a la autodestrucción por la ignorancia...

Eustaqui Guillaumet se lo quedó mirando boquiabierto: ¡en Barcelona, los simples clientes de un café hablaban con enigmas!

—Tú, sí, tú, ¿he oído que buscas trabajo?

—Sí, señor.

—No me trates de señor. ¿Qué clase de trabajo?

—Cualquiera.

—Está claro: trabajo de bestia por un mísero salario, ¿no? —Eustaqui no sabía exactamente si aquel hombre lo estaba insultando—: Suerte que todos los trabajadores no son tan conformistas como tú. Cómo cambiarán las cosas cuando vuelva el *signore* Errico...

—¿Quién?

—Errico Malatesta, una de las mentes más preclaras de nuestro joven siglo. Aquí donde me ves, tuve el honor de conocerlo personalmente. Fue en Barcelona, en diciembre de 1891. No paró de dar conferencias...

—¿Conferencias? ¿Quiere decir que se dedicó a predicar?

—¿Predicar? ¿Errico Malatesta, predicar? ¿Tú sabes lo que estás diciendo, desgraciado? ¿O es que te estás burlando?

El hombre intentó blandir su bastón, pero estaba tan baldado que no llegó a levantarlo ni un palmo del suelo. Entonces murmuró:

—Predicar... ¡Pedazo de alcornoque, sólo predican los curas! ¡Pues sí, predicó! Y son muchos los corazones en los que prendió la semilla de su sabiduría.

Eustaqui se encogió de hombros y siguió cenando. El

hombre del pañuelo negro se acercó a él con muchas dificultades. No se daba por vencido. Le preguntó:

—Y tú ¿qué le pides a la vida?

El muchacho, cogido por sorpresa, se quedó en blanco. Con gran esfuerzo contestó:

—Dinero.

—¿Dinero? ¡Llegará un día en que no servirá para nada!

—¿Quiere un poquito de carne? —le soltó Eustaqui.

Por un instante, el hombre se quedó en silencio, incapaz de asimilar una interrupción tan inesperada como aquélla.

—¿Eh? Bueno, te cogeré una pizca...

Era él quien ahora hablaba con la boca llena:

—¡Entraremos en los bancos, cogeremos los billetes a puñados y los usaremos como confeti en las fiestas infantiles!

—Pero de momento, tú te llevas los palos... —dijo la dueña con tono burlón.

El hombre intentó elevar la voz, pero le salió un falsete:

—Señora mía, si se tiene que recibir, se recibe. El mismo *signore* Errico, una persona de nivel superior, ha sido tratado ignominiosamente como un paria...

—¿Como un qué?

—Como un paria, cojones. Pero tú ¿de dónde vienes, de la luna?

—No, de Vila-rodona.

Lo observó con el ojo sano durante unos segundos, incapaz de discernir si aquel mozalbete era muy listo o absolutamente idiota. Continuó:

—¿Te puedes creer que el *signore* Errico ha tenido que vender helados por la calle en Londres para sobrevivir? Mirad, las huelgas generales de hace siete y ocho años fracasaron, pero nos sirvieron de lección. Ahora...

El ojo sano se le dilató de repente. Se quitó la gorra de la cabeza vendada para saludar a la concurrencia, se la colocó nuevamente y, con sorprendente agilidad, se fue corriendo hacia la puerta del fondo que llevaba a la cocina. Eustaqui se fijó en que calzaba unas alpargatas abotinadas de gamuza con suela de cuero. Las conocía porque eran especiales para pies delicados y un tío suyo de Vilarodona las calzaba. «He aquí un revolucionario de pies delicados; una cosa no quita la otra», pensó. Desde el umbral de la puerta, el hombre susurró:

—Señores, la policía y yo somos incompatibles. Buenas noches.

Y desapareció de la vista. En ese momento entró en el establecimiento un hombre de rostro oscuro y serio que llevaba un sombrero hongo. Lucía un bigote tupido y a la moda, ancho bajo la nariz y acabado en dos puntas engominadas. Llevaba americana y pantalones a medida y unos botines acharolados. Echó un vistazo alrededor y se acodó en la barra con desinterés. La dueña, que ya lo conocía, le sirvió una copita de anís.

Eustaqui Guillaumet preguntó por el camino al albergue municipal y arrastrando los pies se encaminó en su busca con los quince céntimos bien sujetos en su mano.

En el exterior, la débil niebla nocturna hacía que la luz de las farolas se tiñese de un tono rosado. Tenía la sensación de estar soñando. Aquel frío tan horroroso lo tenía consumido. Era un frío húmedo que se le pegaba al cuerpo y no había manera de quitárselo de encima. Le parecía estar goteando. Resopló, se metió las manos en los bolsillos de los pantalones y recorrió el tramo final del camino a buen paso.

El albergue estaba situado en los bajos de un edificio de vecinos. El hedor de la promiscuidad, el tufo a viejo y a orines lo impregnaban todo y llegaban hasta la calle. Sin embargo, Eustaqui Guillaumet no hizo caso. Pagó y se encontró en medio de una sala con veinte o veinticinco catres llenos de enfermos que gemían o de insomnes hablando solos en voz alta. Se fijó en que las escupideras de cerámica que había en el suelo, con agua y serrín, estaban vacías e inmaculadas, mientras que a su alrededor todo eran escupitajos.

Cuando ya se había acostado, de dos camas más allá de la suya le llegó una especie de gemido.

—¿Qué ha sido eso? —preguntó susurrando a su vecino de catre. Era un hombre de unos cincuenta años. Se había fijado en él porque mantenía un porte bastante digno. Intentaba ocultar que las manos le temblaban de vez en cuando. Le respondió:

—Es el sargento, un repatriado de la primera guerra de Cuba.

Eustaqui se incorporó ligeramente y forzó la vista en dirección al foco del ruido. Vio a alguien tapado hasta la cabeza con la manta.

—Pero si se la está meneando...

—Sí —contestó el otro sin volverse siquiera.

El muchacho volvió a observar al supuesto sargento: se dedicaba a lo suyo con toda la tranquilidad del mundo y sin esconderse. Nadie le hacía caso.

—Me llamo Eustaqui Guillaumet, para servirte...

—Y yo Tomàs Capdebrau.

El hombre se quedó quieto, con los ojos abiertos y mirándolo fijamente. No decía nada. Eustaqui esperó un momento. El otro continuaba igual. Cuando empezó a roncar se dio cuenta de que dormía de aquella manera.

Con el rumor de fondo del gemido y los ojos de su compañero clavados en su nuca, le fue viniendo el sueño mientras pensaba: «Qué gran ciudad, Barcelona, donde la gente puede dormir con los ojos abiertos y existen lugares como éste para los que no tienen un duro en el bolsillo.»

Recordando que él había llegado procedente de Tarragona, pero pasando por Cádiz, se dijo que había tenido una suerte inmensa. Inspiró profundamente una bocanada de intenso olor a sudor agrio y se durmió.

Al día siguiente, Eustaqui Guillaumet se levantó dispuesto a seguir el consejo de la dueña del Café Gambrinus. Se bañó, se puso la única camisa limpia que tenía y volvió a la Rambla. Le venían a la cabeza libremente cosas como por ejemplo: «Si el día es bueno y al mediodía hace sol, es muy agradable pasear por Barcelona en los días de invierno.» Pero en seguida se dio cuenta de que aquel pensamiento era aplicable a cualquier ciudad del mundo y se quedó desconcertado. Se metió en la primera barbería que encontró. Después de pagar, le dijo al barbero:

—Estoy buscando trabajo. ¿Sabe de alguien que necesite personal?

—Depende de si quieres un buen trabajo, un trabajo malo, o un trabajo asqueroso.

—Me da lo mismo. He venido a Barcelona a trabajar.

—Pues mejor, porque en realidad sólo hay de la tercera categoría.

El barbero le dio el nombre de un amigo suyo del muelle y al cabo de hora y media, Eustaqui Guillaumet se había convertido en el mozo mejor peinado, perfumado y afeitado de todos los que trajinaban cajas de pescado. El barbero no lo había engañado: el trabajo, en efecto, era asqueroso. Por el pestazo a pescado que se le quedaba pegado a la piel y porque allí había que dejarse el pellejo a cambio de muy poco dinero. Pero Eustaqui no sólo era de buen conformar, sino que incluso estaba contento y encontraba natural que, al comienzo, tuviera que deslomarse por un jornal más bien escaso.

De hecho, con lo que cobró aquel día únicamente tuvo para un plato de potaje en el Café Gambrinus y para dormir en el albergue municipal. A él, sin embargo, le daba igual. Al día siguiente fue el primero en llegar al muelle. Aún era de noche.

Y así comenzó la rutina de aquellos primeros días, trabajando de sol a sol. Al acabar la jornada paseaba Rambla arriba. Pero no se atrevía a cruzar la explanada de la plaza de Catalunya. Como si fuese una frontera. En Vila-rodona le habían dicho que Barcelona era muy grande, y no lo ponía en duda. Pero la verdad es que no tenía ninguna prisa por comprobarlo.

De manera que volvía a bajar por la Rambla y, como estaba bastante cansado, ponía rumbo al Gambrinus para comer el potaje y la carne. Y cuando terminaba, a dormir al albergue.

Al cabo de unos días ya se había hecho amigo del encargado del establecimiento municipal. Era un chico delgado y de hombros estrechos, piel blanca y orejas coloradas que se llamaba Ferran Baldó. Se caían bien porque Eustaqui, a diferencia del noventa y nueve por ciento de los ocupantes del albergue, no era ningún despojo humano, ni siquiera un golfo. Además, eran de la misma edad, los dos tenían la sonrisa fácil y no se complicaban demasiado la vida. Cada noche hablaban un ratito de sus cosas. A menudo de mujeres. Las mujeres de Barcelona tenían a Eustaqui deslumbrado:

—Ferran, ¿cuánto vale estar con una de esas mujeres de la Rambla?

—¿Eh? ¡Y yo qué sé! No tengo la menor idea. Estoy a

punto de casarme, no me interesa, pronto iré bien servido. En cualquier caso, mucho más de lo que tú podrías pagar. No pienses en ello; cuando seas rico no tendrás necesidad de hacerte esa pregunta. Además, pronto encontrarás una chica guapa que...

—No hay ninguna que me quiera —le respondió en un susurro.

—¿Por qué no te vienes el domingo a la Bohemia Modernista? Te presentaré a mi novia. Ahora ofrecen los bailes especiales de carnaval. Lujo total, Eustaqui. Allí van las murcianas del Poble Sec, las más guapas de España. Tan sólo hay que esperar en la puerta y dejar que acudan como palomitas a la vista de las vezas.

—No sé bailar.

—Es igual. Le pediré su máscara a mi futuro cuñado y te la dejaré. Te la pones y las invitas. Vienen con sus mamás, con sus tías y sus cuñadas, pero nunca se sabe. ¡Anímate, hombre!

Estaban sentados junto al brasero, picando pasas y cacahuetes de un bol, perezosos, oyendo tocar los cuartos en el reloj de pared.

Cuando le venía la modorra, Eustaqui se levantaba y se iba al dormitorio, que, más que caliente, estaba caldeado por la humanidad de todos aquellos cuerpos que allí intentaban dormir. Pensando en el frío que hacía fuera, aquello casi le provocaba estremecimientos de bienestar. Una única bombilla eléctrica brillaba en medio de la oscuridad de la sala sin proporcionar la más mínima claridad. Procurando no pisar ningún gargajo llegaba hasta su cama y se desnudaba sin hacer ruido.

A veces se encontraba a su lado al hombre que dormía con los ojos abiertos. Destacaban en la penumbra como dos manchas blancas.

Al otro lado de la sala resonaba a intervalos regulares

la tos de algún enfermo. También se oían las palabras inconexas de alguien que soñaba en voz alta.

Fuera del albergue, la noche helada se arrastraba Rambla arriba, encogida por el frío de febrero. Noche de invierno en el albergue municipal masculino de la calle del Cid. Noche fría de Barcelona y del mundo.

6

El embarazo seguía su curso y la desazón que traía consigo también. Al cabo de una semana, Nonnita Serrallac daría por concluido el número de «La Bella y la Foca» y habría dos debuts simultáneos. Una cupletista francesa llamada Miss Morrissini y un número exótico con nueve negros bailando como indios alrededor de una muchacha atada a un poste. Dependiendo del éxito que tuviesen, a finales de marzo o comienzos de abril volvería a tocarle a Nonnita, con una nueva atracción que ya había empezado a preparar: se convertiría en Tina Parri, la muchacha *fregolina,* famosa en toda Europa por sus transformaciones. El problema era que, preñada de casi cinco meses, poco o nada se podría transformar. Los hermanos Soriano aún no sabían nada de aquel embarazo, y ella no encontraba el momento de darles la noticia. Temía que el refugio que tan generosamente le habían brindado se acabase de golpe. Era un teatro, no una casa de caridad, y ya se habían portado bastante bien con ella. No podía exigirles que ofreciesen una atracción protagonizada por una preñada. Si perdía aquel trabajo, era casi seguro que con ella irían también a la calle todos sus protegidos: Tomàs, el loro, la foca, la mula y el carro.

A la angustia del embarazo se añadió, de golpe y porrazo, lo más inesperado. Los hermanos Soriano, siempre a la busca de nuevas atracciones, habían hecho un viaje relámpago a París para contratar a la nueva cupletista. A su vuelta explicaron orgullosamente a todo el mundo que se habían encontrado por sorpresa con los ciclistas rusos, que estaban triunfando en la capital de Francia con el número de las bicicletas cómicas con el que habían debutado en Barcelona. A Nonnita Serrallac le faltó tiempo para preguntar por el italiano que los acompañaba.

—¿El italiano? ¡Ah, sí! No estaba con ellos. Nos dijeron que lo habían dejado en Barcelona —le explicó don Ricardo Soriano.

Cuando oyó esto, el corazón le dio un vuelco. Ya se había hecho a la idea de la desaparición de Emidio Forlì de su vida, como si hubiese muerto. Y ahora resultaba que no se había ido. Volvía, pues, la pregunta inevitable: ¿por qué no le había dicho nada? Quizá su salud no era buena. O tal vez no quería saber nada más de ella; así de simple. Pero el caso es que ella estaba embarazada. Y una segunda cuestión, relacionada con la primera, comenzó a obsesionarla: si no se había marchado, tal vez aún estaba allí. Al fin y al cabo no hacía tanto que... Y si estaba en Barcelona, necesitaba encontrarlo. Sólo deseaba tenerlo cerca un momento y mirarlo a los ojos. En ese instante sabría si tenía que contarle o no que estaba embarazada. Sólo eso; no le pediría ni le reprocharía nada. En el fondo, ella tenía corazón de feriante, y los amores de los feriantes eran a menudo efímeros; eran amores de supervivencia, provisionales, que duraban mientras duraba la *tournée.* De su época en el circo recordaba el caso de una mujer con la que había compartido penalidades durante cuatro o cinco años. Se llamaba María y leía el horóscopo, las hojas del té, los posos del café; echaba las cartas del tarot y leía las manos. No era muy mayor —tendría unos treinta y cinco años— y viajaba con sus cinco hijos. El mayor tenía veinte años y el pequeño sólo meses, todos de padres distintos. Todo el mundo quería a María y se preguntaba cómo era posible que siendo adivina no supiese nunca si los maridos le iban a salir buenos o malos.

Por lo tanto, no le pediría nada a Emidio. Pero quería encontrarlo. No tenía nada que ocultar y, por otra parte, estaba orgullosa de haber amado a aquel italianote delgaducho y caradura.

Así pues, con la energía propia de las empresas sin futuro, se levantaba cada mañana relativamente temprano y muchos días empleaba la primera parte de la jornada buscándolo por Barcelona. Después de comer, a primera hora de la tarde, se dirigía al teatro para ensayar y ya se quedaba allí hasta la noche, cuando hacía el número de la foca.

Era casi una rutina llena de falsas esperanzas. Comenzó la búsqueda aplicando un cierto método y siguiendo los pasos más lógicos. Recorrió todos los teatros de Barcelona. Con el carro se llegaba hasta los más lejanos. Preguntaba por el italiano a los gerentes, a las taquilleras, a los mozos, pero nadie sabía nada. Más tarde, si en ese momento estaba receptivo, se lo explicaba a Tomàs. De no ser así, esperaba el momento de volver a casa: otra cosa tal vez no, pero los muertos del barrio, que a menudo la esperaban haciendo corrillos, al menos la escuchaban con cierta atención. Durante aquellos días de locura indagadora, hubo uno al que encontró por casualidad. Aquello ya era demasiado: casi se tropezó con él: entre la gente que miraba las obras de la Reforma había un muerto. Uno de sus muertos. El caso es que no tenía mucho peor aspecto que los vivos que estaban a su alrededor. Ella no quería confundirse de nuevo, que los barceloneses, de este mundo o del otro, siempre han sido muy susceptibles y en seguida se ofenden. Intentó disimular, albergaba la esperanza de que no la viera. Los muertos son muy pesados y en seguida te paran. Por otra parte, ¿qué sentido tenía que un difunto estuviera mirando las obras de la calle? Pasó de puntillas por detrás de él. El muerto la vio perfectamente pero la desdeñó. Sabía comprender cuándo no era bien recibido.

Después de preguntar en los teatros, se le ocurrió ir al ayuntamiento. Cuando allí expuso que buscaba a un saltimbanqui italiano sin oficio ni beneficio, la enviaron a una de las comisarías de pobres. El policía de guardia la repasó de arriba abajo. Cogió una cuartilla y le fue recitando una lista:

—¿Italiano, dice? Extranjeros, últimamente ha entrado un mendigo gabacho que atacó a los guardias con unas tijeras de podar...

—No.

—¿Cuántos años tiene? Porque tenemos recogido a un anciano que vive solo en un caserón ruinoso de la calle Jaume Giralt, dice tener una hija casada en buena posición, pero no recuerda dónde vive.

—No.

—¿Y uno que desvaría, que dice ser Isidro Leyva, el famoso estafador de Badajoz?

—Tampoco.

—También tenemos...

—Déjelo.

—¿Ha dicho italiano? ¿Era mendigo, vagabundo...?

—Era artista.

—Claro. ¿Artista pobre de solemnidad o artista pobre a secas?

Nonnita giró la cabeza y echó un vistazo a la gente que había en la comisaría, esperando. El policía se burlaba de ella. Se sentía seguro, con su cara redonda y los labios brillantes de saliva. Enfrente, sentados en los bancos de madera o de pie, con los labios secos, los hombres y mujeres que esperaban con rostro inexpresivo, lo mismo podían ser indigentes que obreros. En Barcelona, en el año 1909, a menudo había muy poca distancia entre una categoría y otra. Lo sabía muy bien por la gente expulsada de las casas expropiadas del barrio. Pasaban de la pobreza a la miseria en cuestión de minutos. Barcelona ponía muy fácil el camino a la indigencia. Sólo hacía falta caer enfermo o envejecer.

Y ella, qué era, ¿eh?

De madrugada, camino de casa, le hace esta misma pregunta a Severí, de casa Blauet. Lo recuerda de cuando era pequeña. Debe de llevar muchos años muerto, pero, sin embargo, a primera vista no se le nota mucho. Severí, de la casa Blauet, ni joven ni viejo, delgado y ligero, con unas cejas poco pobladas y finas como de mujer, era bobo de nacimiento. Y por lo que parece, continúa siéndolo de difunto. Va por la calle tejiendo una bufanda de punto, con lana y agujas, en invierno y en verano. Entra y sale de las tiendas y ofrece la bufanda a los clientes, nada agresivo, con educación. Nadie se la compra porque todo el mundo sabe que la necesita para deshacerla y empezar a tejer de nuevo. Nonnita, en su situación, en aquel lugar y en aquel momento, se siente casi acompañada. El muerto le explica que, cuando lo metieron en el nicho, el enterrador se despistó y no grabó su nombre, y como luego nadie protestó, se quedó así. Confiesa que no le importa no tener grabado su nombre en el nicho, que lo que peor le sienta es haberse ido al otro barrio y no haber encontrado allí a su madre. Nonnita le dice que si ha buscado bien, que ella, sin estar muerta, en seguida ha encontrado a sus padres. Y piensa: «Ya que los muertos me dan la lata, al menos que me sirva para algo.» Y le dice: «Que Emidio no se fuera con los rusos no quiere decir que se quedara en Barcelona. Podría haber regresado a

Italia en el tren siguiente, no soy idiota... Hace quince días que lo estoy buscando. Me daré otros quince y si no resulta lo dejaré estar. ¿Qué te parece, Severí?» En principio el muerto no dice nada porque, muerto, es tan simple como en vida. Pero Severí, que nunca la había visto así, muerto y todo se da cuenta de que debe comprometerse y le contesta: «Me parece bien.» Eso sí, pesado como todos los muertos, repite que a él lo que peor le sienta no es no tener su nombre grabado en el nicho, sino haberse ido al otro barrio y no haber encontrado allí a su madre. Y Nonnita se convence una vez más de que no se puede sacar nada de los difuntos, ni compañía, ni comprensión, ni nada. De modo que lo aparta y lo deja allí plantado, con su bufanda a medio tejer. Y durante todo el camino hasta casa lo oye bramar a su espalda, lo oye llorar por su imbecilidad de muerto.

Mientras, ella va repitiéndose: «Quince días más y lo dejo estar.»

Una de aquellas tardes Tomàs Capdebrau tuvo una crisis de ansiedad muy grave. Entre función y función se quedó quieto en un rincón y no quería moverse. No quería ir a ninguna parte. Finalmente, como en tantas otras ocasiones, Nonnita consiguió convencerlo para que se fuera a dormir al albergue de la calle del Cid. Era curioso cómo llegaba a calmarse allí, entre toda aquella gente, entre aquella fetidez, entre aquella miseria... Así que se tapó, lo abrigó a él y se lo llevó. Eran casi las nueve y media. Nonnita era consciente de que ponían al encargado en un compromiso, ya que el horario de admisión para dormir finalizaba a las nueve de la noche en punto, y esa norma era sagrada en un establecimiento como aquél, con tanta gente extraña rondando por la calle. Pero el muchacho sentía un afecto especial por Tomàs, y un amigo era un amigo. Así pues, lo acogía siempre. Sólo pedía un poco de discreción.

Como era tarde y a aquellas horas ya no esperaba a nadie, el muchacho abrió con su pequeña porra en la mano. Cuando comprobó que, como tantas otras veces, se trataba del pobre Tomàs Capdebrau, que venía con su amiga, guardó la porra en el bolsillo y, sin hacer ruido, los hizo pasar.

Se estrecharon la mano y el encargado presentó la muchacha a Eustaqui Guillaumet, que, como casi cada día, pasaba un rato con él antes de ir a dormir. A Tomàs no hacía falta porque ya lo conocía.

La muchacha lo saludó y Eustaqui fue incapaz de responder, boquiabierto ante aquella aparición femenina. Nonnita hizo sentar a Tomàs, que seguía en silencio, y explicó:

—Entre función y función ha empezado a decir que esta noche quería dormir aquí, que si no, no dormía. Y si no duerme, al día siguiente no hay manera de que deje de temblarle la mano.

Lo había contado todo ante Tomàs, lo mismo que una madre le explica al médico las dolencias del hijo con éste delante.

El encargado se rascó la nuca y le contestó:

—Pues no se hable más: para adentro. Ahora bien, cuando me pongan en la calle por incumplir el reglamento y mi mujer me deje plantado por haberme quedado sin trabajo, ¿me dejarás dormir con Tomàs, el loro y la foca?

—Y con la mula, no te olvides de ella... —dijo Nonnita sonriendo.

Rieron con ganas. Fue entonces cuando su mirada se cruzó con la de Eustaqui Guillaumet. Espoleada por el orgullo, le explicó al muchacho:

—Que conste que Tomàs tiene, no uno, sino dos rincones decentes donde dormir. Uno en el Pabellón Soriano, en el Paralelo. El problema es que lo tiene que compartir con una mula, una foca y un loro. Hay días en que se siente harto de dormir entre animales.

Eustaqui la escuchaba fascinado. Oía las palabras «foca» y «loro» y las repetía mentalmente. Entonces le dijo:

—¿Y el otro?

—¿Qué otro?

—Ha dicho que tenía dos rincones...

—¡Por supuesto! Si Tomàs quisiera, tendría techo y lecho como es debido en mi casa.

—¿Y por qué no va allí? —dijo Eustaqui.

—No quiere. Tiene miedo de que la casa se venga abajo durante la noche y lo coja dentro.

El muchacho, que estaba aprendiendo a marchas forzadas que en Barcelona se decían las cosas más raras del mundo con toda normalidad, le respondió que le parecía lo más natural. El impacto de aquella aparición luminosa en aquel antro, en aquel nido de miseria y suciedad, lo había impresionado. Miraron a Tomàs que, muy serio, picaba unos cuantos cacahuetes. Los cuatro tomaron asiento.

—Y tú, Nonnita, aparte de eso, ¿tienes alguna novedad? —preguntó el encargado.

—¡Desde luego que sí! ¡Ya no trabajamos en el Pabellón Soriano!

—Pero ¿qué dices?

—Como lo oyes. Ahora trabajamos en... ¡el Teatro Soriano! Los dueños han vuelto de Londres y París y lo primero que han hecho ha sido cambiar la categoría del local. Ya ves qué novedad. Venga, Tomàs, a dormir...

Y Tomàs Capdebrau se levantó y se dirigió hacia el dormitorio acompañado del encargado. Cuando éste volvió, se encontró a Eustaqui aún petrificado, mirando a la muchacha con los ojos haciéndole chiribitas. Ella, que se estaba arreglando para salir, ni se daba cuenta. Aunque el teatro no quedaba demasiado lejos, para ir hasta allí se había tapado con una bufanda y un mantón. Pagó los quince céntimos de Tomàs y dijo suspirando:

—Por hoy no te entretengo más, Ferran. Estoy muerta y aún me queda la función de noche, dentro de veinte minutos.

Mientras se acababa de ajustar la ropa se fijó de nuevo en Eustaqui. Como el muchacho era incapaz de articular palabra, el encargado le dijo a la muchacha:

—Eustaqui es un amigo mío, ya te lo he dicho antes.

—¿Qué tal? Los amigos de Ferran son mis amigos. ¿A qué te dedicas?

Eustaqui Guillaumet salió de su ensimismamiento. Tenía ante sí a una mujer impresionante que, además, le estaba hablando. A él. Con bastante dificultad pudo articular unas palabras:

—Hace un par de meses que estoy en Barcelona. Descargo sacos en el muelle: de trigo, de carbón vegetal... Anteayer cargué un carro de sacos de algarrobas en la plaza del Nord. A veces también descargo tablones... Ahora mismo estoy en la plaza Sant Jaume tirando de mulas.

—¿Qué dices que haces? —le preguntó llena de curiosidad.

Eustaqui se enderezó en la silla y les enseñó las manos. Unas manos grandes llenas de callos. Unas manos de esas que pueden matar a un buey de un puñetazo en la cabeza. Sonriendo se lo explicó:

—Hay una línea de tranvía tirada por mulas que viene del Arco del Triunfo. Desde la plaza del Àngel tienen que subir por la calle de Jaume I para llegar a la plaza

Sant Jaume. Es una cuesta con mucha pendiente y cuando el coche va cargado de gente, el par de mulas no puede subir. Entonces hay que enganchar una tercera. Yo lo hago, me pongo delante de ella y, con una cuerda, estiro. Una vez en la plaza Sant Jaume desengancho la mula y me la vuelvo a llevar cuesta abajo, a esperar la llegada del siguiente tranvía.

—¿Y te gusta eso de hacer de bestia de carga?

—¿Es usted una revolucionaria?

—Pero ¿qué dices?

—Hace casi dos meses que estoy en Barcelona y ya he conocido a unos cuantos, en su mayoría compañeros del muelle. Siempre empiezan así su discurso.

—¿Estás majareta? Yo no quiero convencerte de nada.

—Mejor. Por ahora sólo quiero trabajar, encontrar un buen trabajo. Y si no lo encuentro, me iré a América.

—¿Por qué? —preguntó ella.

—Todo el mundo en el muelle habla de eso. Es la tierra de las oportunidades. Nadie te pregunta de dónde vienes, sólo si estás dispuesto a trabajar duro. ¿Por qué no? Ir hasta América debe de ser como hacer el trayecto Tarragona-Cádiz unas cuantas veces.

—¿Acabas de llegar a Barcelona y ya te quieres marchar?

—No. Pero no me importaría.

En ese momento intervino Ferran Baldó, con la boca llena de cacahuetes:

—Nonnita, ¿no me dijiste que buscabas a alguien para trabajar con el carro? Eustaqui es tu hombre.

—No creo que le interese. —Y se dirigió a Eustaqui, que era incapaz de apartar los ojos de aquella magnífica mujer situada a un metro de distancia—: ¿Querrías cambiar de trabajo? Tengo un carro y una mula parados. He pensado ponerlos a trabajar. Se trataría de hacer transportes. Y mientras, curiosear por las calles y recoger lo que la gente tira para revenderlo. O subastarlo en la barraca de los Soriano los domingos por la mañana. Un proveedor del teatro me ha dicho que unas monjas pagarían un tanto fijo para que les llevásemos leña y carbón regularmente. También nos comprarían ropa usada para sus necesitados. En resumidas cuentas: hacer de trapero. Me iría muy bien tener un ayudante, sobre todo alguien como tú, fuerte...

No le explicó que, en realidad, todo aquel lío de poner a trabajar el carro y la mula se le había ocurrido a fuerza de ir arriba y abajo por Barcelona, en pleno invierno, buscando a un saltimbanqui italiano que la había dejado preñada. Y que en realidad necesitaba ayuda por eso. Ya se lo diría más adelante. Y añadió:

—Quizá no ganarás tanto como tirando de la mula, pero será más descansado. ¿Lo has entendido?

—Sí, señora.

—¿Y qué me dices entonces?

La perspectiva de abandonar el trabajo en el muelle era atractiva, la de dejar de tirar de la mula también, pero lo era aún más la de estar cerca de aquella mujer.

—Me podría interesar.

—Nos encontrarás en el Teatro Soriano, en el Paralelo. Preguntas por Nonnita Serrallac. Incluso puedes dormir allí algún día. Si no te importa compartir el espacio con tres animales y el lecho de paja con Tomàs, claro. Eso sí, con la condición de que no vengas borracho ni traigas amigotes ni mujeres. Me están haciendo un favor y quiero que me dure.

Eustaqui estaba boquiabierto. Apenas fue capaz de decir nada:

—Barcelona es fabulosa.

—Por muchos años. ¿Cuándo piensas venir? Espero que no tardes demasiado. Quiero empezar cuanto antes. Adiós.

Les dirigió una sonrisa cómplice y se fue corriendo.

El encargado felicitó a Eustaqui como si hubiese encontrado el trabajo de su vida. Cuando llegó la hora de ir hacia el dormitorio, antes de entrar, éste volvió la cabeza hacia su amigo y le anunció solemnemente:

—Ferran, me parece que ya no me voy a ir a América.

7

Rafael Escorrigüela, treinta y un años bien llevados, más largo que alto, seco, de cabellos lisos, tosía, se echaba el aliento en las manos para calentárselas y no miraba dónde ponía los pies. Tenía un aspecto harapiento y eso le hacía aparentar más años de los que tenía. El frío se le había metido en el cuerpo hacía varios días y no había manera de quitárselo. Había estado en la estación del Norte, mirando los trenes. Los que venían de lejos entraban con los cristales de las ventanillas cubiertos de una fina capa de escarcha.

Hacia el mediodía se animó a recorrer las calles en las que daba el sol. Bajó hasta la Ciutadella y continuó deambulando hasta el Borne. Entre tiendas de aceites y jabón, de especias y salazones, llegó a la esquina con la calle Montcada. Se oía una música y un rumor impreciso. De repente apareció una banda de postulantes: eran estudiantes que pedían en favor de las víctimas de los terremotos de Italia. Iban saliendo desde la calle Montcada, desfilando en orden, con carruajes, una banda de música y los estandartes propios de cada facultad. Serían unos veinte o veinticinco. Rafael Escorrigüela tenía tanta hambre que se acercó al muchacho que abría la comitiva y le propuso que, puestos a socorrer, por qué no empezaban por él, que era catalán y lo tenían allí delante, a mano... El muchacho se asustó y miró hacia atrás, hacia el servicio de orden de la guardia municipal. Debió de pensar que querían quitarle la hucha. Rafael Escorrigüela se dio cuenta y se apartó de él inmediatamente. Era lo último que necesitaba, que un guardia lo tirase al suelo de un garrotazo; no veía nada claro que pudiera volver a levantarse. Se sentó en un portal y observó cómo la comitiva de postulantes se dirigía hacia Santa María del Mar con todo su chinchín.

—¡Hay que ver qué ruido hacen! Te dan ganas de darles diez céntimos sólo para que se callen...

Rafael Escorrigüela volvió la cabeza, con curiosidad, en dirección a la voz. Quien hablaba era una muchacha redondita y de uniforme: bajo el abrigo, la blusa y el delantal, toda ella tan blanca, tan rechoncha, con la cofia, el moñito y las horquillas que lo sostenían, con los dedos gordezuelos y un poco de bigotito... Debía de ser la criada de alguna casa bien de los alrededores. Sostenía un par de lecheras de hojalata de las grandes y tenía cara de pocos amigos. A su lado, en el suelo, había un saco de arpillera que de vez en cuando se movía, como si tuviese vida propia.

El caso es que Rafael Escorrigüela se levantó y tropezó con el saco. El susto fue enorme porque cayó al suelo cuan largo era. Cuando alzó la cabeza vio la cara de un cochinillo de ojos grises que lo miraba bastante enojado. En cuestión de segundos, el lechón ya corría hacia la libertad. La criada comenzó a gritar y le dio a Rafael Escorrigüela una buena patada en las costillas de rabia:

—¿A qué espera? ¡Corra y cójalo!

El muchacho gastó las pocas fuerzas que le quedaban en levantarse y en correr tras el gorrino. La gente, en vez de ayudarlo, se apartó formando un círculo, y se partían de risa y chillaban y aplaudían. Rafael tosía, escupía gargajos sanguinolentos y no comprendía qué hacía en Barcelona, tan lejos de su casa, persiguiendo a un cerdito pocos minutos antes de caerse muerto (él, no el cerdito). Porque de eso estaba seguro: cada vez que tosía le parecía que se le iba a salir un pulmón por la boca. Finalmente, el gorrino se metió bajo un carro que estaba ante una espartería, en la calle del Rec. El carretero lo expulsó a escobazos y, nada más asomar el morro, Rafael se tiró encima de él con todo su peso y lo capturó. De entrada, el animal ni se movía, y el muchacho temió haberlo aplastado. Abrió un poco los brazos y el cochinillo intentó escaparse de nuevo. Rafael le gritó, tosió, se aclaró la garganta como si estuviera limpiando las cloacas de media Barcelona y le soltó un escupitajo monumental entre los dos ojos. El animal, sorprendido, dudó un instante y volvió a quedarse quieto. He aquí el poder de un salivazo, de un gargajo alcagarreño. Ahí son nada los gargajos de Alcagaire, pensó Rafael orgullosísimo: poder hipnótico, majestuoso y sobre todo contundente, muy contundente.

La criada llegó corriendo con el saco abierto y entre los dos metieron dentro al lechón sin contemplaciones.

Al mismo tiempo, Rafael intentaba disculparse. Sin embargo, de su boca apenas salía una especie de estertor. No se daba cuenta de que no era necesario, pues era la criada quien le estaba dando las gracias al tiempo que se disculpaba por la patada en las costillas. Pero él no oía nada, perdía el mundo de vista. Se notaba la boca seca. Y lo último que vio antes de perder el sentido fue a la muchacha dándole aire con los faldones del abrigo.

Desde hacía un par de días, Rafael Escorrigüela deambulaba por las calles sin probar bocado. A finales de febrero de 1909, eso no era un hecho extraordinario. Como él, había unos cuantos centenares. La diferencia era que él se encontraba mal, estaba enfermo.

Cuando abrió los ojos se encontró con la criada y mucha gente alrededor que lo miraban.

—¿Cómo se encuentra?

—No demasiado bien. Hace dos días que no como.

Aquellas palabras tuvieron el efecto mágico de hacer desaparecer a todos los curiosos: ¿un muerto de hambre? Adiós. Ya no tenía ningún interés. La criada lo ayudó a incorporarse.

—No me extraña que se haya caído redondo, hombre de Dios. Gracias por haberme cazado al cochinillo: si lo llego a perder, la señora me lo descuenta del salario y... —De repente dejó de hablar y se puso a escuchar, se oían unas esquilas; muy seria dijo—: Ya vienen las burras...

Desde Santa María del Mar se acercaba un individuo con tres burras negras. Cada una llevaba una pequeña esquila. Caminaban muy formales, tranquilas y con un repicar más bien sordo. El hombre las conducía con una vara larga de cáñamo. Pero la verdad es que no hacía falta, ya que los tres animales eran tan obedientes como un perrito. Iba gritando: «¡Muchachas, la leche!» Cuando estuvo cerca de ellos, Rafael Escorrigüela se fijó en que el lechero, gordo y coloradote, zafio, fumaba una faria y llevaba un jersey grueso de lana lleno de lamparones. La gorra, negra y con una visera muy larga, parecía que estuviese enroscada en su cabeza. Rafael Escorrigüela envidió incluso a las burras, que iban abrigadas con una manta roja y gruesa sobre el lomo. El hombre lo miró desconfiado y saludó a la muchacha, que lo recibió con los brazos tendidos y una lechera colgando de cada mano.

—Vamos, Jaumet, que es para hoy. ¿Cómo es que has tardado tanto?

El hombre se limitó a hacer una especie de chasquido con la boca y las burras se detuvieron en seco. A continuación extrajo del zurrón el jarro de medidas, se agachó y comenzó a ordeñar. Ordeñaba y cuando llenaba el jarro de cuarto de litro, traspasaba el líquido a la lechera. La criada no lo perdía de vista y Rafael no perdía de vista la leche. En un santiamén se llenaron los dos recipientes. El lechero cobró, se citaron para la semana siguiente, silbó de nuevo y se fue por donde había venido. Se habían alejado apenas unos cuantos metros cuando se oyó un silbido estridente. Era la muchacha, que, con una energía inesperada, se había vuelto hacia el lechero, y, después de meterse los dos dedos índice de las manos en la boca, acababa de silbar de una manera tan escalofriante que toda la gente que había en la calle se la quedó mirando. Mientras cogía a Rafael por un hombro y le impedía que se fuera, hizo regresar al lechero. Sin mirarlo, le decía:

—La leche de burra es buenísima para los niños y para los enfermos. Mi señora dice que conserva la juventud. No lo sé, yo lo único que sé es que me hace comprar un par de litros o tres. No creo que llegue a bañarse en ella, pero lavarse la cara… No estoy muy segura…

El lechero esperaba, expectante. La muchacha le hizo ordeñar un poco más de leche. A continuación, directamente del cacillo de medir, obligó a Rafael Escorrigüela a bebérsela. El chico se la tomó de un sorbo. Se la bebió rápidamente, demasiado rápidamente, sintiendo la tibieza del líquido que le bajaba hasta el estómago y la espuma que le hacía cosquillas en el bigote. Se le hizo un nudo en la garganta. Era reconfortante... La criada le pagó al lechero el cuarto de litro extra y al darse la vuelta se encontró a Rafael Escorrigüela llorando de agradecimiento.

—Vamos, vamos, no llore, pórtese como un hombre.

El muchacho aspiró fuertemente por la nariz, se secó las lágrimas con la manga y consiguió balbucir:

—Ya me encuentro un poco mejor.

—Como le iba diciendo, la leche de burra hace milagros. ¿Tiene trabajo?

—Ahora mismo, no.

—Vamos a hacer una cosa. Le daré dos reales si me lleva el saco con el lechón hasta casa de mi ama. Me ha enviado a buscarlo sin acordarse de que hoy pasaban las burras de la leche. A mí me ha parecido que podría cargar con las dos lecheras y el cochinillo, pero no puedo. ¿Qué le parece el trato?

—No sé si podré. Es que me he quedado sin fuerzas...

—¿Que no sabe si podrá? ¡Será posible, este desagradecido! ¡Le doy un trabajo y lo desprecia! Vamos, arriba...

Le obligó a tender los brazos hacia adelante y le cargó el saco con el cerdo, el cual, quizá previendo cuál iba a ser su destino, no dejaba de moverse. Rafael Escorrigüela empezó a toser mientras intentaba controlarlo. De hecho, en aquel momento, un observador imparcial no habría sido capaz de decir quién le daba más pena, si el hombre o el animal. De modo que, al final, la muchacha se hizo cargo del cerdo y colgó literalmente las lecheras llenas de la punta de los dedos de Rafael Escorrigüela. Le pareció más seguro.

Y así empezaron a caminar, uno junto al otro, calle Montcada arriba en dirección a la calle de la Barra de Ferro, que era su destino. Mientras tanto, él le explicó que se llamaba Rafael Escorrigüela, que era natural de Alcagaire de la Roca, en las tierras del Ebro, y que sus padres eran campesinos y cultivaban remolacha. Y hablaba y hablaba porque tenía miedo de, si se callaba, caerse redondo al suelo y no levantarse nunca más. O peor aún, que la leche de burra, el único alimento consistente que había ingerido en las últimas horas, saliese de su cuerpo con la misma facilidad con que había entrado. Cosas de la diarrea. No quería volver a estar en ayunas y sólo la perspectiva de cobrar los dos reales lo hacía seguir adelante. La muchacha no dejaba de observarlo de reojo. Lo veía muy poca cosa y no acababa de fiarse de él. No quería que, después de todo, aquel despojo de hombre saliese corriendo con las lecheras de su ama. Le decía:

—No sé qué pinta en Barcelona, pero ha venido a la ciudad ideal. Empezando por mí y acabando por el primero que se encuentre al volver la esquina, aquí todo el mundo es de fuera... Barcelona es horrorosa. No me gusta nada. No conoces a nadie. Yo vine de San Gervasio hace seis años, acompañando a mi señora. ¿Qué le parece Barcelona?

La pregunta lo sorprendió. No tenía ninguna opinión formada. Y le importaba muy, pero que muy poco.

Subieron hasta un principal por la puerta de servicio. El calorcito que llegaba del interior era casi insultante. La muchacha le indicó dónde estaba la cocina. Sacó un pedazo de queso de una fresquera y cortó un trozo. Con una rebanada de pan del día anterior, un chorrito de aceite, una pizca de sal y un vaso de vino, le sirvió el mejor de los banquetes.

—Vamos, coma. Y no tema, que no se lo voy a descontar de los dos reales.

No tuvo que repetírselo. Se puso a la tarea, se atragantó y... se lo comió demasiado aprisa. La muchacha entraba y salía de la cocina. Ató al gorrino en la galería. Atizaba la lumbre del fogón con el abanico de paja. La cocina económica calentaba agradablemente la habitación. A veces, la muchacha tomaba asiento brevemente, lo miraba y le hacía algún comentario del tipo:

—¿Está casado?

—No.

—Yo tampoco, pero tengo novio. Está cumpliendo el servicio militar.

Cuando la criada se cansó de contemplarlo, se lo quitó de encima sin miramientos:

—¡Vamos, aire!, que es capaz de quedárseme tieso en plena cocina, y no quiero problemas con la señora.

Rafael Escorrigüela asintió humildemente con la cabeza. Aquella mujer ya lo había ayudado bastante y, desgraciadamente, tenía razón. Se levantó, se guardó en el bolsillo un trozo de pan que había quedado sobre la mesa y extendió la mano. La muchacha le dio los cincuenta céntimos y le recomendó que no se los gastase en vino.

De nuevo en la calle, sólo que ahora con la barriga llena y dos reales en el bolsillo: una situación muy diferente. De todos modos, ¡qué ironía!, él, que tenía que haber llegado alto. ¡Quién lo había visto y quién lo veía! Porque Rafael era un joven catalán ambicioso, orgulloso de ser catalán y contento de ser ambicioso. Llevaba en la sangre las ansias de ser rico... pero últimamente todos los negocios le salían mal.

Cuando se le acabó el dinero abandonó la pensión en donde estaba y comenzó a deambular por Barcelona sin ninguna intención concreta. Además estaba enfermo. Todo lo que comía se le iba al cabo de pocos minutos en forma de fluida y humillante diarrea. En esa situación era imposible encontrar un trabajo.

Sin embargo, ahora tenía dos reales en el bolsillo y parecía que el estómago no se quejaba.

Recogió su maleta en una tienda de pianos de la calle Ample, donde se la guardaban por diez céntimos diarios, pero cuando lo vieron entrar de aquel modo, se la entregaron en silencio y no quisieron cobrarle nada. Consiguió llegar a la pensión de la Barceloneta en la que se había alojado. Con aquellos dos reales conseguiría persuadirlos para que lo dejasen dormir allí. No se equivocó, pero lo instalaron en un catre en la azotea, en un antiguo lavadero. Rafael Escorrigüela pensó que aquello era mejor que la calle: un par de mantas y a cubierto, qué más quería...

Hacía un frío espantoso. Se abrigó y se apoyó en la barandilla a contemplar el mar. Tan sólo necesitaba cinco minutos de calma para pensar. Cinco minutos antes de encerrarse en el pestilente lavadero que le habían dado. Lo más importante era no coger frío y no volver a toser. Porque si tosía, se cagaba encima, y ya estábamos en las mismas. La luz de la puesta de sol se reflejaba a lo lejos en los cristales de los nichos del cementerio de Montjuïc. Más cerca, la luz producía reflejos en las farolas y en las ventanas de las barcas de los pescadores y chispas rojizas sobre el agua oscura del muelle... No se oía nada. La calma era total, casi irreal. Una sirena del puerto lo devolvió a la realidad. Le entraron ganas de llegarse hasta allí y sentarse con los pies colgando sobre el agua aceitosa y espesa. De pronto sintió un retortijón en el estómago y un estremecimiento. Se tocó la frente y notó que la tenía muy caliente. De reojo vio una goleta que salía rápidamente del puerto con las velas hinchadas. También algún vapor extravagante, pequeño pero con largas y delgadas chimeneas, echando una humareda blanca. No era demasiado tarde, pero tenía necesidad de tumbarse y taparse. El aire era muy suave y le pareció que tenía la muerte a dos pasos. La cabeza le daba vueltas y las piernas le flojeaban. Pasó junto a la puerta de la escalera y una vaharada dulce de pan recién hecho le llenó la nariz. Entró en el lavadero, se metió en el catre y se tapó. Estaba temblando; ya no podía más. Mientras intentaba controlar que los dientes no le repiquetearan como unas castañuelas y que el esfínter hiciese un último esfuerzo por evitar lo inevitable, descubrió que, de pronto, le acababan de entrar unas ganas inmensas de entrar en una taberna y pedir un vermú negro bien frío, sí, bien frío, en pleno invierno. Se destapó, se levantó y volvió a salir a la azotea. Casi había anochecido. Estaba mareado. Seguía con fiebre muy alta. Pero sólo pensaba en el sabor del vermú negro, fresquísimo, aromatizado. Sin pensárselo dos veces, sacó las piernas y se sentó sobre la barandilla de la azotea. Era de cemento y estaba helada. Miró hacia abajo, a la calle. Tuvo otro retortijón de tripas y entonces sí, aquello se convirtió en un rayo apestoso e irrefrenable. Rafael Escorrigüela, cogido por sorpresa, perdió el equilibrio y cayó al vacío sin gritar siquiera.

Los de la pensión estaban cenando y oyeron el ruido sordo que produjo el cuerpo al estrellarse. El dueño no lo dudó ni un instante: aquel muchacho estrambótico se había suicidado.

El padre Maroto, de la parroquia de San Miguel, sentado a la mesa, tenía un pequeño crucifijo en una mano y en la otra un mendrugo de pan. El crucifijo era una talla de madera hecha con mejor intención que arte por un pescador de la Barceloneta. La había donado por una promesa. Tomó un trozo de queso de la mesa, lo mordió, hizo lo propio con el pan y, mientras masticaba, volvió a examinar el crucifijo. Tenía que encontrar un sitio para ponerlo. El padre Buenaventura Maroto era un sacerdote muy digno, gordo, achaparrado, fuerte, fumador de puros y con una sotana que daba gusto de lo que brillaba. Padecía bronquitis y cuando empezaba a toser no había manera de pararlo. Se enfadaba a menudo y alguien lo había oído incluso blasfemar. Estaba a punto de acompañar el queso con un traguillo de vino del porrón cuando llamaron a la puerta con insistencia. Aquello, a aquellas horas, significaba trabajo extra. Abrió la puerta y apareció en la sacristía la dueña de la pensión. La conocía de vista, no iba mucho a misa.

—¡Padre, venga de prisa, que ha habido una desgracia! —gritó la mujer—. ¡Alguien se ha caído desde la azotea!

—¡Que se vaya al quinto infierno! —murmuró el cura arrojando el pan.

—¿Cómo?

—No, nada. Ve llamando aquí al lado, en casa Baró.

A continuación se santiguó, murmuró un «Perdóname, Señor» sinceramente arrepentido por el exabrupto, se puso el abrigo y salió a la calle. La mujer estaba llamando a una planta baja junto a la entrada de la sacristía. Abrió un hombre bajo y fornido, con la boca llena. Se los quedó mirando en silencio sin invitarlos a pasar. A su espalda se veía una habitación bastante pequeña, en la que había seis o siete personas sentadas alrededor de una mesa redonda sin mantel, con platos de sopa humeante ante cada uno de ellos y, en el centro, una bandeja con patatas, zanahorias y unos cuantos nabos. El hombre los miraba con actitud interrogante.

—Dios os guarde, Baró y familia —dijo el cura.

Los seis rostros se volvieron para mirarlo, con una media sonrisa, en silencio. Eran la mujer y los cinco hijos.

—Baró, tienes que echarme una mano. Acompaña a esta mujer, que dice que alguien ha caído desde la azotea. Ve allí corriendo a ver si aún se puede hacer algo. Yo os sigo, que ya sabes que me ahogo en seguida.

El hombre ni se inmutó; entró un momento en la casa y volvió a salir con gorra, chaqueta y bufanda. Los dos, hombre y mujer, desaparecieron corriendo entre la bruma nocturna. El cura miró a la familia Baró, que seguía sin abrir la boca. Les deseó buenas noches y él mismo cerró la puerta. Cuando resoplando, rojo y tosiendo llegó al lugar de los hechos, acababan de colocar el cuerpo de Rafael Escorrigüela boca arriba en mitad del pasillo de la pensión. Tenía los ojos abiertos y en blanco y el brazo izquierdo doblado en el sentido contrario al natural. La peste era notable, pero nadie decía nada en consideración al accidentado. El padre Maroto, frunciendo las cejas con aire enfadado, sin darse cuenta se sacó el trozo de queso del bolsillo de la sotana. Pero como una niña lo estaba observando se lo guardó en seguida.

—Baró, ¿vive aún?

—Sí, padre —dijo—. Ha tenido suerte, un tendedero de ropa le ha frenado la caída. Aun así, se ha golpeado muy fuerte en la cabeza. No sé si saldrá de ésta.

El padre Maroto envió a Baró a buscar un médico que cuidase del cuerpo de aquel desgraciado, que del alma ya se encargaría él. Discretamente se olió los dedos y, efectivamente, le apestaban a queso. Aun así, resopló de nuevo y se arrodilló al lado de Rafael Escorrigüela, no se fuera a morir y lo cogiera por sorpresa. Le hizo el signo de la cruz en la frente y luego comenzó a rezar un responso acompañado en las respuestas por alguna alma piadosa de aquella pensión que, desde la oscuridad, contemplaba la escena sin ninguna motivación especial.

8

La nevada cayó de madrugada y Barcelona se levantó literalmente blanca. El viernes 26 de febrero de 1909 nevó como nunca lo había hecho antes. Al menos eso era lo que comentaban los más viejos del grupo de ciudadanos que, bajo el intenso frío de aquel sábado, rodeaban la figura de Felip Dalmau, guardia municipal. Era un hombre alto, próximo a los cincuenta, algo cargado de espaldas y un poco entrado en carnes. Tenía cara de rata y, bajo la gorra, llevaba el pelo liso peinado hacia atrás y pegado al cráneo. Según cómo, el guardia Dalmau daba miedo.

Y mientras las familias que se lo podían permitir cogían los tranvías hacia el Tibidabo para disfrutar del espectáculo de la nevada, el guardia municipal Dalmau esposaba a un desgraciado en la calle Montjuïc de Sant Pere. Acompañado de un inspector de la Compañía Arrendataria de Tabacos, acababa de registrar la casa donde residía el detenido. Era una planta baja que formaba parte del antiguo taller de un zapatero. De pie ante la puerta, el inspector de la tabacalera se enrollaba el bigote con una mano enguantada y con la otra sujetaba el pliego de documentos del acta oficial. El traficante, un joven enclenque con un ojo entelado, no había ofrecido resistencia. Felip Dalmau era un guardia con mucha presencia y no había necesitado más que una buena bofetada para sentar las bases de la relación que iba a haber entre los dos en los minutos siguientes. Con aquel ambiente helado, el golpe le había hecho el doble de daño y el muchacho permanecía callado, quieto y tan encogido como podía. La casa era pequeña y estaba mal ventilada. El suelo, sin embaldosar, era húmedo, igual que las paredes, que rezumaban humedad. El registro estuvo hecho en seguida. Como era previsible, la cosa no era para tanto. Sucedía a menudo que el denunciante anónimo los engañaba sobre la importancia del delincuente. Del registro se había derivado uno de los decomisos más ridículos de los últimos tiempos: dos libras de picadura y docena y media de puros habanos. Era tan poco que casi daba vergüenza. También encontraron un saco con trescientas cuarenta y cinco cajas de cerillas de madera. Nada del otro mundo. Tanto trabajo para nada. Al guardia Felip Dalmau, que no ganaba ni las dos mil quinientas pesetas anuales que percibía el administrativo con el que trataba habitualmente en el ayuntamiento, no le gustaba tener que ir abofeteando a pobres desgraciados ni tener que ponerse a contar una por una las cajas de cerillas de contrabando del interior de un saco. Y menos aún cuando inspectores como aquél levantaban acta sin quitarse los guantes. Dalmau lo observaba todo soltándole una colleja de propina al pequeño traficante para que parase de llorar y se dejase esposar a la argolla de la puerta mientras finalizaban los trámites.

Se había acercado todo tipo de gente. La calle de Montjuïc de Sant Pere era pequeña y todo el mundo se conocía. Preguntaban sin disimulo que por qué se llevaban a su vecino. Desde los balcones, las mujeres sacudían alfombras, sábanas y colchas y se lo contaban unas a otras. Al cabo de diez minutos la curiosidad era enorme. El agente municipal Dalmau se mantenía al acecho porque tenía órdenes de salvaguardar la integridad física del inspector. Aquello era Barcelona, se decía el guardia: sus ladrones y estafadores eran tan poca cosa que no merecían ni el nombre. ¿Es que acaso el valor de una ciudad tenía que medirse también por la importancia de sus ladrones? De ser así, en aquellos momentos la orgullosa Ciudad Condal era menos que nada. Sin ir más lejos, aquella mañana ya había tenido que detener a un individuo que, aprovechando la caída de los postes de teléfono a causa de la nieve, se dedicaba a robar los cables. Además, y era para volverse loco, la gente se complicaba la vida robando las cosas más raras: sacos de huesos de ternera, tapas de bocas de riego, las correas de una máquina de serrar, cámaras de bicicleta... Se robaba de todo. Hacía poco, en la calle del Arc del Teatre, Felip Dalmau intentó llevarse a un viejo que había robado pescado, se había puesto a venderlo tan sólo dos calles más abajo, lo pesaba con balanzas trucadas y además devolvía el cambio en moneda falsa. En plena Rambla, él mismo había visto cómo tres individuos intentaban robar los arneses de un caballo... enganchado aún al carro y con el dueño de espaldas, ¡allí mismo! Eso no era normal.

—¡Vamos, Dalmau! —dijo el inspector.

Al parecer ya había acabado su trabajo. Ahora sólo quedaba que el guardia municipal firmase como testigo. El inspector sacó los documentos de una carterita de piel. Seguía con los guantes puestos y el policía admiraba la habilidad con que, pese a la roja nariz que no acababa de gotear, manejaba papeles, documentos, pólizas, etc. Metió la picadura y los puros en el mismo saco de las cerillas y se puso a disposición del inspector.

—¿Cuántos puros eran, Dalmau?

—Docena y media. Dieciocho.

—¿Está seguro?

—Segurísimo.

—¿Tiene la amabilidad de acercarse un momento, por favor?

Volvieron a entrar en la planta baja. Seis o siete personas esperaban en la calle. Una de ellas abroncaba al detenido. No le reprochaba que su actividad fuese ilegal sino el haberse dejado atrapar como un idiota. El inspector, que era unos diez centímetros más alto que el guardia municipal, cogió a éste por el hombro con la mano enguantada y, con una sonrisa, le dijo:

—Pues a mí me parece que los puros eran catorce...

Sacó pluma y tintero del bolsillo, alisó las hojas sobre la pila de mármol y añadió:

—Venga, hombre de Dios, firme.

El agente Dalmau firmó el original y la copia maquinalmente. A continuación, el inspector le guiñó un ojo, metió una mano en el saco y extrajo cuatro cigarros. Le metió un par a Dalmau en el bolsillo y, al hacerlo, a éste le llegó el olor de los guantes. Eran nuevos. El inspector se guardó el otro par en la cartera y remarcó, dándole amistosos golpecitos en la espalda:

—Lo ve, Dalmau, hombre de Dios, como eran catorce...

Y se marchó preguntándose cómo era posible que alguien pudiese vivir en una planta baja tan fría y sucia como aquélla. Y cómo podía ser que alguien se hiciera guardia municipal por un mísero sueldo, teniendo que patrullar sobre la nieve con unos zapatos de suela de cartón y aguantar que le ordenasen contar las cajas de cerillas de madera que llenaban un saco. La vida era así, suspiró el señor inspector, fundamentalmente injusta. Y desapareció por la esquina de la calle Sant Pere Més Baix ajustándose el sombrero y, al fin, pudiéndose sonar la nariz libre de testigos indignos como toda aquella chusma que dejaba atrás. Para él, el guardia municipal formaba parte de la chusma y la chusma no era mucho más que el joven traficante.

El agente Felip Dalmau no reaccionó con suficiente rapidez. Leyó el documento que había firmado: «también se ha decomisado la cantidad de catorce cigarros habanos...». No tuvo los arrestos suficientes como para reprochárselo al inspector y obligarlo a rectificar. Por suerte, fuera de horas, trabajaba como secretario y hombre de confianza de una dama de alcurnia, la cual le había prometido que en poco tiempo lo emplearía a tiempo completo. Sólo pensar que podría dejar la policía ya le servía para animarse. Ser guardia municipal en Barcelona era deprimente. Empezaba a estar muy, pero que muy harto.

Una vez en la calle comenzó a gritar como un loco:

—¡Vamos, circulen, circulen, que aquí no se regala nada!

Nonnita Serrallac sintió que el guardia la cogía por el brazo y le decía:

—Señora, ¿es que no me ha oído?

La impresionó más el tratamiento de señora que el leve empujón de aquel guardia municipal tan maleducado. Era la primera vez que alguien la trataba de señora y no de muchacha o señorita. De camino hacia la estación del Norte se había detenido por curiosidad. Aún buscaba a Emidio Forlì. Los quince días que se había dado de plazo para encontrarlo se estaban acabando. Teniendo en cuenta hacia dónde iban los trenes que salían de la estación del Norte, no tenía la más mínima esperanza. Era mucho más razonable que alguien pudiese decirle algo en la estación desde la que partían los trenes hacia Francia. Pero había preferido dejarla en segundo lugar para alargar un poco más el tiempo de esperanza.

Había cambiado de táctica. Se había dicho: «Hagámoslo al revés, supongamos lo más lógico: que, con el dinero que tenía ahorrado, haya querido volver a su casa... Pues bien, a Italia se puede ir en tren y en barco. Preguntaré en el muelle y en las estaciones. Su baúl llamaba mucho la atención; tal vez alguien lo recuerde. Me dirán: claro que sí, se fue en aquel vapor a Génova... O tomó el tren a Port-Bou... Y yo me quedaré tranquila y me daré por satisfecha.»

Y aquí entraba Eustaqui Guillaumet. Al día siguiente de recibir la oferta para trabajar con ella, ya se presentó. En principio, a la muchacha no le hacía demasiada gracia fiarse de aquel joven que no paraba de mirarla con ojos de cordero degollado, pero no podía escoger.

—Anda, ven conmigo, que te enseñaré el carro. Ayer no te lo dije, pero antes de cogerte definitivamente estarás unos días de prueba. Sin cobrar, claro. ¿Cómo sé yo que eres de confianza, que no te vas a ir con el carro y la mula y no vas a volver nunca más?

Eustaqui fijó incrédulo la vista sobre el carro de color rosa y la mula raquítica.

—No se preocupe, señora. ¿Y esta campanilla?

—Nos sobraba del circo. La coloqué para avisar a los vecinos de la calle. Por cierto, siempre que se encuentre en condiciones, harás el trabajo en compañía de Tomàs, así se distraerá un poco.

—Sí, señora.

—La prueba consiste en lo siguiente... —Y le ordenó investigar sobre Emidio Forlì en las compañías de navegación y en el muelle, entre los trabajadores—. Tengo especial interés en saber qué ha sido de esta persona. Si consigues traerme alguna pista, te lo agradeceré muchísimo.

—Eso está hecho, señora.

Ella se había reservado la indagación en las estaciones de tren.

Con la nieve, la estación del Norte chorreaba por todos los lados y el olor a humedad se añadía al habitual. Nonnita Serrallac llegó justo a tiempo para ver cómo se detenía un tren con el techo coronado por una costra blanca y gruesa. El jefe de estación estaba plantado en medio del andén controlando la entrada. Prefirió no distraerlo, ir directamente a su despacho y esperarlo allí. Era una habitación minúscula con ventanas de cristales resquebrajados, las partes metálicas cubiertas de verdín y una silla de muelle que rechinaba; sobre la mesa, una pluma, roma, con el mango empapado, manchado de tinta negra. Junto a la pluma, un tintero Stephens destapado. La estufa no estaba encendida y hacía más frío allí dentro que fuera, en el vestíbulo. A través de la puerta abierta vio a un mozo de estación ocioso riéndole las gracias a un niño que tenía la mitad de la cara espantosamente quemada. La criatura jugaba al diábolo y molestaba, más que otra cosa. El hombre se dio cuenta de que la muchacha lo estaba observando.

—Ya ve usted, no me cogen al niño en ninguna parte y me lo tengo que traer al trabajo. No está muy bien de la cabeza, el pobre. Es de mi hermana. Lo tuvo de soltera. Habría sido mejor que hubiera nacido muerto. Como no lo quería, nada más nacer lo tiró a la lumbre... Pudimos llegar a tiempo y sólo se quemó parcialmente, pero se ve que de la impresión se le secó la inteligencia. Su madre dice que no, pero a mí me parece que se le ha quedado pegado al cuerpo el olor a chamusquina. ¡Huélalo, huélalo, si quiere!

Ella rehusó con un gesto. Mientras tanto, la criatura hacía girar el carrete con los dos palos y el hilo, lo lanzaba al aire y, con mucha habilidad, lo cogía al vuelo.

De repente desaparecieron. Llegaba el jefe de estación. Éste, con su gorra y su uniforme, fue tan desagradable como era de esperar. Desde la puerta y sin entrar, casi sin mirarla, le preguntó qué deseaba: era evidente que Nonnita Serrallac le daba tanto asco como el niño desfigurado que no paraba de fastidiar. La muchacha se lo expuso en cuatro palabras.

—No sé nada, no recuerdo nada. ¿Cómo quiere que me acuerde de un pasajero en concreto? —Entró, se sentó en su silla y empezó a juguetear con la tapa del tintero. Continuó—: Si todos los datos que tiene son ésos, le recomiendo que desista. No lo va a encontrar nunca.

Se manchó el dedo con las gotas de tinta que había en la tapa. Se enfadó. Se levantó de golpe y se quedó mirándola fijamente.

—Señorita, tengo mucho trabajo. ¿Desea algo más?

Nonnita Serrallac estaba acostumbrada a andar por el mundo, a soportar a la gente, pero no acababa de acostumbrarse a la estupidez y a la mala educación.

Salió a la explanada que había delante de la estación con el ánimo por los suelos y con ganas de llorar. Allí había ocho o diez coches de punto, con sus caballos, esperando que los viajeros del siguiente tren se lanzaran a la carrera sobre ellos para alquilarlos. Contemplaba la nieve en el suelo, que lo cubría todo. De pronto, le pasó entre las piernas el carrete del niño. Y tras el carrete, el propio niño, con su aspecto de ranita. Estuvo a punto de tropezar con él, pero no le dijo nada. El niño recuperó su juguete y se quedó mirándola con el ojo y medio útiles que le había dejado la quemadura. No parecía saber que, recién nacido, su madre lo había tirado al fuego. Incluso parecía que sonreía. Pero Nonnita no estaba para nada. Le pasó la mano por la cabeza, le devolvió la sonrisa y salió del recinto de la estación. El sol daba de lleno. Iba de prisa, aunque con pasos cortos debido a lo estrecho de la falda. Notó que le tiraban de la manga y se asustó. Se dio la vuelta: era el niño rana otra vez. Abrió la manita y se la mostró. Había una moneda.

—Me la dio él. Y me enseñó a lanzar el diábolo.

La muchacha se fijó en la moneda detenidamente. Era una moneda italiana. Apenas acertó a preguntar:

—¿Quién te la ha dado?

—El saltimbanqui. He oído lo que hablabas en el despacho...

Lo cogió por los hombros y, sin querer, lo zarandeó.

—¿Qué sabes de él? ¿Cuánto hace que no lo has visto?

Regresaron a la estación para hablar con el mozo, su tío. Cuando el hombre la vio en compañía del niño, le dijo, sonriente:

—No ha podido evitarlo, ¿eh?

—¿El qué?

—Olerlo. ¿Huele o no huele a quemado?

Le respondió que sí para que se callase. Le pidió al niño que le explicara a su tío lo que le acababa de contar. El tío se acordaba perfectamente:

—¡Desde luego! ¡Jordi! Estuvo viniendo unos cuantos días por la estación. —Y añadió—: Le hacía juegos de manos al niño. Hablaba en italiano y todo el mundo se mondaba de risa. Hacía juegos malabares ahí fuera, a la puerta de la estación, y luego pasaba la gorra entre los pasajeros que entraban y salían. Al parecer, unos colegas suyos lo habían dejado tirado y sin un céntimo. Ahorraba para volver a casa. Decía que Barcelona era como todas las ciudades del mundo, que mientras tienes dinero todo va bien, todo el mundo te respeta, pero cuando se acaba...

A Nonnita Serrallac todo le daba vueltas. Casi se había quedado sin respiración.

—¿Por qué me habla en pasado? ¿Cuándo volverá?

—Aquí, me parece que nunca.

—¿Por qué?

El hombre, confuso por la reacción que había provocado en la muchacha, continuó:

—Él solo no habría sido capaz de reunir nunca el dinero necesario para volver a Italia. Y se había portado tan bien con el niño y se lo veía tan añorado que conseguí meterlo de tapadillo en un tren de mercancías que se dirigía a la frontera francesa. El maquinista era amigo mío y, por una propinilla, se lo llevó. Él parecía contento de volver a casa... No hace muchos días de eso... ¿Se encuentra usted bien, señorita?

Nonnita dijo que sí con la cabeza. Subidón y caída. Todo y nada en un abrir y cerrar de ojos. Le dio las gracias («se lo veía tan añorado») y se fue corriendo («parecía contento de volver a casa...»). Le parecía increíble lo que le acababa de suceder.

Andaba por la ciudad sin ver ni oír nada. Del frío surgían calles, tiendas, barceloneses bien vestidos o no, con sombreros de paja, bombines o con gorra, barcelonesas encorsetadas y con sombreros sujetos por agujas gigantes, viejos que barrían la nieve sucia con escobas de ramas de boj. Nonnita esquivaba tranvías y carros, carretillas y carretones. Cruzó la Ciutadella con el viento de cara que le traía el olor de los árboles enharinados. El parque estaba blanco, con los parterres ocultos por la nieve. Los bancos en los que daba el sol estaban todos ocupados. Había fotógrafos con sus trípodes retratando aquel paisaje inédito. Se abrió camino hasta la estación de los trenes que iban hacia Francia y desde allí a la plaza de Antonio López. Pensó que había hecho bien al evitar cortar camino por el barrio: no quería que ningún fantasma la distrajese. Ya en la plaza, frontera del barrio e inicio de las obras de la Reforma, reconoció a tres. Iban en fila y la saludaban. Aceleró el paso sin hacerles caso.

Tenía la sensación de ir tirando de la cuerda y no acabar nunca. Se mareó un instante y se apoyó en una farola. Oyó un clapatac-clapatac y miró hacia la calle: pasaba un hombre, lento, cadencioso, a lomos de un caballo blanco de crines grises, largas y sedosas. Llevaba abrigo de marta cebellina hasta las rodillas, gorra, relucientes botas negras y guantes de cuero: altivo, las riendas en una mano y la otra apoyada en la silla de montar. Clapatac-clapatac...

A Nonnita la cabeza le daba vueltas. Tuvo que sentarse.

Bueno, pues ya lo había encontrado. Su corazón le había dicho desde el principio que Emidio Forlì no se había ido. Y no se había equivocado. Sin embargo, lo que había descubierto le había hecho quizá más daño: Emidio había estado muchos días en Barcelona, completamente solo, haciendo juegos malabares con el único propósito de recoger cuatro reales para poder regresar a Italia. Y había considerado que era mejor no contar con ella.

Iba por en medio de la calle cuando oyó unas ruedas pesadas sobre el adoquinado. Debía de ser un carro grande, cargado, con un caballo lento. No se apartó hasta el último momento, del mismo modo que hacía con los tranvías, pero el carretero debía de ser un novato porque insultó al animal en vez de a ella. Precisamente cuando más necesitada estaba de que alguien le dijese algo.

Aquella noche volvió triste al teatro, caminando lentamente. El amor era algo muy extraño. Y de repente sintió rabia, aquella rabia suya tan antigua y tan concentrada: ¿es que era idiota?, ¿se estaba volviendo imbécil como Tomàs? ¿O es que la idiotez era contagiosa? ¿Qué había estado haciendo? En realidad, ¿qué había pretendido con aquella búsqueda? Caminaba y se decía: idiota, idiota, idiota... Había sucedido lo más lógico. Y aún había tenido la inmensa suerte de haber buscado durante días y días algo que no podía encontrar y haber obtenido una respuesta: «El maquinista era amigo mío y, por una propinilla, se lo llevó, parecía contento de volver a casa...» Parecía contento... Y ella parecía burra. Se había terminado.

Sin darse cuenta, había tomado el camino de siempre. Se veía muy poca gente circulando: el terreno estaba mal iluminado en la zona de la Reforma y los accidentes por resbalones, tropiezos y caídas eran de lo más corriente. Había zanjas profundas apenas separadas de los viandantes por vallas de madera que difícilmente se sujetaban en pie. Un hombre bajaba silbando por la calle Basea, un obrero barcelonés, solo, ¡qué tristeza!, tan lejos de las cosas de la vida. La calle Basea no existía ya en aquel tramo y Nonnita miró hacia la derecha, porque allí se encontraba su palmerita, milagrosamente intacta aún, milagrosamente sola en medio del solar. Una vieja se perdía caminando por las callejuelas del barrio y la noche le caía encima como un saco de tierra sobre la espalda seca. Nonnita se daba cuenta de que los muertos no la perdían de vista, aunque no se le manifestaban por miedo a molestar. Hasta el más estúpido de los muertos sabía que aquél no era un buen momento.

Sin embargo, sus padres no lo pueden consentir. Observan cómo su hija se acerca y se le hacen presentes. Ella también los ve y se dirige a su encuentro. Le da igual que la sorprendan de cháchara con los muertos. La madre va con su limón en la mano, como siempre. Lo muerde con piel y todo porque según dice limpia por dentro. La madre sabe que su hija quiere confiarles su intención de aceptar su muerte cuando le llegue el momento, siempre que alguien la acompañe en la agonía. Es lo que la bailarina del circo le pidió a ella. ¡Cómo la comprendía ahora! No quería morir sola. La bailarina los había tenido a ellos, Nonnita y Tomàs. ¿A quién tendría Nonnita? La madre se vuelve hacia su marido, refunfuñando con desaprobación, pero no mucho, porque si no ha comprendido nunca a su hija en vida, difícilmente puede hacerlo ahora que está muerta. Y el padre, sentado en el taburete de tres patas bajo la palmera, fuma su purito, pegado a la boca bajo el bigote blanco, amarillento por culpa del humo o de la muerte. El padre sonríe, se levanta del taburete y les comunica a sus vecinos muertos que su hija está a punto de hacer una declaración trascendental. Y un montón de ojos de muertos aparecen súbitamente entre los escombros, llenos de curiosidad; ojos de barceloneses fenecidos que hace ya demasiado tiempo que dan vueltas a lo que dejaron de hacer en vida, a cuantas cosas empezaron y no acabaron. Nonnita los mira y dice con sencillez: ¡lo recordaré todo! Y ese soplo de vida los hace temblar y se quejan, y huyen, y se esconden. Y a ella, por primera vez, se le caen unas cuantas lágrimas. De rabia, porque, de buen grado o a la fuerza, los muertos le han hecho palpar, ver y sentir casi al detalle, durante un segundo, la vida completa que no ha vivido con Emidio Forlì. Desea preguntarles otra cosa a sus padres, pero ellos, egoístas como la mayoría de los muertos, hablan entre sí de sus cosas y ni siquiera la escuchan. Entonces Nonnita decide continuar hacia su casa. Cuando inicia la marcha oye que la llaman: es su padre, que le dice: «Eh, tú, ¿adónde vas?» Ella le responde que a casa. Él le replica que no es de buena educación dejar así plantados a los muertos. Su madre, con el limón en la mano, le dice: «No te enfades, hija, que sí te escuchamos. Lo que pasa es que los muertos tenemos la ventaja de poder hacer dos o tres cosas a la vez.» Y le da un último bocado al limón. Nonnita casi nota la salpicadura de ese limón inexistente. La mujer se ríe y le dice: «Nonnita, hija, no te preocupes, y escucha lo que te dice tu madre: si tu hombre, el saltimbanqui italiano que te ha estado rondando, acaba un día por aquí, te prometo que te lo llevaré.» Nonnita se estremece y no desea oír esa macabra declaración. Y su madre, confusa, observa de nuevo en su hija una especie de desesperada determinación que no sabe descifrar. Muerta y todo, la recorre un escalofrío mientras ve cómo su hija se pierde en la oscuridad.

Aunque ya era plena noche, un grupo de obreros de la Reforma hacía horas extras: la nieve había dañado unas estructuras y había que repararlas en seguida para recuperar el tiempo perdido. Trabajaban con focos eléctricos. Un par de albañiles barrían absurdamente la entrada del cercado, puro barro por culpa de la nieve de la noche anterior y del aguanieve durante el día. La empresa los proveía de bufandas, gorras y guantes. Se detuvieron, se apoyaron en el escobón y se hicieron una idea rápida de quién era Nonnita. Se rieron descaradamente. Esperaban que alguien los distrajera un rato del trabajo. Ella notó aquellas miradas recorriéndola de la cabeza a los pies. A aquellas horas, una chica tan guapa y completamente sola, únicamente podía ser una cosa. Casi habían sacado la lengua, como perritos; ella no habría tenido más que chasquear los dedos… Pero aquél no era el mejor de los días para resolver enigmas de la vida. Cuando entró por la calle Tapineria, dos perros la seguían con intención de olisquearla; en las casas, aún unas cuantas ventanas iluminadas. Por suerte, aquella noche los gemelos de casa Tarrida tampoco estaban, quietecitos y formales con sus caritas de muerto. Normalmente no le decían nada, tan sólo la seguían con la vista. Una muchachita con un vestido verde claro y una cara redonda intentaba abrir un portal con una llave más grande que su mano, pero no podía. Cuando Nonnita pasó a su lado la chica le sonrió.

Sin embargo, nada de todo eso era suficiente para borrar la obsesión de Nonnita Serrallac: no había encontrado al padre de su hijo y además se había dado cuenta, con rabia, de que ya no podía más. Que estaba muy harta.

9

Llamaron a la puerta de la habitación y, por la manera de hacerlo, Miquela Gambús ya supo de quién se trataba. Dio su permiso y apareció la figura pequeña y encorvada de la vieja sirvienta:

—Doña Miquela, abajo en la puerta hay un soldado. Trae un sobre para usted.

Miquela Gambús consultó el reloj. Habían pasado veinte minutos. Se había quedado dormida. Últimamente dormía poco por la noche y después se pasaba el día durmiendo siestas a todas horas. Ella, que siempre había sido una mujer con toda la energía concentrada en el cuerpo, ahora, de vieja, todo dependía de cómo se levantara. Comoquiera que ese extremo lo conocía solamente ella, tanto los criados como el hijo y las amistades de entrada no sabían nunca con qué se iban a encontrar. De todos modos, en general era una mujer adusta. Incluso cuando se ponía sentimental, lo era también de una forma adusta, con poca ternura.

La criada aparentaba una emoción que la señora Gambús atribuyó a simple cortesía:

—¡El soldado dice que lo envían del Ministerio de Estado!

En casa de los Gambús, hablar de un ministerio, aunque se tratase del de Estado, si bien no era corriente, tampoco era extraño.

—Muy bien, gracias. Le devuelves el sobre, le das una propina, y le dices que se trata de una equivocación.

—Pero en el sobre figura el nombre de usted y...

—Carmeta, después de tantos años de conocernos, ¿no sabes aún cuál es tu trabajo? Tu trabajo es obedecer y callar.

—Sí, señora.

Y se fue muy ofendida. Era lo mínimo que se podía permitir. Ni doña Miquela la iba a echar, ni ella se iría nunca de aquella casa.

Miquela Gambús se humedeció la cara en el tocador para espabilarse un poco. No necesitaba tener la carta entre las manos para saber su contenido: Osorio, el gobernador civil, le confirmaba la asistencia a su fiesta. Perfecto. Ahora bien, que el pobre hombre fuese tan pagado de sí mismo como para hacer circular un sobre con indicaciones precisas y exactas acerca de dónde iba a estar un día concreto y a una hora concreta, decía mucho sobre el carácter de cierta clase política. Así morían estúpidamente muchos hombres públicos. Lo que ella deseaba era aparecer en los ecos de sociedad por el éxito de su fiesta, no en la crónica de sucesos porque un loco anarquista le hubiese pegado un tiro en la cabeza al señor gobernador civil de Barcelona en su propio portal. Por su culpa, ahora habría que cambiar la fecha de la fiesta e iniciar de nuevo todo el proceso. Pero no importaba. Estaba acostumbrada a la tensión de los grandes momentos y por eso sabía que, si dependía de ella, todo acabaría saliendo bien; tan sólo hacía falta no bajar la guardia.

Únicamente la actitud errática de Deogràcies-Miquel la inquietaba un poco... Por desgracia, aquella desazón que desde hacía tiempo le causaba su hijo persistía en su ánimo. Demi no tenía el temple ni la energía de su abuelo, de su bisabuelo o incluso el de ella misma. Era más inteligente, pero, precisamente en aquel oficio, la inteligencia no garantizaba el éxito. La ciudad lo había ablandado. Por eso había querido someterlo a una prueba inicial, una especie de reválida, con la esperanza bien fundada de que saldría airoso de ella: su hijo era un Gambús de los pies a la cabeza y de ello había dado suficientes muestras. Pero eso sólo lo sabía ella. Aun entonces, nueve años largos después de su llegada a Barcelona, se lo pasaba de maravilla manteniendo el misterio a su alrededor.

Los Gambús no se habían ido allí para hacer fortuna. No. Muy al contrario de lo que se estilaba en la época, no llegaron para ganarse la vida, sino para desafiarla, tal como decía la señora, «que ella se nos gane a nosotros».

Este punto de fanfarronería era consustancial a la familia Gambús. De hecho, al padre de la propia señora, por razones obvias conocido como el Mierda, había acabado por costarle la vida. Y a ella, ese carácter familiar le había costado la humillación de perder un contencioso final con el obispado a raíz del entierro de su padre. Era a finales de 1899 y la matriarca Miquela aún era una mujer emprendedora e inquieta. A sus cincuenta y tres años se sentía fuerte como un roble. Se imponía una retirada estratégica. Al día siguiente del entierro de su padre, en plena comida, se levantó y anunció:

—Todo dios para Barcelona.

En sí, la frase era poco clara, no nos vamos a engañar. Podía significar varias cosas. Por esa razón, los presentes en la mesa en aquella comida guardaron un silencio absoluto. Estaba Deogràcies-Miquel, su único hijo, una tía de ochenta y nueve años, el apoderado de sus principales negocios familiares y el padre Jeroni, el cura del pueblo. El silencio se alargó durante varios segundos. Todo el mundo esperaba que la jefa de la familia, en otra intervención, aclarase los términos de su frase. Deogràcies-Miquel había abierto la boca y aún no la había cerrado; la anciana tía se había quedado petrificada con una sonrisa bobalicona, una especie de ni sí ni no; el apoderado no levantaba los ojos del plato y el cura decidió toser como si un hueso de pollo se le hubiese desviado por el sitio indebido. Finalmente, doña Miquela repitió:

—Todo dios para Barcelona.

Ella hizo sonar la campanilla. Entonces apareció la gobernanta de toda la vida, de nombre Carmeta, y le dijo:

—Carmeta, dentro de media hora quiero a todo el personal en la biblioteca. Todo el mundo. Nos vamos a Barcelona y me interesa saber quién quiere venir conmigo. ¡Andando!

Carmeta desapareció a la carrera y cuando volvieron a estar solos, la jefa de familia explicó que en Alcagaire ya lo tenían todo hecho, que se encontraba bien de ánimos y de salud, que la carrera política no la atraía, que se acababa de morir el abuelo Gambús y que en Barcelona encontrarían nuevos horizontes.

Nadie acabó de entenderla salvo el joven Demi, que interpretó aquella actitud en el sentido correcto: su madre necesitaba distancia, tiempo y tranquilidad para planear la venganza. La muerte de su padre y, sobre todo, la humillación del entierro, no iban a quedar impunes. Sonriendo, salió de la habitación. Conocía a su madre: no aceptaba la derrota así como así. Aquella huida no era más que el primer paso en la estrategia del desquite.

Los Gambús eran prácticos y lo que contaba era el resultado final. Por eso desde hacía tiempo habían aprendido que, a veces, era necesario soportar un insulto. Era la única manera de que incluso la más humilde de las criaturas pudiera vengarse del más poderoso. Pero no había la más mínima duda de que la venganza de doña Miquela llegaría. Podía tardar un año, diez o cien, pero llegaría. A ella siempre le había parecido una tontería de cobardes eso de que la venganza es un plato que debe servirse frío. Al contrario, lo importante es que se sirviese bien, ya fuera frío o caliente. Había que esperar, mucho o poco, el mejor momento. Y entonces, asestar el golpe sin titubeos. A sus enemigos les llegaría la respuesta de repente, sin saber de dónde ni cómo, brutal y definitiva.

Acordó con el cura que se haría cargo de la tía. Luego señaló al apoderado y le expuso lo siguiente:

—Usted no vendrá. Se quedará aquí, en Alcagaire. Aunque viva en Barcelona, continuaré siendo la alcaldesa. Pero no quiero saber nada: lo nombro teniente de alcalde. Se hará cargo del pueblo y de las posesiones familiares. Despachará conmigo una vez al mes.

—A sus órdenes, doña Miquela.

Se llevaría a su hijo. Era como ella, como su padre, como el padre de su padre. Poseía casi la totalidad de cualidades negativas que normalmente condenan a cualquier mortal al fuego eterno, sólo que en aquella familia eran consideradas virtudes imprescindibles. La mujer se había dado cuenta cuando, siendo el muchacho aún un adolescente, lo había llamado a su lado y le había dicho:

—Demi, pronto serás un hombre. Es el momento de explicarte a qué clase de familia has ido a parar, por si acaso no te habías dado cuenta. Eres mi único hijo, pero a pesar de ello quiero darte la oportunidad para que pienses lo que quieres hacer con tu vida. Y ahora escúchame bien: te has dado cuenta de que en el pueblo y en la comarca mandamos mucho, ¿verdad?

—Sí, madre.

—¿Y te has fijado en que, pese a no tener grandes fábricas, ni ser grandes banqueros, ni importantes comerciantes, somos muy ricos?

—Sí, madre.

—Pues abreviando, todo eso se explica porque la familia Gambús somos lo que la sociedad llama delincuentes.

En este punto se detuvo y observó al joven Demi. El muchacho no había ni pestañeado. La mujer, sorprendida por la pasividad del hijo, se aclaró la garganta y remachó el clavo:

—Somos una familia de ladrones. ¿Qué te parece?

El muchacho permaneció inmutable, miró a su madre y le espetó:

—No exactamente.

—¿Cómo?

—Lo que dice no es exacto. Somos delincuentes, pero no somos vulgares ladrones, madre. Somos piratas. De tierra adentro, pero piratas. Podríamos ser ladrones casi sin movernos de casa. Pero no, cuando ha sido necesario, la familia se ha trasladado a veces muy lejos para obtener un buen botín. Incluso por mar, como los piratas auténticos. Y si ha hecho falta, hemos robado con violencia intereses tanto de particulares como del Estado. Y en más de una ocasión hasta hemos puesto en peligro algunas rutas principales del comercio, ya fuera marítimo o terrestre. Somos piratas de tierra adentro: nuestro pueblo es como el nido inexpugnable en el que nadie osa entrar... Y como en ocasiones hemos actuado con el permiso del propio Estado, también hemos sido corsarios.

Doña Miquela se había quedado petrificada. ¿Dónde había aprendido su hijo a hablar de aquella manera? Parecía un procurador. Él, serio y al tiempo despreocupado, continuaba:

—Nadie osaría nunca confundirnos con simples bandoleros.

—Tienes razón —dijo ella, muy emocionada—. Los

bandoleros son unos perdidos, unos sinvergüenzas. Nosotros somos una familia, estamos organizados.

Y ya no pudo continuar porque los ojos se le habían llenado de lágrimas de orgullo. Le puso la mano sobre el hombro, soltó una especie de gemido y salió corriendo. El abuelo Gambús, que se la encontró por uno de los pasillos, se asustó tanto que mandó llamar al médico: nunca había visto llorar a su hija Miquela. Cogió a su nieto por una oreja:

—¿Qué le has hecho a tu madre?

—Nada, abuelo, se lo puede preguntar.

—Muchacho, más te vale que así sea. Porque yo soy como los osos. ¿Sabes qué hacen los osos?

—No.

—¡Se comen a los cachorros! —gritó.

—¡Yo no he hecho nada, abuelo!

—Eso ya lo decidiré yo. Pero por ahora, sobre todo, no se lo digas a nadie. No nos interesa que la gente sepa que tu madre llora.

A finales de 1899, sin embargo, Miquela Gambús resolvió dejar plantado el pueblo y, tal como se ha dicho, marcharse a Barcelona. Eso sucedió el día de San Esteban. Celebraron el cambio de año y, antes de concluir el mes de enero de 1900, ella y todo su séquito estaban instalados en un palacete de la plaza de la Mercè. Pagado al contado y con duros de plata salidos de un cofrecillo lleno. También como los piratas. Era un caserón grande y decadente que pertenecía a un noble arruinado. Tenía entrada propia para coches y autos, garaje y dos plantas, donde, además de las habitaciones de los señores y las del servicio, destacaban un gran comedor de techo bellamente decorado y un salón más grande aún, lleno de espejos, apto para tomar café, rezar un rosario en grupo o celebrar un gran baile de carnaval.

Al principio, más de uno pensó que los Gambús eran una familia de ricos repatriados de América o de Filipinas. Pero a los dos días, viendo la deferencia con que trataban a Miquela Gambús altas personalidades del Estado, de la provincia y del municipio, en seguida se tuvo la certeza de que aquellos recién llegados no eran unos indianos riquísimos. Eran mucho más, pero el problema era que nadie sabía qué. La flor y nata de la sociedad barcelonesa vio con sus propios ojos cómo, cuando apenas hacía cinco meses que se habían instalado en la ciudad, el mismísimo Eduardo Dato, ministro de la Gobernación, de visita oficial en Barcelona, abrazaba efusivamente a la señora Gambús entre el grupo de personalidades que acudieron a saludarlo. Era el mes de mayo de 1900 y la visita de Dato, provocadora, reciente aún la represión sobre comerciantes e industriales por el asunto del «cierre de cajas», había sido tumultuosa. Los del Centro Catalán habían organizado una pitada que casi acabó a tortas con los militares. Pues bien, pese a ser contrario al parecer de sus asesores de seguridad, el ministro fue a cenar a la casa de los Gambús, y estuvo allí hasta las tantas fumando puros, bebiendo coñac y recordando batallitas con la señora. Días después, cuando las cosas empezaron a calmarse, tanto amigos como enemigos se dieron cuenta de una cosa: doña Miquela Gambús, una recién llegada cargada de dinero, había sido la única anfitriona del ministro Dato, algo que no había conseguido ninguno de sus más fieles seguidores en Barcelona.

Tanto catalanistas como monárquicos, radicales, conservadores, republicanos o liberales se hacían la misma pregunta. ¿Quién era aquella mujer? Sólo la matriarca de la familia Gambús: ladrones de marca, de linaje, de proverbial sangre fría y con un grado de audacia directamente proporcional a la eficacia en cada operación. Miquel Gambús I *el del Rey* había dejado escrito: «El verdadero mérito del ladrón ha de juzgarse en función del momento y el lugar escogidos para cometer el delito. El arte de robar a una persona en plena calle, llena de gente, y a plena luz del día, se ve cuando el ladrón ejecuta el golpe y no se entera nadie...»

Antes de que Miquela Gambús llegase a Barcelona, ya la precedía entre los miembros de la clase política el prestigio de largos años dedicados al desarrollo de su especialidad delictiva: el falseamiento de resultados electorales. Fue conocida primero en toda Catalunya, luego en toda España y más tarde en media Europa como la Rebañaollas. Parece ser que un día, cuando el delegado de un gobernador civil, en pleno ataque de nervios porque perdían las elecciones, le gritó: «Tenemos que ganar, y si es preciso, cogemos la urna y la rompemos como una olla», ella le respondió tranquilamente:

—Nunca, señor. La olla ni tocarla. Si acaso, ¡rebañarla!

Y es que Miquela Gambús, *la Rebañaollas,* hacía bien las cosas. Estudiaba cada caso y, dependiendo de la localidad, aplicaba un método u otro. Se rodeaba de un círculo fiel y compacto de colaboradores. Contaba siempre con el consejo de su padre y su propio sentido creativo. El método, a veces, era muy sencillo: la proclamación como ganadora de una candidatura sin elección previa. Únicamente había que hablar con cada uno de los candidatos y convencerlos para que se retiraran de la carrera, al menos en aquellas elecciones. ¿Que había tres? Pues sobraban dos. ¿Que había dos? Pues sobraba uno. En primer lugar enviaba a uno de sus hombres a conversar en privado con los candidatos. Los métodos utilizados eran diversos, aunque el más habitual era el ancestral y eficaz soborno, por otra parte más barato que financiar una campaña electoral. Si eso no funcionaba, era doña Miquela quien intervenía en persona. Haciendo gala de su sangre fría, razonaba con el interesado las grandes ventajas que, según ella, suponía su propuesta. Sólo hacía falta hablar, ser razonable, llegar a un punto de acuerdo, ella siempre estaba dispuesta a reconsiderar sus planteamientos. Nunca amenazante. Nunca enfadada ni irritada. Sin tomarse nunca nada como algo personal, pero dando siempre a entender sus intenciones. Clara y taxativa. Si todo eso fallaba, acababa por explicar que ella le había prometido a su cliente que su candidato saldría elegido. Y que lo sentía, pero la familia Gambús siempre cumplía sus promesas. A continuación se ponía a estudiar la manera de provocar la retirada de los contrincantes mediante lo que ella denominaba «la fuerza del destino», que consistía sobre todo en chantajes, sustos de importancia, amenazas y, en muy pocos casos, defunciones de lo más legal.

El resultado final era siempre el mismo: el candidato deseado tenía la certeza de haber salido «elegido». Siempre con la ley en la mano, se convertía en candidato único y automáticamente era proclamado ganador.

El eco de la eficacia de doña Miquela *la Rebañaollas*, traspasó fronteras y hasta llegaron a llamarla desde los Pirineos Orientales y desde la lejana Sicilia, donde tuvo la oportunidad de poder compartir su experiencia con un colega siciliano. Cuando algún posible cliente se acercaba a la casa solariega de Alcagaire para contratar sus servicios, la señora Gambús se lo llevaba, muy orgullosa, a visitar el Barrio de las Ánimas: desde lo alto de la montaña que dominaba Alcagaire, junto al castillo, se veían calles, casas, plazas, fuentes, una granja, una tienda de ultramarinos, incluso una pequeña parroquia con su cementerio... Todo arregladito, limpio, esmerado, con flores en las ventanas y en los balcones... El Barrio de las Ánimas tenía de todo... menos gente. Estaba vacío. He aquí la idea más genial de Miquela *la Rebañaollas* Gambús. No demasiado original, pero sí genial.

—¿Ve usted a alguien? —preguntaba inocentemente al desconcertado y futuro cliente.

—A nadie.

—Pues está lleno, señor mío. Rebosa de gente.

El tono que empleaba Miquela Gambús no invitaba precisamente a la broma, de modo que sus interlocutores se quedaban a la espera de interpretarla correctamente mientras ella seguía:

—Ahí hay familias enteras de campesinos, hay obreros de una pequeña fábrica de papel, hay un par de policías, un sepulturero, un médico, un cura, un pastor, un militar retirado, un tratante de ganado, dos bachilleres, un perito agrónomo... En total tengo ochocientas noventa y nueve personas censadas.

El invitado no entendía nada. Entonces ella llamaba a su secretario, lo señalaba y decía:

—Esta persona tiene el censo actualizado: de vez en cuando lo revisamos. Hace veintiún años que existe. Los primeros niños que nacieron pronto van a ser llamados para hacer el servicio militar.

De pronto, la visita caía en la cuenta, abría desmesuradamente los ojos, exclamaba «¡Virgen santa!», y se golpeaba la frente con la palma de la mano.

—Es como un invernadero en el que planta personas, se inventa sus vidas y, cuando las necesita, las utiliza.

—Exactamente. Cada habitante de las Ánimas tiene su propia biografía que, tal como le he dicho, revisamos atentamente cada seis meses. Pueden servirme como votantes, como testaferros, como culpables...

—¿A qué se refiere?

—Es muy fácil. Si, por ejemplo, alguno de nosotros llega a ser acusado de algún delito, hacemos que se confiese culpable de él un habitante de las Ánimas. Es condenado y, dependiendo del delito, «cumple» la pena en la cárcel del pueblo. O, si se tercia, es eliminado por la policía al intentar escaparse. Si el juez no es de los nuestros, nunca llega a saber nada.

—¡Extraordinario!

—Muy amable. De vez en cuando hago que una mujer ficticia se case con un mozo de verdad. O al contrario. Es una especie de servicio social por el que reciben un salario. Cuando me interesa, hago que la mujer o el hombre fallezcan. Los enterramos en su cementerio y tan contentos. Todas las personalidades ficticias tienen su doble en una persona del pueblo. Todo el mundo está encuadrado. ¿Que en un sitio cualquiera necesitan quince personas para las próximas elecciones? Me contratan, empadronamos a quince y ya está. A la hora de votar, ningún problema.

Y continuaban paseando por el barrio desierto, lleno de fantasmas, hasta la hora de la cena. Eran otros tiempos. Doña Miquela los recordaba a menudo. Cuando dejó Alcagaire los «mató» a todos. Si en un futuro próximo o lejano, cuando la estirpe de los Gambús hubiese desaparecido de la faz de la tierra, alguien echase un vistazo al registro municipal, vería que el censo del pueblo se había reducido, de golpe, en casi mil personas. Como si una catástrofe natural apocalíptica se hubiese tragado un barrio entero. De alguna manera, Miquela *la Rebañaollas* Gambús fue Dios. Y se acostumbró a ello. Por esa razón, cuando no pudo fulminar del mismo modo al obispo y a todos los que los habían humillado, a ella y a su padre, casi se volvió loca de rabia.

Doña Miquela se marchó a Barcelona y el mote de *Rebañaollas* quedó en el olvido. Ahora mantenía una vida discreta y salía tan sólo para cumplir con los compromisos sociales ineludibles. Procuraba recibir a todo el que la solicitara. Acababa de subvencionar con 3.500 pesetas el viaje a Roma de cinco niñas de la Academia de la Juventud Católica para asistir a la canonización del beato Josep Oriol; regularmente hacía donaciones al hospital de los niños pobres del doctor Vidal Solares; estaba a punto de hacer una donación especial a la Cruz Roja en favor de las víctimas del terremoto de Sicilia y Calabria... Aparecer como una dama piadosa era lo mejor que podía hacer. Por otro lado, movía inteligentemente la inmensa fortuna que había acumulado. Sólo de vez en cuando se permitía pequeños caprichos. Poco tiempo antes, por ejemplo, se había hecho llevar al joven violonchelista Antonio Sala para que diese un concierto en exclusiva para ella, para su hijo y, de pie, detrás, al fondo, sus criados. El músico tenía que tocar a las diez, en una audición íntima, en el Círculo del Liceo. Al día siguiente se iba a París a completar su formación. Pero a las seis en punto tocó para Miquela Gambús la *Sonata* de Locatelli, el *Concierto op. 140* de Dvorák, un *Nocturno* de Chopin y la *Rapsodia Húngara* de Popper. En el más estricto anonimato, además. De no haber sido así, aún habría llamado más la atención.

Hacía más de nueve años que Miquela Gambús vivía en Barcelona y el corazón le decía que el momento del desquite estaba cerca. Y cuando ese momento llegase, se vengaría de manera desmesurada. Porque la experiencia le había enseñado que lo máximo que podía hacer con alguien era matarlo. Pero desgraciadamente tenía la sensación de que eso no era suficiente. Por esa razón pensaba a veces que la vida era injusta. De ahí su melancolía.

Que el infierno no existiera era la única esperanza.

10

Los hermanos Soriano se hallaban a la puerta de su teatro en compañía de un hombre gordo de aspecto circunspecto y de unos cuarenta y uno o cuarenta y dos años. Se llamaba Jordi Planas y era banquero. Vestía un grueso abrigo con cuello de piel que empezaba a ser inadecuado para la época y un bombín de los caros. De ojos claros, cabellos castaños y barba abundante, en el ojal de la solapa del abrigo llevaba una insignia plateada del Banco Hispano-Colonial artísticamente trabajada. El conjunto le daba un aire de patricio muy apropiado para la tarea que lo había llevado al Paralelo: determinar si la entidad que representaba concedía un crédito a los Soriano.

—Los precios, como puede comprobar, son económicos. Es la manera de que la clase obrera y la clase media puedan contemplar estas verdaderas celebridades mundiales —dijo Ricardo Soriano.

—¿Celebridades mundiales?

—Artistas de primera categoría, señor Planas. No encontrará nada igual en ningún otro local del Paralelo —añadió Manuel Soriano.

—Pero ¿eso ya es rentable? Yo estoy aquí para evaluar el riesgo que comporta su negocio.

—¿Riesgo? ¡Ninguno! —respondieron a la vez los dos hermanos—: Mejor que la mejor inversión en Bolsa.

—Si no estoy equivocado, ustedes venden entradas a

diez y a treinta céntimos. Si multiplicamos eso por el aforo y teniendo en cuenta los gastos que genera un local de estas características...

—Ya veo por dónde va. Tiene toda la razón, pero tenemos una buena noticia. Hemos decidido aumentar el precio de las primeras filas. Fíjese: de la una a la cinco, dos pesetas. Las filas seis y siete, una peseta. Las filas ocho, nueve y diez, dos reales, y de la once hasta la última, treinta céntimos. El gallinero, diez céntimos. ¿Qué me dice? Multiplique ahora, multiplique... Además, hemos establecido un sistema de abonos, como en el Liceo. Ya tenemos vendidos cinco a petición de los señores de un círculo aristocrático de esta capital.

El señor Planas empezó a toser. Fumaba demasiado. Padecía de los bronquios. Hombre metódico, cada día, antes de salir de casa, él mismo se liaba diez o doce cigarrillos y los guardaba en la petaca. Tenía problemas pulmonares, pero aun así no dejaba de fumar. Y claro, tosía porque era pleno invierno y acababa de encenderse un cigarrillo. Los dos hermanos Soriano, más bien pequeños y regordetes, parecían danzar a su alrededor y, al principio, cada vez que el señor Planas tosía, le decían «Jesús» y él, pese a que no había estornudado sino tosido, se veía obligado a responder «Gracias». Por eso el señor Planas hacía rato que incubaba un cierto resentimiento. Lo distrajo la figura fugaz de un gitano vestido como un marqués que salía con toda discreción de un portal y se alejaba hacia la ronda de San Pablo con cierta prisa. Le brillaban los anillos y las pulseras. El señor Planas se encontró con los ojos esperanzados de los hermanos Soriano.

—Tenemos los balances a su disposición. Ya sabe usted que nuestro teatro, legalmente, no es más que una estructura asimilada al concepto de barraca. Aun así, hemos instalado un nuevo sistema de excusados, los modernos

Water Closed, importados de Inglaterra. Y más aún, nuestro pabellón ofrece a su respetable público el local más confortable de Barcelona: estufas para el frío, iluminación, no con diez ni con cien ni con quinientas sino con mil bombillas de veinticinco vatios, diversas lámparas de ciento cincuenta vatios y ocho reflectores de treinta amperios. Y además, y como seguridad en caso de incendio, un servicio propio de dos bomberos con material del ayuntamiento. En todo ello hemos hecho una inversión considerable. Por eso nos gustaría poder comprar el solar, para acabar definitivamente con la provisionalidad.

¿Inversión? ¿Qué sabía aquella gente de inversiones? El señor Planas, melancólico, los escuchaba con cortesía, pero cansado. Él sí que invertía: era uno de los principales coleccionistas de monedas de Barcelona... Se preguntaba qué se les habría perdido en Barcelona a aquellos dos feriantes de Salamanca. Como si no hubiese ya bastantes golfos autóctonos. Ni siquiera entendía cómo era que el banco había considerado la posibilidad de prestarles dinero. Es verdad que, desde la pérdida de las colonias, la entidad estaba reorientando sus objetivos hacia el sector industrial. Pero ¿qué clase de industria era aquello? Sus ojos recorrieron el cartel de la entrada, donde se aseguraba al «respetable público» muchos muertos, descargas cerradas de fusilería, volcanes en erupción, dramáticos naufragios y hasta la presencia de «un cordero salvaje hallado en la selva del Amazonas». ¿Quién se lo podía creer? Aquello era divertimiento de estudiantes ociosos, de obreros idiotizados, de soldados pobres de espíritu, de depravados... «Volcanes en erupción...» ¡Por el amor de Dios! Una muchacha atractiva, de cabello color caoba, lo miraba y le sonreía. Llevaba un vaso de café con leche en las manos, tapado con el platito para que no se enfriara.

—Le presentamos a la señorita Nonnita Serrallac, nuestra primera actriz —dijo uno de los hermanos.

—Mucho gusto, señorita.

La muchacha lo saludó con otra sonrisa y una inclinación de cabeza y entró en el teatro. El señor Planas se quedó observándola. Años atrás había ido al Paralelo a buscar una nodriza para su hijo. Las amas de cría del Poble Sec tenían fama. A menudo eran murcianas o aragonesas. De aquel barrio, salvo nodrizas, no podía salir nada bueno. Él era de San Andrés, pero vivía en la calle Mallorca. Hacía poco que habían empezado las obras de alumbrado eléctrico en su tramo de calle, entre el paseo de Gràcia y la rambla Catalunya. Era el primer alumbrado eléctrico de Barcelona encargado y sufragado con el esfuerzo de los vecinos. Estaba orgulloso. Allí estaba la Barcelona del futuro. El Ensanche. Y el espacio de la Reforma, que su banco estaba ayudando a financiar, no aquellas barracas.

Los hermanos continuaban hablando y él seguía simulando escucharlos. No se lo podía creer: ante sus ojos estaba pasando un carro de color lila con cenefas doradas conducido por una especie de gigante bobalicón y sonriente. ¿Un bobalicón que lo saludaba? ¿A él? ¡Sí, le decía adiós con una mano del tamaño de las dos suyas juntas! Bajó la vista hacia los hermanos Soriano y, estupefacto, señaló al del carro. Con cierta actitud orgullosa le explicaron:

—Se llama Eustaqui y trabaja para nosotros.

De repente toda su acidez de estómago se le subió a la boca y en ese preciso instante, sin mostrar ninguna evidencia de ello, el señor Planas tuvo claro lo que debía hacer respecto a aquel préstamo.

Tiró el cigarrillo al suelo, se despidió apresuradamente y tropezó con un joven que estaba pegando un cartel en la pared. Tenía un flequillo rebelde que le caía sobre los ojos y cuando se cansaba de apartárselo con la mano, lo hacía soplando hacia arriba. En los carteles se convocaba fraternalmente a todo el mundo a las meriendas populares de Lerroux, el «emperador» del Paralelo.

—¿Quiere venir a merendar con nosotros? —le preguntó.

El banquero Planas, enfadado y con un zapato manchado de cola, resopló y lo apartó de su camino. ¿Merendar? Dios mío, aquella mañana parecía una pesadilla interminable.

En el teatro, Nonnita Serrallac no dejaba de pensar. Los hermanos Soriano, desolados y abatidos porque habían visto claro cuál iba a ser la respuesta a su petición de crédito, se habían encerrado en su despacho. Tomàs dormía. El pianista aún no había llegado. En cambio apareció el loro *Trinitat* desde el fondo de la sala, caminando, como siempre. Batió ligeramente las alas para encaramarse sobre el piano y observarla. Delante de Tomàs hacía y decía todas las tontadas del mundo. Pero en cuanto intuía que había público, su mutismo era total. Y no sólo eso, sino que imitando las crisis de su amo, aprendió a hacerse el muerto. Se dejaba caer sobre el suelo de la jaula y se quedaba mirando el techo con las patas estiradas y los ojos abiertos. Tomàs le decía: «*Trinitat*, hazte el muerto para que te vea Nonnita.» Y él nada. Pero cuando la muchacha empezaba a darse la vuelta, iba y lo hacía. Se pasaba la vida en la jaula comiendo pipas y soltando soliloquios. Se quedó esperando que la muchacha le dijese algo. Pero ella ni se dignó a mirarlo y el animal, decepcionado, se dejó caer y se fue por donde había venido. Era un animalito con un alto sentido de la dignidad.

Nonnita permanecía sentada sola en la banqueta del piano y tenía el vaso de café con leche humeante sobre la tapa del teclado. Colocaba el terroncillo de azúcar en la cucharilla y luego la iba introduciendo poco a poco en el líquido. A veces lo dejaba caer o, como ahora, se llevaba a la boca el azúcar empapado de café con leche. Le gustaba aplastarlo con la lengua contra el paladar y notar el gusto intensamente.

Al fondo, en el patio, oyó a Eustaqui trajinando arriba y abajo con el carro y la mula. Él y Tomàs Capdebrau se habían hecho inseparables. Ambos llevaban casi la misma vida. Por las mañanas salían con el carro y recorrían Barcelona en su trabajo de traperos. Luego, por la tarde y por la noche, estaban al servicio del teatro. Según el día dormían en el carro, en el albergue municipal o en casa de Nonnita. Eustaqui se había hecho cargo de la tarea de cuidar de Tomàs, cosa que liberaba a la muchacha de esa responsabilidad. Su embarazo ya empezaba a notarse un poco. Los hermanos Soriano lo habían advertido en seguida. Ella se dio cuenta por la manera como la trataban. En esos momentos ya debían de estar planteándose qué podían hacer...

Allí, en la penumbra, junto a una imposible bañera gigante en la que dormitaba una foca vieja, Nonnita, sentada al piano y con la cucharilla de azúcar empapado en la mano, se dio cuenta de que si no hacía algo para remediarlo, aquella criatura que llevaba dentro sería tan desgraciada como ella. Eso tenía que marcar por fuerza: nacería con una salud frágil, vendría al mundo con una pobreza de espíritu difícilmente remediable. Viviría con penas y fatigas. Ella misma, Nonnita Serrallac, estaba en condiciones de pronosticarle allí mismo un futuro de aburrimiento. Se estremeció pensando que aquello que crecía en sus entrañas, fuera lo que fuese, sería vulgar y corriente, insulso e insustancial.

Sostenía medio arrugada la tarjeta que Deogràcies-Miquel Gambús le había entregado dos meses atrás. La humillaba mucho, pero no se lo podía quitar de la cabeza. Quizá era la única solución: comerse el orgullo aunque fuese por última vez. Aunque fuera el último esfuerzo. Miró el reloj de la sala: era temprano. Tenía el tiempo justo antes de la actuación de la tarde.

Se levantó de golpe, se abrigó y salió a la calle. El sol brillaba e invitaba a caminar. Tardó un cuarto de hora en llegar a la Rambla y cinco minutos más en plantarse ante la puerta principal de la casa de la familia Gambús.

La criada arrugó la nariz, se le acercó y le preguntó si el señor la estaba esperando. Nonnita dijo que no, pero le extendió la tarjeta. La muchacha le rogó que se esperase un momento, le cerró la puerta en las narices y se fue. Al cabo de cinco minutos la puerta volvió a abrirse y apareció Deogràcies-Miquel en persona, más delgado que dos meses atrás. Tardó unos segundos en reconocerla, le sonrió, le tendió la mano y le dijo cuánto sentía que no la hubiesen dejado entrar. También arrugó la nariz. ¿Por qué arrugaban la nariz? Discretamente se olfateó a sí misma: no se había dado cuenta antes, pero toda ella olía a humo, a madera quemada, el mismo olor que desprendían los gitanos de los descampados del Paralelo. Si tenían madera, ella, Eustaqui y Tomàs hacían fuego en el patio del teatro para calentarse, ya que en el interior de la sala sólo se encendía la flamante calefacción durante las funciones. La ropa se le había quedado impregnada de olor a humo y parecía, más que sucia, miserable. Por el contrario, él desprendía ese olor a limpio que tienen las sábanas recién planchadas. Entró en aquel palacio, subió la escalera tras el hombre, atravesó salas, salones, pasillos y galerías. Finalmente la hizo pasar a su despacho. Demi

Gambús se apresuró a colocar entre los dos el metro que medía su mesa de trabajo.

—Nonnita... Tiene un nombre bien curioso. La última vez que nos vimos quedamos en que no me recordaría aquel hecho tan desagradable de hace nueve años y que tampoco me pediría dinero. ¿Sigue pensando lo mismo?

—Sí y no. Aunque no abra la boca, mi sola presencia ante usted ya se lo recuerda. Por otra parte, hay cosas que no se resuelven con dinero.

—Muy bien, me gusta oírselo decir. Le di mi tarjeta y le prometí que si venía a verme la escucharía. ¿Qué desea?

Nonnita Serrallac estaba algo desorientada. Aquel comportamiento le desbarataba todos los planes. Había esperado encontrar al hombre de la otra vez, agresivo y desagradable y, por el contrario, se encontraba con alguien amable y dispuesto a escucharla. Él dominaba la situación. Encima, ella apestaba como una indigente. Se fue apagando, apagando, y casi ni el recuerdo de su misión consiguió que a duras penas levantase los ojos para mirarlo, incapaz de superar la vergüenza de entrevistarse con él como una perdularia. Tampoco pudo mostrarse muy feliz cuando le comunicó la noticia:

—Estoy embarazada.

Observó con claridad cómo cambiaba la expresión del rostro de su interlocutor.

—¿Por qué me cuenta eso?

—Por...

—Usted está embarazada y yo una mañana me levanté y me encontré con que tenía pelos en las orejas.

Se quedó sin saber qué decir. No daba crédito.

—Le acabo de decir que estoy embarazada...

—Sí. Y usted, señorita, ¿me ha oído a mí? —De repente empezó a tutearla y a elevar el tono—: No te burles, yo no había tenido nunca pelos en las orejas. ¿Cómo puede ser que a los treinta años me empiecen a salir? ¿A ti qué te parece?

—Quizá se mira demasiado en el espejo.

—¡Qué valiente! ¡Tú me dices que estás preñada y yo te digo que me han salido pelos en las orejas! Son dos problemas, cada uno tiene el suyo, pero con la diferencia de que yo, si quiero, puedo arrancarme los pelos con unas pinzas. Más aún: puedo hacer venir a alguien para que lo haga. Tu problema no me importa lo más mínimo y es un poco más difícil de resolver. Sin embargo es parecido, todo se puede arrancar, como los pelos de las orejas.

Aquel hombre la iba a volver loca. Si hacía sus negocios de esa manera, no le extrañaba que tuviera éxito. De un extremo al otro, como el gato jugando con el ratón.

—No quiero arrancarme nada.

Nonnita Serrallac estaba abrumada, no le salían las palabras.

—Estás preñada, quieres tener a la criatura; muy bien, entonces, felicidades. No habrás venido para pedirme que sea yo el padrino, ¿eh?

Nonnita bajó la cabeza aún más. No quería llorar en su presencia. Demi Gambús abandonó el tuteo tan bruscamente como lo había iniciado:

—Escuche, hoy me encuentro de muy mal humor. Mañana tengo que tomar una decisión trascendental y no me siento positivo, magnánimo ni caritativo. Le voy a ser franco: en su día le di mi tarjeta porque aquella noche me despertó cierta morbosidad. Pero eso sucedió hace dos meses, no ahora. Y ya la avisé: no tengo intención de darle dinero. No estoy orgulloso de lo que le hice hace nueve años, pero tampoco me siento en deuda con usted, ¿entendido?

—Ayúdeme.

—No sé cómo puedo ayudarla, hable con mi secretario, tal vez él le pueda dar un trabajo. ¿Sabe hacer algo, además de nadar desnuda con una foca? Da lo mismo, no me lo diga.

Escribió unas líneas en un papel, se lo entregó y, sin ninguna ironía en especial, le dijo:

—Ha sido un placer, pero espero no volver a verla. Cuando salga, dele esta nota a la gobernanta; seguro que le encuentra una cosa u otra. Y a partir de este momento entiéndase con ella. Buenos días y buena suerte.

Nonnita Serrallac se levantó sin ninguna convicción; un espejo le devolvía una imagen como de niña envejecida.

Pensaba: «No he conseguido conmoverlo porque probablemente ha decidido que yo tenía lo que me merecía, que era una desgraciada. Exactamente así. Sin más.»

Desde la escalera oyó cómo Gambús le ordenaba a la criada que abriese las ventanas y el balcón para que el despacho se ventilara.

Tenía el ánimo por los suelos. Pero, curiosamente, no se sentía humillada. Y no comprendía por qué. No entregó la nota de Gambús a nadie.

Hizo las dos funciones del día como una autómata. Y cuanto más rato pasaba, mejor se iba sintiendo. También sin saber por qué. Tenía la sensación de que la solución a sus problemas pasaba por Demi Gambús. Y no se trataba precisamente de ir a hablar con la gobernanta para que la emplease como sirvienta.

La solución se la dio aquella mañana Juana, la del callejón del Infern, conocida como la Pimentera.

Nonnita, de vuelta a casa, oye el ruido de las ramas de un jardín y el maullido insatisfecho de un gato no correspondido. Mira y no hay ni jardín ni gato. Pero sí está la Pimentera, calentándose junto a una hoguera apagada. Ésta reconoce a Nonnita inmediatamente, y eso que en vida no se habían tratado mucho. La recuerda de aquella noche en que la vio actuar en el Gran Salón Doré, donde la dejaban entrar gratis. Y gratis quiere decir sin pagar y también a cambio de nada. Estaba sentada en la primera fila, dándose un masaje en los pies porque la noche estaba floja y se caminaba más que se trabajaba. Por aquellos días, Nonnita hacía de ayudante provisional de monsieur Harmant, «célebre calculador y único rival del no menos célebre Inaudi». Cuando acabó la función estuvieron hablando y permitió que se quedase con ellos. Incluso compartieron el plato que el Gran Salón Doré ponía a disposición de los artistas como parte del sueldo. La cosa en sí no tenía importancia, pero la Pimentera lo interpretó como un gesto de amistad por parte de Nonnita hacia ella. Y como gestos de esa clase se prodigaban poco, se lo agradeció mucho. Ahora, sentada en esa caja al lado de una no-hoguera, se la ve tan joven y tan bonita, y hace tan poco que la ha visto, que nadie diría que esté muerta. Nonnita le pregunta cuándo murió y ella, puta y adolescente, le responde con una sonrisa que hace un par de meses, por Navidad. Pese a ser joven y agraciada, ahora está muerta, por eso va a su aire, como todos los de su clase, y explica que se hirió en un pie e iba de un lado para otro renqueando, muerta de hambre y sin trabajo, que los hombres no quieren hacerlo con cojas malolientes. Que había acabado peleándose con auténticos idiotas por el derecho a rebuscar en la basura de los restaurantes. «La guardia municipal me pilló —dice Juana— cuando salía de una parroquia de la Barceloneta con un saco lleno a la espalda. Al atardecer me quedé escondida dentro. De madrugada abrí la puerta del sagrario. Metí en el saco un cáliz y dos copones de plata. Las hostias me las comí y me bebí el vino, ¡todo un festín! Los guardias me obligaron a devolverles lo robado a los frailes y pedirles perdón. Luego me llevaron a la playa...» No hace falta que continúe, Nonnita ya se imagina qué sucedió con esa preciosidad de dieciocho años que tiene el cuerpo tan bonito como vacía la cabeza. Dice: «Me hicieron de todo y como remate me dieron una buena paliza para que no volviera a las andadas.» Añade: «Me dejaron tirada sobre la arena. Tenía tanta rabia y me encontraba tan mal que, sin apenas darme cuenta, me adentré en el mar y me ahogué. Cuando la policía me reconoció, el párroco de San Miguel, el padre Maroto, no quiso darme sepultura por puta, profanadora, ladrona de objetos sagrados y suicida.» Y ahora, con el pelo empapado de agua de mar, acaba de ver de nuevo la cara de Nonnita y por eso le ha dicho que se acercase. Dice: «Unos pescadores me sacaron del mar cuando aún estaba viva. Me colgaron cabeza abajo para ver si escupía el agua, pero no sirvió de nada. Me dejaron colgada como un bacalao. Los guardias, viendo que estaba viva, tuvieron la osadía de intentar repetir la faena... Como todo fue tan rápido, al menos no me he quedado hinchada y azul.» Y ve que Nonnita sigue dándole vueltas a sus preocupaciones, y que de golpe se le iluminan los ojos. «¿Qué te pasa, Nonnita?» Ella no responde y se marcha sin despedirse ni darle las gracias. La Pimentera se queda mirándola y no se ofende porque, otra cosa no, pero lo que sí tienen muchos difuntos —y más aún si son de Barcelona, archivo de cortesía hasta en el otro mundo— es que hacen y dejan hacer sin ningún problema. Y allí se queda, haciendo muecas y, a pesar de todo, con la cara iluminada por la luz de una hoguera inexistente.

Nonnita Serrallac subió a su casa muy excitada porque la Pimentera acababa de darle la solución.

Envuelta en las mantas reflexionaba sin parar. Fuera, el silencio era absoluto, total, como de cementerio de lujo.

Oyó a lo lejos el ladrido de un perro triste. La Pimentera le había dicho: «Los guardias tuvieron la osadía de intentar repetir la faena...» No pudieron evitarlo. Lo mismo que aquella tarde Deogràcies-Miquel Gambús tampoco había podido evitar decirle: «... le di mi tarjeta porque aquella noche me despertó cierta morbosidad.» Las campanas de la catedral tocaron las tres, tan solemnes a aquellas horas de la madrugada como si estuvieran llamando a vivos y muertos al Juicio Final.

De repente comenzó a perfilar la idea que le bailaba en la cabeza. Era una idea algo estrambótica que, de salirle bien, le permitiría perjudicar a Gambús y al mismo tiempo ganar dinero; la única manera de romper la mediocre e inevitable línea de sucesión que ofrecería al mundo con aquel embarazo suyo.

No era una idea demasiado fácil ni agradable de llevar a cabo. Por no ser, ni siquiera era legal.

SEGUNDA PARTE

11

Rafael Escorrigüela se consideraba como el ave fénix, una criatura única en su especie. El sagrado animal era famoso porque prendía fuego a su nido con él dentro. Y de las cenizas resurgía una nueva ave fénix. Pues Rafael igual: de las cenizas del viejo renacía siempre otro nuevo, con la experiencia del antiguo y las fuerzas del recién nacido.

Como en tantas otras ocasiones, tuvo suerte: el accidente fue más aparatoso que grave. Sufrió una conmoción cerebral severa, se rompió el brazo derecho y un par de costillas. He aquí el ave fénix: no había más que ver cómo se había recuperado. Hasta se le había cortado la diarrea. Había dejado boquiabiertos a todos. El padre Maroto lo recogió y lo tuvo en su casa por caridad, pensando de hecho que no iba a durar ni dos días. Pero tras un par de semanas de vómitos y dolores de cabeza, salió de la conmoción. Lo de las fracturas ya fue algo más pesado, con la escayola y toda esa lata. Pero gracias a la paciencia del cura, resignado a tener que compartir casa y queso con aquel joven, y a los caldos concentrados con yema de huevo y coñac de su ama de llaves, Rafael Escorrigüela resucitó. Al principio se encontraba muy débil y un poco estropeado. Después, en plena forma. No era la primera vez que tocaba fondo, que bajaba a los infiernos y, como el pájaro sagrado, renacía de nuevo. Aquello le infundía una confianza en él mismo casi indestructible. Por eso encontró bastante natural que el padre Maroto escribiese una carta de recomendación a un amigo suyo que tenía una empresa de transporte marítimo. Su dueño, el señor Gatell, le preguntó qué sabía hacer y Rafael Escorrigüela le contestó que era administrativo. Se lo creyó y, pese a estar aún escayolado, no dudó en aceptarlo.

Así fue como Rafael Escorrigüela comenzó su carrera de oficinista.

Con algún dinero que le había prestado el padre Maroto y a la espera de su primer sueldo, se instaló en la Pensión de Francia, que estaba situada en un principal de la calle de Bergara. Era un establecimiento económico, de paso, céntrico, especializado en la acogida de cabezas de familia temporalmente solos. Casos típicos en que la mujer y los hijos se marchaban fuera de vacaciones y el marido era incapaz de arreglarse en casa. O de hombres que iban a trabajar a Barcelona y necesitaban un lugar mientras encontraban un piso en que alojar a su familia. Nunca solteros. La pensión estaba regentada por un matrimonio que, según le pareció a Rafael, parecía salido de una zarzuela: ella, gorda, comunicativa, de Torroella de Montgrí, llevaba el timón de aquella nave con mano firme; él, pequeño, moreno, esmirriado, andaluz de Jerez de la Frontera, de nombre Paco, casi no hablaba y cuando lo hacía apenas se le entendía nada porque se había quedado casi sin dientes. La mujer ejercía de gobernanta y él, en la cocina, hacía pescaíto frito y se dejaba devorar por la añoranza. Rafael Escorrigüela, escayolado, los engatusó con su lamentable aspecto haciéndose pasar por viudo reciente:

—Ustedes acogen a maridos temporalmente solos y, por cortesía, por urbanidad, nunca por hipocresía, les preguntan dónde tienen a su familia. Unos responden que en Caldetes, de vacaciones, otros que en Puigcerdà, a resolver en el juzgado problemas de herencia... Señores, pregúntenme a mí dónde tengo la familia y yo les responderé: en el Cielo...

Hubo aplausos por parte de los clientes y alguna lágrima furtiva se le escapó a una recién casada que había ido a acompañar allí a su joven marido. Los dueños no pudieron hacer otra cosa que mirarse a los ojos y ceder. Admitieron a Rafael en su casa provisionalmente, por unos cuantos días.

Dos meses más tarde seguía allí, a pensión completa. Pagaba religiosamente sus treinta y cinco pesetas semanales y procuraba no dar lugar a ningún tipo de queja ni comentario. Trataba de no molestar con la aparatosa escayola que le mantenía encorsetado medio cuerpo e invitaba a rosco de crema en las fechas señaladas. Y cada vez que el dueño le recordaba su provisionalidad, él bramaba que se consideraba su hijo adoptivo y le alargaba un par de farias. El hombre le renovaba sin falta el permiso. Eso ocurrió durante las cuatro o cinco primeras semanas. Ahora ya no le decían nada.

Durante ese tiempo, Rafael Escorrigüela se fue recuperando del accidente. Trabajaba en Transportes Gatell y su comportamiento era intachable. A menudo, en su habitación de la pensión contemplaba sus tesoros, restos de su vida anterior: su cuello planchado y sus puños redondos de celuloide, que más adelante, cuando le conviniera, le servirían para ir bien trajeado. Por ahora llevaba todavía las ropas que el mismo padre Maroto le había conseguido de un ropero de pobres, pero en su corazón pervivía el orgullo.

Las oficinas Gatell estaban situadas en el último piso de una casa del paseo de Colón. En cada rellano había un negocio relacionado con la actividad portuaria. En aquella zona era muy normal. Aparte de los despachos de la

Administración, se encontraban las sedes de las compañías navieras, las agencias de aduanas y de transportes, los almacenes de mercancías, los proveedores de efectos navales, las aseguradoras, etc. Transportes Gatell brillaba con luz propia. Su lema era: «Gatell & Cia. Fundado en 1801. De Barcelona al mundo y del mundo a Barcelona. Delegaciones en Dover, San Juan de Puerto Rico, Buenos Aires y Manila.»

Desde el despacho del señor Gatell se tenía una de las mejores vistas del puerto de Barcelona. Y si el dueño no estaba, el joven, dinámico y, sobre todo, renacido Rafael Escorrigüela, entraba a escondidas, se sentaba en su poltrona, contemplaba el mar y fantaseaba sobre su futuro. Hacía casi tres meses que trabajaba allí y si fantaseaba era porque empezaba a inquietarse. Transportes Gatell llevaba a cabo la mayor parte de sus movimientos en su almacén del muelle. Allí pasaban buena parte del tiempo el patrón y el resto de personal. Por el contrario, Rafael Escorrigüela permanecía solo en las oficinas, trabajando como administrativo. Libre ya de la escayola, cada vez se encontraba mejor y pensaba que lo tenían desaprovechado. Día tras día, de ocho de la mañana a ocho de la tarde, anclado en una mesa y una silla, detrás del mostrador de atención al público, se aburría. Miraba a su alrededor y murmuraba: «Trabajo patético, sueldo patético, tintero patético, pluma patética, plumilla patética, hoja secante patética y patético yo mismo...»

Se decía: «Yo he sido llamado a elevadas tareas.» Ya no se acordaba de que, unos meses atrás, muerto de hambre, enfermo, había tenido que perseguir un cochinillo por las calles de Barcelona a cambio de dos miserables reales. En la actualidad, su ídolo era el gran Eusebi Güell. Y no por ser marqués consorte de Comillas, sino por industrial, mecenas de la cultura, estudioso, político respetado... y rico.

Cuando el periódico traía alguna noticia sobre él, Rafael Escorrigüela la recortaba y la guardaba. Unos días atrás, con motivo del octavo aniversario de la fundación de la fábrica de cemento Asland, en la Pobla de Lillet, don Eusebi Güell había dicho que el mérito no era haber sido el primero en llevar el cemento Portland a Catalunya, sino en haber hecho bien las cosas. Según él, eso significaba: «Aumento de la producción, abaratamiento de los costes, incremento de los beneficios y, por tanto, incremento de los salarios y destrucción de la semilla de la revuelta social...» Rafael Escorrigüela tomó nota a lápiz en un papel aparte, como si aquello fuese una revelación divina. Su gran ilusión pues era ser rico y a la vez un semiintelectual. Quería ser como el señor Güell.

De momento, se limitaba a sisar todo lo que podía en la empresa y a ahorrar para poder tirar a la basura las ropas de caridad del padre Maroto.

Sin embargo, había días grises en que parecía que su oportunidad no fuese a llegar nunca y caminaba por el despacho del señor Gatell como un león enjaulado.

Aquel día en concreto, el señor Gatell no estaba, no volvería hasta el día siguiente y le había dejado las llaves de la oficina. Como en tantas otras ocasiones, Rafael Escorrigüela había tomado posesión de la silla tapizada del patrón y la había vuelto de cara a la ventana y, por extensión, de cara al mar. La inclinaba hacia atrás hasta aguantarse tan sólo sobre dos patas, apoyándose en la mesa con el respaldo, aun a riesgo de causar algún desperfecto.

Ensayaba discursos llenos de dignidad en los que planteaba sus reivindicaciones personales y laborales. Según el día, la rabia lo devoraba: «Cuando me vaya, se va a acordar de mí este negrero. Una bomba bien puesta... Aquí mismo, bajo el culo. Los anarquistas las ponen demasiado al tuntún. Si me dejaran a mí...»

Según el día, eran las dudas las que lo devoraban: echaba un vistazo a su alrededor y pensaba que aquel trabajo tampoco estaba tan mal. Y que, además, el señor Gatell lo había recogido, como quien dice, de su lecho de enfermo, de la nada. Y desde luego, le estaba muy agradecido, pero una cosa no quitaba la otra. Aquél no era trabajo para un joven como él. Y tenía que velar por su futuro...

Levantó la vista hacia la pared, concentrado en sus pensamientos, aunque en seguida la apartó: estaba harto de ver un día tras otro los tres retratos, casi idénticos (piel descolorida, ojos de ave rapaz, nariz fina y puntiaguda, y el pelo con raya en el medio): Josep Gatell Campderà, 1779-1841; Josep Gatell Piguillem, 1839-1907; Josep Gatell Arrufó, 1876. Este último detalle lo sacaba de quicio. No soportaba el espacio en blanco después de 1876: ¡qué mal gusto el de Gatell! ¡Cómo podía convivir cada día con su condenado retrato sabiendo que aquel maldito espacio en blanco sólo se llenaría el puto día en que se muriese!

Oyó las campanas de la Merced dar las cuatro y se asustó. Fue hacia uno de los armarios de la habitación y sacó el estuche de los binoculares de debajo de un montón de carpetas, planos y documentos. Abrió la ventana que daba al puerto. De repente, el silencio del despacho se rompió y se llenó con todos los sonidos de la vida del paseo, a plomo por debajo de él, y la vida del muelle, más allá ruidos que el aire arrastraba violentamente, como si se le hubiesen pegado y no supiera cómo desembarazarse de ellos. Todo entró de golpe, acompañado de una ráfaga de aire frío y salado. Rafael Escorrigüela se abrochó la chaqueta, se ajustó la bufanda y empezó a enfocar los binoculares hacia el muelle que le interesaba. Esperaba la llegada del *Diana*, un vapor procedente de Cartagena. La carga del *Diana* consistía únicamente en cien bidones de brea, pero transportaba también al señor Rodrigáñez, un cliente que iba a cerrar uno de los tratos más ventajosos de los últimos años con Transportes Gatell. Se trataba de una nueva línea comercial entre Barcelona y Puerto Rico pasando por Cartagena, gracias a los contactos que el señor Rodrigáñez tenía en las antiguas colonias del Caribe. Naturalmente, el señor Gatell tendría la exclusiva. El patrón, presa de una lumbalgia fulminante, había encargado a Rafael, por medio de un telegrama, que se personase en el muelle para recibirlo, acompañarlo al hotel y estar tan pendiente de él como hiciese falta.

Así pues, el muchacho tenía toda su atención dirigida al muelle. Allí reconoció la silueta tranquila de otro vapor, el *Sagunto.* Pero del *Diana,* ni rastro. Ya debería haber llegado. Se entretuvo espiando cómo descargaban planchas de hierro en el muelle de Pescadores; más allá unos inmigrantes negociaban con un carretero para que los llevase a ellos, un hombre, una mujer y una hija gorda de unos trece años, y un baúl; el carretero les señalaba la mula como indicándoles que la pobre ya no tenía edad. Enfocó luego los binoculares hacia el tranvía que en aquel momento pasaba justamente ante él, por el paseo. Era un instrumento de calidad: distinguía con toda nitidez el bigote del conductor. Volvió a enfocar hacia el mar, hacia el Llobregat. En ese momento se topó con una columna de humo larga y blanca que delataba la presencia de un vapor. Lo siguió durante más de cinco minutos. La silueta fue haciéndose más y más grande. Era un vapor con una larga chimenea de color verde manzana. Sólo podía ser el *Diana.* Y no tardaría más de media hora en hacer las maniobras de atraque.

Con los binoculares colgando del cuello bajó a avisar

al portero de la finca, que era el encargado de alquilar los coches de punto.

Nuevamente en el despacho, dobló el periódico y se lo metió en uno de los bolsillos de la chaqueta, se puso el abrigo, el sombrero y los guantes, escupió al retrato de Gatell, vio cómo resbalaba la saliva, lo secó con su pañuelo y, ya más tranquilo, cerró la puerta con doble llave y bajó la escalera. El coche de alquiler ya esperaba en la puerta. Era un simón conducido por un cochero con gorra y guantes de lana. La bufanda le cubría hasta la nariz; hacía un frío que pelaba. El caballo estaba impaciente y no dejaba de exhalar por las fosas nasales un aliento tan blanco que casi parecía pastoso. Le dio una propina al portero, le indicó al conductor adónde iban y subió. Oyó restallar el látigo y se pusieron en marcha.

Se detuvieron en la puerta misma de la oficina de la compañía naviera, donde entró en compañía del cochero. La puerta también tenía el cristal esmerilado y un pomo con el baño de níquel medio desprendido, como todas. Le confirmaron que el *Diana* acababa de llegar. Perfecto. El cochero, indiferente, se puso a fumar junto a la estufa. Él se sentó a esperar. A su lado había dos hombres de mediana edad. Uno de ellos, con un diente de oro y un chaleco de fantasía a cuadritos, intentaba convencer al otro:

—Hace ya diez años que las manufacturas ampurdanesas del corcho no levantan cabeza. Los alemanes han metido sus máquinas en el Empordà, en la Garrotxa… Como no precisan tanto personal, hacen los tapones más de prisa, más baratos y en mayor cantidad. Además, los venden ellos mismos, sin intermediarios. Hace tres años que se están hartando a ganar dinero. Es una magnífica oportunidad para invertir, ¿no le parece?

—Tengo mis dudas, Fonollosa. Además, ¿quién me asegura que cualquier día de éstos no desaparecen los tapones de corcho y las botellas se tapan con otro sistema?

—Antes se hundirá Barcelona en el mar.

Rafael Escorrigüela se cansó de escuchar a sus compañeros de banco y volvió a abrir el diario. El Ayuntamiento de Barcelona hacía pública la lista de los doscientos contribuyentes más importantes del municipio. Según la ley, solamente ellos tenían derecho a elegir compromisarios para la elección de senadores. Comprobó quién era el rico número doscientos y con cuánto contribuía: ¡2.413 pesetas y 42 céntimos! Sólo con los impuestos del más pobre de los ricos podía vivir cómodamente una familia entera durante todo un año. Le gustaba repasar listas como aquélla porque, en un futuro no muy lejano, él ya se veía incluido. La mayoría de los nombres eran más o menos conocidos. De repente, el dedo se le detuvo en seco en la parte alta de la lista. No lo podía creer: Miquela Gambús i Vilagrassa. Y aquélla era la lista de los contribuyentes de Barcelona. ¿Qué hacía allí, en Barcelona? Y si ella estaba, tal vez también estaría su hijo, Demi...

Conmocionado, se abrigó y salió a pasear por el muelle. Tropezó con una cuerda gruesa como un brazo y cayó sobre unas cajas de madera reforzadas: «Frágil. Material de precisión. Casa Bassó i Alsina, plaza Palau, 13. Depositarios de Richter & Cia. Chemnitz.» Le llegó una bocanada del olor rancio que procedía del agua, un hedor como de lavadero. Olisqueó, se levantó maquinalmente y se sacudió la ropa. Algo se había puesto en marcha dentro de su cabeza. No sabía muy bien qué. ¡Había que averiguar dónde vivían!

—¡Eh, joven!

Era un señor muy elegante que hablaba en castellano. El señor Rodrigáñez en persona, con sombrero alto y bastón con la empuñadura dorada, lo llamaba desde la sala de espera. A su lado, el cochero cargaba una maleta. Rafael Escorrigüela, avergonzado y confuso, corrió a saludarlo y disculpó la ausencia obligada del señor Gatell por causa de fuerza mayor. Durante el trayecto hasta el hotel —breve, pues sólo iban hasta el hotel Oriente—, el señor Rodrigáñez le hizo preguntas de cortesía sobre el señor Gatell, a las que él apenas si contestó con un sí o con un no. No podía quitarse de la cabeza lo que acababa de leer en el periódico. Estaba alterado. Llegaron al hotel y el hombre, enfadado y extrañado por el comportamiento de aquel subalterno, optó por meterse dentro ostentosamente, sin despedirse de él. Ya arreglaría cuentas con el patrón. Rafael ni se dio cuenta. Se dirigió Rambla arriba a buen paso: los del Comité de Defensa Social, donde manejaban todo eso de la contribución, en la plaza de Catalunya, le darían la dirección.

¡Demi Gambús!

El padre de Rafael Escorrigüela había sido la mano derecha de Miquel Gambús II *el Mierda*. Ser el hombre de confianza de un cacique era más que ser su propio hermano. La prueba estaba en que murieron uno junto al otro.

Nada extraño, entonces, que Rafael y Demi hubiesen crecido e ido juntos al colegio. Lo compartieron todo, hasta las novias. La presencia del pequeño Rafael Escorrigüela en la gran casa familiar era habitual. A menudo acompañaba a Demi hasta la entrada del pueblo a esperar la tartana en que doña Miquela regresaba de sus viajes de trabajo. Desde lejos la veían llegar con su vestido negro y su cartera de piel. En aquella época, doña Miquela era alta, delgada, de cabello negrísimo, ojos claros y dos arrugas verticales que le enmarcaban las facciones como si fueran dos cicatrices. Sólo al acordarse se estremecía.

Hacía más de diez años que no veía a Demi Gambús,

pero habían sido muy amigos. De acuerdo, estaba aquel pequeño detalle que lo había obligado a salir corriendo de Alcagaire de un día para otro, pero ya había pasado un montón de tiempo y, además, se podía considerar que había pagado una especie de pena de destierro...

¿Y si aquello era la señal que esperaba?

12

¡Vamos! ¡Vamos! ¡Vamos!

Eustaqui Guillaumet gritaba para sus adentros y echaba más vaho que la mula. Panorama de madrugada con las calles encogidas por el frío, con las calles saladas de frío como hierro colado.

¡Vamos! ¡Vamos! ¡Vamos!

Y pensaba que, en Vila-rodona, a aquellas horas, en aquella época, a punto de entrar el mes de abril, la claridad se esparcía ya por todas partes. En cambio, en Barcelona, según el día, parecía que la luz tuviese que ir pidiendo permiso para instalarse. Ahora bien, eso no era ningún impedimento para que siguiera viendo las cosas extraordinarias y positivas que seguían ocurriéndole en aquella ciudad. Que quedase bien claro. Y miró a un lado y otro por si hacía falta gritarlo bien alto.

Volvía de hacer un trabajo en plena noche. Estaba muy bien retribuido y no se había podido negar: se trataba de transportar una palmera desde el depósito municipal de árboles de la plaza de Espanya hasta Sant Boi. El hijo de un indiano quería plantarla delante de su casa en homenaje a su padre. El hombre se estaba muriendo y había querido darle una sorpresa: el hijo le había prometido que una mañana se levantaría y descubriría que, de un día para otro, le había crecido una palmera en el jardín.

Después de soltar un bostezo que casi espantó a la

mula, Eustaqui se dijo a sí mismo que podía estar contento: tenía trabajo fijo en el teatro Soriano sustituyendo a Tomàs Capdebrau, cuyas crisis eran cada vez más intensas y largas. Allí hacía un poco de todo: ayudaba en la taquilla, respondía a las preguntas del público concentrado en la calle, dispersaba a los grupos de curiosos... Más de una noche, el público que ya había entrado empezaba a silbar y a patear sobre el entarimado de madera cuando en la puerta se estaban despachando aún entradas. Entonces, el vocerío del interior atraía todavía a más gente de fuera y él debía poner un poco de orden. Pero lo que más le gustaba era trabajar de animador en la puerta. Recordaba su primera noche en el Paralelo. Lo recorrió de punta a punta por ambos lados y no daba crédito. Parecía otro mundo. Contando simplemente la pequeña área donde se ubicaba el Soriano, había allí más teatros y *music-halls* que casas de vecinos: subiendo desde el puerto, por la derecha, el Gayarre, el Arnau y el Español. Frente por frente, el Apolo, el Nuevo, el Soriano y el Onofri. Además, al lado de cada teatro, su correspondiente café o su sala de *music-hall*... De aquella primera noche recordaba cómo se había quedado mirando a los voceadores, a los animadores, que lo prometían todo y ya constituían un espectáculo por sí mismos. Era un sinfín de sonidos que daba saltos entre el mar de gorras que esperaban a la puerta, un ruido más que se sumaba al alboroto general y que le llegaba como la melodía de un encantador de serpientes. Ahora era también su trabajo. Subía a la tarima y gritaba: «¡Una, dos, tres, cuatro, cinco, seis, siete y hasta ocho veces tiene que levantarse el telón a petición del público, hipnotizado por la magia de este espectáculo épico!» Y entre que él mismo no comprendía palabras como «hipnotizado» o «épico» y que su castellano con acento del Alt Camp debía pasar a través de un embudo que hacía de altavoz, no se entendía ni una palabra de lo que decía.

¡Aquello era vida! ¡Aquello era la vida! Y él se encontraba en medio. En medio... y al lado de Nonnita Serrallac, su ama, de la cual estaba enamorado hasta la médula como un tontorrón.

Por la tarde y por la noche trabajaba en el teatro y, durante el día, hacía de trapero, arriba y abajo por Barcelona con aquel carro tan estrafalario. Eso sí, con un grado de independencia casi total. La mayor parte de lo que ganaba era para él y, además, si lo deseaba, podía dormir gratuitamente en el lavadero, en el patio de atrás del teatro o en casa de su ama, en el suelo, junto a Tomàs. A cambio debía mantener el vehículo en condiciones y alimentar y cuidar a la mula y al bendito de Tomàs Capdebrau. No necesariamente por este orden.

Se decía: «Si desde que estoy en Barcelona, que hace tan poco tiempo, me han pasado tantas cosas y todas tan buenas, ¿qué me tendrá reservado aún el destino?» Eustaqui Guillaumet, pues, era más feliz que nunca. Como quien dice, tenía un negocio propio y, sobre todo, había perdido el miedo a la ciudad. En dos meses la había recorrido de cabo a rabo y de parte a parte. ¡Incluso había llegado al Tibidabo! Por otra parte, no es que pasasen precisamente desapercibidos. Era todo un espectáculo ir arriba y abajo con aquel carro. Eustaqui intentó convencer a Tomàs para que lo pintaran, que un carro de color lila y cenefas doradas llamaba mucho la atención. Pero no hubo manera; debía de recordarle los viejos tiempos cuando la cabeza le funcionaba.

Tomàs se instalaba en la parte de atrás del carro, en la plataforma, con el loro *Trinitat,* y los tres daban vueltas por Barcelona. Bueno, mejor dicho, los cuatro, si contamos la mula. Tomàs había visto un anuncio en *La Van-*

guardia que decía: «Se compran a buen precio loros y cotorras que sepan decir bien claro: RICO CAFÉ TUPINAMBA. C/ Mayor, 74-76. Gràcia.» Lo pensó muy detenidamente y, con todo el dolor de su corazón, decidió que había que enseñárselo a decir al loro. Sentía que era una carga para sus compañeros y deseaba contribuir a la economía del grupo adiestrando al animal.

—No es que quiera venderlo, lo juro, pero si al menos le enseño a decir «Rico café Tupinamba», más que un loro, será una especie de inversión en un momento desesperado...

De modo que si hacía buen tiempo, Eustaqui se llevaba a Tomàs y Tomàs se llevaba al loro *Trinitat*. Salían con el carro Paralelo arriba o abajo, según el día. Y mientras Eustaqui Guillaumet pensaba, el otro, detrás, cogía el pájaro y empezaba a repetirle «rico, rico, rico». Y el loro le devolvía la mirada y le contestaba: «Hijo de puta» y «Me cago en Dios». En la Barcelona de 1909, según dónde lo dijera, eso podía ser muy, pero que muy problemático. Cosa que se confirmó un día en que se encontraron con una procesión y se vieron obligados a detenerse para dejarla pasar.

Era una comitiva de hombres que lucían unas bandas de color azul cielo, grana y oro, cruzándoles en diagonal el pecho, y unas varas muy vistosas que todos apoyaban en el suelo a la vez. Los que no tenían vara iban en la parte de atrás tocando tamboriles. Encabezando la procesión, afrontando con decisión el frío, aguantando con energía el estandarte de san Juan Crisóstomo, un caballero de unos ochenta años, de cara chupada y cabello y barba blancos. Con actitud devota y voz cascada recitaba en voz alta los gozos del santo. Era tan viejo y enjuto que parecía que fuera a resquebrajarse en cualquier momento. Mucha gente de la calle lo conocía y lo saludaban con respeto al paso de la procesión. Él correspondía solemnemente con una leve inclinación de cabeza y continuaba recitando a media voz para ahorrar energías. Tenía los labios de un granate intenso y con la edad había acentuado su tendencia a humedecerlos continuamente con la lengua, lo cual hacía que siempre estuvieran brillantes.

Hubo un instante de silencio y de repente se oyó clarito, clarito: «Hijo de puta, hijo de puta, me cago en Dios, me cago en Dios.»

Las blasfemas palabras cayeron como una bomba en medio de aquel ambiente de recogimiento. Tras un instante de estupor, el viejo fue el primero en reaccionar. Rompió el orden de la marcha con la intención evidente de abrirle la cabeza al blasfemo con el estandarte de san Juan Crisóstomo, que era de hierro colado. Lo levantó y lo dejó caer con todas sus fuerzas sobre el cuerpo del cobarde deslenguado, que se había escondido bajo la lona de un carro estrafalario. Se oyó un gemido y apareció un individuo con cara de idiota y un loro. Los guerreros de san Juan Crisóstomo los retuvieron hasta que llegó la policía en compañía del conductor del carro. El irascible anciano, ciego de ira, los denunció por blasfemos y terroristas.

En el fondo, más que la ofensa infligida a san Juan Crisóstomo, lo que más mortificaba al viejo era el sabotaje sufrido por su procesión, pagada con su propio dinero. Desde que se había retirado del noble mundo del comercio, se había consagrado a aquel santo, patrón de los predicadores y, por extensión, según su punto de vista, de los políticos. Lo veía claro: dentro de poco, el pueblo de Barcelona, una masa ingente de obreros analfabetos, sucios y sin espíritu, sedientos de revolución, embaucados por individuos como aquel charlatán de Lerroux, tendrían que ir a votar de mala gana. Llenarían las sagradas urnas con papeletas en blanco o, lo que es peor, con bromas y escarnios de índole escatológica y anticlerical. Por eso eran necesarios buenos políticos, católicos y rectos. Y si dependía de su dinero, toda aquella banda de masones que dominaban la política y ensuciaban el panorama podían estar bien seguros de que haría todo lo que estuviese en sus manos —y en las de san Juan Crisóstomo, naturalmente— para irse al otro mundo habiendo luchado hasta el final.

De camino a la comisaría, Eustaqui Guillaumet preguntó a uno de los guardias que lo custodiaban quién era aquel viejecito tan irascible. El hombre lo miró sorprendido y le respondió que un ejemplo de rectitud y conciencia ciudadana: don Bonaventura Bandolí, el dueño de casa Bandolí. Su tienda de jabones en plena calle Princesa era muy famosa, le explicó. Eustaqui Guillaumet se quedó de piedra, su capacidad ya no daba para más sorpresas. O sea, que en Barcelona fabricabas jabón y te convertías en un ejemplo. ¿Jabón para lavar?

«¿Se está burlando de la autoridad?», le dijo el guardia con la mosca tras la oreja. Él le aseguró que no, y el policía, ejemplo de paciencia, le explicó que casa Bandolí debía su fama a su jabón de tocador, que los productos del señor Bandolí creaban problemas de orden público en Navidad y otras fechas señaladas. Eran dignas de ver las colas que se formaban a la puerta de la tienda y cómo toda la calle se impregnaba del aroma de las esencias. Y concluyó: «Eso sin hablar del Santo Padre.» Observó a su interlocutor, que le devolvió una mirada vacía e insípida. Suspiró y continuó: «Hace más de treinta años esculpió en un bloque de jabón la figura del papa de Roma. A tamaño natural. La tuvo tres años enteros en el escaparate...»

Finalmente llegaron a la comisaría. El señor Bandolí

habló en primer lugar. Lo hacía como a sacudidas, pero se le entendía todo. Dijo:

—Acuso formalmente a este loro de ser un agente propagandístico camuflado de la Solidaridad Obrera, del Partido Radical y de la Izquierda Solidaria. Y a sus dueños de ser unos provocadores y unos cómplices del veneno anticlerical derramado en la conciencia del obrero desde los diarios y los libros escritos por intelectuales sin alma, promocionados por las denominadas escuelas laicas y, muy en particular, por Ferrer i Guàrdia.

Y se tuvo que sentar para recuperar el aliento. Estaba encendido e indignado.

—Pero señor Bandolí, ¿está seguro de que quiere que conste en la denuncia esa conexión entre un loro y las escuelas laicas? —le dijo, indeciso, uno de los policías.

Tomàs, que quería al loro casi tanto como a un hijo, ya se lo imaginaba con las patitas esposadas camino de Montjuïc, a la espera de ser ajusticiado. Por suerte, ese día, la niebla que corría por dentro de su cabeza no se había hecho presente, y durante el interrogatorio pudo jurar y perjurar que él nunca le había enseñado a decir aquellas barbaridades, que las había aprendido en la calle, que pedía perdón humildemente en nombre del animalito, que era un loro inteligente y muy buena persona, que tuvieran en cuenta que a él le había salvado la vida...

El comisario interrogó con la mirada al señor Bandolí, el cual, apoyándose en su bastón, se levantó y declaró:

—Es propio de un buen católico perdonar. Comoquiera que los insultos han seguido únicamente una línea anticlerical, no voy a decir que el loro sea ácrata o socialista... pero ¡es evidente que se trata de un loro del Partido Radical! ¡Y si no, masón! Ya lo ha denunciado nuestro sapientísimo Santo Padre en su encíclica *Humanus genus*: la masonería es la madre de la mayoría de los males que afligen a la Iglesia en los tiempos presentes. Si el acto del loro ha sido satánico, la reacción ha de ser divina. Y por eso hay que empezar por acudir a Dios para reparar las ofensas que se le han hecho.

En la práctica, aquello se tradujo en una especie de condena a trabajos forzados. Las condiciones del señor Bandolí para perdonar, hombre práctico como era, fueron muy claras: el loro debería ser rociado con agua bendita y Eustaqui Guillaumet, como responsable del grupo, tenía que comprometerse a poner el carro y su fuerza de trabajo, gratis, al servicio de una congregación católica que al día siguiente enviaba a un par de religiosas a las misiones. Se trataba de transportar baúles y monjas desde lo alto de Horta hasta el muelle, al pie mismo del barco. Y que se hacía aquello, o se tramitaba la denuncia con todas las consecuencias. Aceptó, ni que decir tiene.

Una vez que el viejo se fue, el comisario le dijo a Eustaqui: «Que el señor Bandolí haya nacido en Calaf no quita para que sea todo un señor de Barcelona.» Y Eustaqui Guillaumet, mientras salía en busca del carro, pensó que sólo en Barcelona te podían condenar por culpa de un loro o se podía ser todo un señor de Barcelona habiendo nacido en Calaf.

Al día siguiente, a la hora de partir hacia Horta para cumplir con la obligación impuesta por el señor Bandolí, tuvieron algunas palabras. Tomàs quería llevarse el loro y Eustaqui opinaba que, por precaución, lo mejor era que no fuese, no fuera a darse el caso de que, en medio del traslado de las monjas, volviese a cagarse en Dios. Finalmente se quedó en el teatro, en su jaula. No habían partido aún y Tomàs ya lo echaba de menos. Lucía un sol brillante y Eustaqui hacía restallar el látigo entre sus manos, que a menudo se le enroscaba en las orejas de la mula, que ya tenía más de persona que de animal. El destino era el monasterio de San Jerónimo, en el Vall d'Hebron, en plena montaña de Horta. Fue siguiendo la vía del tranvía, que conectaba el centro de Barcelona con Horta a través del Ensanche.

Pasaron junto a la Sagrada Familia, rodeada de campos, con un campamento de gitanos instalado en las inmediaciones, con carros, tiendas, animales y todo. Más adelante, en un cercado, vieron a unos vecinos matando ratas. Hacían puntería con escopetas y las dejaban allí muertas, pudriéndose al sol. Cruzaron un solar en el que, por la razón que fuese, había un guarda. El hombre vivía en una chabola, se había construido un criadero de gallinas y conejos, evacuaba en una letrina móvil y no se sabía muy bien qué guardaba. De hecho, lo que más maravillaba a Eustaqui era que casi todas las manzanas del Ensanche estaban dibujadas en el suelo, vacías, pero, eso sí, tenían aceras y árboles. El ayuntamiento invertía gran cantidad de dinero en la apertura y urbanización de calles en sitios donde no había nada. Pero a pesar de ello los hacía adoquinar o alquitranar e iluminar. Un sueño de futuro, una especie de broma pesada gastada por un ilusionista para impresionar a almas volátiles. Como la de Eustaqui Guillaumet, quien, ya en el camino viejo de Horta, no pudo evitar comentarle a su compañero que, en Barcelona, al contrario de lo que dice el dicho castellano, habían conseguido poner puertas al campo.

El señor Bandolí los esperaba con el reloj en la mano y cara de pocos amigos. Fue un ir y venir de monjas y baúles por calles pavimentadas con guijarros. Trabajaron de lo lindo durante todo el día. Hubo que hacer dos viajes y acabaron en el Muelle de España despidiendo a las hermanitas con un pañuelo y con el sombrero. Ellas decían «¡adiós, adiós!» y saludaban con la mano mientras brillaba su frágil bigotillo y el tocado del hábito volaba al viento. Embarcaron a bordo del bergantín de guerra italiano en prácticas *Palinuro*, con rumbo al África negra. Los italianos, generosos, habían hecho un hueco a bordo a las intrépidas religiosas. El anciano estrechó emocionado la mano de Eustaqui y de Tomàs, les dijo que los perdonaba de todo corazón y, en prueba de ello, les regaló una pastilla de jabón de baño a base de verbena y caléndula, el éxito de la temporada en casa Bandolí.

¡Vamos, vamos, vamos!

Inclinado contra el viento, tapado hasta la punta de la nariz, con la barbilla hundida en el cuello, Eustaqui Guillaumet gritaba para sí, pero cada vez que lo hacía, cuando recuperaba el aliento, el aire helado de la madrugada le arañaba la garganta y los pulmones como si se tragara un puñado de diminutos cristales. Se daba ánimos a sí mismo y no a la mula.

Aquella fría mañana, de vuelta al teatro, Eustaqui Guillaumet se daba cuenta de que, salvo anécdotas como ésa, la rutina más feliz y beatífica presidía su vida. Y aquello era una suerte.

Miró a la mula. Con el esfuerzo de aquella madrugada, el pobre animal tenía ya bastante para todo el día. Eustaqui, de nuevo sentado en el pescante, le tensaba la rienda y se lo explicaba dulcemente:

—Por hoy ya te has ganado el jornal, mula.

Y los dos avanzaban tranquilamente de casa en casa. La mula daba cabezadas como si dijese que sí o como si se sorprendiese por enésima vez del chirriar de las ruedas o del clip-clap de sus herraduras contra los adoquines. La vida comenzaba de nuevo en el Paralelo, la claridad del sol que emergía iba tiñendo de dorado la parte más alta de las fachadas. Los descampados del lado de Montjuïc brillaban con el rocío, los cafés más populares hacía ya un par de horas que servían carajillos, las tres chimeneas del fondo vomitando humareda blanca... Y el polvo. Y el silencio espeso que quedaba entre los chirridos del paso de dos tranvías.

Una prostituta se frotaba los brazos en una esquina. Se fijó en ella. Siempre se fijaba. Eso era lo único que parecía imprimir un poco más de velocidad a la actividad física y sensorial de Eustaqui Guillaumet: las mujeres de la vida. Desde el primer día lo habían fascinado. Y puesto que su objetivo amoroso número uno, Nonnita Serrallac, se atascaba tercamente en la utopía, el mercadeo sexual lo atraía sin remedio. Con cuatro duros quemándole en el bolsillo, pero incapaz de acercarse a alguna de aquellas mujeres, un día consiguió que lo acompañase Ferran Baldó, el vigilante del albergue municipal. De vez en cuando seguía yendo a dormir allí y la amistad de los dos jóvenes se había ido fortaleciendo. Como Ferran estaba ahorrando para casarse, accedió únicamente porque Eustaqui le juró y perjuró que lo invitaba. Eran jóvenes, eran amigos, y cogidos del brazo se animaron mutuamente. Se dejaron engullir por el ambiente de la Rambla: los cafés expulsaban perezosamente vaharadas de luz cada vez que se abrían o cerraban sus puertas, permitiendo por un instante entrever la atmósfera cargada del interior, la claridad amarillenta del latón, el brillo de los cromados y los destellos de los espejos. En la calle, delante de él, a su alcance, se situaban las mujeres bajo la luz de las farolas. Imposible renunciar a la tentación. Eustaqui y Ferran, un sábado de finales de marzo, dispuestos a todo.

Entraron en un burdel de la zona del portal de Santa Madrona, junto a las Atarazanas. Con el cuartel militar al lado seguro que nunca faltaban soldados. Entre el material humano en oferta, Eustaqui vio a una niña que no tendría ni diez años y otras dos que no debían de llegar a los doce. La vida en Barcelona, según cómo y según para quién, se presentaba muy difícil.

Se encontraron con un precio superior al que esperaban.

—Si no os importa compartir habitación, os puedo hacer un descuento —dijo la dueña con un desinterés más que evidente.

Se miraron y, sin entusiasmo, aceptaron. Pasaron a una sala en la que había un pequeño escenario. Las chicas lo utilizaban para desfilar y mostrarse al ritmo de un piano a punto de entrar en esa etapa en la que no se puede asegurar si es antiguo o simplemente viejo. Lo tocaba un pianista de unos setenta años, peinado a la romana, con una cicatriz redondeada muy visible bajo el ojo, como si hubiese tenido un grano maligno.

Como público, un muchacho moreno bien vestido, de cara redonda y pelo negro, rostro inexpresivo, bigotito engominado y un clavel en el ojal; también había un individuo grande, desnudo de cintura para arriba. Era pelirrojo, con la cara como un ocho, de pestañas tan claras que no se veían, probablemente un marinero extranjero. Y putas de los más variados aspectos, sentadas en las *chaises-longues.* Sonó el piano y apareció en el escenario una muchacha gorda muy risueña tapada simplemente con un albornoz. No perdió ni un instante. Se colocó de espaldas al público y dejó caer el albornoz. Se quedó completamente desnuda. Las putas y el nórdico se reían como locos; debían de conocer a la muchacha del escenario, que, en aquel momento, con un gesto gracioso, se señalaba el culo. Eustaqui se dio cuenta de que lo tenía tatuado. Parecía que le hubiesen dibujado media cara en cada nalga. La muchacha le pidió a una cualquiera de sus compañeras de la sala que le apretase el culo con las dos manos. Se acercó una que se estaba meando de risa, pero aun así subió al escenario. Entonces pudo comprobarse cómo los tatuajes de las dos mitades del culo encajaban y formaban una cara risueña con la boca abierta. La voluntaria, aguantando bien fuerte las nalgas de su compañera, llamó a una tercera prostituta:

—Anda, ven, ven a ver qué te dice...

La aludida, delgada y con los ojos hundidos, se acercó y la otra le dijo:

—Pon la oreja aquí...

Y la muchacha hizo como si escuchara aquella boca tatuada. A continuación, la que estaba sobre el escenario se concentró... y se tiró un pedo. Un pedo de los buenos, de concurso. Ruidoso, modulado y sostenido. Un señor pedo en todos los sentidos. Todo el mundo aplaudió y ella, poniéndose de nuevo el albornoz, saludó complacida. Los dos amigos estaban tan fascinados por la escena que casi se olvidaron del motivo que los había conducido a aquella casa. Eustaqui se preguntaba con quién le tocaría compartir habitación, si con el señorito o con el marinero. Fue con este último. Entraron los tres con tres chicas. Había dos camas y un sofá. El nórdico se sentó en él y colocó en sus rodillas a su chica. Se reía, parecía borracho. Cuando se puso a hablar, los dos muchachos descubrieron que no entendían nada de lo que decía. Comenzó a hacerle a la chica una especie de «arre, burro, arre, corre más de prisa que llegamos tarde». El hombre se incorporó de repente y se dio cuenta de la expectación que había levantado. Saludó alegremente a los dos muchachos en aquella lengua extraña y cuando advirtió que no lo entendían, soltó otra risotada más fuerte aún. Les dio la espalda, se bajó los pantalones y puso manos a la obra. Los dos muchachos hicieron lo mismo. Poco después supieron que se llamaba Theo, que era danés y que al día siguiente zarpaba de vuelta a Hamburgo a bordo del vapor *Málaga.* Los tres acabaron cogidos del brazo y cantando por el muelle hasta que se hizo de día.

Las cosas, pues, no le podían ir mejor. No ganaba mucho, pero estaba contento. Eso era lo que Eustaqui Guillaumet iba pensando aquella mañana helada, de vuelta al teatro Soriano. Parecía que nada pudiera romper aquella vida plácida de trapero de día y feriante por la tarde y por la noche. Él y la mula lo único que deseaban era recogerse y dormir un rato.

Pero aquella madrugada se encontró con que Nonnita Serrallac lo estaba esperando, despierta, a la puerta del teatro. Hacía mucho frío y aquello no era normal. Sintió dolor en los pies helados cuando se dejó caer desde el pescante. Golpeó fuerte en el suelo para que la sangre le volviese a circular un poco y se dispuso a entrar el carro y la mula. La muchacha se le acercó. Ella y Tomàs eran buena gente. Eran su segunda familia. Lo llamó. Se dio cuenta de que le temblaban los labios, como si le costase empezar a hablar. Estaba pálida y tenía ojeras, como si no hubiese dormido. Eustaqui se asustó, nunca la había visto así.

—Eustaqui...

—Sí.

—¿Estás contento con nosotros?

—Claro que sí, señora.

—Me gustaría pedirte un favor.

—Lo que sea, señora.

—Lo que sea, no. Tengo que explicártelo con calma y tú lo tienes que meditar con calma. No es cualquier cosa. Esta noche, cuando acabemos la función, iremos los tres a mi casa a cenar, así podremos hablar tranquilamente. Quiero que me ayudes a hacer un trabajo un poco especial. Si no sale bien, podría perjudicarte...

Eustaqui se atrevió a cortarla, nunca la había visto así.

Ni siquiera el primer día, cuando lo obligó a dar vueltas con un carro absurdo por una ciudad que desconocía, preguntando por un saltimbanqui italiano que luego resultó que se había marchado. Aquella mujer le aceleraba siempre el pulso. Le dijo:

—Sea lo que sea, puede contar conmigo, señora.

—Gracias. —Ella intentaba en vano dominar el temblor de sus labios—. Y ahora duerme un poco.

Eustaqui Guillaumet entró en el antiguo lavadero, donde ahora se encontraba la mula como fuente de calor. En el suelo, en un rincón, había un montón de paja fresca sobre la que alguien había puesto unas mantas. Bien tapado, dormía allí Tomàs Capdebrau. En la oscuridad le brillaban los ojos abiertos. A su lado, el loro, quieto y solemne. Como había hecho en otras ocasiones, Eustaqui se desnudó y se acostó a su lado en silencio.

—¡Tú! —dijo Tomàs de repente—. Nonnita te ha dado trabajo, ¿no?

Eustaqui, que ya estaba medio dormido, no entendía bien qué le preguntaba. Y el otro insistía:

—¿No te ha preguntado que si quieres trabajar para ella?

El muchacho, cansado, no tuvo ánimo suficiente para aclararle que hacía ya unos cuantos meses que venía haciéndolo. No valía la pena. Le respondió, adormilado:

—Sí, me lo ha dicho. Buenas noches. O buenos días. Quiero dormir.

Y Tomàs Capdebrau, en la oscuridad, con los ojos fijos en el techo, en un susurro, con su voz ronca y sin entonación, le dijo:

—Pues te voy a contar un cuento para que te duermas: érase una vez había una muchacha llamada Nonnita Serrallac. Protagonizaba un número excéntrico en un circo pequeño, de circunstancias, y sólo se reía cuando estaba actuando. Fuera de su trabajo no se reía nunca. Y el cuento se ha acabado.

Eustaqui, impresionado, no se atrevió a decir nada. Se dio la vuelta, sacó la mano de dentro de la manta y se rascó la nuca, como si aquel gesto lo ayudase a reflexionar. Y entonces supo que, en algún momento del pasado, aquel hombre que tenía a su lado y que ya roncaba, también había estado enamorado de Nonnita Serrallac.

Bostezó, cerró los ojos y se durmió.

13

Aún no había asimilado la posibilidad de reencontrarse con Demi Gambús cuando se produjo un hecho que vino a confirmarle a Rafael Escorrigüela que algo se estaba moviendo en su vida. Era sábado y tenía en la mano una invitación para un baile de categoría. En realidad no era para él, sino para el señor Gatell, que se encontraba ausente, en viaje de negocios. No tenía que volver hasta al cabo de dos días y el sentido práctico de Rafael Escorrigüela no le permitía que la invitación se desaprovechara. Así pues, entró en el despacho y la cogió. El señor Gatell ni siquiera llegaría a saber que aquella invitación había estado encima de su mesa. Se trataba de un baile informal organizado por una familia importante de la ciudad que había alquilado el teatro Novedades por unas horas. La cosa impresionaba.

Aquel sábado acabó de trabajar sobre las seis y se fue corriendo a la pensión. Subió los peldaños de tres en tres, saludó con un hola insignificante y asmático a los presentes y se encerró en su habitación. Se decía: «Soy un chico bien plantado. Si se tercia, iré de viudo reciente, con cuello y puños recién estrenados; el sombrero, el bastón y los guantes, nuevos de esta Navidad; la chaqueta pensaba alquilársela por una peseta a uno de los residentes de la pensión. ¡Nos vamos al Novedades!»

Las parejas llegaban al teatro en coche de punto alquilado, se saludaban, se abrazaban, se besaban, reían y entraban. Sin duda era una fiesta de categoría. Rafael Escorrigüela, en la puerta, para poder entrar, tuvo que hacerse pasar por el señor Gatell. Lo consiguió sin ningún contratiempo: la clase alta de Barcelona era confiada y feliz. Y últimamente mucho más, con los anarquistas tirando las bombas en los barrios populares. Sólo así podía entenderse que alguien como él, un desgraciado ligeramente arreglado, hubiese podido entrar sin más complicaciones.

El motivo de la fiesta era la puesta de largo de una señorita de una familia principal. Habían retirado unas cuantas filas de butacas para convertir la platea en una pista de baile, hasta la que llegaba una lujosa alfombra que arrancaba en la misma entrada, a pie de calle. La sala estaba espléndidamente iluminada y engalanada con guirnaldas y flores de papel de todo tipo, hechas con mucha habilidad: las había por las paredes, sujetas con alambres, en las mesas, en jarrones y en cestas, repartidas por las camareras y que, tanto hombres como mujeres, se ponían en los ojales de los vestidos o donde mejor les parecía. Todo firmado por la casa acreditada italiana Lazzoli. La banda de música, con uniforme de gala, era la perteneciente al regimiento de Mérida y afinaba sus instrumentos sobre el escenario, dirigida por un sargento de cejas espesas y bigote engominado. Rafael Escorrigüela no salía de su asombro. A cada paso se topaba con alguna de las personalidades políticas, industriales y culturales más importantes de la ciudad. Observó que un hombre fornido y acicalado recibía felicitaciones de otros muchos caballeros ilustres. Él también se acercó pensando que se trataría del anfitrión. Después de felicitarlo efusivamente, se dio cuenta de que simplemente era el maître.

La gente bailaba, se lo pasaba bien, y él estaba allí. Un muchacho se le acercó y empezaron a hablar. Había que levantar mucho la voz para hacerse oír por encima del sonido de la orquesta. Era el joven heredero de una familia aristocrática barcelonesa. Le preguntó a qué se dedicaba y Rafael contestó que era el propietario de una importante compañía naviera.

—Importación, exportación, ya sabe: tenemos delegaciones en Dover, San Juan de Puerto Rico, Buenos Aires y Manila. En estos momentos nos estamos dedicando de lleno a la exportación de cemento a Italia. Con el terremoto hace falta mucho material para la reconstrucción. Tenemos trato directo con el señor Güell, marqués consorte de Comillas.

—Sé quién es —dijo el joven con una sonrisa burlona.

—Le compramos el cemento. Una persona extraordinaria, el señor Güell. Ya conoce su máxima, ¿no?: «Aumento de producción y abaratamiento de coste igual a incremento de beneficios. Y, por tanto, a incremento de salarios y destrucción de la semilla de la revuelta social...»

Mentía como respiraba. El chico lo repasó de pies a cabeza con una actitud extraña y, disculpándose, se alejó hacia otro grupo. Rafael se dirigió hacia una muchachita que andaba distraída y le susurró al oído:

—¿Bailamos?

La muchacha le dijo que no y lo dejó plantado. Pero él estaba exultante, feliz y contento por hallarse en aquel lugar, en aquel momento y rodeado por aquella gente.

Probaba los sándwiches, bebía ponche y se movía por la sala con gracia y soltura. La música no paraba de sonar. Se repartieron máscaras de cartón que simulaban caras de animales y todo el mundo se las puso para bailar un par de piezas. De repente, las máscaras cayeron y los palcos fueron ocupados por bellas damas y distinguidos señores. En seguida comenzaron a volar, de un palco a otro, los primeros proyectiles de confeti y serpentinas. Cruzaban el local y acabaron por cubrir completamente el suelo. Lluvia de colores. El ambiente era animadísimo.

Hacia la medianoche, el anfitrión se despidió invitando a los más noctámbulos a continuar con la fiesta hasta las dos, ya que tanto la sala como el personal y los músicos estaban pagados hasta esa hora y no era cuestión de desaprovecharlo. Hubo un aplauso general. A continuación, la muchacha homenajeada también fue aplaudida y se retiró con sus padres. Por mucho que fuese su puesta de largo, aquéllas no eran horas.

No hace falta decir que, entre los que se quedaron, naturalmente se encontraba Rafael Escorrigüela.

Una orquestina había sustituido a la banda militar. Alternando los bailes, algunas parejas se perdían por los rincones para iniciar galanteos más o menos discretos. Fue entonces cuando observó a un hombre de cierta edad que se cubría la cara con una máscara de tigre. Llevaba cogida por la cintura y a cara descubierta a una muchacha mucho más joven que él. La estrechaba contra su cuerpo y le daba besitos detrás de las orejas. Aquella nuca, aquella manera de caminar... Sin que lo advirtiesen fue tras ellos. Estuvo observándolos desde la penumbra. La muchacha, de unos veinticinco años, arrancó la máscara de su amigo para poder besarlo a gusto. ¡El viejo libidinoso que tenía delante era el señor Gatell en persona! Y aquella muchachita tan fogosa no debía de ser su señora esposa... La cara de Rafael se iluminó con una sonrisa de oreja a oreja. Casi se le saltaron las lágrimas. Era un regalo del cielo. Mucho mejor aún. Tenía que pensar rápidamente y tomar una decisión. El señor Gatell se estaba comiendo a la muchacha y ella, entre risitas, se dejaba hacer. Piensa, Rafael, piensa. Se acababa de dar cuenta de que ella era una jovencita de buena familia a la que había visto antes con sus padres, durante la velada... Piensa, caramba: ¿era la oportunidad que había estado esperando? Decidió que sí. Tragó saliva y se acercó.

—Señor Gatell, ¡qué sorpresa!

El hombre se quedó blanco. Como quien se sacude un insecto de la solapa se quitó de encima a la muchacha. No sabía qué hacer ni qué decir.

—Es mi sobrinita —acertó a balbucir.

—No sabía que ahora las sobrinas le metiesen la lengua en la boca a sus tíos.

La muchacha soltó un gemido y salió corriendo. Casi congestionado, el hombre se levantó y lo abofeteó. Rafael cayó hacia atrás, sorprendido, y se quedó ridículamente sentado en una butaca.

—¿Cómo se atreve? ¡Está usted despedido! —dijo Gatell.

El muchacho se levantó y, muy serio, le dijo:

—Como quiera, pero antes me gustaría tener unas palabras con usted. Y no se le ocurra volver a tocarme.

—¿Conmigo? ¿De qué? ¡No tenemos nada de que hablar!

—Tiene razón, quizá sea mejor que la conversación la tenga con su mujer.

—Hijo de puta. Yo, que te saqué del estercolero...

—Usted elige. ¿Mañana por la mañana, en la oficina? —lo cortó con toda tranquilidad—. Cuanto antes hablemos, mejor, ¿no le parece?

Gatell lo observó en silencio y murmuró entre dientes:

—Sí, supongo que sí.

—Pues entonces hasta mañana. Buenas noches, señor Gatell. Y continúe, continúe, que la señorita lo debe de estar esperando escondida en alguna parte...

Y se fue aprisa. Antes de salir aún tuvo tiempo de concertar una cita con una de las muchachas que había conocido en el baile. Se llamaba Llucieta, era modista y hacía horas extras trabajando de camarera.

Una vez en la calle, Rafael Escorrigüela se tranquilizó. Aún hacía bastante frío para la época. De todos modos, cogió una buena bocanada de aire y comenzó a caminar hacia la pensión bajo aquella media claridad artificial. Se disponía a llevar a cabo el chantaje más fino de toda la historia.

Le regaló el clavel que llevaba en la solapa a la dueña de la pensión, que aún no dormía, y le hizo una reverencia. La mujer lo miró muy seria: en teoría era un viudo reciente que aún estaba de luto. Sin embargo, él ya se consideraba parte de otra galaxia.

Al día siguiente, domingo, cuando llegó a la oficina, el señor Gatell lo estaba esperando. El ambiente era extraño, con todo tan silencioso. Nunca había estado allí en día de fiesta. Llamó al despacho y entró. La estancia se encontraba en penumbra. El sol entraba en la habitación por debajo de las cortinas e iluminaba oblicuamente el humo del habano que fumaba el señor Gatell, sentado en su silla.

Tuvo un instante de pánico: le había parecido que Gatell lo recibía con una media sonrisa en la boca. Miró a su alrededor: no había nadie más. Respiró y fue al grano. Él, de pie, Gatell sentado, fumando y extrañamente tranquilo, igual que cuando trataba con un proveedor. Escorrigüela lo atribuyó a los nervios y empezó. Se oía a sí mismo y se maravillaba: como si hubiese previsto la situación, se expresó con claridad, crudamente, con una pizca de cinismo, de hombre a hombre, intentando convencerlo de que le estaba ofreciendo un buen trato.

—Por un pellizquito de nada, usted podrá seguir disfrutando de la señorita, que se lo merece absolutamente…

Gatell aguantó hasta aquel momento. La sonrisa irónica del principio se transformó en una mueca. Se levantó de golpe, pero en seguida volvió a sentarse. Escorrigüela estaba exultante.

—Vamos, señor Gatell, que esto no es una ópera dramática... Haga gala del espíritu catalán, sensatez y locura. La locura ya la tiene en forma de bombón de veinte años; ponga un poco de cordura. Por muy poco tendría mi más absoluta discreción y confidencialidad. Además, contribuiría a asentar el comienzo de la fortuna de un joven, un servidor, a quien la suerte siempre le ha sido esquiva. Y que, es ocioso decirlo, le quedaría eternamente agradecido. Si quiere puede pensárselo, pero yo no le veo más que ventajas. Piense qué desastre. Ella es una muchacha comprometida, y usted... No puede permitirse tener problemas con su esposa, que, por otra parte y mediante su fortuna familiar, tengo entendido que es la principal valedora de esta firma comercial. Vamos, hombre, no sea egoísta...

Gatell no salía de su asombro.

—Oírte me da náuseas. A ver, ¿cuánto quieres?

—Mil quinientos duros.

—Ni hablar. Mil.

—¿Acaso pretende regatear con su felicidad?

—No te hagas el gracioso. Y da gracias de que no te hago reventar a golpes.

Rafael vio los binoculares sobre la mesa; los cogió y, con todo el descaro de que era capaz, comenzó a escrutar la habitación mientras decía:

—Piénseselo, Gatell.

—No tengo nada que pensar. Mil duros y, ya que parecen gustarte tanto, te regalo los binoculares. Son de primera calidad, carísimos...

Rafael Escorrigüela, astuto por naturaleza, sabía hasta dónde podía tensar la cuerda.

—Me coge usted en un buen día... De acuerdo.

Gatell le entregó allí mismo cien duros en metálico y un talón por valor de los novecientos restantes. El muchacho no se extrañó de que lo tuviera hecho ya. Le daba lo mismo. No se trataba de una fortuna, pero tomando como referencia las cien pesetas mensuales que habían constituido su sueldo, aquel dinero lo colmaba de satisfacción.

Cuando ya se marchaba, su ex patrón le dijo:

—Escorrigüela, no vayas a creer que siempre tendrás la suerte que has tenido hoy.

El tono enigmático de la frase lo detuvo un momento. Gatell añadió:

—Por si la cosa no está clara, espero no volver a verte en toda mi vida: no respondo de mí.

—No se preocupe, señor Gatell. No me verán nunca más.

—¿Verán?

—Ni usted ni su esposa, claro.

—¡Piérdete!

Rafael le respondió que «encantado de haberlo conocido» y le advirtió de que no intentase nada contra él porque en aquel momento ya había en Barcelona dos personas perfectamente informadas del asunto y con indicaciones precisas para contarlo todo si él no daba señales de vida.

El hombre se levantó de la silla y le dio la espalda. Se quedó mirando entre los pliegues centrales de la cortina de la ventana, adivinando el mar allí fuera, lleno de melancolía.

Rafael Escorrigüela no le hizo ningún caso y se fue dando un buen portazo. Mientras bajaba la escalera hacia la calle, se palpaba los cien duros en billetes de banco que llevaba en un bolsillo y los binoculares en otro. Estaba más sorprendido que contento. Casi sin darse cuenta se acababa de convertir en delincuente. Bueno, de hecho, delincuente, delincuente, podía decirse que, técnicamente, ya lo era desde tiempo atrás. Pero sus pequeños errores del pasado no contaban. Lo más importante era que acababa de cometer un delito mayor y no tenía el más mínimo remordimiento.

Acabó de bajar corriendo la escalera y salió a la Rambla. Pese a ser domingo, el hecho de salir de la oficina hizo que se sintiera como cuando, de pequeño, hacía novillos en la escuela: libre y excitado. Era una mañana impresionante y soleada de finales del invierno.

Respiró profundamente y se sumergió en aquella bocanada de vida barcelonesa como quien se zambulle en el agua seguro de encontrar allí lo que busca. Casi sin darse cuenta llegó a Canaletas. Y en seguida a la calle Bergara, a la pensión. Como no quería tentar la suerte, en aquel preciso instante decidió cambiar de domicilio, no fuera a ser que el señor Gatell, enfadado, acabase perdiendo el control y le enviara a alguien con aviesas intenciones. Rafael improvisó un breve pero sentido discurso de despedida para los dueños de la pensión, avisó de que ya enviaría a alguien a buscar sus cosas, y se fue como todo un señor. Pensó: don Eusebi Güell no lo habría hecho mejor. Después de la comida se alojaría en otro establecimiento y permanecería en él el tiempo necesario hasta encontrar un buen piso de alquiler en el Ensanche. Ah, y al día siguiente mismo, a la sastrería La Araña, en la plaza de la Llana, a hacerse un traje a medida. Ahora ya se lo podía permitir, al menos durante una buena temporada.

También resolvió que había llegado el momento de reencontrarse con su amigo de juventud, Deogràcies-Miquel Gambús. Había estado al acecho durante unos días por los alrededores de la dirección que había obtenido en el Comité de Defensa Social. En seguida comprobó que, tal como esperaba, aquellos Gambús eran sus Gambús. Una mañana vio por la calle a doña Miquela. Más vieja, pero con la misma mirada de víbora que años atrás. Fue sólo un segundo, el tiempo justo de que la mujer subiera al coche que la esperaba a la puerta, pero con eso ya tuvo bastante. Una tarde vio a Demi saliendo de su casa. Fue tras él sin atreverse a llamar su atención. Repitió el seguimiento un par de veces, pero tampoco se dio a conocer. Algo le decía que no era el momento.

Ahora sería muy diferente y sabía por qué: tenía dinero en el bolsillo.

Atravesó el espacio abierto y bullicioso de la plaza de Catalunya. El domingo era frío aunque soleado, domingo por la mañana: gorras de marinerito, gorritas estilo *parisien* con cintas de color rosa, sombreros de señora con plumas atravesados por agujas homicidas, sólidos sombreros de caballero, gorras de todas las clases, pañuelos chillones en la cabeza de mujeres de piel oscura, boinas y bonetes severamente eclesiásticos... Las parejas se decían frases misteriosas bajo las palmeras. Algunas familias acudían a comprar el brazo de gitano, otras ya lo tenían y volvían hacia Gràcia o San Gervasio, esperando el momento de subir a los tranvías parados. Las criadas, que sacaban a pasear a sus señoritos en cochecito, señalaban con un dedo los *riperts* de color verde, rojo o calabaza, llenos hasta los topes de gente y tirados por resignadas caballerías. Viejos con jaulas de gorriones tomaban el sol. A la altura de la ronda de San Pedro vio un corro de gente y se acercó. Un individuo de unos cuarenta años estaba montando un buen escándalo. Unos laceros del ayuntamiento habían cogido a su perro, decían que parecía abandonado e iba sin bozal. El escandaloso ciudadano quería impedir que se llevaran el animal y no lo soltaba. Uno tiraba del perro y los otros del lazo. El cuello de la pobre bestia se quebró y murió. El supuesto dueño, enfurecido y envalentonado por los gritos de la gente, comenzó a sacudir el carro de la perrera y a golpearlo con manos y pies. Los laceros del ayuntamiento lo cogieron a él por el cuello con el lazo, lo cual indignó aún más al pueblo, sobre todo a un par de mujeres que se lanzaron sobre los funcionarios. Cuando Rafael continuó con su paseo, todos los perros del carro estaban fuera y los dos laceros estaban dentro, atados de pies y manos y desnudos. Y ya acudían allí cuatro guardias municipales a caballo para restablecer la paz y el orden.

Aquello era Barcelona.

Tal como había previsto, todo había ido como la seda. Tanto, que llegaría justo a tiempo a su cita con aquella modistilla tan simpática que había conocido la noche anterior en el Novedades.

Habían quedado citados delante de un café de moda del paseo de Gràcia.

Rafael Escorrigüela era feliz, de repente habían descargado todas las nubes negras de su vida y en el bolsillo le quemaba el dinero.

Sacó de la cigarrera una de aquellas brevas aplanadas e infumables de doce céntimos y medio, le arrancó la punta con los dientes y se la encendió. Le dio una buena calada y tosió, como siempre. Levantó el brazo y saludó alegremente con el sombrero en la mano a la muchachita que, muy nerviosa, ya lo estaba esperando en la esquina de Casp con paseo de Gràcia. La llamó:

—¡Llucieta!

Cogió la breva recién encendida, la tiró al suelo y la pisó con una mezcla de rabia y placer: «se acabó esto de fumar porquerías».

14

En 1899, el excéntrico número que protagonizaba Nonnita Serrallac era esperado en ascuas allí donde se representaba. Como implicaba el sacrificio de animales y aquél era un circo pobre, sólo lo podía ofrecer de tarde en tarde. Por esa razón, la gente se lo decía de un pueblo a otro a lo largo de la ruta del circo, y se apiñaba a la entrada de la carpa para verla. No era para menos: la impresión que producía comprobar cómo una delicada muchacha decapitaba pollos y palomas de un mordisco en el cuello, los dejaba pegados a sus asientos. El número, ideado por la propia Nonnita, comenzaba con las notas de una música vagamente oriental interpretada por Tomàs Capdebrau al violín. La muchacha, siguiendo el ritmo, hipnotizaba uno por uno a los animales y los dejaba paralizados, como en trance, yaciendo sobre un tablón de madera, como si durmiesen, con la cabeza colgando. A continuación cesaba la música y, bajo el repique de timbales, cogía uno de ellos con delicadeza, le acariciaba la cabeza, le lamía la cresta si era pollo... y de repente, ¡dentellada en el cuello! A las palomas les arrancaba la cabeza de un tirón, la escupía en un rincón y, sonriendo, con el animal aún agitándose, lo hacía caminar cogidito por las alas mientras la sangre brotaba del cuello mutilado. Mujeres campesinas, acostumbradas a sacrificar conejos de un golpe de mano de mortero en la nuca, gritaban asustadas desde las gradas. Campesinos hechos y derechos, acostumbrados a matar pollos retorciéndoles la cabeza, viendo aquello vomitaban. Nonnita Serrallac se daba cuenta y reía aún más, cogía otro animal y repetía la acción, esta vez con más bestialidad: se duchaba con la sangre y hacía como si fuera a salpicar al público. Vestía de blanco para que el color rojo se distinguiera mejor. A veces regaba el suelo de tierra con la sangre del desgraciado animal y a continuación se embadurnaba con la pasta sanguinolenta; otras le abría las alas y simulaba bailar con él al ritmo de un valsecito o de una mazurca; en más de una ocasión, incluso, le practicaba una incisión con una daga, lo abría en canal y hundía su cara en las tripas. Luego levantaba el cadáver sujetándolo con la boca por alguna víscera y, al ritmo cada vez más frenético del violín, lo sacudía arriba y abajo para provocar que la sangre salpicara. Unos segundos más tarde, el público reaccionaba y, llevado por el entusiasmo, aplaudía hasta que las manos les echaban humo. Mientras tanto, ella saludaba, se secaba la cara con una toalla... y sonreía. Sacudía su cabellera de color caoba, ejecutaba unos pasos de baile, saludaba y, grácilmente, al compás de la música, salía de escena. ¡Era magnífica! Parecía una reina. La gente enloquecía emocionada y no se cansaba de aplaudir. Habían asistido a la transformación de un ángel en demonio.

Impulsada por el éxito, intentó ampliar el número añadiendo un pavo al pollo y a la paloma: era más espectacular, el animal veía mejor y se defendía. Nonnita fingía que se peleaba con él y también acababa arrancándole la cabeza. Sin embargo, el experimento se acabó cuando Nonnita se rompió un diente: los huesos de los pavos son más grandes.

El excéntrico número funcionaba porque siempre hay público que necesita sentirse maravillado y horrorizado.

La gente entraba al circo dispuesta a llevarse unas cuantas sorpresas. Tomàs Capdebrau decía: «Es la curiosidad lo que da a los adultos expresión de niño y a los niños expresión de adulto.»

Durante las fiestas navideñas de 1899, el pueblo de Alcagaire de la Roca no le fue a la zaga a ningún otro. La familia más importante del lugar, los Gambús, habían contratado el circo. El trato era bueno: les cedían gratis un solar donde instalarse y le pagaban un tanto fijo por unas cuantas funciones entre Navidad y Año Nuevo. A cambio, como una especie de regalo que los caciques hacían a sus conciudadanos, entrada gratis para todos los vecinos.

Así fue como Nonnita conoció al joven Demi Gambús. Después de la función del día de San Esteban, él se presentó en el carruaje en que ella vivía. Era una galera de señores, con estructura de madera, como una casita sobre ruedas. Oyó unos golpecitos y cuando abrió las contraventanas posteriores, lo primero que vio fueron unos ojos de gato impresionantes que la repasaban de pies a cabeza. A continuación, las felicitaciones: que él no lo había visto, pero según le habían contado, su número era impresionante, y mucho más tratándose de una mujer; que naturales y forasteros salían conmocionados. En resumen, que quería ver el espectáculo, pero en una función única y especial, a puerta cerrada, para él y sus amigos.

—Quiero dar una fiesta la noche de Fin de Año y me gustaría que fuese brillante y espectacular. Le propongo alquilar la pista de su circo para celebrarla. Deseo que mis invitados se sientan libres y a gusto, lejos de la mirada de padres y familiares, que puedan bailar y armar jaleo, que si beben demasiado y acaban en el suelo, no pase nada. Su circo es lo ideal. Les pagaré un buen precio por el alquiler y por la repetición de su número. Sólo de su número. No le pido nada más. Me parece que es un buen trato.

Ella vio en esa propuesta la típica imposición del dueño y señor, pero ¿cómo negarse? Naturalmente le dijo que sí.

Así pues, tras la función de tarde del 31 de diciembre se dispusieron a hacer los preparativos para la noche. El heredero de casa Gambús y sus invitados irían después de la cena a celebrar la llegada del nuevo año.

El local olía a serrín limpio y fresco. A partir de las nueve comenzaron a llegar criados y criadas llevando toda clase de bebidas y viandas con que preparar el bufé frío para después de la cena. Metieron algunas cajas de champán Henry Abelé. Tenían pegada una etiqueta en la que se veía a un señor mayor muy elegante llenando una bañera con champán. Dentro de la bañera, no hace falta decirlo, se encontraba una señorita muy joven y desnuda con una copa en la mano y deseando «Feliz año 1900». El personal del circo, que lo veía todo pero no lo podía tocar, suspiraba anticipadamente por las sobras que irían a la basura. Con los restos que tirasen, ellos celebrarían al día siguiente una buena comilona para festejar el Año Nuevo. En un momento ya habían montado una gran mesa y habían instalado cuatro estufas de leña que marcaban cuatro esquinas imaginarias dentro de la pista circular. A las nueve y media, tres mujeres llevaron una alfombra gigante, de forma ovalada, que desplegaron en el centro de la pista. A las diez, entre seis hombres metieron un piano de cola, que situaron en un rincón. Finalmente, llevaron una bañera llena de hielo picado y dieciséis sillas doradas de estilo, tapizadas con terciopelo granate, que dispusieron en cuatro filas de cuatro. A las once menos cuarto llegó el pianista, muy acicalado, con su libro de partituras.

Y a las once menos cinco, todo el personal del circo fue expulsado del recinto, iluminado como en los días de gran función merced a la pequeña central eléctrica propia de que disponía el pueblo. Sólo se quedaron dos criados de confianza y un encargado para atender las necesidades del amo y sus invitados. A las once en punto llegaron los participantes: Demi Gambús y siete muchachos más, todos vestidos de etiqueta y todos muy jóvenes. Una mezcla de colegas de la Facultad de Derecho y de antiguos amigos del pueblo. Mezcla de cuellos blancos y de nucas rojas. ¿Para qué, entonces, dieciséis sillas? Los chicos se situaron en dos filas paralelas de cuatro, frente a frente. Entre ellos había un pasillo de unos dos metros. Se arreglaban las corbatas y los corbatines unos a otros, se estiraban los chalecos y se alisaban los bajos de las chaquetas con la palma de la mano previamente ensalivada. Algunos sacaban un peine del bolsillo y, a falta de espejo, hacían que el más cercano les rehiciese la raya: bien recta, como todo en aquella noche, que no se estrena siglo cada día. Demi Gambús pidió silencio y se subió a una silla.

—Queridos amigos: según unos, hoy entraremos en un nuevo siglo; según otros, habrá que esperar al año próximo. La misma discusión se produjo hace cien años, en 1799, y nada me hace pensar que dentro de otros cien, en 1999, no se dé también, en este caso agravado por la maravillosa circunstancia del cambio de la primera cifra. Ante la duda, prefiero no arriesgarme. Pienso celebrar el cambio de siglo durante 367 días, desde hoy, 31 de diciembre de 1899, hasta el primero de enero de 1901. De este modo, seguro que acertamos. ¡Que empiece la fiesta!

Se reintegró a su fila entre los aplausos de los muchachos mientras el piano atacaba un pasodoble. En ese momento hicieron su entrada, al ritmo de la música, ocho señoritas de la vida llegadas de la capital. Las habían vestido para la ocasión y verdaderamente estaban espléndidas. Jóvenes y risueñas, entraron capitaneadas por la de más edad, una morena de unos treinta años, gorda y desenvuelta, que fumaba cigarrillos de tabaco negro con una larga boquilla sujeta por dos dedos gordezuelos que rebosaban de los anillos correspondientes. Detrás, las otras siete, de todos los tipos: de aspecto nórdico o mediterráneo, rubias auténticas o teñidas.

Los muchachos aplaudían y silbaban como locos y ellas sonreían y los saludaban mientras marchaban en fila. Estaban perfectamente descansadas, bien vestidas, bien peinadas, bien perfumadas, bien cenadas, bien bebidas, ¿qué más querían? Según iban llegando al final de la pista ponían las manos en las caderas, daban graciosamente media vuelta y se repartían a ambos lados. Entonces desfilaban por delante de los muchachos, que decían sí o no. Luego de tres vueltas, las muchachas acabaron por ser adjudicadas y todo el mundo se tuvo que conformar. El piano sonaba, la gente reía, bebía y bailaba. Demi Gambús, eufórico, llevaba a rastras a una mujer que le sacaba un palmo, que se hacía llamar Rosor e iba ceñida por un corsé que le levantaba los pechos hacia arriba, tan arriba que casi se los podía tocar con la barbilla sin bajar la cabeza. Compartían una copa de champán helado y le preguntaba por qué trabajaba de puta. La aludida respondió que en una sola tarde, en una verbena, se le declararon tres muchachos y los tres se llamaban Josep.

—Uno quería enseñarme a conducir carros, otro quería irse a América y el tercero se murió. Y yo les decía: «Aún no estoy preparada, Josep.» Antes de darme cuenta ya estaba haciendo esquinas.

Y se echó a reír tirando el cuerpo hacia atrás para mover mejor los brazuelos, limitado su movimiento por la acción del corsé. La medianoche se acercaba en el mejor de los ambientes. Los criados reavivaban el fuego de las estufas, ponían botellas a enfriar dentro de la bañera y llenaban las copas. Y si las parejas no empezaban a acostarse allí mismo era porque existía la orden expresa del amo de aguantar los impulsos sensuales hasta más avanzada la velada. Por eso, al bailar, ellos manoseaban tanto como podían y ellas sudaban. Y con el sudor, el maquillaje les iba desapareciendo y conformaba rostros de lo más sugerente. Demi Gambús iba de pareja en pareja preguntando a las muchachas por qué se dedicaban al puterío. Una morena altísima, sentada en las rodillas de uno de los chicos, le respondió:

—Porque mi marido se largó con mi mejor amiga y me dejó plantada con tres criaturas.

—¿Y ya tienes chulo?

—Tengo hombre. Un buen hombre que quiso casarse conmigo y que trata bien a mis hijos.

—¿Estás enamorada?

—Pero ¡qué dices, mi único amor es el dinero!

—¡Bravo!

Brindaron y Demi Gambús le hizo beberse el champán de un solo trago. Las copas en alto hacían chiribitas bajo la luz de los faroles del circo.

Uno de los muchachos, albañil de profesión, con el pelo de la nuca recortado para la ocasión, nada acostumbrado a beber, se apoyó en la estufa y se quemó el culo. Dio un bote y los demás se echaron a reír.

El pianista, un hombrecillo con cara de manzana, ojos saltones y pelo liso, dejó de tocar. Tenía hambre y el bufé frío era de lo más tentador. Su voz era cortante como una sierra afilada, de las de serrar aluminio.

—Recupero un poco las fuerzas y vuelvo en seguida.

Pero aun sin piano, prosiguió el rumor sordo de los pasos sobre la alfombra y del roce de los cuerpos; rumor sordo de gente que bailaba sin música. Muchachos y muchachas muy excitados que llevaban en el cuerpo su propia música. El pianista, alarmado, de pronto se dio cuenta de que era prescindible y con un muslo de pollo asado en la boca se apresuró a volver al piano.

Manos que danzaban, que agarraban y caían sobre las anchas espaldas descubiertas de las mujeres de la vida.

Llegaron las doce y el joven Gambús hizo callar el piano y volvió a subirse a una silla. Se sacó el reloj del bolsillo del chaleco. Con una mano lo sujetaba y con la otra se preparaba para avisar al pianista. Llamó la atención de los invitados y comenzó la cuenta atrás a las 23.59 horas: diez, nueve, ocho, siete, seis... «¡Feliz Año Nuevo!» Como un muelle que se suelta: más gritos, más chillidos y más movimientos de manos. Y el pianista arrancándose con un vals, un vals para el nuevo año 1900. Confeti, matasuegras y alegría. ¡Y todo el mundo a bailar! Muchachos delgados de casa bien compartiendo con muchachos gordos de casas campesinas mujeres de mala vida, gordas o delgadas. Y Demi Gambús en medio provocando el chillido de su chica, como si alguien le hiciese cosquillas.

Hacia la una fue necesario expulsar a uno de los muchachos. Quería hacer suyas a todas las putas, algo incompatible con el hecho de que llevaba la pechera llena de restos de vómito. Parecía un perrito borracho en celo. A una señal del joven Gambús, los dos camareros y el encargado lo echaron. Sin agresividad, para que no pareciese algo personal, le indicaron dónde estaba la salida. Como no quería marcharse, lo llevaron a rastras a buscar el abrigo y el sombrero y lo pusieron en la calle de mala manera. El muchacho se quedó allí sentado, sobre un pequeño charco de agua helada. Los de dentro reían y aplaudían. No comprendía nada, estaba muy mareado, pertenecía a una de las familias más importantes de Barcelona: ¿qué hacía allí? Se dio cuenta de que estaba perdido y solo en un pueblo lejano y siniestro, y de que tenía el culo mojado a tres grados bajo cero. Se levantó las solapas y, con paso vacilante, confuso, se dirigió hacia donde lo tenían alojado.

En un ambiente inmejorable, Demi Gambús anunció que había llegado la hora del espectáculo. Nuevamente hizo callar el piano y dio unas palmadas. La gente del circo, que esperaba la señal, trasladó al centro de la alfombra la plataforma en la que Nonnita Serrallac ejecutaba su excéntrico número. Muchachos y putas juntaron las sillas y tomaron asiento. Demi Gambús fue a buscar a la protagonista al otro lado de la cortina de entrada a la pista.

El pianista tocó un vals y los dos salieron bailando: la muchacha de los cabellos color caoba y el muchacho de ojos de gato.

—Tendrá que perdonarme, no bailo nada bien —le dijo él con una sonrisa.

La muchacha se encogió de hombros y se dejó llevar. Los invitados aplaudieron a los bailarines a medida que se acercaban. Hacían buena pareja.

La tenía firmemente sujeta por la cintura. Los pechos, las caderas y los muslos pegados a su cuerpo. Él notaba que se elevaba, como una nube de polvo, como una lengua de fuego, con la nariz pegada a su pelo. Demi Gambús se desmoronaba como un puñado de arena que se escapa entre los dedos. Y eso no le gustaba. Puso toda su atención en los movimientos del baile.

—Me ha engañado, baila perfectamente —le dijo ella.

El muchacho sonrió y la dejó junto al piano. La música cesó y el heredero de casa Gambús sintió cómo la sangre acumulada circulaba de nuevo. Deseaba a aquella mujer. Levantó la vista: arriba del todo, una abertura en la carpa dejaba ver la noche estrellada. Entonces anunció:

—Queridos amigos, un poco de paciencia. Tenéis junto a vosotros, a vuestra disposición, unas bellezas de gran calibre y sé que estáis a punto de estallar. No os inquietéis, pronto podréis satisfacer a las damas. Pero antes quiero que disfrutéis conmigo del arte de esta señorita. He oído tantos comentarios sobre ella en estos días, que no quería dejar pasar la ocasión. Muy amablemente ha accedido a repetir su número para todos nosotros. No sé en qué consiste. No he querido saber nada para que fuese una sorpresa total. Vosotros, amigos y amigas, tampoco lo habéis visto. ¿Es realmente tan impresionante lo que hace esta dulce criatura?

Demi Gambús le cogió una mano y le levantó el brazo. Todo el personal aplaudió. Nonnita Serrallac estaba radiante. Demi Gambús, ebrio de alcohol y soberbia, continuó:

—Señorita Serrallac, ésta es una noche muy especial. Quiero que su actuación sea también especial. ¿Le gustaría cobrar por su trabajo un suplemento de, pongamos... mil pesetas?

La muchacha abrió los ojos ante la mención de aquella pequeña fortuna.

—Tal como lo oye. Amigos, amigas, se me acaba de ocurrir una cosa... Os propongo plantearle a la señorita Serrallac la siguiente apuesta: sin saber de qué va el número, nos jugamos mil pesetas, que pago yo, a que somos capaces de repetir lo que ella haga. Sea lo que sea. Uno de nosotros siete, cualquiera, intentará repetir el número. Si no lo conseguimos, usted se lleva los doscientos duros; si lo conseguimos, cobramos nosotros. ¿Qué le parece?

—¿Qué quiere que le diga? —dijo ella, sorprendida—. Yo no tengo mil pesetas para jugármelas. Y si las tuviera, tampoco podría permitirme el lujo de hacerlo.

—Nadie le ha pedido que se juegue dinero. Si ganamos nosotros, podemos cobrar... en especie.

—¿En especie? ¿Qué quiere, actuaciones gratis?

—No. Usted es el precio. Y no se trata de una proposición de matrimonio. —Se hizo el silencio; todos escuchaban con atención—. Coño, no es tan difícil de entender. Con todos los respetos para las presentes, usted no es una puta, lo cual la hace más excitante. El dinero es algo perverso. Yo lo tengo a espuertas y usted no tiene ni cinco. Despreciar las mil pesetas que le ofrezco es inmoral. Piense en toda esa panda de muertos de hambre que la acompañan. Además, y no se me ofenda, no creo que guarde su virginidad para ningún señor de los alrededores. Y si fuera así, se la compraría también por mil pesetas. Cosa que volvería a colocarla en pleno dilema moral. Pero vaya, si su número es tan fuerte como dicen, no debe temer nada, seguro que gana.

Nonnita Serrallac volvió la vista hacia Tomàs Capdebrau, que acababa de llegar con su violín y lo había oído todo. Fue incapaz de aguantarle la mirada; aquel dilema también era demasiado fuerte para él. Por otra parte, aquellos comentarios tan francos sobre la posible virginidad de la muchacha, expresados por alguien acostumbrado a mandar, lo habían desconcertado y llenado de vergüenza. Nonnita Serrallac levantó la vista hacia aquel muchacho despiadado de ojos de gato que le acababa de recordar el hambre feroz que tan a menudo pasaban en el circo.

—De acuerdo —dijo en voz baja.

Hubo unos segundos de silencio rotos por el entusiasmo de Demi Gambús:

—¡Perfecto! —El piano entonó una marcha—. ¡Adelante, pues!

Al ritmo de la música, la misma Nonnita fue a buscar el pollo y la paloma. Subió a la plataforma y se hizo el silencio. Tomàs Capdebrau inició los compases con el violín y ella, decidida, con la imagen de las mil pesetas ante los ojos, comenzó su trabajo.

Las reacciones entre aquel público tan selecto fueron las habituales: asco y admiración. Las mujeres renunciaron en seguida a mirar y hundieron la cara en el pecho de su acompañante. Los chicos, con el alcohol que llevaban encima, vomitaron casi todos. Y Nonnita, en la pista, viéndolo, se fue animando hasta tal punto que, en aquella ocasión, el vals con el pollo descabezado y brotándole sangre lo bailó entre aquel público tan especial. Nada más verla acercarse, salieron corriendo en todas direcciones; las putas chillando y ellos riendo y eructando.

Los aplausos, más que nada por el descanso de saber que ya se había acabado aquel tormento, fueron apoteósicos. Nonnita, limpiándose la sangre, sonreía y saludaba. Se veía vencedora de la apuesta. Demi Gambús se había quedado muy serio. Se dirigió hacia sus amigos y fue llamándolos a cada uno por su nombre. Avergonzados, uno tras otro se declararon incapaces de repetir aquella salvajada.

Nonnita Serrallac avanzó hacia Demi Gambús con la intención de cobrar. Él dejó que se acercase y, cuando la tuvo a su alcance, le cogió la cara por las mejillas con una sola mano. Tenía una mueca de contrariedad junto con los restos de la angustia que acababa de vivir. Le clavó su mirada de gato y le dijo:

—No tan rápido, señorita, voy a intentarlo yo. Me parece que el premio bien lo vale.

Mientras Tomàs limpiaba la pista y recogía los restos para guardarlos, la propia Nonnita, perpleja, fue a buscar otro pollo y otra paloma. Los colocó en su sitio y los hipnotizó para ganar tiempo. Eran unos animales tan idiotas que se dormían en cuestión de segundos. Todo estaba a punto. El violín de Tomàs comenzó a sonar. La tensión era enorme. Hasta el pianista y los tres camareros se acercaron para verlo. Demi Gambús subió a la plataforma y se quitó la americana. El violín no dejaba de sonar y el resto de muchachos y muchachas, sin apenas darse cuenta, habían ido adelantando sus sillas hasta el borde de la plataforma. No les importaba que les salpicara, querían ver aquello con sus propios ojos.

Demi Gambús cogió la paloma con cuidado para que no se despertara, del mismo modo que se lo había visto hacer a la muchacha. Con las dos manos ahuecadas, como quien coge agua de la fuente, y la paloma en medio. Sólo de pensarlo le venían arcadas. Observaba el cuerpo asqueroso de la paloma dormida, medía aquella cabecita y calculaba mentalmente cuánto tendría que abrir la boca. Sentía cómo el sudor le corría cuello abajo. Se estaba mareando. No se veía con fuerza suficiente. Levantó la cabeza y se dio cuenta de que todos aquellos rostros lo estaban mirando con muecas extrañas. Vio a la muchacha de los cabellos color caoba. ¡Si quería, podía tenerla gratis, él era el rey! Las manos empezaron a temblarle. ¿El rey? ¿Qué clase de rey era, allí en medio cagado de miedo y angustia? Sintió algo así como el chasquido de un latigazo, claro y seco, en pleno cerebro. La adrenalina sustituyó al alcohol.

Y de repente lo hizo.

Su brazo fue un relámpago. Sujetó la paloma con la mano derecha y, en un solo gesto, sin detenerse, como quien coge una botella y le quita el tapón de corcho con los dientes, le arrancó la cabeza de un tirón y la escupió al suelo. Un clamor bestial liberó a los espectadores, que se pusieron a aplaudir y a silbar como bestias. Y él, aguantando en alto al decapitado animalito, como si de un trofeo se tratara, se les acercó y todos callaron en seco. Agitó el cuerpo mutilado ante sus invitados y comprobó con placer que primero se encogían y luego reculaban. Algunos de los muchachos, a la vista de aquel rebujo de carne sanguinolenta, tropezaron con la silla y se cayeron al suelo. ¡Era el rey!

Se volvió hacia la muchacha y la miró de hito en hito con sus ojos de felino. Arrojó la paloma al suelo, a sus pies, y con una voz fría, acostumbrada a mandar, le ordenó:

—Paga.

A la muchacha le temblaban los labios. Finalmente consiguió decir:

—Aún no has terminado.

Como el gato que se relame los bigotes antes del banquete, le respondió muy lentamente:

—Sí he terminado. Paga.

Nonnita Serrallac vio en sus ojos que no le dejaba escapatoria. La gente volvía a gritar y a aplaudir. No había salida posible. Más que de vergüenza, temblaba de rabia. El muchacho pidió silencio y ordenó que se marchara todo el personal de servicio: el pianista y los camareros. Les dio una hora libre.

Uno de los muchachos que había permanecido más tiempo en silencio, alto, delgado, con el pelo rizado, de profesión yesero, embriagado por aquel momento, por aquellos minutos y segundos, se deshizo de la puta que estaba con él y se volvió circunspecto hacia Demi Gambús.

—Demi, déjame ser el primero en joder con ella. ¡Por favor, Demi, déjamela!

—Tranquilo, que habrá para todos; el orden es lo de menos.

Nonnita Serrallac no daba crédito a lo que oía. El yesero le soltó una vaharada de aliento fétido y le recordó que el señor Gambús había dicho que el premio era ella, sin especificar cómo ni cuántos la iban a disfrutar... La muchacha miraba a un lado y a otro sin saber qué hacer.

Dos de los muchachos habían inmovilizado a Tomàs y lo estaban atando a uno de los bancos. Ella, que intentaba apartarse del yesero, suplicó que le dijeran que aquello no era más que una broma. Pero, muy al contrario, alguien la estrechó con fuerza y la hizo caer al suelo, sobre el serrín ensangrentado. Fue como la señal de salida de una carrera. Demi Gambús, eufórico, gritó:

—¡La quiero ahora mismo sobre la plataforma... desnuda! ¡Chicas, y vosotras también! ¡Cada oveja con su pareja!

En un instante todo el mundo manoseaba, todo el mundo chupaba y desvestía. Las profesionales, una vez superado el choque inicial, se lanzaron al putañeo con alegría. Las ocho mujeres tuvieron que repartirse entre los cuatro o cinco muchachos que quedaban, ya que Demi y dos más se dedicaban en exclusiva a Nonnita Serrallac. Uno la cogía por las manos, otro por los pies y un tercero, el heredero Gambús, la desvestía sin prisa alguna. Nonnita, verdaderamente asustada, gritaba que la dejasen marchar, gemía, suplicaba que lo dejaran correr, ella lo olvidaría todo y lo consideraría como un efecto del alcohol. La respuesta de Demi Gambús fue una primera bofetada y la orden de que se callara. Las putas se añadieron también y le gritaron a Nonnita que no armase tanto escándalo, que aquéllos eran chicos limpios y, en su mayoría, de casa bien. Pero la muchacha no paraba de chillar. Demi Gambús fue hacia la mesa para servirse más champán. Gruñía, decía que aquellos alaridos lo ponían nervioso. El yesero la cogió, le ordenó que se callase y le soltó un segundo sopapo que le volvió la cara y la hizo rebotar contra el suelo. Con todo y con eso, la muchacha no calló, por lo cual se ganó un tercer bofetón que ya la desbordó por completo y desató dentro de su cerebro un pitido agudo. Le entró tanto miedo que se calló en seco.

Demi Gambús estaba muy excitado. Era la primera vez que violaba a alguien. No por nada, sino porque no le había hecho falta. Le bastaba con chascar los dedos para tener de inmediato a dos muchachitas calentándole la cama. Pero eso había sido antes de conocer a aquella mujer de cabellos color caoba. Lo había desafiado y ahora él le demostraba quién era el rey y que un rey como él no admitía desafíos.

Nonnita seguía soltando patadas y arañazos, aunque se cansó en seguida. Era una mujer contra tres hombres bien alimentados y bastante borrachos. Demi Gambús se impacientaba. Se desabrochó los pantalones y se lo tomó con calma. Le pasó la mano por los pechos, se entretuvo en peinarle delicadamente el vello púbico... De pronto hizo que le separasen las piernas, se chupó el dedo índice de la mano derecha y se lo metió en la vagina. A continuación se dedicó a moverlo poco a poco, hacia dentro, circularmente, hacia fuera, casi como si la estuviera explorando. Luego anunció, triunfal.

—¿Lo veis?, no es virgen.

La muchacha, llena de pánico, contuvo la respiración: alguien capaz de hacer aquello también era capaz de atravesarla con el cuchillo de cortar el pollo para acabar de celebrar el cambio de siglo.

A su alrededor se habían reunido ocho o diez caras de muchachos y putas que, divertidos, contemplaban la operación. ¡Señoras y señores, un respeto! ¡Aquella noche, él era el rey de reyes! Luego contempló a Nonnita debajo de él. Le levantó con fuerza el culo con la mano y adentro. Sólo le faltó saludar mientras lo hacía. Culminó el acto y todo el mundo aplaudió.

Detrás de Deogràcies-Miquel Gambús fueron los otros seis. Al cabo de unos minutos, Nonnita fue oponiendo cada vez menos resistencia. Vio que perdía en ello más de lo que ganaba y se dio por vencida. Se quedó quieta y los dejó hacer. Oyó una voz que decía:

—Así me gusta, que empieces a ser sensata. Todavía le va a gustar, ya veréis.

Uno tras otro hasta el último.

Acabaron y la dejaron tirada, sola en medio de la plataforma, deshecha, destrozada, incapaz de moverse ni de respirar. Intentó levantarse y se desmayó.

Tras un par de minutos volvió en sí y permaneció quieta, sin moverse, con los ojos cerrados, sintiendo latir su corazón. Un sonido brusco del piano la sobresaltó y abrió los ojos. La orgía continuaba a plena satisfacción y uno de los chicos acababa de dejar caer sobre el teclado a una de las putas. Eran siete muchachos sobre siete mujeres, en una pila sin forma. Entonces reparó en Tomàs, tirado en el suelo e inconsciente. Para que no molestase le habían roto el violín en la cabeza. Intentó levantarse y no pudo; estaba mareada. Se mantuvo en silencio, sin gemir ni gritar. Tenía un gran coágulo de sangre entre las piernas. Volvió a desmayarse.

Notó que alguno de los presentes la apartaba porque molestaba. Cogiéndola por los pies, la arrastraron unos cuantos metros. Cuando abrió los ojos vio que la habían dejado al lado de Tomàs Capdebrau. Allí permanecieron, como dos muñecos, como dos muertos, como dos cerdos degollados. Una media hora más tarde, uno de los muchachos le vació una botella de champán encima, la miró y se fue riendo. Nonnita abrió los ojos y en esta ocasión sí se pudo incorporar. Volvió a ponerse sus cuatro harapos y empezó a desatar a su amigo. Una mano la detuvo cogiéndola desde atrás por los hombros. Se volvió. Era Demi Gambús, desnudo, sólo llevaba puestos los botines. Medio sonreía.

—Espero que hayas aprendido. No se puede ir por el

mundo provocando. Recoge al tarado del violinista y llévatelo. Nosotros tenemos aún para un rato. Y lávate un poco. Hueles que apestas. Y más vale que no me mires así, o aún voy a pensar que te ha gustado y quieres una segunda ronda...

Ella lo miraba con ojos vacíos y eso lo enfureció.

—¡Fuera! ¡Me dais asco! Mañana al mediodía no quiero ver ni rastro de esta mierda de circo. Os quiero ligeritos por el camino real. ¿Entendido? ¿Me has entendido?

—Sí...

—Y ahora, coged el portante.

Y dio media vuelta y volvió a su fiesta.

Nonnita desató a Tomàs Capdebrau, lo reanimó con un poco de agua y se lo llevó con ella. Afortunadamente no le habían abierto la cabeza. La cosa quedaría en un chichón monumental.

Entraron en la galera, deshechos y derrotados. Jamás olvidaría la cara de aquel hijo de puta. Nunca olvidaría lo que le había hecho aquel hijo de puta.

Ésta es la historia que, a grandes rasgos y omitiendo las descripciones más crudas, Nonnita Serrallac pensaba explicarle a Eustaqui Guillaumet, que estaba a punto de llegar a su casa.

Inquieta, sale al rellano con un quinqué en la mano. Quiere dirigirse a los muertos. Los quiere echar. Aún no se han atrevido a entrar en su casa, pero unos meses atrás tampoco se atrevían a traspasar el portal y ahora hay días en que casi tiene que apartarlos porque no puede cruzar el rellano.

A primera vista, hay una buena representación. Y además, están juguetones. Se le plantan delante y no la dejan pasar hasta el último momento. El más bromista, Jaume, el barbero de la calle Tarongeta, no se aparta y deja que la muchacha pase a través de él. De modo que por unos instantes las dos caras, la del muerto y la de la viva, se superponen y parece que Nonnita Serrallac es quien tiene el huevo de madera en la boca, rezumando saliva de difunto. Se encuentra rodeada de sonrientes rostros de fantasmas, pero hoy no tiene humor para juegos. Desea pactar con ellos una salida razonable a su angustia.

Viendo que la chica piensa hacerles caso, súbitamente se hacen todos presentes y todos quieren hablar. En un momento, aquello se ha convertido en un guirigay de fantasmas y difuntos. El típico protagonismo de los muertos, piensa ella. Y les dice: «Vosotros tenéis la ventaja de saber las cosas por adelantado, ¿os parece que haría bien, mezclando a Eustaqui en...?» Pero ellos no lo aceptan, lo niegan con grandes aspavientos. El barbero de la calle Tarongeta se saca el huevo de madera de la boca, lo seca y dice: «Veamos, saber por adelantado, lo que se dice por adelantado, no es muy exacto, porque hay muertos y muertos. Eso sí, de difunto te ahorras un montón de quebraderos de cabeza.» El carbonero puntualiza: «De difunto desaparecen las penas y el dolor, el odio y las enfermedades, no tienes ninguna esperanza. Pero ya nada te afecta: no te asustan los truenos ni te inquieta el chirrido de una puerta que no habías cerrado; no te afecta siquiera el llanto de un desgraciado.» Y el antiguo barbero vuelve a hablar, con un tono de nostalgia inevitable incluso para un muerto: «Eso ya no es cosa nuestra, no nos corresponde. Son asuntos vuestros, son preguntas para nuestros hijos, para los hijos de nuestros hijos. Nuestro único trabajo es reposar.»

Y molestar a los vivos, piensa Nonnita Serrallac, aunque no lo dice. Y los menosprecia: «Os quería preguntar sobre el futuro, pero ya no pienso hacerlo. No me servís para nada.» Los deja plantados discutiendo entre ellos apasionadamente —lo que contradice lo que le acaban de exponer—. La verdad, mala cosa si tuviera que fiarse de ellos. Y murmura entre dientes: «A ver si al final va a resultar que los muertos de mi barrio son los más tontos de Barcelona...»

Eustaqui Guillaumet llegó a casa de Nonnita Serrallac muy animado y con cierta curiosidad por lo que la muchacha iba a proponerle. Aunque envuelto en una oscuridad casi absoluta, fue subiendo los peldaños a buen ritmo. Oyó unos ruidos en la parte de arriba, levantó la vista y vio el ligero resplandor de un quinqué. Debía de ser ella. De pronto la oyó hablar aunque sin entender lo que decía. Si no era con él, ¿con quién hablaba? No le dio más importancia. Llegó al último rellano y entró en el piso. La puerta estaba abierta y se dejó guiar por el resplandor vacilante de una vela que ardía en el interior. En un rincón, sentado en un taburete, Tomàs Capdebrau miraba al techo. Eustaqui no lo saludó; no hacía falta, ya sabía cuándo regía y cuándo no.

El mal olor del petróleo del quinqué llegó antes que ella. Salía de la cocina con un plato de sopa de pan humeante.

—¿Te apetece?

—¡Desde luego! ¿Y usted no me acompaña?

Se sentó a su lado y le dijo que no con la cabeza. No sabía cómo empezar. Se quedó en silencio mientras él sorbía la sopa. Aunque no había apurado aún el plato, se lo retiró y volvió con una tortilla de patata, pan, una botella de vino y un vaso. Todo un lujo. Pasó otro larguísimo minuto. Eustaqui Guillaumet percibía la tensión pero no se atrevía a abrir la boca. Finalmente, al tiempo que arañaba con una uña la madera de la mesa, la muchacha empezó a explicarle aquella historia terrible.

La tortilla de patata se le fue convirtiendo en una masa

imposible de tragar. Ya no tenía hambre. En voz baja, Nonnita acabó diciendo:

—La tortura se alargó aún durante quince días, hasta que tuve la certeza de que ninguno de aquellos cabronazos me había dejado embarazada.

De repente se oyó la voz de Tomàs Capdebrau, cansada y ronca:

—Me acuerdo de todo. Lo tuve que ver de principio a fin. Fueron lo bastante crueles como para esperar hasta el final para dejarme inconsciente.

Permanecieron en silencio unos segundos por si decía algo más, pero no lo hizo.

Eustaqui Guillaumet miró de reojo a su alrededor. Estaban solos en una casa vacía y triste que iba a ser derribada. Se oían golpes de ventanas y puertas de alguno de los pisos más bajos. Miró hacia fuera por la ventana del comedor. No se veía nada, era noche cerrada. Tuvo un escalofrío. Por primera vez, durante un segundo, Barcelona le pareció tenebrosa. Fue consciente de que si hubiese tenido delante en aquel momento al hijo de puta de Gambús, lo habría matado sin dudarlo. Por suerte, Nonnita Serrallac, que debió de ver en sus ojos el brillo del instinto, le dijo:

—De día, por la ventana, se ve un panorama tranquilo y agradable: los barrios de San Pedro, de Santa Catalina y Sant Cugat.

El muchacho se calmó y ella continuó:

—Ahora, cuando menos lo pensaba, ese hombre ha vuelto a entrar en mi vida. Es al que has estado vigilando. Hace poco fui a su casa a pedirle ayuda y me la negó. Eso me hizo ver que con esa gente no es pidiendo como se consigue que te hagan caso. Me entraron muchas ganas de hacerle daño, pero, sobre todo, de quitarle el dinero. Y voy a hacerlo, Eustaqui. Conozco a esa clase de hombres. Hay que dejar que él mismo dé un paso en falso. Tengo una idea.

Eustaqui Guillaumet escuchaba con atención. Se tiraría desde el balcón a la calle si ella se lo pedía. Casi bebía sus palabras.

—He pensado ofrecerle la posibilidad de repetir la apuesta de hace nueve años. En mi estado, se morirá de ganas. La diferencia está en que le pediré mucho más dinero y...

—Pero señora, si hace nueve años ya ganó, ¿qué le hace pensar que ahora va a ser diferente?

—No ganará. ¿Es que no lo entiendes? ¡No ganará porque no llegaremos a hacerlo! Lo vamos a engañar. Será el anzuelo para conseguir que vaya a un lugar determinado, solo y con el dinero. Se trata de robárselo todo, hasta los calzoncillos.

El muchacho no tardó ni un segundo en hablar, muy serio:

—Lo engañamos, lo desplumamos...

—Y ahora qué, ¿aún quieres venir conmigo?

—Puede estar segura de ello, señora.

Tardó unos segundos en agradecérselo. No estaba acostumbrada.

—Gracias, Eustaqui.

Se le acercó y lo abrazó afectuosamente. Y al muchacho, al sentir tan próximo el cuerpo de aquella mujer que lo enloquecía, se le humedecieron los ojos y el sexo se le puso duro. Por suerte, la poca luz de la habitación le evitó la vergüenza de que ella reparara en ese detalle. De pie tras él, continuó explicándole el plan, ahora un poco más animada:

—Necesitaremos unas horas de margen para poder escapar. Ya pensaré cómo lo vamos a hacer. Nos repartiremos el dinero. Podrás volver a Vila-rodona con los bolsillos llenos. Vaya, como si hubieses hecho las Américas.

—Eso da igual, señora. ¿Y por qué no le arrancamos los huevos de cuajo, al mal parido ese?

—Hay que actuar con la sangre caliente, pero con la cabeza fría. Esperaremos. Hay que planear muy bien la cuestión de la huida. Recuerda que tengo que cargar con Tomàs. Por otra parte, aún no me veo con ánimo. Ya me costó lo mío ir a su casa la primera vez. Quiero asegurarme de que tendré el coraje suficiente para presentarme allí de nuevo y engañarlo. Intuyo que cuanto más embarazada me vea, más le apetecerá. Contigo a mi lado me resultará más fácil.

En aquel instante, Eustaqui Guillaumet se derritió. Sonrió y Nonnita lo hizo también. Y a la luz de la vela se fue comiendo tranquilamente la tortilla de patata. Él solo, porque ella, tras asegurarse de que Tomàs se acostaba, se fue a dormir. Antes de desaparecer hacia su dormitorio, le dijo:

—Eustaqui, si alguna vez me oyes hablar sola, no hagas caso, ¿de acuerdo?

—De acuerdo. Buenas noches, señora.

—Buenas noches.

En otra ocasión le explicaría que hablaba con los muertos de su barrio. Otro día; no entonces.

Eustaqui Guillaumet se acabó la botella de vino sumido en sus pensamientos. Eran demasiadas cosas en tan poco tiempo y había que digerirlas despacio. ¿La señora hablaba sola? Menuda novedad: en Barcelona ya había visto a un montón de personas que hablaban solas, en voz alta, por la calle. En su pueblo había un tonto que se llamaba Ramón y que también hablaba solo. No tenía ni un diente, y una alma caritativa, anónima y pragmática le regaló la dentadura postiza de un muerto. El resultado fue que el tonto Ramón cogía la dentadura y mantenía con ella largas conversaciones. Le preguntaba cosas y la dentadura le contestaba.

Hipnotizado por la llama de la vela, Eustaqui daba cabezadas. Intentó hacerse una idea de lo que significaba «tener dinero», pero no se le ocurrió nada y se cansó. Se quedó dormido con la cabeza recostada sobre la mesa. Soñó que regresaba rico a Vila-rodona, casado con Nonnita Serrallac y diciéndole a todo el mundo que el hijo de ella era suyo. Y destapaba el capacito del hijo y aparecía la cara del tonto Ramón, sonriendo sin dientes y haciendo castañetear la dentadura con la mano.

Se despertó cuando ya amanecía.

Suspiró profundamente y, tal como le había anunciado Nonnita Serrallac la noche anterior, ante él apareció un panorama plácido y tranquilo: las azoteas y tejados de los barrios de San Pedro, Santa Catalina y Sant Cugat. Y alrededor, los palomares.

15

La Fonda de Viajeros La Paz ocupaba la planta baja y el principal de una casa que hacía esquina, con entrada por la calle Giriti número 4 y una salida de servicio por el número 37 de la calle Plateria. Los trabajadores que cada madrugada pasaban por la calle, cerca de la ventana de la cocina, tenían ocasión de aspirar el aroma del café perfumado con aguardiente que se ofrecía a los clientes madrugadores.

Eran las cinco y cuarto de la mañana y una muchacha muy atareada preparaba una de las mesas del pequeño comedor de la fonda, anejo a la recepción. El establecimiento vivía una época dorada: estaba pegadito a las obras de la Reforma. Los edificios de la acera de enfrente estaban a punto de ser derribados, cosa que, si bien llenaba la pensión de polvo y ruido, también lo hacía de clientes, tanto ocasionales como huéspedes de larga duración.

Mientras encendía la estufa del comedor, unos golpes en el portal la asustaron. Unos golpes dados con decisión, a las cinco y cuarto de la mañana. Se tranquilizó; los ladrones no llaman a la puerta. Pensó más bien en una desgracia, en alguna emergencia. Cruzó el comedor y miró por la ventana que daba a la calle Giriti. Había un faetón estacionado, muy lujoso, de madera de nogal barnizado, con un cochero uniformado en el pescante y un caballo con guarniciones de color avellana más lustroso que muchos de los clientes de la fonda. Sería algún arquitecto, un ingeniero o alguien importante de las obras de la Reforma, que llegaba demasiado temprano y se quería resguardar. Volvieron a llamar y, limpiándose las manos manchadas de carbón en el mandil, la chica fue a abrir. Se encontró con tres hombres. El mayor, de mediana edad, tenía cara de rata y llevaba el pelo liso peinado hacia atrás y pegado al cráneo. Algo cargado de espaldas y un poco grueso, vestía una chaqueta de paño oscura y calzaba botines. De la chaqueta salían un par de brazos cortos que acababan en unas manos carnosas, como de recién nacido, que parecían colgarle de los costados. Mientras hablaba hacía girar entre ellas su sombrero hongo. Detrás, dos muchachos con la gorra calada y aspecto poco tranquilizador que le inspiraron miedo. Cualquiera de los dos podía romperle el cuello con una mano. Habló el hombre con cara de rata.

—No se asuste señorita, somos gente pacífica. Acabamos de llegar. Tengo entendido que don Rafael Escorrigüela se hospeda aquí.

—Sí.

—Pues ha sido él mismo quien me ha recomendado su establecimiento. Me interesaría coger un par de habitaciones. Una individual para mí y una doble para ellos.

La muchacha observó al hombre con cara de rata y a los dos que permanecían tras él, impasibles, que le sacaban una cabeza a su teórico patrón. ¿Qué podía hacer? Se apartó y les franqueó la entrada. Aprovechó para echar un vistazo fuera. El faetón seguía parado en el mismo sitio. Ocupaba casi todo el ancho de la calle. Las cortinas de las ventanillas impedían saber si dentro había alguien más.

La muchacha encendió una luz de gas que, con el polvo, apestaba más que iluminaba. Su luz mortecina permitió ver una salita con papel de flores color lila y amarillo en las paredes y cortinas de color granate. En un nicho vertical y poco profundo, como si se tratase de una antigua ventana tapiada, había un retrato al óleo del fundador del establecimiento. Y en un rincón, contra la pared, un piano repleto de figuritas de porcelana y una fotografía.

El hombre con cara de rata se adelantó sonriendo.

—Si es tan amable, ¿podría informarme de cuáles son los precios?

La muchacha volvió a secarse las manos en el mandil. Estaba intranquila. Los dos tipos larguiruchos la miraban sin verla. Daba la impresión de que ni respirasen. Tardó unos segundos en responder:

—Tenemos habitaciones individuales por ochenta pesetas al mes, con desayuno incluido. Con pensión completa, ciento veinticinco. Abonos de treinta comidas desde veinticinco pesetas. Para los clientes ofrecemos menús diarios, al mediodía, a partir de una peseta y media.

—Muy, pero que muy bien.

—A las ocho, desayuno a base de legumbres, ensalada, bacalao y sardinas. Al mediodía, la comida: potaje con carne y verduras, pan, vino y postre. La merienda, a las cuatro, pan con tomate y cebolla, fruta y un arenque. La cena es a las ocho, con judías, garbanzos, bacalao, boquerones, alguna costilla, sobras de las otras comidas, pan y vino. Los jueves hay arroz y los domingos tortel.

De lo nerviosa que estaba lo recitó de memoria. Se hizo un tenso silencio que el olor característico de pan carbonizado vino a romper. La chica dio un grito y desapareció en la cocina. Tardó un par de minutos en volver. Se topó de frente con la sonrisa del hombre con cara de rata. En la sala no había nadie más.

—¿Y sus amigos?

—No son amigos. Trabajan para mí. Han subido a saludar al señor Escorrigüela. No se apure, él esperaba nuestra visita. Y ahora, si ya ha solucionado el pequeño incidente con las tostadas, ¿qué le parece si me enseña la habitación? Si me convence, la alquilaría ahora mismo y me instalaría mañana por la tarde. Por ellos no se preocupe, no son nada exigentes.

La muchacha intentó escuchar si se oía algo desde las habitaciones. No se oía nada. Le dijo al hombre que se la enseñaba inmediatamente y para ello encendió un quinqué que tenía en el mostrador de la recepción y subió la escalera delante de él. Aquel hombre, con aquella cara y con aquellas manitas que no paraban de darle vueltas al sombrero, le producía escalofríos.

Cuando regresaron a la recepción, los dos acompañantes ya lo estaban esperando. No los había oído llegar.

—Ha sido usted muy amable, señorita —dijo el hombre—. Y vosotros, ¿habéis saludado como es debido al señor Escorrigüela? —Los dos movieron afirmativamente la cabeza—. Estupendo. —Se puso el sombrero y los otros dos las gorras. Rebuscó en el bolsillo del chaleco—. Tenga, señorita, por las molestias. Seguramente volveremos dentro de un rato...

Y le entregó una moneda.

—Muchas gracias. Vuelvan cuando lo deseen.

—Que usted lo pase bien. No hace falta que nos acompañe, ya le cerraremos nosotros el portal. Vamos, muchachos.

Y los tres desaparecieron en un instante. La muchacha sentía que la moneda se le iba calentando dentro de la mano cerrada. La abrió y se quedó boquiabierta: ¡era una peseta! Se echó a temblar mientras veía por entre las cortinillas de la ventana cómo el hombre despedía a los dos muchachos, llamaba a la portezuela del faetón, la abría y, con agilidad inesperada, se metía en él. Unos segundos más tarde, la calle estaba de nuevo vacía.

Dentro del carruaje, un agradable olor a cuero lo llenaba todo. Nada más entrar, el hombre con cara de rata se sentó junto a Rafael Escorrigüela. El chico daba pena, descalzo y en ropa interior, medio tumbado en el asiento y con un ataque de tos. Enfrente, una dama lo observaba sin demasiado interés. El hombre de la cara de rata levantó a Rafael por el pecho cogiéndolo por la camiseta y lo sentó derecho, como si fuera un muñeco. Cuando comprobó que el joven se recuperaba, miró a la dama y adoptó una actitud como de espera.

No hacía ni cinco minutos que Rafael Escorrigüela había oído cómo alguien abría la puerta de su cuarto. Sin saber si era un sueño o la realidad, un instante después sintió como si una bomba le estallase dentro del cerebro y perdió el sentido. Soñó que el señor Gatell se desquitaba de su traición de las maneras más terribles y sofisticadas. Y ahora no quería abrir del todo los ojos porque estaba aterrorizado. El dolor de cabeza le producía náuseas. Se palpó y se encontró con un chichón de considerables dimensiones en medio de la raya. Miró a un lado y se encontró con un hombre que tenía cara de rata. Miró delante y...

—¡Usted!

—Cuánto tiempo sin vernos, ¿eh, Rafael? No pongas esa cara, hombre, a mi edad apenas se duerme. Ten, tápate un poco, que vas a coger frío. Antes de nada, perdona por el porrazo; los muchachos no estaban seguros de que quisieras venir voluntariamente, y no teníamos todo el tiempo del mundo. Es agradable esa fonda, ¿verdad? Mucho mejor que la anterior... La Pensión de Francia, se llamaba, en la calle Bergara...

Para Rafael Escorrigüela decir que aquello era una pesadilla era decir demasiado poco. Se incorporó y el dolor de cabeza se hizo aún más terrible. Notó que los dientes le castañeteaban por el frío y el miedo. Miquela Gambús era tan implacable como años atrás. Al mencionar el nombre de la anterior pensión le daba a entender que lo sabía todo sobre él. Se envolvió con una manta; tenía ganas de llorar. La mujer ni siquiera le miraba.

—Tengo entendido que las cosas te van bastante bien.

El muchacho observó de reojo al hombre con cara de rata y, aun sabiendo que sería del todo inútil, hizo un intento:

—No sé por qué lo dice, he perdido el trabajo.

—¿El trabajo? Ah, sí, el otro día de buena mañana, un rato antes de que tú llegases, tuve una conversación muy interesante con el señor Gatell. —Un escalofrío recorrió el espinazo de Rafael Escorrigüela—. Un hombre práctico y razonable, aunque más susceptible de lo que aparenta. Eres tan burro como siempre, Rafael; no deberías haberlo infravalorado. Tenía decidido solucionar tu problema de una manera, digamos, drástica.

El muchacho se atrevió a susurrar:

—No me lo pareció.

—¡No me contradigas! Le ofrecí mil duros por tu pellejo. Hicimos una apuesta. Como él no pensaba pagarte ni cinco céntimos y yo no quería aumentar mi oferta, quedamos en que si cerrabais el precio del chantaje en mil duros o menos, eras mío, y si subía de esta cantidad, eras suyo. ¿Qué te parece?

—Le saqué mil duros y unos binoculares.

—¿Ah, sí? Qué cosas. Es curioso, esos binoculares habrían podido ser tu condena a muerte. ¿Lo ves?, en el fondo Gatell es un buen hombre. Pero no te hagas ilusiones. Quiero que me respondas a un par de preguntas. Si no lo haces satisfactoriamente, el final que te espera no será mucho mejor que el que te reservaba el señor Gatell. ¿Por qué has estado siguiendo a mi hijo y por encargo de quién?

—Yo no he hecho eso.

—Rafael, no te lo voy a repetir.

—Se lo juro, doña Miquela. Por lo que más quiera. Descubrí por casualidad que ustedes se habían instalado en Barcelona. Se me ocurrió que Demi podría ayudarme a salir adelante. Y más aún ahora que…

—Que te habías procurado un capitalito, ¿eh? No me lo creo, Rafael. Y no me torees. ¿Para quién trabajas?

—Para nadie, se lo juro. Sólo quería disponer del máximo de información para cuando nos encontrásemos y le plantease algún negocio.

Miquela Gambús le hizo una señal al hombre de cara de rata y éste sonrió. En un abrir y cerrar de ojos, Rafael Escorrigüela sintió una navaja apoyada en su garganta. Volvió a llorar.

—Es la verdad...

Miquela Gambús le hizo otra señal y el hombre de cara de rata guardó el arma.

—Tan llorica como siempre —dijo, y esperó unos segundos a que el muchacho se recuperase—. ¡Ya basta! Muy bien, Rafael, espiabas a mi hijo sólo como distracción. Entendido. Mientras decido si me lo creo, te diré la segunda razón por la que ahora estás aquí: me interesas tú. Hace diez u once años nos robaste y saliste corriendo. No creas que no me acuerdo. Fue una falta de respeto imperdonable; habría podido cazarte como un conejo, pero no lo hice por tus padres. Tu familia ha sido amiga y fiel colaboradora desde que los Gambús llegaron a Alcagaire. Su fidelidad ha sido siempre desinteresada. Según conviniese, los Gambús hemos aprovechado la lealtad, el buen juicio, la fuerza física, la rapidez, el coraje y la inteligencia de los tuyos. Han puesto a nuestro servicio, más que en su propio beneficio, todas sus habilidades. Así, han llevado a cabo a nuestro lado infinidad de tareas, desde la vigilancia a la administración, desde la caza a la compañía y al servicio doméstico. Siempre serios, respetuosos, discretos y, cuando ha sido necesario, valientes. Tu padre, a pesar de su juventud, fue un buen consejero para el mío. La tuya es una familia de gente trabajadora y tenaz, pero por encima de todo fiel...

—Acaba de hacer la descripción de un perro —murmuró Rafael.

—¿Cómo dices? —La mujer ni siquiera se detuvo para aclararlo y continuó—: Tu padre murió junto al mío, por fidelidad. Tú ya te habías marchado. Ni siquiera volviste al pueblo para el entierro.

—No supe que había muerto hasta dos años más tarde. Era un hombre fuerte como un roble, a nadie se le habría ocurrido que pudiera morir por una...

Estaba a punto de pronunciar la palabra «tontería», pero Miquela Gambús lo cortó sin contemplaciones.

—Nos robaste y te fuiste. Sólo por eso ya podría hacer que, ahora mismo, don Felip Dalmau, aquí presente, te hiciese migas. Pero no lo voy a hacer. Eso sí, me debes los mil duros que le he pagado a Gatell por ti. Y ésos sí que me los vas a devolver.

—¿Cómo?

—Trabajando para mí. Si lo haces bien, saldarás la deuda rápidamente y ganarás mucho más. Tanto que no necesitarás ir por el mundo haciendo burradas de corto vuelo. Tu trabajo consistirá en estar cerca de Demi. Vuestra antigua amistad y tu poco cerebro ayudarán...

Rafael Escorrigüela, desnudo, helado, humillado e intimidado por doña Miquela. Como cuando era pequeño. Y ahora le venía con lo de la antigua amistad... Estaba hundido en el asiento, con el rostro abatido y los dientes que volvían a repicarle como castañuelas dentro de la boca. La mujer, sin embargo, deseaba concluir:

—Quiero que vigiles a mi hijo para protegerlo. No debe pasarle nada. Es un momento delicado, tengo ganas de retirarme y volver a Alcagaire para quedarme allí. La seguridad de Demi es ahora lo más importante.

—¿Es que acaso ha recibido amenazas?

—No, no ha recibido nada. No pasa nada. Y quiero que siga siendo así. Pero últimamente se comporta de un modo muy extraño. Está invirtiendo mucho dinero y no sé en qué ni para qué. Se lo he preguntado y no quiere contarme nada, dice que es una sorpresa. Quiero saberlo, Rafael, ¿lo entiendes? No es que desconfíe de él, pero tengo miedo de que se haya metido en un lío demasiado gordo y quiero estar preparada para ayudarlo si es preciso. Sobre la base de vuestra antigua amistad, pídele que te ayude, intenta recuperar su confianza. No te resultará difícil conseguirlo. Cuando huiste como una rata de Alcagaire, te puedo garantizar que lo lamentó mucho. Y ten en cuenta sobre todo que cualquier información, por pequeña que sea, deberás comunicármela inmediatamente. Míralo desde un punto de vista positivo: sírveme bien y vivirás bien. Para empezar he hecho que te preparen un piso, sólo para ti, en la zona nueva, en el Ensanche. Es nuevo y grande, con molduras y relieves pintados, equipado con electricidad, gas y ascensor. Espero que te guste. Quiero que te encuentres bien en él y puedas llevar allí a mi hijo. Es necesario que crea que eres un pequeño inversor en horas bajas. Por ahora puedes conservar el dinero de Gatell, que en realidad es mío. Ya te lo iré descontando. Me parece que es un buen trato.

—¿Durante cuánto tiempo tendré que vigilarlo?

La mujer no respondió, apartó la cortinilla y miró fuera. El coche estaba subiendo por el paseo de Gràcia. El ayuntamiento había instalado focos eléctricos en la gran calzada medianera para que los carruajes pudiesen circular con luz, y había suprimido las farolas de gas de los paseos laterales. Había economizado, pero ahora las aceras quedaban oscuras y la parte central demasiado iluminada. Por esa razón, Miquela Gambús sólo pudo entrever el escaparate de Le Chic Parisien. Presumían de importar las blusas directamente de la casa Worth de París. Las recibía en su casa cada seis meses. Hacía ocho años que adquiría las blusas en Le Chic Parisien, y nunca había ido a la tienda. Compraba blusas nuevas y regalaba las viejas. Un poco a su pesar, se dio cuenta de que la invadía un sentimiento de vaga satisfacción. Se estaba bien de madrugada. No se oía nada, salvo el ruido del coche, y no había nadie por la calle. He aquí Barcelona, en el triunfo diario de sus noches cotidianas: conseguir ser mucho sin ser nada. No era la más grande, no era la más culta, no era la más rica, no era capital de ninguna parte... Pero allí estaba. Desde hacía más de dos mil años.

En el interior del coche, Rafael Escorrigüela continuaba mirándola casi desafiante. Se sintió cansada. Suspiró; el problema de aquel joven seguía siendo su dejadez moral y su irritante idiotez, ya presentes en su época infantil y adolescente.

—¿Te acuerdas de nuestra divisa? Orgullo de familia: el país es una mierda, la familia es grande.

Desde luego que se acordaba. Con los Gambús, todo; contra ellos, nada, salvo la muerte. Tenía muy presente en su memoria uno de los hechos de su adolescencia. Los Gambús le pidieron a uno de los vecinos del pueblo que se confesase autor de un asesinato con la promesa de que un juez amigo lo absolvería por enajenado mental. Si lo hacía, lo considerarían un favor personal. Llegó el juicio y, como era de esperar, un médico declaró que el acusado era idiota. Pero coincidió que los hechos se produjeron en uno de aquellos momentos regeneracionistas de finales de siglo y las autoridades resolvieron que había que dar ejemplo. No tomaron en consideración el dictamen, cambiaron de juez y, basándose en la autoconfesión, lo declararon culpable. Los Gambús obligaron al párroco de Alcagaire a dirigirse a la justicia para afirmar que aquel hombre era inocente, que el verdadero asesino se lo había confesado. Pero no sirvió de nada: el nuevo juez, aun a sabiendas de que el cura no se lo diría porque se lo impedía el secreto de confesión, exigió un nombre. El sacerdote, desesperado, suplicó al acusado que si no quería confesar la verdad, al menos se declarase inocente, con lo cual se alargaría el proceso. Sin embargo, él se negó; sabía que si lo hacía, iba a morir igualmente a manos de los Gambús. Con el agravante de que, tildado de bocazas y delator, se ensañarían con su futura viuda y sus hijos. Fue condenado a muerte y ejecutado. Así estaban entonces las cosas.

¡Tenía que escapar! ¡Sí! ¡Podía largarse al día siguiente por la mañana en el primer tren y con los mil duros! ¡La pillaría desprevenida y no lo encontraría jamás! Podía huir a París y empezar una nueva vida. Con el dinero podría iniciar algún pequeño negocio... Sí, engañaría a aquella vieja mierdosa.

Giró la cabeza y se encontró con la mujer, que lo observaba con sus ojos implacables. Tuvo la sensación de que le estaba leyendo el pensamiento y nuevamente volvió a sentir miedo.

—La suerte se acaba tarde o temprano, Rafael. Además, sólo te necesito unos cuantos meses. Pienso dar una gran recepción para anunciar que me retiro, que regreso a Alcagaire y que Demi pasa a ser el jefe de familia. Será a finales de julio. Todos estos movimientos extraños de mi hijo estoy segura de que están relacionados con mi jubilación. Por lo tanto, para bien o para mal, a finales de julio se habrá acabado todo. Haz bien el trabajo que te he encomendado durante todo este tiempo y serás libre. No es tanto. Piénsalo: libre... y habiendo ganado una buena cantidad de dinero.

El muchacho le devolvió la mirada con cierta resignación y sacudió afirmativamente la cabeza: hasta julio faltaban cuatro meses. Cuatro meses haciendo de perro. Sus padres habían hecho de perro durante toda una vida para el mismo amo. En comparación, cuatro meses y medio no era tanto tiempo, y además pasan muy rápido. Se acordó de todos los refranes relacionados con perros: seguir a alguien todo el día como un perro, estar más contento que un perro con un hueso, morir como un perro, tratar a alguien como un perro, llevar una vida de perros...

Lo habían sacado de la cama a las cinco y cuarto, le habían arreado un porrazo en la cabeza y lo habían metido dentro de un coche, descalzo y desnudo, sin ningún miramiento. Y un hombre con cara de rata le había puesto un cuchillo en la garganta. Tenía el cuerpo helado, le goteaba la nariz, y continuamente se sorbía los mocos porque no tenía un triste pañuelo para sonarse.

Desde luego que le vendría bien el trabajo.

Cuatro meses y medio de perro.

Doña Miquela apartó de nuevo la cortinilla. Vio un paso a nivel con cadena y una caseta con su guarda correspondiente. Estaban bajando por la calle Balmes, cerca del muro exterior del Seminario. Hizo una indicación al cochero. Al cabo de un cuarto de hora volvían a estar ante el portal de la Fonda de Viajeros La Paz.

—Rafael, el señor Dalmau, Felip Dalmau —dijo con desgana la mujer— será tu hombre para contactar conmigo. Cualquier cosa que tengas que decirme, se la cuentas primero a él. Si todo va bien, es probable que no nos volvamos a ver.

Y del mismo modo en que se lo habían llevado de la fonda sin que nadie lo advirtiese, lo dejaron nuevamente en su habitación. Cinco minutos más tarde Rafael Escorrigüela volvía a estar acostado en su cama. Humillado, maltrecho y con el orgullo por el suelo, aunque íntegro.

Así pues, todo controlado. Todo en orden. Y mientras intentaba en vano volver a coger el sueño, abajo, en el comedor, un par de operarios de la industria de la forja del hierro desayunaban bajo la luz de una vela. Tenían ante sí dos tazones de café con leche hirviendo y una enorme tostada de pan rústico, empapada de vino caliente, para cada uno. Y la muchacha, que desde bien temprano ya se había ganado la propina de toda la semana, siendo como era muy sufridora, le daba vueltas a la manera de decírselo a su padre para que no se fuese a creer que la había ganado de un modo deshonesto.

Todo controlado, pues. Todo en orden.

Miquela Gambús, en su habitación, oyó dar las seis, completamente despierta. Yacía sobre la cama. Sabía que no podría dormirse. Echaba de menos su cama del pueblo, ancha, altísima, y con dosel de seda blanca. Ésta de Barcelona, pese a ser de matrimonio, sólo tenía seis palmos y le era insuficiente. Se levantó y se sentó al tocador. Encendió las dos tulipas blancas que flanqueaban el espejo y se miró. Tal como le pasaba a menudo, la asaltaban los recuerdos. Rafael Escorrigüela le había removido el pasado. Llenó la palangana con el agua de la jarra y se humedeció un poco la cara. Tomó el cepillo de mango de plata y se dispuso a cepillarse el pelo. Cerraba los ojos y volvían los viejos tiempos.

Cuando llegó el momento, es decir, cuando su padre lo creyó oportuno, empezaron a buscarle marido. Para que se realizara como mujer y, sobre todo, para que diese continuidad a la estirpe. Habría podido encontrar un buen puñado de pretendientes entre alguna de las mejores familias de Cataluña, pero precisamente eso era lo que no le interesaba a Miquel Gambús II *el Mierda*. Decía: «En nuestra casa no somos de los que pierden el culo por emparentar, pongamos por caso, con los reyes de España. La base de nuestra prosperidad es la discreción.»

De hecho, no se privaba de comunicárselo a quien fuera: «Si por mí fuese, lo ideal sería que yernos, nueras y toda esa recua de parientes sobrevenidos llegasen, hiciesen o parieran unos cuantos herederos y se largaran. Eso sí, pagando, ¿eh? Pagando lo que hubiera que pagar.»

La tarea de encontrar pretendiente para la heredera corrió a cargo sobre todo de su tío abuelo Deogràcies Gambús, hermano de su abuelo paterno, que arrimó el ascua a su sardina y propuso la candidatura de un sobrino suyo, originario como él de Francia. Vivía en Perpiñán y hasta chapurreaba el catalán. Su familia no disponía de fortuna y el candidato tendía más hacia el arte que hacia los negocios, para los que carecía de ambición. Pero como se lo quería sólo como semental y la norma básica de la familia era, tal como se ha dicho, la discreción, se dio permiso para que los dos jóvenes se conocieran. Se llamaba Gil Florensa, era un estudioso del arte, de la oratoria y pianista. Y había nacido el mismo año que Miquela Gambús.

Los presuntos novios se vieron por primera vez a mediados de diciembre de 1865. Toda la familia de él fue a pasar las fiestas en Alcagaire, invitada por los Gambús. Pasearon, salieron de excursión, escucharon música, bailaron, conversaron... Ambos eran muy jóvenes. Cuando acabaron las fiestas, los dos novios ya se habían prometido en secreto. A requerimiento de su padre, ella, según parece, le confesó que lo había encontrado guapo, simpático, bueno, inteligente y, por encima de todo, adecuado.

Algunos consejeros de la familia, siempre recelosos, no veían con buenos ojos la llegada de un gabacho, desconocedor de las costumbres de la tierra y, sobre todo, de la familia. Un francés que, como era habitual, sería egoísta y desconsiderado.

Pero con la ayuda de su tío abuelo, la voluntad de la joven, que se había enamorado perdidamente, consiguió imponerse. Todas las dudas se despejaron cuando el patriarca, Miquel Gambús II *el Mierda*, dio un puñetazo en la mesa y exclamó: «Qué cojones, también mi padre vino de Francia. Además, esta gente es de Perpiñán, casi más catalanes que franceses se podría decir.»

Eso sí, antes de seguir adelante, le advirtió muy en serio a su hija que, para evitar problemas futuros, el presunto novio debía saber a qué clase de familia iba a ir a parar. Si no con claridad meridiana, que tuviese al menos una ligera idea. Luego no quería quejas.

Una vez que le explicaron de dónde venían los millones y el poder de la familia Gambús, Gil Florensa respondió magníficamente. Citó a los clásicos: «Según la oratoria del espartano Licurgo, hay hurtos que se llevan a cabo con el único fin de agudizar el ingenio de la humanidad. ¿Quién podría condenarlos? Yo no, desde luego. En tiempos de los grandes Luises, reyes de Francia, no era ningún deshonor hacer trampas en el juego. Y hoy en día, no faltan hombres de bien que, diciendo que han hecho una "buena compra", quieren dar a entender que han engañado al vendedor. ¿Quién soy yo, pues, con estos precedentes, para juzgar...?» «Basta, basta», cortó el patriarca, emocionado.

La boda fue muy lucida. La luna de miel de tres meses

los llevó a París y a Londres, tal como se estilaba en aquel tiempo. Y después, la nueva vida en Alcagaire, ocupando el antiguo palacio de los barones del pueblo. Él tocaba el piano hasta muy tarde, hasta la madrugada. Y estudiaba, compraba obras de arte, invertía en valores y llevaba la administración de la casa. Ella se levantaba muy temprano para aprender el arte de su padre y se acostaba pronto. De vez en cuando tenía que ausentarse por unos días. Al poco tiempo, las malas lenguas murmuraban que así no llegaría nunca ningún heredero.

Craso error, porque a pesar de los conciertos nocturnos del uno y los madrugones de la otra, exactamente al cabo de nueve meses llegó al mundo el primer hijo, Miquel-Deogràcies, de salud frágil y poco vigoroso, que murió al mes y medio. Dos embarazos más en cinco años, ambos frustrados, demostraron que el joven esposo, pese a todo, estaba por la labor y tenía claro para qué estaba allí. Pero el abuelo, el patriarca Gambús, estaba cada vez más nervioso. Y cuando todo parecía indicar que Gil Florensa y su piano tenían los días contados, se produjo el milagro. Doce años después, en 1879, llegó al mundo el pequeño Deogràcies-Miquel. Y con muchas ganas de vivir. Lo primero que hizo Miquel Gambús II fue cambiar el orden de los apellidos del recién nacido. Ya que su hija paría machos, que al menos fuesen capaces de transmitir el apellido. El padre, Gil Florensa, afable, nada empalagoso, sin el carácter duro y cortante que afeaba el comportamiento de la indómita jovencita que había elegido por esposa, no se opuso. Bastante contento estaba con haber podido conservar el pellejo y el piano. Siguió con sus conciertos, comprando obras de arte, invirtiendo capital en la compra de acciones de remotas empresas de lejanos países y queriendo mucho a su mujer. Y además, conservando el respeto de su suegro, que a medida que iban pasando los años veía cómo aquel alfeñique que se había casado con su hija no sólo se ganaba bien la vida sin salir de casa y sin dejar de tocar el piano, sino que, además, no se metía en lo más mínimo en las actividades de la familia.

Miquela lamentó tanto la muerte de Gil... Tenía tan sólo treinta y cinco años... Habían pasado juntos catorce. Si el amor existía, lo que había sentido por su marido debía de acercarse bastante. Quedaba tan lejos todo eso... le parecía otra vida.

De pronto llamaron a la puerta de la habitación.

—Madre, he visto luz. ¿Es que no se encuentra bien?

—Sí, mejor que nunca. Entra, quiero decirte algo.

Demi Gambús entró en el cuarto y se asustó: ¡encontró a su madre con una sonrisa en los labios!

La vieja lo invitó a sentarse a su lado y le dijo tranquilamente:

—No te preocupes, es que pensaba en tu padre. ¿A que no te imaginas a quién me he encontrado hoy por la calle? A Rafael.

—¿A quién?

—A Rafael Escorrigüela. No disimules, sabes perfectamente de quién te estoy hablando.

—¿Rafael el de Alcagaire?

—El mismo. No parece que le vayan demasiado bien las cosas. Le he dicho que venga a verte, que tal vez podrías echarle una mano.

Turbado aún porque la había visto sonreír, Demi Gambús no cayó en la cuenta de que ella, como él, como todos los Gambús, por más tiempo que pasase, ni perdonaba ni olvidaba. ¿A cuento de qué venía entonces hacer una excepción con Rafael Escorrigüela?

Demi obedecía a su madre y además acababa de verla sonreír. Así que, fuera preocupaciones. Una licencia de vez en cuando no hacía ningún daño. Los higienistas decían que era bueno para el corazón y para la circulación de la sangre.

Que viniera Rafael, ¿por qué no? De pequeños, Rafael y él eran uña y carne...

16

Para muchos ciudadanos de Barcelona, el sábado 2 de mayo de 1909 sería el día en que míster MacDermott, un sabio norteamericano de paso por la ciudad, daría comienzo a la exhibición de uno de sus experimentos científicos. Éste consistía en ser emparedado durante un mes entero sin comer y siempre a la vista del público. El cartel lo anunciaba bien claro: sería a las nueve de la noche, en el escaparate de una tienda del número 20 de la calle de Santa Anna. Para dar fe del acontecimiento asistirían numerosas personalidades médicas, autoridades civiles y eclesiásticas y algunos representantes de la prensa. Asimismo, para la mayoría de barceloneses, aquel sábado sería también la vigilia de las elecciones municipales y el día siguiente de los actos reivindicativos propios de la jornada del primero de mayo.

Y para un ciudadano de Barcelona en concreto como Eustaqui Guillaumet, aunque fuera adoptivo, aquellas tres circunstancias que tendrían lugar dentro de diez días sólo significaban una cosa: mucho papel que recoger. Al centenar largo de avisos que se habían pegado en las paredes llamando a los barceloneses a ver cómo míster MacDermott era emparedado, se añadían los centenares de pasquines que incitaban a los obreros a celebrar el primero de mayo y el montón de carteles de los partidos políticos pidiendo el voto para el día 3. Pilas y pilas de papel. Montañas de papel del bueno tirado por los suelos o agonizando en las paredes, lo mismo daba.

Con la ayuda de Tomàs Capdebrau y del loro, tras la última función de noche, salieron a recoger todo el papel posible. Lo más lógico era esperar a que los tres eventos hubiesen pasado. Pero Eustaqui Guillaumet ya había aprendido un puñado de cosas sobre Barcelona. Y una era que había mucha miseria y que aquel papel tendría muchos pretendientes, hambrientos y con muy mala uva. Ahora, unos días antes, de madrugada, sólo hacía falta ir con un poco de cuidado. Papel había de sobra. Y con el que recogerían de las paredes más oscuras y apartadas ya tenían bastante. Porque, además, la campaña electoral era muy dura: tras la desaparición de Solidaridad Catalana, los lerrouxistas presentaban las elecciones como una lucha a muerte entre ellos y la Liga. Contra éstos, los republicanos catalanistas. Y contra todos, los ultraconservadores del Comité de Defensa Social. Y todos se enfadaban si veían a alguien arrancando sus carteles. Al principio, a Eustaqui Guillaumet no le llegaba la camisa al cuerpo. Miraba a derecha e izquierda, arrancaba o recogía y para el carro, como si estuviese robando. Cuando había recogido lo suficiente, hacía paquetes con el papel y los ataba con cuerda. Todo ello en compañía de un perturbado mental y de un loro, lo cual tenía mucho mérito. Utilizaba a Tomàs Capdebrau como pisapapeles gigante. Lo hacía tumbarse con los brazos en cruz y las piernas abiertas sobre los paquetes de papel. De este modo se ahorraba el tener que cubrir el papel con una lona y así todo iba más rápido. No era la primera vez que lo hacía. Había días en que la gente se volvía o se detenía para mirarlos porque a Tomàs frecuentemente le daba por ponerse a cantar zarzuela. Tendido sobre los papeles, no se lo veía, sólo sobresalía la cabeza del loro, y daba la impresión de que era el animal el que cantaba. El efecto era tan real que hasta una vieja dama, desde la tribuna de un principal, en el Ensanche, los hizo parar y les echó unas monedas.

Mientras recogía el papel, Eustaqui Guillaumet le daba vueltas al asunto que tenía pendiente con su ama, Nonnita Serrallac. Hacía casi un mes de la conversación en su casa y no había vuelto a hacerle ningún comentario. Es cierto que había estado enferma. El embarazo empezaba a pasarle factura y había tenido que guardar cama durante unos cuantos días. En cualquier caso, él no había dejado de cumplir las órdenes recibidas: seguir siempre que pudiese a aquel señorito de casa bien que la había hecho tan desgraciada. En una ocasión lo reconoció entre el montón de gente que entraba al Soriano. Otra vez lo vio cómo, acompañado de una dama, se metía en el Gayarre, uno de los locales de más baja estofa del Paralelo. Fue tras él y también entró. El Gayarre, que prometía *varietés* de primer orden y lujo asiático, era una especie de cueva inmunda y poco ventilada. No había estado allí nunca, pese a estar a lado del Soriano. En seguida se dio cuenta de por qué era tan popular: reventaba los precios y ofrecía los espectáculos más apolillados y ridículos en diez kilómetros a la redonda. Las coristas, que respondían a nombres como «Veracruz», «la Granadina», «la Ricitos», «Esmeralda», «la Lunarcitos», «la Criollita», «Bella Crisantema», etc., salían al escenario todas juntas. Aunque más que juntas, revueltas, ya que pocos segundos después de salir eran incapaces de cantar y bailar sincronizadas. El público, feroz, vociferante, acompañaba en voz alta las canciones del escenario e incitaba a las muchachas a bajar. Se quedó tan impresionado con lo que vio que, al cabo de cinco minutos, ya no se acordaba de lo que había ido a hacer allí. Una de las artistas se atrevió a abandonar la seguridad del proscenio para cantar *La pulga* entre el público. Fue tragada por una masa informe de manos y gorras. La humedad del sudor en el ambiente casi destilaba desde el techo gota a gota, el jaleo era fenomenal. Eustaqui levantaba la cabeza y no divisaba a la chica, que no fue regurgitada por la gente hasta que le hubieron sacado todo el jugo. La pobre desgraciada volvió al escenario desnuda, magullada, tambaleándose y tosiendo. Era el público más tirado de Barcelona. Una de las chicas, la llamada «Bella Crisantema», fue a caerle a Eustaqui entre los brazos en uno de esos improvisados amontonamientos de carne. Se alteró tanto que le faltaron manos para tocar. Cuando todo se calmó miró a su alrededor y se dio cuenta de que aquel a quien tenía que vigilar había volado. Se dijo para sí que mejor, y se marchó a «La Bilbaína», en la calle de Santa Mònica, a relajarse un poco.

Y es que de un tiempo a esta parte, Eustaqui Guillaumet se había convertido en todo un veterano en esas cuestiones. Y en muchas otras.

Cuando tuvo ocasión de explicarle a Nonnita Serrallac cómo habían ido sus pesquisas, la muchacha se puso muy contenta. Le insistió: «¿Estás seguro de que pasea siempre solo?» Y él: «Siempre no, señora. A veces va con un amigo, cenan, y luego se divierten. También se hace acompañar por alguna dama, que no siempre es la misma. Muchas noches se deja caer por el Paralelo. Más que disfrazarse, cambia un poco su atuendo para no llamar demasiado la atención.»

Sin embargo, la muchacha le insistía: «¿Estás seguro de que los que lo acompañan son amigos suyos?» Y entonces Eustaqui forzaba la memoria: «Si lo que quiere decir es que si va protegido por algún sirviente, me parece que no.» Y ella: «¿Te parece que va armado?» Eustaqui no supo darle una respuesta. Eran épocas duras. En Barcelona mucha gente iba armada, con navajas e incluso con pistolas. A menudo había desgracias. Y aquel señorito, ¿iba armado? No tenía la menor idea.

Nonnita le dijo que no se preocupara y que continuase vigilando. Lo abrazó y le dio las gracias: «Eustaqui, se acerca la hora de la verdad: tenemos la caña a punto; el cebo está preparado y sólo falta colocar el anzuelo. Tengo tantas ganas...»

Con el carro lleno de papel, volvían al teatro cansados y derrotados. Un señorito muy elegante que, borracho, volvía de alguna juerga, señaló con la mirada perdida la carga de papeles mientras orinaba en una de las ruedas y dijo: «Las elecciones tienen eso: son sucias.» Eructó y continuó paseo de Gràcia arriba. Ya le parecía bien que un detritus ciudadano de color lila como aquél limpiase las fachadas o el suelo de las aceras.

Hicieron caso omiso y reemprendieron el camino hacia casa. Se cruzaron con patrullas armadas y a caballo de la Guardia Civil, tan cansadas y derrotadas como ellos, que se recogían en sus cuarteles tras haber estado en alerta para prevenir altercados durante todas aquellas jornadas previas a las elecciones.

Eustaqui desenganchó la mula y la llevó al lavadero. Metió la cabeza en el agua y la dejó allí hasta que tuvo que sacarla para respirar. Hundió de nuevo la cabeza, volvió a sacarla y se secó con una toalla. Tomàs le prestó su peine. Eustaqui se peinó hacia atrás, con el pelo tan aplastado y estirado que se le quedó cara de conejo. Si podía, le gustaba irse a dormir fresco y peinado. Miró al cielo: hacía una noche magnífica. Las cosas iban bien, desde luego que sí. Él y Tomàs Capdebrau tomaron una cena frugal a base de pan, arenques y un poco de vino. El loro *Trinitat* daba cabezadas sobre la mula. Pronto amanecería. No importaba. Tranquilos, se echaron a dormir.

Y como tantas otras veces, Eustaqui tuvo un sueño absurdo por poco original. Soñó que se ponía el traje de fantasía del teatro, el sombrero de lentejuelas y se iba hacia la puerta para empezar a calentar a la gente de cara a la siguiente sesión. Cogía el altavoz, se situaba junto al organillo y comenzaba la serenata. ¡El organillo y los autómatas del Soriano en marcha! ¡Como cada tarde y cada noche! «¡Señoras y señores! "Con quince, con quince luché yo solo en Zamora y a los quince los gané" ¡Eso es lo que decía el Cid, señoras y señores! ¡Y en el Soriano, para no ser menos, luchamos contra treinta teatros y a todos les quitamos el público! ¡Porque no hay nadie en toda Europa que pueda presentar un espectáculo similar: además de los Perezoff, las cuatro hermosas Rubis y Clément de Lyon, hoy, por primera vez en España, directamente de Londres, debut del inventor Noiset con su moto-aeroplano! ¡Arriesgados ejercicios sobre un tablón diabólico, que gira con un motor eléctrico de seis caballos de potencia!»

Entonces se despertaba y tenía que darse prisa, porque le tocaba repetir casi punto por punto lo que había soñado. Y lo hacía perfectamente, como si lo hubiese ensayado. Eustaqui Guillaumet era el único hombre del mundo que soñaba la realidad.

17

Pese a estar a finales de abril hacía fresco y lloviznaba. Había movimiento, era la hora de ir a comer. Un joven mendigo negro sin brazos estaba sentado en el escalón de entrada al Grand Restaurant de France y bloqueaba la puerta. A sus pies, una gorra blanca de hilo con algunas monedas dentro. No extendía la mano porque no tenía. Con una voz ronca, rota como el sonido de un serrucho, recitaba en un perfecto castellano: «Soy ciudadano español de Guinea, de nombre Lucindo, tengo esposa española en Fernando Poo y tres hijos españoles mulatos. He tenido un accidente. Una ayuda para volver a casa...» Tres adolescentes con bata escolar pasaron a su lado y se rieron. Deogràcies-Miquel Gambús se detuvo ante él. El mendigo no le provocaba ninguna inquietud, no era más que un pordiosero sin brazos. Pero quería entrar en el restaurante y aquélla no dejaba de ser una situación incómoda. Por otra parte, aunque quisiera no podría darle nada; nunca llevaba dinero encima. Era una de las ventajas de ser rico, que no le hacía falta. El negro lo miraba intensamente, aunque sin agresividad, desde sus ojazos blanquecinos, hinchados y brillantes como una bola de billar. Ahora se había puesto a cantar una canción de ecos africanos y la gente que pasaba se lo quedaba mirando. Demi Gambús, de repente aburrido, apartó al negro de un empujón y se metió dentro.

El calor del local lo invadió de pies a cabeza y le provocó un estremecimiento de bienestar. Cruzó el recibidor, que disponía de un par de butacas por si alguien debía esperar, y entró en el comedor, repleto de mesas alineadas y ya bastante lleno. El ambiente estaba cargado de una mezcla difusa de aromas. Era un establecimiento bastante selecto, cerca de la plaza Reial, donde solía ir a comer y a utilizar sus reservados, discretos y funcionales. El encargado salió a su encuentro y le indicó que ya lo estaban esperando. Deogràcies-Miquel subió la escalera delante de él y, una vez en el piso, se hizo a un lado para que le abriese una de las tres puertas de los reservados. Le pidió unos mejillones al vapor, una botella de vino blanco con dos copas, y entró. El saloncito, con buena temperatura gracias a una estufa cuya chimenea salía por la ventana, invitaba a estar allí. Su asesor financiero ya había llegado, se llamaba Bartomeu Gatius y trabajaba para la familia desde que se habían instalado en Barcelona. De unos cuarenta años, lleno de cara, boca pequeña medio tapada por el bigote, pese a su imagen exterior una pizca nerviosa —sudaba mucho, tanto en invierno como en verano—, era un elemento eficaz. Demi Gambús tenía cada vez menos tiempo y le había encargado que investigase acerca de los últimos inventos: teléfono, producción cinematográfica, aeronáutica... De las novedades que el progreso llevaba a Barcelona, forzosamente tendría que haber alguna que, a medio plazo, acabase por cristalizar en importantes propuestas industriales. Y él no descartaba la posibilidad de hincarle el diente para pasar su prueba de fuego.

Aquel mediodía, Bartomeu Gatius debía presentar su informe sobre la cinematografía. Al futuro heredero de casa Gambús no le había pasado inadvertido que el cine, pese a ser reciente, ya movilizaba grandes muchedumbres.

A él lo dejaba indiferente; le gustaban más las variedades del Paralelo, pero el fenómeno llamaba verdaderamente la atención. Lanzó los guantes y el sombrero sobre la mesa y, quitándose el abrigo, le indicó a su asesor que comenzase la exposición. Gatius tomó un sorbo de agua, se ajustó las gafas, cogió unos pliegos de papel con abundancia de diagramas y se puso a ello:

—Los inventores son unos retratistas franceses de Lyon, la casa Lumière, de prestigio internacional. Hemos contactado con ellos y opinan que el cinematógrafo será una moda efímera. No cabe duda de que el efecto de la luz proyectándose contra una sábana es hipnótico y que la gente se queda embobada. Pero según su opinión, cuando pase la novedad, no creen que vaya a resultar un negocio serio. Por un lado está el cine hecho de cuadros escénicos y por otro el de cuadros documentales. En el primer caso, las escenas son expresamente representadas, como si fuera una función de teatro. Y a menudo, además del personal y la realización de decorados pintados, es necesario alquilar una casa o un bosque por el que discurra un riachuelo o haya una fuente. Ni que decir tiene que todo eso cuesta un dineral.

Llamaron a la puerta y entró el encargado que, muy ceremonioso, llevaba personalmente la aromática cazuelita de mejillones al vapor. Tras él, un camarero dejó una cubitera con hielo picado que contenía la botella de vino. Llenaron las dos copas y se fueron. Seguidamente, Demi Gambús tomó una y obligó a su colaborador a beber con él.

—¡Por el éxito de nuestra empresa!

Tras el brindis, vació su copa de un trago y se la llenó de nuevo. Gatius apenas se humedeció los labios. Prosiguió:

—La cosa no mejora si cogemos la modalidad de los cuadros documentales. Para que se haga una idea, hace un año y medio, para filmar la visita de Guillermo II a la corte de Inglaterra, once retratistas de la casa Raleigh ocuparon diferentes puntos del recorrido de la comitiva regia. Cada uno filmaba su tramo y diversos automóviles, especialmente dispuestos para ese fin, llevaban rápidamente los negativos al laboratorio de Londres. Cuatro horas más tarde, las imágenes ya eran vistas por su clientela de aquella capital. Y no sólo eso, en el primer tren de la mañana salían los primeros cincuenta ejemplares hacia París. Carísimo. La misma casa envió a África una expedición que duró dos años. Sólo para transportar el material se necesitaron cuarenta indígenas.

—Cuarenta son muchos indígenas —dijo, distraído, Demi Gambús.

El asesor lo observó para ver si se estaba burlando de él, pero no pudo averiguarlo. La mente del joven Demi Gambús divagaba, observaba el vapor que surgía de la cazuelita, retorciéndose hacia arriba. Qué cosa tan curiosa, los mejillones; algo tan sencillo y a la vez tan sabroso, pensó mientras los regaba con un buen chorro de limón.

Recordaba la última vez que había estado en aquel reservado con la viuda Roca. Un estallido de luz venía de la calle y él se levantó y se situó entre la mujer y los rayos del sol. La forzaba así a mirarlo con los ojos medio cerrados, poniéndose la mano en la frente a modo de visera, mientras él la contemplaba con sus ojos de gato. Situado a contraluz, parecía un héroe antiguo, resplandeciente y poderoso... Tomaban ostras y champán. La mujer le decía: «Mire, Demi, hoy en día las mujeres queremos ser libres. Más aún en mi caso, que ya he estado casada.» Y él, juguetón, preguntaba: «¿Es que se me ha hecho sufragista, Merceneta?» Y ella: «¡Dios me libre!» Y él, seductor de pega: «Cuando veo estas ostras pasando por el cedazo de su boca, no se imagina cuánto las envidio.»

Se encontró a su asesor mirándolo fijamente.

—Gatius, vaya terminando, si no le importa.

—Sí, señor —respondió, ligeramente ofendido—. Resumiendo, y volviendo a la opinión de sus inventores, esto del cine es cosa de feriantes, de cómicos, en fin, de poca consistencia. En el Paralelo, las barracas de cine se montan y se desmontan de un día para otro. Las salas se llenan simplemente porque se trata de una manera barata de pasar el tiempo.

—¿Ha llegado a averiguar si hay grandes fortunas en este negocio?

—¿Habla usted en broma?

Demi Gambús ni lo miró. Silenciosamente se concentró en uno de los mejillones, grande y carnoso. Dejó pasar todo un minuto antes de llevárselo a la boca. Luego se levantó, se acercó a Bartomeu Gatius y, a menos de un palmo de su cara, masticando aún el mejillón, agarró su corbata, se la colocó bien y le dijo muy despacio:

—Yo nunca hablo en broma, Gatius, y menos aún sobre estos temas, que me tienen bastante jodido. —Y de repente gritó—: ¿Entendido?

El hombre tuvo que esperar a que Demi Gambús volviese a tomar asiento para quitarse el trocito de mejillón que le había ido a parar en mitad de la frente.

—Es imperdonable... No volverá a pasar.

—¡A lo que íbamos!

—Sí, señor. Usted me preguntaba por la implicación de inversores particulares sólidos y la respuesta es negativa. Los bancos no quieren ni oír hablar de ello. Acaso podríamos encontrar a algún visionario dispuesto a enterrar su dinero en el negocio.

Deogràcies-Miquel Gambús miraba por la ventana a los barceloneses a los que había pillado un chaparrón por sorpresa y no podían protegerse con nada: caminaban a paso vivo por la calle, pero no parecían muy molestos. Se acordó del negro de la puerta. Ya no estaba.

—¿Ha terminado, Gatius?

—Sí, señor.

—Pues ahora siéntese y escuche porque voy a hablar yo.

—Sí, señor.

Mañana de lluvia en la ciudad. Una lluvia risueña, fina y discreta, de esas que no ensucian ni ocultan demasiado la luz del sol y que sólo se dan en Barcelona a finales del invierno o comienzos de la primavera.

—Gatius, su tiempo se ha acabado. Tengo que confesarle que, mientras usted hacía su investigación, yo he hecho otra. Y tengo que reconocer que lo he escuchado por cortesía...

La transformación se produjo en un instante. Gatius, atónito, callaba y escuchaba. Demi Gambús estaba tan excitado que le costaba dominarse. La solución había surgido de la reflexión más simple y sencilla:

—¿No es cierto que debía pasar a la historia de la familia con una personalidad propia? Después de todos estos meses terroríficos de búsqueda he acabado haciéndome la pregunta clave: ¿cuál es la diferencia básica entre mi persona y el resto de los Gambús? Que yo, a diferencia de ellos, soy barcelonés. Si no de nacimiento, sí al menos de residencia y de voluntad, que es lo que cuenta. Barcelona me señalará el camino, marcará mi diferencia...

Fijó la vista en Gatius y continuó:

—Barcelona crece sin parar. ¿Y dónde tiene lugar la operación inmobiliaria más grande de la ciudad? En la Reforma, que supone la demolición de cientos de edificios y calles viejos y su sustitución por un trazado rectilíneo y moderno... La remodelación radical que ha comenzado a hacerse en esta parte antigua de la ciudad comportará la revalorización global de la zona, tanto en lo que respecta a la economía como al comercio y a la sociedad en general. Esta revalorización será grande, muy grande.

Se interrumpió un momento para beber un trago de vino. Bartomeu Gatius, con una cierta vacilación, aprovechó para observar:

—La especulación inmobiliaria fue una de las primeras opciones que desechó...

—¡Cállese! ¿Cuánto hace que ha comenzado la Reforma?

Gatius, cogido por sorpresa, comenzó a pasar informes hasta encontrar lo que buscaba:

—Las obras propiamente dichas fueron inauguradas por su majestad pronto hará un año, señor Gambús, pero hace ya dos o tres que la operación se puso en marcha. Los diversos intereses económicos ya están ahí instalados de manera muy sólida, sobre todo los del Banco Hispano-Colonial, que...

—No me importa si hay intereses instalados o no.

—Pero ¡estamos hablando del Banco Hispano-Colonial! La gente más poderosa de Barcelona está detrás: la casa de Comillas, los herederos del banquero Girona...

—Lo que se instala se puede desinstalar. Y ya está. Y no se me alarme. A ver si lo entiende, Gatius: quedan aún sesenta y una fincas por expropiar. Pues bien, tienen que ser nuestras. ¿Comprende lo que quiero decir? Y del centenar largo que ya han sido expropiadas, tenemos que recuperar el mayor número posible. Aún estamos a tiempo, pero hay que espabilarse. Tenemos que procurar que todo el mundo crea que nuestro interés está ahí, en la Gran Vía A.

«¿Que todo el mundo crea...?» Bartomeu Gatius se quedó boquiabierto. Se había perdido.

—¿Es que no es así?

—No. No nos interesa lo más mínimo. Compraremos tanto suelo de la Reforma como podamos y... no haremos nada con él. Deme ese plano. ¡Y cierre el pico, cojones!

Gatius, casi en estado de *shock*, obedeció al instante. Desplegaron un rollo de papel vegetal sobre la mesa y lo sujetaron con los vasos y los cubiertos. Era un mapa de Barcelona. Podía distinguirse en rojo la perfecta línea recta de la futura Vía Laietana, la actual Gran Vía A: del paseo de Colón hasta la plaza de Urquinaona, cruzando el entramado de callejuelas medievales que debían desaparecer. Demi Gambús cogió un lápiz, lo colocó en el punto donde acababa la línea roja y, a pulso, comenzó a prolongarla en dirección al mar. La hizo pasar por encima del muelle, se desvió un poco para evitar la Barceloneta, se metió en el agua, salió del papel y continuó dibujando sobre la mesa, sobre las servilletas. Cuando finalmente se detuvo, hizo una cruz y lanzó un grito triunfal:

—¡Aquí!

Bartomeu Gatius miraba con ojos como platos la superficie pintada de la mesa.

—¿Dónde?

—¡En mitad del mar, Gatius! ¡Cuando todo el mundo crea que queremos entrar a fondo en el negocio de la Reforma, lo que haremos será poner las bases para la prolongación de la nueva avenida!

Demi Gambús se soltó. La pasión precedía a sus palabras y se embarullaba. Era incapaz de contenerse. Se detuvo para ingerir una píldora de estricnina con un poco de vino. Se acercó a Gatius y le señaló el mar con el dedo.

—Nos meteremos en el mar, con un gran puente en la superficie y un gran túnel submarino para los trenes, igual que el que los americanos quieren hacer en Nueva York. ¿Y sabe adónde irán a parar?

—¿Adónde?

—Al horizonte, Gatius: a la nueva Barcelona, un barrio creado de la nada, artificial. Los banqueros no se habrán dado cuenta y ya habremos edificado una ciudad marina enfocada sobre todo al mundo de los negocios: allí tendrán sus sedes los propios bancos y grandes sociedades, habrá oficinas y despachos, dependencias municipales y estatales, acaso también hospitales y clínicas... Y grandes mansiones de veraneo. El sitio se llamará «Isla Gambús».

»Controlaremos todo lo que se mueva en la Gran Vía A para que los mejores negocios de Barcelona no se generen allí y se deriven hacia la Isla Gambús. Será necesario luchar durante varios años, no nos vamos a engañar, pero al final lo conseguiremos. Gracias a mí, Barcelona volverá a salir en el mapa de Europa.

Bartomeu Gatius no tenía palabras.

—Pero señor Gambús, para poner en marcha un proyecto así es necesario un capital fabuloso; no creo que haya ningún banco catalán o español dispuesto a entrar en una... en una...

—¿Locura? ¿Es eso lo que quiere decir?

—Dios me libre, señor Gambús, desde luego que no... Pero es que ni la monarquía británica podría meterse en algo así sin... Además, está la cuestión de los militares; no darán el permiso por motivos de seguridad.

—Gatius, Gatius... No se asuste, hombre. Hay muchas cosas que usted ignora de la familia. Además, los militares serán los primeros que querrán colaborar en el proyecto. Desde el punto de vista administrativo, la cosa es mucho más fácil de lo que parece porque, en realidad, no estaríamos inventando una isla nueva delante de Barcelona...

Bartomeu Gatius estaba verdaderamente asustado. Era evidente que el joven Gambús había abusado de la estricnina. O de lo que fuese.

—Ah, ¿no?

—¡No! Haríamos reaparecer una antigua. Barcelona ha tenido, en diferentes momentos de su historia, una serie de pequeños cerros unidos a la costa por brazos de arena que se comportaban como una especie de muelles naturales. Con el tiempo, la erosión y las corrientes marinas iban arrastrando la franja arenosa y llegaba un día en que el montículo se convertía en isla. El proceso continuaba y la isleta acababa por inundarse y desaparecía. Pues bien, ya lo tengo decidido: haremos reaparecer el antiguo cerro de Maians, en mitad del mar. Se trata de una montañita que ha existido. Y si ha existido, debe de haber tenido un propietario. Encontraremos a los herederos y les compraremos los supuestos derechos sobre la isla. Y si no los encontramos, nos los inventaremos. Resucitaré la antigua isla de Maians y todo el mundo hablará de ella. El eco de esta empresa durará años, y décadas más tarde alguien publicará un libro, alguien lo suficientemente loco como para pensar que vale la pena escribir sobre eso. O simplemente, que vale la pena escribir. Tranquilícese, Gatius, y sobre todo sea discreto. Lo primero que haremos será encargar el proyecto. Con el máximo secreto. A un par de profesionales extranjeros, para comparar. Acérquese, mire.

Le señaló a alguien que pasaba por la Rambla. Había dejado de llover. Era un automóvil ocupado por tres pasajeros. Uno delante, el chófer, con guardapolvo, guantes y gorra grises, y dos en la parte trasera, barbudos, con sombrero de copa, abrigados, con guantes de piel y una manta a cuadros escoceses sobre las piernas.

—Obsérvelos, Gatius —le decía—. Los Gambús sabremos tratar a esa alta burguesía barcelonesa. Tenemos que hacerlo bien: si es preciso construir un nuevo Liceo en mitad del mar, lo construimos. Don Eusebi Güell ha encargado al arquitecto Gaudí que le diseñe una ciudad jardín que es un delirio. ¿Por qué no podemos hacer nosotros una ciudad marina? Si es necesario, le encargaremos el proyecto también a Gaudí.

Se sentía como un rey, como un primer ministro. Tomaba decisiones que, en poco tiempo, implicarían un gran movimiento de bienes y personas. Quizá el sentimiento era más bien el de un general antes de la batalla. ¿No eran ellos piratas? Pues construiría el mejor nido de piratas del mundo: Isla Gambús, llena de burgueses decididos a darle todo el prestigio y la honorabilidad que hiciera falta. La base ideal para robar y estafar con toda impunidad. Su madre se quedaría de piedra.

Bartomeu Gatius salió del reservado mareado y con unas décimas de fiebre, aunque dispuesto a la lucha. De hecho, no tenía ninguna otra opción.

Mientras tanto, Deogràcies-Miquel Gambús tenía el convencimiento del triunfo en su misión. No tenía la menor duda por una razón bien sencilla: era un delincuente profesional. Y por tanto, siempre iba un paso por delante de cualquier competidor. En la práctica, muchos de los burgueses de la ciudad actuaban como auténticos delincuentes, si bien perdían unos gramos de energía ocultándoselo a sí mismos, a su familia y a la sociedad. Desde luego no era el caso de Demi Gambús. Por eso siempre jugaba con ventaja. Pero también era agradecido, y estaba contento. Y por tanto, tal como otros habían hecho antes, contribuiría a engrandecer Barcelona. Y no para la posteridad, eso no le preocupaba en absoluto: él ya no estaría allí para verlo. Lo haría porque le apetecía. Porque sí. Porque los Gambús eran así. Y si otros lo habían hecho, ¿por qué él no?

Echó otro vistazo por la ventana. Le llamó la atención un estrafalario carro de color lila cargado de trastos. Era de un trapero que tocaba una campanilla. Llovía otra vez y todo estaba tranquilo. Abrió la ventana y entró el aire fresco y un poco dulce; la llovizna había mitigado el gusto salado del mar. Grandes acontecimientos se avecinaban en los años siguientes. Cerró con energía, cortó un clavel del jarrón que había sobre la mesa y se lo puso en la solapa de la americana. Dentro de poco recibiría allí mismo a la viuda Roca. Le había enviado un mensaje confidencial lleno de frases galantes en el que le recordaba su invitación para comer. Y para que el tiempo pasara más de prisa, junto con el mensaje, incluía un ramo de flores y un perfume.

Se acercó al espejo del reservado con la intención de mirarse los pelos de las orejas, pero un camarero le avisó de que don Rafael Escorrigüela ya había llegado.

No pudo disimular una mueca de disgusto. Miró el reloj de pared. Era la una menos cuarto pasada y su cita con la viuda era a las dos. Debido a la insistencia de su madre había acabado por invitar a comer a Escorrigüela, detalle que había olvidado por completo.

Ordenó que lo hicieran pasar con la intención nada disimulada de quitárselo de encima lo antes posible.

Al principio no lo reconoció. Era lógico, porque su antiguo amigo había cambiado mucho. Lo recordaba, doce años atrás, compartiendo los dieciocho, con su chaqueta de terciopelo y una camisa blanca raída de tan vieja, una camisa que no aceptarían ni las monjas para dársela a los pobres de solemnidad. Y ahora se le presentaba hecho un pincel, con pinta de señorito.

—Rafael, te veo muy bien.

Demi Gambús no sabía que todo lo que llevaba puesto Rafael Escorrigüela no hacía ni tres días que se lo había comprado.

—No tan bien como tú, Demi.

Se abrazaron cordialmente. El recuerdo de los dieciocho años se había instalado de pronto entre ellos.

—Rafael, voy a decirte una cosa y espero que no te lo tomes a mal.

—Dime, dime.

—Tienes un aire tan repulsivo como hace doce años. Pero te miro y te remiro y pienso que quizá... quizá bajo esa cara canija que tienes de hijo puta, tal vez después de tanto tiempo, en el fondo...

—Sí...

—Aún hay un hijo de puta de verdad.

Los dos se rieron y Demi lo invitó a sentarse a la mesa y le sirvió un poco de vino.

—Te prevengo: tengo tanta hambre que pienso aprovechar bien esta ocasión.

—Pues tendrá que ser otro día. Lo siento pero me ha surgido un imponderable de esos a los que uno no se puede negar.

El guiño de ojo fue suficiente para disipar la pequeña nube de humillación que había transitado de golpe sobre la cabeza de Rafael Escorrigüela. La misma que había sentido de pequeño en su trato con la familia Gambús y que no hacía mucho se había encargado de recordarle la vieja señora.

—Pasa el tiempo y no cambiamos, ¿eh, Demi? Tú sí que te lo has montado bien con las mujeres...

—Tal vez sí y tal vez no.

Rafael Escorrigüela no quiso confesarle que, en ese momento, lo único que él tenía entre manos era una modista que se llamaba Llucieta, cuya preocupación más importante en la vida era saber qué método de corte y confección escogía, si el Martí o el Parisien. Se estaba poniendo nervioso y sólo hacía tres minutos que estaba con Demi Gambús. Fuera, en la calle, observándolo, se había encontrado a aquel hombre horrible con cara de rata. Llevaba un mondadientes en la boca y lo había seguido con la mirada hasta la puerta del restaurante.

—Tengo la cita a las dos —decía Demi—. Tú te quedas aquí, te la presento como quien no quiere la cosa y te largas. Quiero que la veas.

—No, gracias, no tengo ganas de quedarme aquí muerto de hambre y sin poder comer.

—Te prometo que otro día te invitaré a una comida como no has visto otra en tu vida.

—Bueno, a ver si es verdad.

—Te lo prometo. Y ahora cuéntame cómo te va, aún tengo un rato. Seguro que te has movido más que yo. Mi historia es muy sencilla: soy abogado, aunque en los últimos tiempos he ido abandonando la abogacía para ir asumiendo progresivamente el control de los negocios de la familia. Tu padre murió con mi abuelo...

—Me lo recordó tu madre el otro día.

Rafael Escorrigüela, por dentro, se moría de vergüenza. Como si el tiempo no hubiera pasado, Demi Gambús lo trataba igual que su madre días atrás. Le recordaba que no era mucho más que una cagada de perro. Venía a decirle que la familia no se podía permitir el lujo de que un gallito viniese a alborotar el gallinero. Tomó un traguito de vino.

—El dinero que me llevé de Alcagaire me sirvió para empezar los estudios de arquitectura. Al mismo tiempo iba a la Lonja. Quería triunfar y por eso, decía, me aseguraba dos salidas muy diferentes. Una seria, que consistía en hacer casas y abrir calles para burgueses ricos, y otra artística, pintando cuadros y vendiéndoselos a muy alto precio a los burgueses ricos.

—Yo soy un burgués rico, ¿qué quieres venderme?

—¿Cómo?

—No, nada, perdona, dime, dime.

—Estuve enviando poemas a los Juegos Florales. De hecho, llegué a ganar una...

—¿Poemas? —lo cortó Demi Gambús con una mueca de incredulidad.

Aquello era otro planeta. Su contacto más intenso y reciente con la poesía escrita había sido la molestia que le había supuesto, un año atrás, el trato directo con unos cuantos poetas. Fue en la Maison Dorée, cenando con un posible cliente. En la mesa contigua, algunas venerables barbas comían, bebían, se contaban cosas divertidas, en fin, se lo pasaban estupendamente. De vez en cuando uno de los comensales se levantaba y recitaba un poema en voz alta, lo cual provocaba un silencio casi total en el establecimiento. Luego volvía a correr el champán y la cordialidad. Demi Gambús no aguantó más y le preguntó al camarero qué era todo aquel alboroto. Éste le explicó que era la cena de celebración posterior a los Juegos Florales, y que aquel caballero de unos sesenta años que no dejaba de saludar a los clientes de las mesas próximas que se le acercaban era el mismísimo Àngel Guimerà. Demi Gambús se quedó impresionado. Le parecía inconcebible que un poeta no solamente no fuera un gandul, sino que pudiese llegar a ser popular.

Escorrigüela lo miró con gesto triste.

—No tuve suerte. Ni como artista, ni mucho menos aún como arquitecto, municipal o no. No acabé la carrera y me dejé de literaturas. Estuve cortando entradas en la plaza de toros de la Barceloneta. Hasta pasé un tiempo en la cárcel.

—¿Por qué?

—Nada, bagatelas de desgraciado. En la cárcel estudié algo de contabilidad. Cuando salí, llevé la gestión administrativa de una empresa de transportes que...

—Para, Rafael, para, no me cuentes más desgracias. Mi madre me dijo que intentase ayudarte, pero vamos al grano, porque es evidente que si las has pasado canutas, ahora parece que las cosas te van mejor. ¿Dónde vives?

—En un principal del paseo de Sant Joan. No creas: ¡trescientas pesetas de alquiler al mes! Seis habitaciones. Gran comedor, gas, electricidad, baño, ducha, calefacción, mucho sol y jardín.

—Un palacio alquilado a precio de oro. Entonces, tienes dinero.

—Ése es el origen de todos los males. Tengo dinero pero no soy millonario. Por otra parte, digamos que este dinero no proviene precisamente del trabajo.

—¿Juego? ¿Lotería? ¿Una estafa? Ya veo que, aunque el tiempo pase, seguimos igual. Te lo repito: Rafael, ¿qué quieres venderme?

—No quiero venderte nada.

—No te ofendas, perdóname. Es que se me está haciendo tarde.

—Me gustaría que me orientases en la inversión del dinero. Vaya, que fuésemos una especie de socios. En mi piso puedo instalar una oficina. Estoy seguro —le decía— de poder asumir a plena satisfacción un montón de responsabilidades en el mundo de los negocios. Y ahora tengo miedo de que se me acabe el dinero y me quede sin nada.

En un instante leyó en los ojos de Demi todo lo que éste pensaba: que un individuo como él, estudiante de arquitectura tiempo atrás y aspirante a poeta, portero en una plaza de toros, oficinista, y que ahora tenía un dinero misterioso quemándole en el bolsillo, no podía haber llegado a su situación actual ni por casualidad ni por mala suerte. Mucho o poco, algo tendría que ver en ello su personalidad. Asociarse con él no tenía ningún interés.

Y tuvo toda la razón. Demi Gambús no tenía demasiadas ganas de ayudarlo.

—Es posible que te encuentre un hueco en alguno de mis negocios. O tal vez te pueda ayudar a instalarte por tu cuenta, ya veremos. En cualquier caso, piensa que tienes que invertir un mínimo de tres años para poner en marcha cualquier negocio. Y que el primer año y medio es el peor.

—A tu lado no me preocupa nada, Demi, tú eres de los que van hacia arriba. No como yo, que estoy atascado.

—En primer lugar, yo no voy hacia arriba: estoy arriba. Y en segundo lugar, no vuelvas a lloriquearme porque te mando a hacer puñetas...

A medida que pasaban los minutos, Demi Gambús comprendía cada vez menos por qué estaba hablando con Rafael Escorrigüela. Y sobre todo, por qué su madre se lo había enviado. El plazo había concluido.

—Te diré lo que voy a hacer: hablaré con mi asesor financiero sobre tu caso. No sé de cuánto dinero dispones, pero da igual. Seguro que habrá algún negocio en que ponerlo a trabajar. Pero eso ya lo estudiaremos. Ahora lo más importante es que nos hemos vuelto a encontrar. Además, coincide con que hoy es un día bastante especial para mí. Estoy muy contento, has tenido suerte: relacionaré tu cara de hijo de puta con el día de hoy. Y andando el tiempo, eso te rendirá mucho más que el mejor de los valores bursátiles.

—¿Lo dices por la dama a quien esperas?

—¡Quita, hombre, quita! ¿Es que has perdido el juicio? Lo digo por el negocio que he puesto en marcha. Es tan fabuloso que no te lo puedes ni imaginar.

—Vaya, ¿y cuál es?

Demi Gambús clavó en él una mirada intensa durante un segundo.

—¿Y por qué quieres saberlo?

—Yo qué sé, por curiosidad.

—Ya lo sabrás en su momento. Ahora deberías marcharte.

Demi Gambús lo observó un instante de reojo mientras se ponía el abrigo y los guantes. En tono neutro le dijo:

—Ven dentro de ocho días, te debo una comida. Seguramente entonces podré darte buenas noticias.

Se estrecharon la mano como viejos compañeros y Escorrigüela se fue con paso lento y desacompasado. Cuando salió del restaurante, el hombre con cara de rata aún estaba allí. Un limpiabotas le lustraba los zapatos y cuando pasó a su lado ni siquiera lo miró. El reencuentro con su antiguo amigo había sido muy extraño. Había acabado echándolo. Seguía sintiéndose como un perro.

Demi Gambús echó un rápido vistazo por la ventana. Fue testigo de la milagrosa recuperación de los brazos por parte del negro mutilado de la puerta. Discutía con una pareja de guardias municipales.

Un sentimiento morboso de complacencia lo llevaba a pensar que podía hacer sufrir a su madre un poco más. Esperaría pues unos días antes de comunicarle su gran proyecto. Por primera vez le parecía cierto que él era más fuerte que ella.

Oyó que llamaban y se volvió. Un mozo entró para poner la mesa. Pronto llegaría la viuda Roca.

18

La peluquera acababa de irse y en aquel momento la criada retiraba con mucho cuidado el papel de seda de dentro de la caja. En su interior había un vestido elegantísimo y, teniendo en cuenta quién era su destinataria, hasta podía considerarse atrevido. La muchacha lo sacó con tanta devoción como si cogiese en brazos a un heredero recién nacido y se lo mostró a su señora. De vez en cuando, Miquela Gambús se permitía esos pequeños detalles de vanidad. Los Gambús eran vanidosos y aun así habían salido adelante, pensaba. Con la ayuda de la sirvienta se puso el vestido, un modelo de verano de color verde manzana combinado con verde azulino.

—¡Oh!, señora, nunca la había visto tan... tan...

—¿Tan qué?

—¡... tan arreglada!

—¡Cualquiera diría! Pero ¿te gusta o no?

—Es precioso.

—Lo estrenaré en la fiesta que voy a dar en julio, y luego será para ti; ya no lo necesitaré más.

La muchacha, llorosa, bajó los ojos.

—Gracias, pero de ninguna manera podré aceptarlo.

—Tú aceptas lo que se te mande, descarada.

—Es que nunca me lo podría poner...

La señora se dio cuenta de que la muchacha tenía toda la razón. Se le ocurrió que podía hablar con la modista para que, en su momento, deshiciera el vestido y con aquella tela cosiera uno más sencillo y acorde con las necesidades de la chica. Durante un buen rato se estuvo mirando en el espejo de cuerpo entero que tenía en el vestidor. Para despedirse de Barcelona estaba bien. Se lo quitó y se lo entregó a la criada para que lo doblase y lo volviese a guardar en la caja. Mientras lo hacía se sentó en su sillita dorada de respaldo rosa. Dentro de un rato ella y su hijo iban a comer con Joan Rovira, uno de los empresarios más prósperos de Barcelona. Era dueño de la empresa La Puertorriqueña, especializada en la confección, distribución y venta de tejidos. En Barcelona tenían un par de almacenes: La Puertorriqueña y La Nueva Puertorriqueña. A diferencia de sus antepasados, él había cimentado su fortuna, como tantos otros, en las contratas con el Ejército. Y ahora, años más tarde, era muy acaudalado, y se permitía ampliar sus negocios tradicionales invirtiendo en Bolsa y en el sector inmobiliario.

En calidad de dirigente de Fomento del Trabajo y con la idea de intercambiar pareceres de un modo discreto, había solicitado hablar con los Gambús. Su inquietud era grande. Las bombas volvían a llover sobre Barcelona; cuatro en seis días, como si alguien quisiera dejar bien claro que, tras la Pascua, las cosas ni cambiaban ni se detenían. Pese a que las explosiones habían tenido lugar en barrios y calles populares, la patronal estaba muy nerviosa. Las bombas y la agitación social van contra el comercio y el comercio es el alma de Barcelona. Por lo tanto, Barcelona con bombas se va a pique. He aquí su razonamiento. El gobierno de Madrid acababa de aumentar hasta la fabulosa cifra de cien mil pesetas la recompensa por cualquier información fidedigna sobre los atentados.

Si el señor Rovira acudía a la familia Gambús con objeto de sensibilizarla sobre la cuestión social, perdía el tiempo; hacía tiempo que habían hecho su propio análisis:

El 19 de junio de 1870, Miquel Gambús II, *el Mierda*, asistió, disfrazado de obrero, al Primer Congreso Obrero Español. Entre los proletarios catalanes destacaban los cooperativistas, los sindicalistas y los seguidores de Bakunin, a favor del abstencionismo político y del apoliticismo sindical. El representante de los obreros de Barcelona, Rafael Farga i Pellicer, era de estos últimos. Recibió a los delegados con frases como: «La sociedad aspira al orden en la anarquía. La palabra anarquía se tiene como sinónimo de desorden... ¡Y es al contrario!» Miquel Gambús se marchó de allí aterrorizado. No esperaba algo así. Estaba acostumbrado a tratar a sus obreros de uno en uno. Ver a tantos juntos, tan organizados y gritones, lo llenó de espanto. Aquello era como una pesadilla. No paró de correr hasta que llegó a Alcagaire con la idea clara de que había que actuar de inmediato. Y siempre preventivamente. Ésta fue la norma básica que transmitió a su hija Miquela: prevención.

Doña Miquela siguió punto por punto el consejo de su padre, no como táctica defensiva sino, muy al contrario, como una manera de acortar camino hacia la consolidación y expansión del poder de la familia. Ella, a su vez, se lo había explicado a su hijo Demi poco después de instalarse en Barcelona.

Hoy tendría que recordarle esa conversación. El ambiente se estaba caldeando, en pocos días habría elecciones municipales, y Miquela Gambús no sabía exactamente qué quería Joan Rovira.

Más que enferma, se sentía cansada, toda la osamenta de su cuerpo le dolía, le pesaba como nunca en la vida. Se levantó de su sillita y fue hasta la ventana. El dependiente de una pastelería pasó por la calle con una bandeja de brioches sobre la cabeza. Tendría unos once años. Se detuvo un momento para descansar y descabalgó su carga. Lucía unas mejillas coloradas como si fuera del campo. Y tal vez lo fuera. Ella era vieja y ni pellizcándose las mejillas con los dedos se le ponían rojas. En los últimos tiempos no hacía más que pensar en el pasado. Quería volver a Alcagaire. Estaba harta.

Aquella mañana, un curita le había llevado una nota manuscrita del señor arzobispo. En ella le decía que le era imposible asistir a su fiesta por motivos personales y de agenda. Hijo de mala madre... Ya se lo esperaba, pero por si acaso y en contra de lo que era habitual en ella, el Jueves o el Viernes Santo había asistido a una de las procesiones del Vía Crucis con el único fin de dejarse ver. Desfiló detrás de Su Divina Majestad cubierto por un palio portado por seminaristas de rostro insípido, protegidos, eso sí, con la capa pluvial.

—La Iglesia es rencorosa... —refunfuñaba la vieja doña Miquela, mientras observaba cómo el dependiente de la pastelería, ya descansado, volvía a cargar la bandeja sobre su cabeza y seguía su camino, escandalosamente alegre y contento.

La familia Gambús siempre había tenido una relación correcta con el obispado. Por decirlo de alguna manera, sus intereses coincidían. La alianza entre la Iglesia y unos terratenientes de su categoría era provechosa para ambas partes. Tal vez por eso, sin ir más lejos, el obispado no había puesto trabas a la actividad de una familia como la de los Gambús, ladrones vocacionales pero respetuosos a la vez con los privilegios de la Santa Madre Iglesia. Miquel Gambús I *el del Rey* montó un gran negocio para explotar la fe del pueblo. Por un lado ganaba dinero y por otro mantenía viva la religiosidad en aquellos pagos dejados de la mano de Dios. Él se quedaba con lo que era del César y le entregaba al obispado lo que era de Dios. Y fue así como llegó a fundar una pequeña industria de la religiosidad, complementaria de muchos otros negocios suyos. Suministraba legalmente cirios, imágenes, grabados, escapularios, medallas... En realidad, la operación más ambiciosa consistía en traficar con falsas reliquias: empezó distribuyendo en serie rosarios originales de san Ramón de Peñafort, túnicas de santa Eulalia e incluso pétalos secos de la mismísima vara florida de san José. El siguiente paso fue la consecuencia lógica: el uso de restos humanos para ofrecer dedos, uñas, dientes, y hasta un brazo incorrupto de san Patllari. Finalmente se inventó un santo varón original del pueblo: el padre Màrius, el estigmatizado. Era el súmmum del refinamiento. Y todo ello, huelga decirlo, con el silencio cómplice de las autoridades eclesiásticas. El negocio funcionó durante un tiempo y fue uno de los pilares de la fortuna familiar. Desapareció cuando la energía del viejo Gambús decayó con la edad y, sobre todo, cuando aparecieron nuevas formas de delincuencia, que habían de hacer famosa a aquella estirpe, basadas en los tres puntos fundacionales: más ingresos, menos riesgo y menos trabajo. Durante la era de Miquel Gambús II *el Mierda*, la relación con el poder temporal de la Iglesia se deterioró por completo. No se sabe con certeza, pero algunos lo atribuyen al hecho de que el propio Miquel Gambús liquidó a sangre fría a un cura en plena plaza Mayor de Alcagaire. Por primera vez, el obispo interfería en los negocios familiares y enviaba a un fraile con poder para desenmascarar a los Gambús en sus estafas religiosas. Miquel Gambús II les hizo el honor de encargarse personalmente. Estaba en juego el principio de autoridad. El día de los hechos estaba invitado a comer en casa del médico del pueblo, un hombre respetado. Cuando estaban tomando el vermú, pidió ser excusado; se había mareado y quería recuperarse. El médico le dejó su propia alcoba y no volvió a verlo hasta veinte minutos más tarde. Durante aquel tiempo, don Miquel se trasladó a la plaza Mayor, donde se encontró cara a cara con el enviado del obispo. El hombre se volvió a un lado y a otro y se dio cuenta de que, en cuestión de segundos, la plaza de Alcagaire, polvorienta pero luminosa hasta dañar la vista, había quedado desierta. Cuando volvió a mirar al frente, reconoció a don Miquel Gambús, quien, sonriendo, le ponía la mano en el pecho. Fue lo último que vio en este valle de lágrimas, porque a continuación recibió un único disparo en el corazón y cayó fulminado. Don Miquel ocultó tranquilamente la pistola miniatura de una sola bala en la bocamanga, se sacudió la americana y volvió a la casa del médico para acabarse el vermú. Por supuesto, en el obispado la noticia no cayó nada bien. Hubo una denuncia y el caso llegó a Madrid. Pero se echó tierra encima porque no había testigos y, además, el médico declaró que en el día y la hora de los hechos, el respetable amigo que para él era don Miquel Gambús no había salido de su casa.

Lo cierto es que el obispado no aceptó nunca aquella derrota. El momento de pasar factura se presentó unos meses más tarde, con motivo de la muerte del mismo don Miquel, en octubre de 1899, como consecuencia de un hecho estúpido en el que también murió su fiel subordinado Evarist Escorrigüela. El caso es que el viejo patriarca de casa Gambús era un fanático de los inventos modernos y en particular de los automóviles. Había repetido hasta la saciedad que cuando se muriera quería ser enterrado al volante de su precioso «Velo» Benz. Todo el mundo pensaba que lo decía de broma y nadie le hizo nunca caso. Pero resultó que lo dejó escrito en su testamento. Su única hija, respetuosa del deseo de su padre, se dispuso a enterrarlo según su última voluntad. Le llegó una nota oficial del obispado: «El acto estrafalario que se nos propone es contrario al respeto y a la dignidad que merece la liturgia de los muertos.» Se les denegaba el permiso para que aquel hombre fuese enterrado en suelo sagrado. Y advertía a doña Miquela Gambús que no se atreviera a romper la prohibición so pena de excomunión (eso sin perjuicio de las acciones legales que se pudieran seguir por inhumación ilegal). O se lo enterraba en un ataúd, como a todo el mundo, o no se lo enterraba. La señora se enfadó muchísimo, recurrió a todas sus influencias pero fue inútil. La época dorada de los caciques llegaba a su fin y los políticos estaban demasiado atareados afrontando los tiempos venideros. Nadie quería enfadarse con el obispado. Sin embargo, Miquela *la Rebañaollas* Gambús había heredado la tozudez de sus antecesores y decidió enterrar a su padre sentado al volante del coche, con bendición o sin ella.

Su hijo Demi, astuto como él solo, pese a tener únicamente diecinueve años y no haber acabado aún la carrera de Derecho, en seguida encontró un resquicio legal: en Galicia había cementerios de ingleses que albergaban a los difuntos de esta nacionalidad muertos en guerras o naufragios. Pues ellos harían lo mismo: un cementerio de ingleses en Alcagaire. En un tiempo increíblemente corto, doña Miquela aportó un documento según el cual su padre se había convertido al anglicanismo, y mostró también otro documento mediante el cual el Ayuntamiento de Alcagaire daba licencia para la construcción de una capilla de orientación anglicana, con un cementerio adjunto habilitado para una sola plaza. Un tercer documento, llegado desde Canterbury, bendecía el nuevo recinto religioso y daba permiso para enterrar a Miquel Gambús dentro de un automóvil y no dentro de un ataúd.

El éxito de la operación fue completo gracias al hecho de que en Alcagaire había un enterrador llamado Diumenge Jordà quien, al mismo tiempo, era taxidermista. Era un hombre alto y grueso que siempre estaba resoplando. Cuando suspiraba e hinchaba el pecho, reventaba los botones del chaleco y desbarataba el estado de la corbata. Estaba orgulloso de su trabajo. Miquela Gambús se presentó en su casa a las tantas de la noche. Le explicó en tres palabras cuál era el problema y qué era lo que le pedía. Diumenge Jordà era hijo, nieto y bisnieto de familia originaria de Alcagaire. Cualquier cosa que un Gambús le pidiese, por extraña que fuera, se abstenía de juzgarla. ¿Que querían enterrar al viejo sentado dentro de su coche? Pues que lo enterraran, que no hacía ningún mal a nadie, y a otra cosa, mariposa.

—¿Cuánto tiempo tengo? —dijo Jordà.

—Tengo que conseguir unos documentos en el extranjero. Unos diez días. Pero recuerda, lo quiero sentado en el asiento y conduciendo el coche.

—En esta época... Podemos tenerlo en una bañera con hielo y... Pero es difícil de garantizar, señora, que, aun embalsamado, quede bien.

Miquela Gambús repasaba con la vista aquellos jabalíes, aquellos pájaros, aquellos zorros que llenaban el taller de Diumenge Jordà, en las posturas más forzadas e inverosímiles, todos con las muecas más exasperadas. Señaló a los animales de modo impreciso y se lo quedó mirando.

—Disécalo.

Silencio.

—Ya me has oído. Quiero enterrarlo vestido de automovilista y agarrado al volante. No te preocupes por lo que cueste. Ni por nada. Si no quieres hacerlo, lo comprenderé. Lo sentiría mucho, pero lo entendería.

Diumenge Jordà tragó saliva. En Alcagaire se hacía lo

que decían los Gambús, aunque fuese aquello: una hija pidiendo que disecaran a su padre, y que ahora lo miraba de hito en hito. Inspiró y los botones de su chaleco llegaron al límite de su resistencia. Le contestó que sí.

Conseguía que sus criaturas parecieran vivas, con ademanes feroces, con expresiones de sorpresa, apoyadas sobre las patas traseras, ligeramente agachadas en posición de ataque. Podía hacer cualquier cosa con cualquier cadáver. Como estaba nervioso, no se le ocurrió otra cosa que preguntarle a la mujer lo mismo que le preguntaba a la gente que le llevaba sus trofeos de caza o incluso algún animal doméstico:

—¿Qué expresión quiere que tenga: de rabia, enseñando los dientes...?

Ella, sin embargo, no se dio cuenta de lo absurdo de la pregunta. Entre otras razones porque, aquella noche, lo absurdo era ella misma.

—Quiero una actitud natural. No, contento. Quiero que parezca muy contento. Quiero que los hijos de puta que han querido jodernos lo recuerden así. ¿Crees que lo conseguirás?

—No lo sé, señora, supongo que sí. Que lo lleven al depósito del cementerio: nadie se dará cuenta. Y el coche también, claro.

Durante toda la conversación, sólo por un momento, Miquela Gambús, la Quelona *Rebañaollas*, flaqueó. Pero aspiró fuertemente por la nariz y se reanimó. Se fue tranquila. Dejaba a su padre en buenas manos.

Jordà estuvo trabajando noche y día. Pese a su larga experiencia no pudo evitar impresionarse cuando examinó el cuerpo de Miquel Gambús II *el Mierda*. No tanto por el hecho de que hubiese quedado destrozado o desfigurado: había visto ya unos cuantos ahogados arrastrados por el río a lo largo de su vida. El motivo era que se trataba de don

Miquel, el gran señor. Era él quien yacía rígido, hinchado y azulino, con un ojo abierto y el otro cerrado.

Acabó el trabajo justo a tiempo. El resultado fue tan espectacular que el día del funeral se desmayaron dos mujeres por la calle debido a la impresión y otras dos más se hincaron de rodillas y se pusieron a rezar: Miquel Gambús II *el Mierda*, con gorra, gafas de piloto, bufanda, guantes, abrigo con solapas de zorro y relucientes botas de caña alta, aferrado con la mano izquierda al volante del Velo Benz con una sonrisa de oreja a oreja, y la otra, con el brazo estirado hacia arriba, saludando como diciendo adiós. Cuando la señora lo vio se quedó maravillada. De acuerdo que la sonrisa, con el labio un poco levantado, le daba un aire como de raposa disecada, pero era un detalle sin importancia. Era su padre conduciendo el robusto y seguro Velo Benz, con su carrocería reluciente de madera, su tapicería de terciopelo, su cuero repujado, la bocina de latón en forma de boa constrictor. Su aspecto exterior era imponente, como siempre, como cuando paseaba con el coche y asustaba a personas y animales mientras levantaba espesas nubes de polvo.

La ceremonia fue todo un acontecimiento, porque en aquellos nueve días, aparte de las bulas, certificados y cédulas de los anglicanos, Miquela Gambús consiguió traer de Inglaterra a un sacerdote inglés y a toda una banda de música. Los músicos, vestidos con uniforme de gala, abrían la comitiva tocando piezas populares inglesas. Detrás, el Velo Benz tirado por dos caballos, con el cadáver de Miquel Gambús sentado, engalanado, sonriendo como un zorro, sujetando el volante y saludando al mismo tiempo. La estructura de hierro y madera creada por Diumenge Jordà lo mantenía derecho como un espantapájaros, casi soldado al asiento y al volante. Los pies los llevaba sujetos al suelo del vehículo merced a unos tornillos ingeniosamente camuflados en las botas. Para la eternidad quedaba pegada la mano derecha al volante gracias a una cola especial.

En el cementerio estaba prácticamente todo el pueblo. Antes de ser introducido en aquella fosa gigante, un fotógrafo inmortalizó el instante con varias fotos. El acto lo merecía. En un piano instalado entre las tumbas, al aire libre, comenzó a sonar la «*Sonata fúnebre*» de Chopin. Al mismo tiempo, muerto y automóvil iban bajando lentamente hacia el fondo de la fosa gracias a un curioso sistema de poleas controlado por dos hombres mediante una manivela. Primero dejaron de verse la mitad de las ruedas del Velo Benz, grandes, como de bicicleta. Luego desaparecieron de la vista las piernas y el volante... Lo último que se vio fue su cara retocada y la mano en alto, saludando y como diciendo: «¡Hasta pronto, so memos!» Miquel Gambús II *el Mierda* hasta el final.

Como el descenso a la fosa tuvo lugar en el peor momento del mediodía, el sacerdote anglicano no alargó en exceso las plegarias. Primero, porque como no estaba acostumbrado, tuvo miedo de desmayarse con aquel sol. En segundo lugar, porque como las decía en inglés, nadie comprendía nada. Por eso, cuando se le oyó pronunciar la palabra «amén», cesó la sonata fúnebre y todos los asistentes se apresuraron a lanzar puñados de tierra a la fosa. Fue necesaria una brigada de seis hombres para tapar aquel agujero. Paladas y paladas de tierra fueron cayendo mientras la banda de música, sudando a mares, tocaba el himno nacional de Inglaterra, como si la mismísima reina Victoria hubiese asistido al sepelio.

La fotografía con la imagen de Miquel Gambús muerto, sonriendo como un zorro, llegó anónimamente al palacio episcopal tres o cuatro días más tarde. El obispo debía tomar nota de ello. Miquela Gambús también: no tenía suficiente. Y llegaría el día en que se las pagarían. Lo vio claro: los tiempos cambiaban y la osadía del obispado no era más que el primer síntoma de una tendencia que parecía imparable. Era necesario tomar la iniciativa. Por esa razón se trasladaron a Barcelona. Desde entonces, habían transcurrido nueve años plagados de pequeñas escaramuzas como esa última: el señor obispo rehusaba la invitación a su fiesta por motivos personales y de agenda. Que se fuera preparando porque pronto se le iba a venir encima una muy gorda.

Arrugó la nota del obispo y la tiró al suelo. Había otras cosas que reclamaban con más urgencia su atención. Sobre todo la que se derivaba de la visita de don Joan Rovira. Temía que engatusara a su hijo Demi, que tenía todas las virtudes de los Gambús, pero también todos los defectos: eran astutos y desconfiados, pero también vitales, egoístas, jactanciosos y vanidosos, muy vanidosos. Demasiado. Y era su único hijo. Murmuró:

—La política es tan apetitosa...

Recuerdos, recuerdos y recuerdos. Años atrás, los Gambús dominaban, mandaban. En Alcagaire, un golpe de vanidad podía significar más poder. En Barcelona incluso lo contrario. Y Demi era muy vanidoso.

Llamaron a la puerta. Era él, precisamente, que subía a buscarla para ir a almorzar.

—Tiene muy mala cara, madre, ¿se encuentra bien?

—Me encontraría mejor si me quisieras un poco más.

—Usted sabe que la quiero mucho.

—Y tú ya sabes por qué te lo digo.

Demi se le acercó y, con una demostración de cariño bastante inusual, la abrazó, la besó y, con una sonrisa, le dijo:

—Muy pronto le contaré algunas cosas, muy pronto.

—Así lo espero. Acabas de sonreír igual que tu abuelo. Buena señal. Siéntate, siéntate en la cama, que quiero hablarte de otra cosa. ¿Conoces el motivo de la visita del señor Rovira, honrado comerciante de nuestra ciudad?

—Sé lo que él nos ha dicho: intercambiar puntos de vista sobre...

—¡Quita, hombre, quita! Mira, el señor Rovira representa a muchos otros señores Rovira que, como él, están preocupados por lo que ocurre en Barcelona: las bombas, los sindicatos, los anarquistas... Pues bien, a nosotros todo eso nos trae al fresco. Es una preocupación del Estado, de la Administración y de esos bobalicones de la patronal, nunca nuestra. Quiero que te lo metas bien en la cabeza antes de hablar con él, ¿entendido? Nosotros somos ladrones. No somos el Estado, no perteneceremos nunca a una clase política y social que, sin ir más lejos, es capaz de enviar a la muerte a miles y miles de individuos en nombre de un concepto abstracto o de un trapo de colorines. A nosotros la cuestión obrera sólo nos interesa en la medida en que podamos sacarle un provecho. Un estado de permanente inestabilidad social nos viene bien; que la sociedad se tambalee de vez en cuando pero que no se caiga nunca. Si un industrial X se niega a escuchar nuestros consejos, le organizamos o le multiplicamos un movimiento de protesta sindical mediante elementos corruptos en grupos existentes, o creando grupos nuevos con unas siglas inventadas, absurdas y románticas. Si es preciso, hacemos estallar un petardo o provocamos un incendio fortuito. El industrial X se da cuenta de que, si nos escucha, de un día para otro se le acaban los problemas. En resumen, que nuestra familia hace más de nueve años que está infiltrada en muchos de los grupos críticos y revolucionarios actuales. Subvencionamos a estos grupos bajo mano y en secreto, claro. Ni ellos mismos lo sospechan. Cuando nos interesa, provocamos discrepancias internas y ellos solitos se disuelven. Pero cuidado, no se puede tensar demasiado la cuerda. La máquina debe seguir funcionando.

La mueca de incredulidad del joven Demi Gambús era casi dolorosa. Su madre le sonrió.

—¿Qué creías, que me pasaba todo el día recibiendo damas y dedicándome a administrar nuestra fortuna? Sabes demasiado bien que hay informaciones que es mejor no compartir. Es primordial, por seguridad. Fíjate en el caso Rull, el año pasado: un sinvergüenza encerrado porque lo han cogido colocando una bomba. El gobernador civil lo capta como confidente y ejecutor de una política muy parecida a lo que te he explicado. La mayoría de las bombas de 1906 y 1907 las pusieron él y su banda con dinero e incluso material que procedía directamente del gobierno civil. Pero al gobernador, señor Ossorio y Gallardo, le falló estrepitosamente el plan por su falta de profesionalidad: demasiada gente en el secreto. Todo el mundo en el gobierno civil lo sabía. Cuando Rull, que era tan idiota como ambicioso, se cansó del juego, le hizo chantaje a Ossorio. Éste, de prisa y corriendo, tuvo que montar toda la pantomima de la detención, del juicio y, sobre todo, de la rapidísima ejecución. Deplorable. Patético. Tú, Demi, a los seis años ya lo habrías hecho mejor. Tu abuelo descubrió que todo sistema político y social necesita de una minoría que vaya tocando los huevos. Eso los ayuda a mantenerse unidos. Y nos interesa que la clase de los poderosos esté cohesionada. Nos interesa mucho. Así pues, si lo hacemos bien, nunca perderemos.

—¿Y por qué me explica todo esto ahora?

Miquela Gambús percibió cierto tono de resentimiento en las palabras de su hijo. Tenía su orgullo, y no le gustaba que lo tratasen como a un niño pequeño.

—Porque ignoro lo que pretende Rovira. Esta gente

siempre está pidiendo. En seguida sabremos de qué se trata. Aprovechará la comida de hoy para invitarte a un encuentro informal para discutir de negocios. Hoy u otro día, pero los dos solos. Y en cualquier momento, después de soltarte un buen discurso, te pedirá algo. Sea eso lo que sea, ve con cuidado.

Allí acabó la conversación porque la doncella les interrumpió para comunicar que el invitado ya había llegado.

La gran mesa del comedor principal de casa Gambús se había vestido de gala para aquella comida. La gran lámpara de araña de seis brazos, en el centro, estaba completamente encendida aun no siendo necesario. Sus tupidas lágrimas de vidrio aumentaban la luminosidad. Hacía un año y medio que se había electrificado la casa. Y doña Miquela, como tantas otras personas, estaba fascinada con la luz, y gastaba tanta como podía. Elegante como siempre, presidía la mesa. A su derecha, su hijo Deogràcies-Miquel, y a su izquierda, Joan Rovira, un hombre de unos cincuenta años, de piel rojiza y cara congestionada. Sin llegar a ser obeso, llenaba generosamente la chaqueta de fantasía color gris tórtola pálido, un poco demasiado informal para la ocasión.

El hecho de que Miquela Gambús fuese la cabeza de familia la revestía de una especie de autoridad masculina que desconcertaba a Joan Rovira, que no acababa de encontrar el tono de su discurso:

—En el Fomento del Trabajo hemos recibido el pliego de condiciones para la subasta de dieciocho mil túnicas de tela roja, veinte mil fajas, veinte mil pantalones, veinte mil borceguíes, veinte mil cartucheras, veinte mil portafusiles y veinte mil tahalíes.

—¿Cómo?

Doña Miquela acababa de interrumpir el discurso de su invitado con una actitud que había dejado maravillado a su hijo: parecía una discreta y amable señora mayor que escuchaba con atención un tema tan fascinante como aquél. Joan Rovira, que no sabía si su anfitriona estaba sorda o simplemente ignoraba lo que era un tahalí, optó por esta última posibilidad.

—Los tahalíes son unas piezas de cuero que cuelgan del cinturón, y sirven para sostener el machete o la bayoneta.

—Vaya, qué curioso —dijo ella.

Demi Gambús se habría levantado y la habría besado allí mismo. Si Joan Rovira se tragaba aquella demostración de estupidez, se merecía cualquier cosa que le pasara.

—Sí que lo es, señora, sí que lo es. Y aún es más curioso que el pedido no sea del ejército español sino del sultán de Marruecos. Pues bien, el gobierno ha insinuado que no vería con buenos ojos que una empresa española vistiera y guarneciera al ejército del principal enemigo de la nación.

—Pero si el sultán de Marruecos es un aliado…

—Pero es moro. Y primo hermano de esos bereberes salvajes de las cabilas que no nos dejan vivir. En Madrid temen una posible traición. Podría ser cierto pero ¿y la libertad de comercio? ¿Qué sucede con la libertad de comercio?

La pregunta quedó flotando en el aire del comedor. La criada mariposeaba alrededor de la mesa, cambiando los platos, sirviendo el vino o lo que fuera preciso, muy temerosa de hacer ruido. La señora obligaba a sus sirvientes a calzar unos zapatos especiales: no le gustaba oírlos caminar. El señor Rovira hablaba con voz afectada entre cucharada y cucharada de sopa.

—Si nosotros no vendemos este género al sultán de

Marruecos, algún otro lo hará. ¿Es que acaso los franceses tendrían estos reparos? Desde luego que no. En estos momentos deben de estar frotándose las manos con la perspectiva del negocio. Más valdría que este gobierno nuestro se preocupase de una vez de las cosas verdaderamente graves...

Madre e hijo se miraron a la vez e intercambiaron señales de complicidad. El señor Rovira entraba en materia.

—Pobre Barcelona, quién la ha visto y quién la ve, invadida por gentuza de la peor casta... Entre golfos y anarquistas... Son los funestísimos efectos de la enseñanza laica y de la constante propaganda antirreligiosa. ¡El gobierno es demasiado tolerante!

—Cálmese, mi querido Rovira, que se va a congestionar —le dijo hipócritamente la señora.

—No se inquiete, doña Miquela, soy hombre forjado en las situaciones más difíciles: no estaría donde estoy de no ser así. Pero no le voy a negar que a veces me enciendo: la debilidad de las autoridades provoca los horrores que sufrimos. Verá, lo que hace falta es un buen susto para que la gente abra los ojos.

Doña Miquela abortó un eructo con la servilleta y, con un deje de ironía, dejó caer:

—Espero que nuestro asado no sea uno de esos horrores.

—Es imperdonable, señora. Mi comportamiento es abominable, hablando y hablando. Con mucho gusto haré los honores a su asado. Tal vez usted, señor Gambús, querría acompañarme luego al Círculo del Liceo a tomar el café y la copa. Podríamos seguir hablando de política y de negocios sin necesidad de cansar a su madre. ¿Qué le parece?

Demi Gambús volvió a cruzar con ella una mirada cómplice y le respondió:

—¿Al Círculo del Liceo, dice? Con mucho gusto.

La criada volvió a interrumpir la conversación con su entrada. Colocó ante doña Miquela una fuente de cordero asado con guarnición de berenjenas gratinadas alrededor. Descorcharon una botella de champán Mercedes y brindaron por Barcelona y por el futuro. Durante el resto de la comida el invitado correspondió gentilmente a la hospitalidad de la anfitriona. Estuvo pendiente de ella y la conversación fue languideciendo con temas generales mientras se pasaba a comentar las últimas novedades sociales barcelonesas como por ejemplo la situación del Club de Polo, o el hecho de que el poeta Maragall hubiese escrito una proclama dirigida a todas las sociedades y agrupaciones de Cataluña en la que las inducía a adherirse a la «Liga del buen hablar».

—Y es lo que yo digo: un esfuerzo inútil. Nosotros ya hablamos bien y los demás, por más que se esfuercen, nunca lo conseguirán.

—Sólo es un poeta, Rovira, deje que se explaye. Las palabras se las lleva el viento…

La indignación que parecía poseer al señor Rovira cada cinco minutos no le impidió probar el queso Gervais que sacaron de postre junto al suflé de chocolate, que le entusiasmó. Luego se despidió como todo un señor y, acompañado de Demi Gambús, se fue hacia el Círculo del Liceo.

En cuanto tomaron asiento en dos de las butacas de la entidad, el señor Rovira fue rápidamente al grano. Sacó sus gafas con montura de carey de un estuche y se las colocó sobre la nariz. Y del bolsillo, un papel doblado que abrió sobre una mesita auxiliar.

—Mire, Gambús. Miércoles 7 de abril. Bomba en la calle de la Boqueria colocada en la caja del contador de gas de una ortopedia. A las 23.30 horas. Dos heridos y un detenido. Jueves 8 de abril. Bomba en la calle Sant Pere Més Alt. El artefacto estaba dentro del bajante de la casa número 2, ocupada hasta hace poco por la Liga Regionalista y donde ahora, en el primer piso, tiene su sede el Círculo Tradicionalista, y el Centro Federal en el tercero. Tubo de hierro de 7 milímetros cargado con dinamita, cartuchos de pistola Browning y clavos. Sin desgracias personales. El domingo 11 de abril, bomba en la calle Aldana, esquina con Parlamento. En la bodega-restaurante de Joan Codina, conocida como «casa Estevet». Como cualquier otro día festivo, el comedor está lleno. Vuelve a haber suerte y no hay desgracias personales, salvo el caso de un joven artista del Teatro Cómico, que al oír la explosión se desmaya. Al día siguiente, lunes 12 de abril, bomba en la escalera del número 88 de la calle Sant Pau. Mínimos destrozos. ¿Qué me dice de todo esto?

—Que está bien informado.

Cuando el camarero se inclinó para dejar los cafés y las copas ya servidas, Demi Gambús se fijó en una escena doméstica, a través de la ventana, más allá de los plátanos de la calle, que tenía lugar en uno de los pisos de la fachada de enfrente de la Rambla. Una mujer regaba sus geranios en un balconcillo en el que había un par de gallinas dentro de una jaula minúscula. El señor Rovira se colocó bien las gafas para mirar atentamente la copa de coñac. La cogió, la removió, la olió y la probó. Chasqueó la lengua contra el paladar y dijo:

—La ciudad y el país se encuentran en pleno guirigay. Es una olla de grillos que aprovechan las doctrinas subversivas para ganar terreno... En España... —empezó a decir mientras se llevaba la taza de café a los labios— los enemigos de nuestra civilización intentan que se tambaleen principios tan básicos como la libertad de comercio. Se trata de una cuestión nacional o patriótica y no de una simple cuestión política de las que sirven como plataforma para combatir al gobierno o ganar elecciones...

Demi Gambús le cortó:

—Rovira, es un hecho comprobado que la represión frontal sólo sirve para crear mártires y provocar nuevos atentados. No conozco ni un solo caso en que una política represiva haya acabado del todo con el problema.

—Eso es lo que dicen los ultraliberales. No me va a resultar usted un ultraliberal, ¿eh, Gambús?

—No, no se preocupe.

—No dirían lo mismo los liberales si estuviesen en el gobierno. En cualquier caso, la política antiterrorista del gobierno Maura es fofa y blanda: no provoquemos a los terroristas, no vayan a sentirse ofendidos y no puedan dejar hacer estallar más bombas en medio de multitudes inocentes. Es un error gravísimo, Gambús. Gracias a esta política cobarde se han fundado y funcionan las escuelas anarquistas de Ferrer i Guàrdia. Educan en el crimen y el resentimiento. Dan alas a los enemigos de Dios, de la autoridad, del orden, de la propiedad y de la familia.

Acto seguido, tras una pausa dramática inmejorable, clavó la vista en él y exclamó:

—Por eso, ahora más que nunca, necesitamos personas íntegras y al mismo tiempo hábiles e implacables en los cargos públicos de más peso.

—No me haga reír, hombre. ¿Con este sufragio universal descontrolado que otorga el derecho de voto a toda esta gente que a duras penas sabe leer? No se me ha perdido nada en Madrid.

—No hablaba de ir a Madrid, me refería a Barcelona, a la Casa Consistorial, en las elecciones del 3 de mayo. Pasado mañana, como quien dice. Tiene toda la razón: el problema, aquí, es que los catalanes honorables tenemos tendencia a no querer mezclarnos con la política. Por dignidad y carácter, la Administración no nos llama mucho la atención. No le voy a negar que tiene su parte de razón, pero es que se trata de sacrificarse, de dar un paso adelante y poner orden en la casa. Sin miedo. Nosotros, desde el Fomento, hemos intentado contribuir con nuestro granito de arena a solucionar el problema. ¿Ha oído hablar de míster Arrow?

—No.

—No me extraña. Es un detective inglés. Lo contratamos hace un par de años, junto con el ayuntamiento y la Diputación, para acabar con las bombas y los atentados. Organizó una policía privada que en teoría no debía interferir en la labor de las fuerzas del orden. El caso es que el inglés está fracasando y las organizaciones obreras se mofan de él cuando lo ven. Prat de la Riba ya está harto y, desde la Diputación, insinúa que hay que despedirlo y mandarlo de vuelta a su casa. Hemos hecho el ridículo más espantoso, pero al menos hemos intentado algo..., de acuerdo con las instituciones. Pero ahora... La verdad, cuando el Estado, que es quien nos tiene que proteger, por la razón que sea, no hace bien su trabajo, la gente honrada de este país...

—¿Y los militares?

—Ni los mencione. Si en África son incapaces de ganarles la partida a cuatro moros andrajosos... Gambús, de personas como usted depende que Barcelona se sitúe al frente del progreso peninsular; qué digo peninsular, europeo; ¡qué digo europeo, mundial!

—¡Pare el carro, Rovira! ¿Me está haciendo una oferta, quizá? ¡Ni siquiera me ha dicho en nombre de qué partido me está hablando!

—No se trata de ningún partido. Digamos que hablo en representación de un grupo de los personajes más importantes de nuestra ciudad.

—Pero si tuviera que ser concejal, debería presentarme bajo unas siglas, ¿no?

—No se ha pensado en usted como concejal. Seguramente conoce la actual ley: una cosa es el consistorio y otra cosa el alcalde, que es designado desde Madrid por el ministro, a dedo.

Demi Gambús se quedó con la copa a medio camino. No había esperado algo así.

—¿Yo, alcalde? ¿Está de broma? ¿Y por qué yo?

—Como usted sabe, lo habitual es designar a una persona de reconocido prestigio entre el mundo industrial, el de la cultura, del comercio... En su caso, estoy en disposición de comunicarle que presionaríamos con toda nuestra fuerza en Madrid para que usted fuera el designado. Esto es estrictamente confidencial. Y déjeme que le confiese que una proposición como ésta no es algo que hagamos al tuntún. Se necesita a alguien nuevo, con capacidad, iniciativa, valor y fortuna personal. Además, le tengo que ser sincero, cuando hemos mencionado su nombre en Madrid, ha resultado que mucha gente importante conocía a su familia. Mantienen bien escondida esta relación privilegiada con Madrid, ¿eh?

—Somos discretos por naturaleza.

—Gran cualidad. Así pues, ¿qué me dice? —insistió Rovira.

Demi Gambús estuvo a punto de decir que no, pero le salió:

—Deme veinticuatro horas para pensarlo.

Se levantó, le dio la mano, se despidieron y se fue.

19

El café concierto Sevilla funcionaba desde el día 15 de agosto de 1908. Aprovecharon el espacio de una vieja taberna e hicieron una fachada nueva de obra, blanca, andaluza, con ventanas de estilo morisco y tejadillos de patio sevillano. Estaba situado en el mismo Paralelo, junto al teatro Gayarre, en la confluencia de la avenida con la calle Nou. A media tarde de aquel día de comienzos de mayo había allí mucha animación. Habían pasado unos días desde las elecciones municipales y los seguidores del Partido Radical aún tenían pendiente la celebración de su victoria. Uno de los más jovencitos tenía un flequillo rebelde que le caía sobre los ojos. Cuando se cansaba de apartárselo con la mano, lo hacía soplando hacia arriba. Estaba eufórico y le explicaba a su compañero de barra:

—Ahora de lo que se trata es de actuar. Don Alejandro lo dice muy claro: «... entrad a saco en este país desventurado, acabad con sus dioses, levantad el velo de las novicias y elevadlas a la categoría de madres, prended fuego a los registros, poned en pie legiones de proletarios...» Acabar con los dioses, prender fuego, eso se entiende, pero lo de elevar a las novicias a la categoría de madres... Una cosa es elevarlas a la categoría de mujeres, pero a la de madres... Tendremos que organizarnos; casi nunca se acierta a la primera y...

Lo interrumpió un gemido que llegó de la mesa de al

lado, y cuando reanudó su parlamento, lo hizo en voz baja. Era Nonnita Serrallac, que acababa de quemarse los labios con una taza demasiado caliente de manzanilla. Estaba muy nerviosa porque eran las cinco y media y había citado a Demi Gambús a las seis.

La muerta que está a su lado se llama Tecla, pero todo el mundo la conoce por Cleta. La nariz le gotea tanto en invierno como en verano, igual que cuando estaba viva. Para siempre más tendrá diez años, dos trenzas, tres pecas y cuatro dientes (que le sobresalen por delante, dos arriba y dos abajo). Cleta ayuda a sus padres en la fabricación de alpargatas en el negocio familiar de la calle Tapineria. Ha parado a Nonnita cuando ésta tomaba el tranvía del Paralelo y se le ha quedado como pegada. Ahora permanece en el asiento encogidita y contenta a su lado, porque resulta que ni de viva ni de muerta había salido nunca del barrio y tiene miedo a perderse. Dice: «Si la criatura que llevas en el vientre tiene fiebre, la curaré.» Nonnita, que sólo piensa en que dentro de un momento va a encontrarse con Demi Gambús, no la escucha. Cleta, enfadada, le dice que ella nació la noche de Navidad, y que, según la tradición barcelonesa, tiene el poder de curar la fiebre de los enfermos. Nonnita le dice que la deje tranquila, que eso lo ha oído muchas veces y que todavía está por ver que sea así. Cleta se enfada y tartamudea. Cuando se enfada no le salen las palabras. Y dice que sus poderes han sido probados con muchos enfermos que, con fe, han recurrido a ese virtuoso remedio. E insiste: «Este poder también lo tienen los barceloneses nacidos durante el tiempo en que Cristo Sacramentado está a punto de morir, el Jueves y Viernes Santo, y los nacidos el día de la Santísima Trinidad.» «Que me dejes —le dice Nonnita—, que estoy muy nerviosa.» Y la muertecita Cleta se calla un momento, pero en seguida vuelve a las andadas: «Esperaré a ver si tu niño nace con fiebre.» Y Nonnita, resignada, lo deja correr. Porque los muertos son pesados por razones obvias: tienen un número limitado de cosas que hacer y toda la eternidad por delante para llevarlas a cabo. Cuando a un muerto se le mete entre ceja y ceja una cosa, no hay ser vivo capaz de disuadirlo. Nonnita le pregunta: «¿Sabes a quién estoy esperando?» Cleta le responde sin dudar: «Vas a encontrarte con quien realmente traerá la fortuna a tu hijo.» Nonnita se queda de piedra con la respuesta y se anima y se recupera.

Después de pensarlo mucho había llegado a la conclusión de que la mejor manera de hacerle tragar el anzuelo a Demi Gambús era planteándolo misteriosamente. Por eso eligió la manera más arriesgada de hacérselo llegar: volvió a su casa y le dejó una nota escrita. Tras un par de líneas en las que le recordaba los hechos acaecidos nueve años y medio atrás, le sugería que acudiese aquel día, a las seis de la tarde, al Café Sevilla, porque le haría una propuesta que no podría rechazar.

Tenía un noventa por ciento de probabilidades de fallar, pero si él acudía, el resto del plan iría sobre ruedas. Si no se presentaba, daría por zanjado el asunto para siempre.

Estaba nerviosa, y más con Cleta a su lado, que no se marchaba. Tenía calor. Debido al embarazo se sofocaba con nada. El más mínimo pensamiento contrario ya le ponía un nudo en el estómago. Necesitaba un poco de agua fría en la cara, en las sienes. Tres rostros se volvieron hacia ella. Tal vez había vuelto a parlotear en voz alta. La noche anterior, dos hombres que estaban orinando contra la pared de la fábrica de electricidad también la oyeron hablar. Se volvieron un momento pero luego siguieron a lo suyo. Nada nuevo en el Paralelo: una muchacha medio ida hablando sola y alguien meando en la pared de la fábrica de electricidad cuando a menos de cincuenta metros, delante del Apolo, el ayuntamiento acababa de construir unos urinarios públicos.

Se tranquilizó un poco, pero el corazón aún le latía muy de prisa. Notó que alguien le tocaba el hombro por detrás. Nonnita quieta, clavada en el suelo y con el cerebro en blanco. Nonnita con el corazón en la boca. Nonnita hecha un manojo de nervios. Y una voz familiar:

—¿Se encuentra bien?

De buena gana lo habría arañado. Era don Ricardo Soriano, que le sonreía. Al tiempo que se sentía aliviada maldijo sus huesos. Levantó la vista hacia el gran reloj de pared que había frente al mostrador: las seis menos veinte. Devolvió la sonrisa al señor Soriano y le pidió que se sentara con ella. Y entre los dos, la muerta Cleta. Don Ricardo Soriano le caía bien. Era un hombre de mediana edad, gordito, con bigote muy poblado aunque bien cortado, y ojos pequeños y negros. Vestía americana y pantalones claros, chaleco de fantasía, cuello alzado y corbatín a juego con la chaqueta. Todo de primera calidad. Todo perfectamente combinado según el concepto castellano de la elegancia. Era todo un señor de Béjar, en Salamanca.

—Venga, la invito a unas croquetas y un vermú.

—No creo que me sienten muy bien...

—Ande, ande, que tiene que comer por dos. Además, el vermú es medicinal, créame. Mejor que el vino. No deja de ser una infusión.

Nonnita Serrallac se veía a menudo con el señor Soriano para pasar revista a los asuntos del teatro. Los dos hermanos confiaban plenamente en ella y ahora que debido al embarazo no podía actuar, casi se había convertido en una especie de gerente del local: trataba con los proveedores, si hacía falta se ponía en la taquilla, pagaba su salario a los artistas y al afinador de pianos, revisaba que los lavabos, que estaban recién estrenados, estuviesen en perfectas condiciones, etc. Con frecuencia quedaban en el Café Sevilla a primera hora de la tarde, antes de la función, para poder despachar tranquilamente. De los dos hermanos, Ricardo Soriano era el más comunicativo. A Nonnita le recordaba a una especie de cura de pueblo, de esos que dicen largas misas, juegan a cartas y dan sorbitos de vino añejo.

Aquella tarde en concreto no habían quedado, pero el señor Soriano estaba un poco melancólico y tenía ganas de hablar. Le explicó a Nonnita que acababan de invertir en tres o cuatro locales del Paralelo pero sobre todo le reveló, en confianza, que querían levantar un teatro nuevo en la plaza de Espanya, asociados con otro empresario. Proyectos y más proyectos.

—Y queremos que usted siga con nosotros porque creemos que puede llegar a ser una de las grandes artistas de Barcelona.

Nonnita Serrallac echó un rápido vistazo al reloj de pared: las seis menos cuarto. Y Cleta que no perdía detalle de lo que se decía en la mesa.

—Le encontraríamos un papel de primera actriz, la lanzaríamos a la fama.

—¿Está seguro?

—Segurísimo. ¿Otra croqueta? Tenga. Hoy en día todo el mundo quiere triunfar, es natural. Todos tratamos de acertar con el gusto de esa persona simbólica que representa a la masa mayoritaria del público que acude a nuestros locales. Es el sueño dorado de cualquier empresario. Por eso algunos se lanzan de cabeza a la propaganda: se fabrican artistas y vedettes como quien cocina canelones. ¡Por suerte, la propaganda no es una ciencia exacta!

Nonnita consiguió mirar el reloj de reojo: las seis menos ocho minutos. Mientras asentía, pinchó la aceituna del vermú. El señor Soriano decía obviedades, pero las decía con tanto sentimiento que a veces daba pena cortarlo.

—Diga que sí, don Ricardo, por suerte hace falta algo más.

—Desde luego, Nonnita. Pero ¿y los contenidos? Muchos empresarios tiran por el atajo. Escudándose en los supuestos gustos de una mayoría que nadie sabe dónde está, justifican la falta de nivel. ¿Otra aceitunita dentro del vermú?

—Sí, gracias.

Sin embargo no se la puso a ella, se la puso a sí mismo y empezó a removerla con un mondadientes. Suspiró y ella aprovechó para mirar el reloj. Estaba empezando a ponerse muy nerviosa. Las seis menos cinco.

—Ustedes, y perdóneme la expresión, a diferencia de otros, no ofrecen mierda...

Y señaló hacia el lado mismo, hacia la entrada del Gayarre, pequeña y estrecha, donde los carteles en que se anunciaban los artistas eran como los de las pescaderías: pizarras negras colgadas de la pared, en las que se había escrito a pincel y con pintura blanca los nombres y el precio, con las letras desiguales, los renglones torcidos y las eses y las enes al revés.

—Es verdad —contestó el señor Soriano con pena—. Pero ¿y el público?, ¿qué me dice del público? Desgraciadamente no quiere arte: prefiere montones de chicas, cuanto más ligeras de ropa mejor.

Ricardo Soriano no se iba y a ella los nervios se la comían viva. No le parecía una mala persona. Tal vez podrían haber llegado a ser amantes. Quizá eso era lo que él deseaba pero no se atrevía a planteárselo. Tal vez por eso la había ayudado tanto. En fin, demasiados interrogantes. Los hermanos Soriano llevaban una vida muy tranquila, vivían solos en compañía de su anciano padre en la calle Vila i Vilà, no se sabía si eran solteros o viudos, y tampoco parecían invertidos...

Estaba confusa.

Mentalmente le preguntaba a Cleta: «¿Debo relajarme y dejarme llevar por este hombre que parece buscarme?» Y Cleta le responde que lo siente, pero que, como se murió siendo niña, de esas cuestiones no sabe. Y Nonnita se lo perdona porque, de todos los muertos que últimamente la rodean, es el más querido. Le hace revivir los días de juegos, las dos juntas, como hermanitas, corriendo arriba y abajo como locas, aspirando la humedad y maravillándose porque en su calle anochece más temprano y no lo comprenden. Todos los domingos el padre de Cleta va a casa Llibre y compra un tortel de dos pesetas. Pide que se lo envuelvan a conciencia, con cartoncitos protectores y lacitos rojos. Y de vuelta al barrio, hace participaciones de diez céntimos y lo sortea. Es un espectáculo digno de verse. Cada domingo, a la salida de misa de doce en Santa Marta, todo el mundo se dirige hacia la plaza del Oli para ver el sorteo del tortel. Pobres, mutilados, obreros... Más de un pordiosero de los que piden limosna a la puerta de la iglesia, si recoge una moneda de diez céntimos, aún llega a tiempo de comprar el último número. Y Cleta es la mano inocente que saca la papeleta de la bolsa y da el premio. Nonnita es la única persona del barrio que cree en los poderes de Cleta. De noche reza para que Nuestro Señor le envíe un buen acceso de fiebre para que así Cleta pueda demostrárselo a todo el mundo.

Pese a la hora que era, una muchachita chupaba un hueso de ternera, sola, en la mesa que quedaba tras el señor Soriano. Era de tez muy blanca y con dos manchas rojas en las mejillas; sorbía la médula del hueso sin inmutarse. Se dio cuenta de que Nonnita la observaba y le sonrió. Ella le devolvió la sonrisa en el preciso instante en que el señor Soriano la miraba. Él creyó ser el destinatario y, por un instante, fue feliz.

El sonido del piano llegaba amortiguado desde el otro extremo del local, junto a la plataforma que servía como escenario. Eran notas sueltas, aisladas, que tocaba el afinador. El café se había animado un poquito. Había gente conversando y fumando tranquilamente. Sin levantar la voz, se oía el tintineo de algunas copas al brindar. La camarera, en la barra, con el molinillo en la mano, parecía moler el café al ritmo de algún son caribeño. Nonnita notó que se estaba mareando; la culpa era del vermú. De pronto le pareció que el señor Soriano le tocaba el pie con el suyo por debajo de la mesa. Lo retiró inmediatamente y se levantó. El reloj marcaba las seis en punto.

—Perdóneme, don Ricardo, pero es que me estoy mareando. Voy a ver si me dejan refrescarme un poco.

El hombre estaba muerto de vergüenza. Nonnita no sabía si la confusión venía de que había habido una aproximación voluntaria del pie, de que el pobre hombre había tenido un movimiento reflejo, o un calambre.

—Vaya, vaya... —le dijo sin mirarla.

Pidió que la dejasen pasar un momento al lavadero. Una de las camareras, jovencita, la acompañó. La miraba con ojos asustados. Debía de tener miedo de que se le pusiera a parir allí mismo. Nonnita Serrallac pensaba: «Si ahora llega Gambús, no me verá.» Se refrescó, se retocó un poquito ante un trozo de espejo resquebrajado y salió, ya más tranquila. Eran las seis y cinco. De pronto tuvo el convencimiento de que Demi Gambús no acudiría y se sintió más relajada. Cuando volvió a la mesa, ésta se encontraba vacía —bueno, sólo estaba Cleta, claro— y una de las camareras le indicó que el señor Soriano había pagado la consumición y se había marchado. Se encogió de hombros y pidió un vaso de leche fresca. Se la tomaría con toda la calma. Por nada del mundo debía tener problemas con el señor Soriano. Al menos por el momento.

Cleta dice: «El afiebrado tiene que llevarme un vaso de agua, yo me enjuago la boca con ella y la devuelvo al vaso. El enfermo se la bebe y la fiebre se apaga. ¿No tienes un poco de fiebre, Nonnita?» «¡¡¡No!!!», le responde. Y con el grito, la muerta se deshace y desaparece. Ya no está.

Su imagen fue sustituida por la de la muchachita que sorbía el hueso, y que la miraba un poco asustada. Y no siguió chupando el hueso hasta que Nonnita le hizo una señal amistosa con las cejas y le volvió a sonreír. Su angustia la había pagado Cleta.

Cosas del destino: Cleta murió cuando estaba a punto de cumplir los diez años a causa de unas fiebres. Se fue al otro mundo junto con unos cuantos miembros de la compañía de Buffalo Bill, que también sucumbieron a la epidemia de fiebres variolosas que asoló Barcelona a finales de 1889.

Cuando Cleta se le volviera a aparecer le pediría disculpas y le preguntaría si se divertía con los muertos americanos de Buffalo Bill.

Volvieron a tocarle ligeramente el brazo por detrás. Primero le vino a la cabeza la imagen de la muchachita que chupaba el hueso, y sonrió; después la de Ricardo Soriano. Se volvió bruscamente y era él: Demi Gambús.

Con la raya del pelo perfectamente hecha y perfumado, sonriente, con un sombrero de paja en la mano y un bastoncillo de caña de bambú en la otra, clavaba en ella sus ojos de gato mientras sonreía.

—¿Puedo sentarme con usted?

—¿Ahora vuelve a tratarme de usted?

—Vamos, mujer, no sea rencorosa. Perdóneme que llegue tarde, pero es que perdí su peculiar nota y no recordaba dónde era la cita. En el teatro me han dicho que la encontraría aquí. Ya veo que el embarazo va por buen camino.

Se lo quedó mirando fijamente.

—Veo que los pelos de las orejas siguen creciéndole sin problemas.

No le gustó nada, no estaba acostumbrado. Sin embargo se relajó, volvió a sonreír, retiró la silla que había ocupado momentos antes el señor Soriano y se sentó. A Demi Gambús el cabello de la muchacha le pareció completamente rojo bajo la luz del sol que entraba por el ventanal. Se inclinó sobre la mesa, con los labios húmedos y los ojos brillantes de felino. Cuando estaba a punto de decir algo, se acercó una de las camareras, apenas una niña, y le puso ojos de cordero degollado.

—¿Como siempre, señorito Gambús?

—Sí, como siempre, Caterina.

Nonnita se quedó de piedra. ¿Y esa familiaridad? En aquella zona del Paralelo, cada café tenía un tipo concreto de clientela mayoritaria. En el Café Español, justo al lado, podían encontrarse desde soldados del cuartel de las Atarazanas hasta funcionarios, pasando por artistas de circo y de variedades. También tenía su gente el Café de la Tranquilidad, junto al salón de los Soriano: clase obrera, radicales, anarquistas y sindicalistas. El Sevilla era un local muy popular. La mayoría de las consumiciones, con derecho a espectáculo, no costaban más de un real. Era famoso por los grupos de hombres solteros que acudían a él en busca de mujeres. Y no creía que ése fuera el problema de Demi Gambús. Pareció que éste le leía los pensamientos. Sonrió.

—A menudo traigo aquí a amigos y clientes con ganas de juerga. Me viene fenomenal para empezar la noche. La chica que me ha preguntado qué quería, Caterina, me ayuda.

—¿Cómo?

—No se imagina cómo puede llegar a ser de melosa...

Nonnita Serrallac se puso en tensión; no le gustaba ese tono. Con cierta impaciencia le soltó:

—¿Y no tiene curiosidad por mi nota?

—Algo sí, no se lo voy a ocultar. Pero también le diré que si sólo fuera por eso, no habría venido de ninguna manera. Tengo una vida muy divertida. Cada día se me ofrecen mil cosas con que distraerme.

—Sin embargo ha venido.

—No se extrañe. Aunque sólo sea para dar un paseo, vengo al Paralelo con cierta frecuencia.

—¿Solo?

—Depende. Pero en cualquier caso no siento ningún miedo. Los Gambús somos ricos, pero no somos burgueses asustadizos y tiquismiquis, de esos que no tienen sangre en las venas. Nosotros tenemos muy mala leche.

Se desabotonó la americana y se la abrió sin darle importancia. Bajo la axila, dentro de una artística funda de cuero, llevaba una pistola de cañón corto. Como si nada, añadió:

—Es sólo para que vea que no hablo en broma.

Nonnita Serrallac tomó nota mental del arma y no hizo ningún comentario. No era un alfeñique, pero sí un fanfarrón. Ahora ella sabía que llevaba pistola y dónde la llevaba. El muchacho le estaba sonriendo.

—El caso es que como hoy tenía el día libre, he decidido dejarme caer por aquí para ver en qué consiste la famosa propuesta. Debe de querer un trabajo, como la otra vez, ¿no?

—Pues no. Yo ya tengo un trabajo y una profesión.

—¿Se refiere a esto? —le dijo mientras movía en círculo el dedo índice de su mano derecha en referencia a las desgraciadas muchachas del Gayarre.

—Usted es rico y yo quiero una vida diferente para mi hijo.

—Me parece fenomenal. Pero eso ya me lo dijo. Si no quiere un empleo, ¿qué quiere entonces?

—Quiero hacer una apuesta.

—¿Otra? Su experiencia conmigo no fue demasiado buena.

—Esta vez ganaré.

—La veo muy segura. ¿En qué consistiría, en meterme en una pecera con una foca?

Era el momento.

—No, mucho más fácil. Repetiremos la apuesta de hace nueve años, pero con una salvedad: en esta ocasión estaremos los dos solos. Sin nadie a su alrededor, sin nadie ante quien demostrar nada. Haremos el número en frío, esta vez sin trampas, sin abuso de poder; tendrá que hacer lo mismo que yo. Estoy segura de que no podrá. Desde aquella noche yo no he vuelto a hacerlo. Las condiciones serán las mismas: si pierdo, el precio soy yo. Si gano, me dará cinco mil pesetas.

Se echó a reír como un loco.

—Con el tiempo, las mujeres como usted tienen que bajar la tarifa, no subirla.

Ella se levantó con intención de irse.

—Yo no tengo tarifa. No entiende nada de nada.

Él también se levantó e hizo que se sentara de nuevo.

—Siéntese, por favor. Ya ve que no tengo remedio. Discúlpeme. De todos modos no puede ser, pide demasiado dinero por unos pocos minutos de desenfreno.

—No le estoy pidiendo ningún favor. Soy consciente de lo que le ofrezco, que no es tan sólo un momento de desenfreno, como dice. Es mucho más, es el precio por el pasado y por el presente: estoy embarazada, y creo que eso lo vale. Sin ir más lejos, podría perder a mi hijo... Evidentemente, todo quedaría entre nosotros, nadie lo sabría. Es mi única garantía de que no me va a engañar.

—No se fía de mí. Hace bien. Y yo, ¿yo sí tengo que fiarme de usted?

—Tiene todas las de ganar. Yo no era nadie hace nueve años y medio. Ahora tampoco, ¿es que no lo ve?

—¡Bah...!

Cambio de táctica:

—Estoy segura de que, para usted, ese dinero no significa nada. Lo haríamos en el Soriano, de madrugada. El local queda bajo mi tutela. Una hora después de la última función todo el mundo se va. Lo prepararé todo. Usted viene y lo hacemos. Le venceré.

—¿Cómo quiere que me acerque al Paralelo con una cantidad así en el bolsillo?

—Vaya, hace un minuto era el más atrevido de Barcelona, con su pistolita... ¿Ahora ya no lo es? Mire, ésa es la cantidad que necesito para soltar amarras, marcharme y empezar una nueva vida.

—¿Una nueva vida, dice? A ver si ahora va a resultar que no es tan lista como creía. Primero, no tiene ni idea de lo que cuesta empezar una nueva vida. Segundo, nunca se empieza una nueva vida, eso es una excusa para ir tirando; mientras intentas comenzar nuevas vidas, la que estás viviendo se te escapa.

Nonnita se quedó mirando el suelo; aquel hijo de puta tenía la facultad de destrozarla con sólo chasquear los dedos. Por otra parte, a Demi Gambús, igual que ocurrió la otra vez en su casa, ni se le había ocurrido preguntarle por el padre de la criatura. Daba por supuesto que no debía de tener: siendo artista, era lo más probable. Respiró profundamente, levantó la cabeza y clavó los ojos en él.

—¿Qué me dice, señor Gambús?

—¿Qué quiere que le diga? No crea que no me siento tentado.

Nonnita observó la cara arrugada como una pasa de una mujer que acababa de entrar en el establecimiento. El Sevilla presumía de tener treinta camareras en horario continuo de tarde y noche. En el Paralelo, según la zona y el sitio, se difuminaba la línea divisoria entre las camareras, las coristas y las mujeres de la vida. En el Sevilla, en concreto, se podía ser una cosa a primera hora de la tarde, otra por la noche, y una tercera de madrugada. La cara mustia y los ojos inexpresivos de la mujer, así como el tono bajo con que saludó al encargado, bastaron para convencer a Nonnita de que, seguramente, aquél era un buen ejemplo. De pronto, el afinador de pianos atacó una pieza, un pasodoble. Nonnita rompió el silencio que los separaba:

—Venga, bailemos.

Cogido por sorpresa, Demi Gambús sólo miró instintivamente el voluminoso vientre de seis meses de embarazo de Nonnita Serrallac. Ella se dio cuenta.

—¿Es que le da vergüenza bailar conmigo?

El muchacho sonrió, se levantó, le retiró la silla, la cogió de las manos y se la llevó hacia el fondo del local, donde un pequeño escenario justificaba que el Sevilla fuese un café concierto. Se dirigió hacia el pianista, le dio un duro y le pidió que siguiese tocando durante cinco minutos. Bailaron en silencio, los dos solos, durante un largo minuto.

—Últimamente todo el mundo me propone cosas —le dijo él—. ¿Sabe que un grupo pretendía sugerirle al ministro que me nombrase alcalde?

—¿Alcalde? ¿De dónde?

—¿De dónde va a ser? De Barcelona. Sin embargo me negué. Puede estar contenta.

—¿Yo?

—Sí. Un alcalde no tiene libertad de movimientos. Acepto su apuesta. Más que por ayudarla es por distraerme, de modo que acepto. Aunque con una condición: si gano yo, el precio a pagar será usted, y para toda una noche.

—¿Y por qué?

—Mire, estoy seguro de que volveré a ganar. No quiero quedarme con la sensación de que todo se reduce a echarle un buen polvo. Además, y perdóneme, eso ya lo he hecho. Me gustaría encontrar alguna novedad. Entonces, ¿estamos de acuerdo?

Ella se plantó y dejó de bailar.

—Sí, y le digo que no ganará.

—Así me gusta, con carácter.

El pianista acabó de tocar. Demi Gambús la acompañó a tomar asiento, pero ella no quiso; tenía que marcharse al Soriano. Recogieron sus cosas y salieron a la calle. Los días eran ya muy largos y la luz llenaba de un lado a otro toda la avenida.

—¿Cuándo será? —le preguntó él.

—No lo sé aún, pero pronto. Hay que encontrar el mejor día. Ya le avisaré.

—Quizá se me pasen las ganas.

—Quizá yo haré que le vuelvan.

—Quizá cuando se me pasan las ganas de algo ya no hay manera de hacérmelas volver.

—Quizá no me conoce lo suficiente. Quizá no sepa que, cuando se me mete algo entre ceja y ceja, no hay dios que me lo saque.

La observó retozón. Ella le sostuvo la mirada. Tuvo la sensación de que en cualquier momento Gambús se pondría a maullar, a hacerle miau, marramiau.

—Tal vez sea eso, que la conozco poco —concedió finalmente.

—Seguramente —concluyó ella.

Deogràcies-Miquel Gambús se fue Paralelo arriba a buen paso y comprobando discretamente si le habían vuelto a crecer pelos en las orejas. Nonnita Serrallac, con el pulso acelerado, cruzó la calle para volver al Soriano.

Apoyado en el mostrador del Sevilla, un individuo había intentado seguir la conversación entre Nonnita Serrallac y Demi Gambús. De espaldas a ambos, había estado escuchando mientras se tomaba tranquilamente una cerveza. De hecho, aún seguía allí. Tenía cara de rata y se llamaba Felip Dalmau. Desde el interior del local una voz se dirigió a él:

—Hombre, Dalmau, ¿a qué se debe el honor de contar con la presencia de un insigne miembro del benemérito cuerpo de policía?

Dalmau se volvió muy lentamente. El grupo del Partido Radical ya no estaba allí. Entonces vio a un individuo de unos treinta años, sentado solo en un rincón. Estaba un poco bebido. Lo reconoció inmediatamente: era un arriero al que había conocido años atrás. Tenía la misma pinta que entonces, con sus pantalones de pana color verde, la blusa azul, la gorra negra y las alpargatas. Volvió a inclinarse sobre su cerveza y le dio la espalda. Luego dijo:

—Ya no soy policía.

—Pues el pestazo es el mismo. O sea que no me lo creo.

—Ahora trabajo para un particular. Y baja la voz.

—Si es verdad que ha dejado la policía, ¿qué me podría impedir que lo mandase a la calle de una patada en el culo?

—Supongo que nada. Pero no tendrás necesidad: me

iré en seguida. Eso sí, después de acabarme la cerveza. Ni un segundo antes ni un segundo después.

Todo el personal y los clientes seguían el diálogo en silencio. El arriero le clavó la vista en la espalda durante unos segundos, pero el ex policía parecía de pronto interesadísimo en la textura del líquido que aún le quedaba en el vaso. Estaba en tensión, tenía una navaja en la mano que, discretamente, había sacado. Controlaba al arriero de reojo a través de uno de los espejos de la sala. Pasaron unos segundos. Como era de esperar, el tipo perdió la concentración y la rabia cedió en su cuerpo. Entonces, enojado consigo mismo, apartó a un vendedor de lotería que entraba y salió del café dando un gran portazo.

Felip Dalmau se relajó. No le reprochaba que le guardase tanto rencor. Lo detuvo con otros arrieros en los conatos de huelga general del mes de enero de hacía seis años. La gente reclamaba la jornada de ocho horas. El ejemplo de los tintoreros, que ya habían conseguido las cincuenta y cuatro horas semanales, espoleaba a todos los gremios. Y Felip Dalmau, por aquel entonces policía secreto íntegro, tenía órdenes concretas de localizar en el cesto la manzana podrida capaz de pudrir el resto de las manzanas buenas. Le dio una buena paliza. Eran otros tiempos.

Afortunadamente entró a trabajar para la señora Gambús. La cuestión no era que aquella dama le multiplicase el sueldo que entonces percibía por cuatro, sino que al día siguiente ya tenía una casa nueva en un barrio decente, su mujer era feliz y su hija podría ir a la universidad. Y hasta ese momento no se le había ordenado hacer nada que no hubiese hecho ya antes con la policía. Se ganaba bien la vida y se sentía respetado. ¿Qué más podía pedir? Admiraba a la familia Gambús: tenían estructura, orden, sabían lo que querían y plantaban cara para defender sus intereses. Hasta le habían puesto un piso franco en la calle Nou de Sant Francesc. Su existencia únicamente la conocían él y su nueva patrona. Según ella, nadie debía saberlo: ni los amigos de la familia, ni el servicio ni, sobre todo, su hijo. El día que eso sucediera sin su autorización, lo pondrían de patitas en la calle. Felip Dalmau lo aceptó sin ningún inconveniente. Gracias a eso, de vez en cuando podía guardar las espaldas del heredero a distancia. Como hoy, que lo había visto tan entusiasmado con esa preñada.

Apuró la cerveza y se fue.

20

Domingo al mediodía en el Llano de la Boqueria. Concluía el mes de mayo y el verano se insinuaba ya. En la Rambla lucían aún las colgaduras de los actos con que se había celebrado la elevación a los altares del beato Josep Oriol, el primer santo barcelonés en mucho tiempo. Una inmensa masa de gente se concentraba en la plaza de Catalunya con ocasión del homenaje popular a Àngel Guimerà. Hacía mes y medio que había explotado la última bomba y la gente paseaba contenta. Lucía sus trajes de primavera y las terrazas de los cafés empezaban a convertirse en vistosas exposiciones, llenas de color, de sombreros femeninos y elegante vestuario.

Una muchacha esperaba en la parada del tranvía. Se llamaba Llucieta Vaquer y estaba citada con Rafael Escorrigüela. Era una modistilla menudita y huérfana, de dieciocho años y cabellera muy morena, hija de sastre y nieta de modista. Trabajaba en un taller situado en un cuarto piso de la calle Hospital. Junto a seis costureras más, con las gárgolas del Hospital de la Santa Cruz casi al alcance de la mano a través de la ventana, Llucieta cortaba, hilvanaba, probaba y cosía para damas de todos los niveles sociales desde la mañana hasta la noche. Pertrechada con trozos de tiza para dibujar los patrones, tijeras para cortar, cinta métrica, etc., se sumergía entre las telas, los tules, la sarga... Le gustaba mucho en particular una gran pieza de seda, blanca y luminosa, como una clara de huevo a punto de nieve. Las modistillas sólo hablaban de hombres. En voz alta si la dueña no estaba y en voz baja si andaba cerca o se sentaba con ellas. Normalmente, Llucieta Vaquer permanecía en silencio porque no quería explicar que ya tenía novio. Unos días antes había estado a punto de confesarlo, de lo contenta que estaba. Pero se había contenido para no provocar envidia en las compañeras más mayores. Toda la semana era un pensar en el domingo.

Ahora, en el Llano de la Boqueria, la esperaba su novio. Había salido con él algunas veces y le parecía muy agradable. Se llamaba Rafael y no acababa de creerse que aquello le estuviera sucediendo a ella. No era un cualquiera. Era un hombre de negocios con experiencia de la vida. Hacía dos domingos la había llevado a Sitges, a ver las carreras de coches, en el Vinyet. Hasta le había presentado a un amigo de juventud, abogado y hombre de negocios como él. Éste iba acompañado de una dama muy elegante, simpatiquísima y reciente viuda. ¡Y ella, la pobre Llucieta, codeándose con la alta sociedad! Menos mal que la dueña del taller le había dejado un vestido precioso, estampado, con sombrerito, y no había desentonado entre las señoronas que, con sus binoculares, seguían aquellos autos pequeños, para una sola persona, tan curiosos.

Aquel domingo había prometido llevarla a la Bonanova a comer y a bailar. Según Rafael, en esa ocasión irían en tranvía porque resultaba más romántico. A ella le daba igual. El tranvía no le parecía poca cosa. Como muchos barceloneses de clase trabajadora, si podía trataba de ahorrárselo. Llucieta Vaquer era una barcelonesa de dieciocho años, huérfana de padre y madre, modista y, sin embargo, feliz porque tenía pretendiente.

Rafael llegó puntual, limpio, perfumado y arreglado, con sombrero y bastón. Iba hecho un dandi. Se saludaron afectuosamente y, en el tiempo de comentar el buen tiempo que hacía, ya tenían el tranvía allí. El trayecto desde la Boqueria hasta la Bonanova, que normalmente duraba media hora, en esta ocasión duró tres cuartos porque en la embocadura del paseo de Gràcia se quedó sin corriente. Ellos ni se dieron cuenta. Rafael, aquel muchacho tan dulce, le estaba explicando sus planes color de rosa en los que ella, experta costurera, regentaría su propia tienda de última moda que él le iba a instalar. Y con una sonrisa, ella decía:

—¿No le parece que va demasiado rápido, Rafael?

—Me lo pide el corazón, Llucieta, ¿qué quiere que le haga?

Almorzaron al aire libre en un restaurante de moda. Ella estaba que no cabía en sí de gozo. Comía cosas que ni sabía que existiesen: ravioli al gratén o escalope a las finas hierbas. Él estaba nervioso. Miraba hacia la entrada, comprobaba la hora...

—¿Espera a alguien, Rafael?

—¿Eh? Sí, a aquel amigo mío que le presenté en Sitges el otro día. Me dijo que tal vez vendría a comer con nosotros. Pero, ya a la hora que es, no creo que...

Y Llucieta Vaquer, contenta, contemplaba las letras rojas de la pancarta agujereada, balanceándose ante sus ojos: «Baile anual del Lawn Tennis Club del Turó.» Muchachos y muchachas de casa bien entraban allí, tras presentar un carné de socio o comprar la entrada. El alboroto de una orquesta se filtraba por el portal de la finca. Se encontraron un jardín precioso con farolillos a la veneciana preparados para ser encendidos. A las seis comenzaba el baile, que tenía lugar en una de las pistas de tenis. A las ocho, fuegos artificiales. A las nueve, gran concurso de globos iluminados y fin de fiesta. A las diez, todo el mundo a la calle, pues al día siguiente era lunes.

Rafael Escorrigüela era incapaz de sacudirse la melancolía. Llevaba una temporada cortejando a la modistilla y poco más. El tiempo y el dinero se le escapaban de las manos miserablemente. Los intentos para acercarse a Demi Gambús fracasaban uno tras otro. Y no es que no se vieran, al contrario. Pero siempre acababan hablando de los viejos tiempos delante de un vermú. En cambio, del tiempo presente, nada de nada. Lo que pretendía Rafael Escorrigüela era ser el hombre de confianza de Demi Gambús. Había intentado anudar una amistad más fuerte, pero le resultaba difícil. Incluso le había presentado a la modistilla, por si acaso le apetecía sustituir a la viuda Roca por un pajarillo tierno como aquél. Pero nada, ni la había mirado. Ya no sabía qué hacer. Lo que Rafael Escorrigüela deseaba profundamente era tocar y manejar dinero. Por el contrario, tocaba y manejaba a duras penas a una modistilla que, como máximo, pesaría unos treinta quilos, eso después de haber comido. Se consumía encerrado en su flamante e inmenso piso del Ensanche. Había soñado con llegar a compartir despacho, negocios, mujeres, noches y días con Demi Gambús. Y éste, en cambio, todo lo más que hacía era ofrecerle negocios de medio pelo, como si se estuviera burlando. El último casi parecía una broma: le pasó la información privilegiada de que, muy pronto, el ayuntamiento implantaría obligatoriamente las llantas de goma en todos los coches y tartanas de las compañías de transportes de viajeros que operaban en Barcelona: la Catalana, la Española, etc. El coste de sustituir las viejas ruedas se elevaba a unas dos mil pesetas por vehículo. El beneficio neto podía ascender a un treinta por ciento. Entre todas las compañías sumaban casi un centenar de vehículos que había que reformar. Aún no lo sabía nadie, y lo único que tenía que hacer era andar listo para acaparar todas las llantas de goma del mercado. Luego todo el mundo tendría que comprárselas a él.

—Podrás venderlas al precio que quieras, Rafael. ¿Qué te parece? No me dirás que no te ayudo.

—Gracias, hombre, gracias.

Se sintió muy humillado. El gran Gambús le ofrecía las sobras de su poder: ruedas, llantas, palabras que sólo de oírlas le producían dolor de estómago. Rechazó el negocio.

Rafael y Llucieta estuvieron bailando sin parar. Se fue sumando gente al baile y el ambiente era el de un veranillo adelantado. La modistilla cada vez se le acercaba más. Por miedo, pobrecita. Veía que Rafael estaba allí pero parecía tener la cabeza en otra parte. Preocupaciones de hombre de negocios. Habría que ir acostumbrándose. Y él con el pensamiento cada vez más y más lejos. Se pasó toda la tarde pendiente de la entrada. Todo aquello, lleno de señoritos, le estaba saliendo por un ojo de la cara. Suerte que le había podido endosar el viaje en tranvía...

Aunque aún había mucha claridad, dieron comienzo los fuegos artificiales. Rafael miró a la modistilla y la vio llorar, los dos con la vista puesta en lo alto, con la boca abierta y diciendo «¡oh!».

—¿Por qué lloras?

—Por nada. Por los fuegos, que son muy bonitos. Por los ravioli de la comida. Por los farolillos...

—Vamos, vamos...

Volvió a mirar hacia arriba. Uno de los cohetes acababa de fallar. Se volvió hacia su compañera para compartir el gesto de desencanto, pero ya no estaba. La buscó con la vista entre el público. Ni rastro. No se inmutó, supuso que habría ido a pasear su simpleza entre los cuatro tilos que rodeaban las pistas de tenis. Acabaron los fuegos y aún no había vuelto. Entonces se puso un poco nervioso porque aquella pánfila era capaz de perderse y no tenía muchas ganas de buscarla a la luz de los farolillos. Mucha gente comenzó a desfilar hacia la salida sobre las nueve. Al concurso de globos iluminados sólo se presentaron tres candidatos y el jurado resolvió premiar a los tres. Ya hacía más de media hora que Llucieta había desaparecido. Los globos se elevaron y los asistentes aplaudieron con ganas. Un minuto más tarde, de repente, a todo el mundo le entró prisa por marcharse. Rafael Escorrigüela estaba que echaba chispas. ¿Dónde cojones se habría metido aquella idiota? Todavía iban a acabar perdiendo el último tranvía, y de ninguna manera estaba dispuesto a alquilar un carruaje ni un automóvil. Buscándola, había cogido un caminito que llevaba a una fuente, en medio del recinto, cuando de pronto se apagaron los farolillos venecianos y todo quedó a oscuras. ¡Lo que faltaba! Los organizadores habrían dado por supuesto que no quedaba nadie y...

El golpe de una mano contra su espalda, fuerte como una piedra, hizo que se tambaleara hacia adelante. Otra mano lo cogió por el brazo y se lo retorció hacia atrás. Dos manos, dos fuerzas brutales y al suelo, Rafael de morros contra el suelo, Rafael Escorrigüela mordiendo el polvo, con tierra en los dientes y la lengua, oliendo tierra. Una mano en la nuca lo incrustaba en el suelo: gusto de saliva y tierra.

Alguien lo levantó y lo puso de rodillas, tosiendo y escupiendo. La voz de Felip Dalmau, a quien tenía delante, ligada ya para siempre a una cara de rata, le dijo en un susurro:

—Rafael, la señora dice que la tiene usted muy abandonada.

—¿Y la chica?

—No se preocupe. La modistilla está absolutamente convencida de que es la prometida de uno de los futuros magnates barceloneses. Se creería cualquier cosa. La hemos acompañado a su casa. Le hemos dicho que un asunto urgentísimo, de vida o muerte, lo había requerido. Y se lo ha tragado. Ni siquiera se ha asustado. No queríamos que lo viese así. Y ahora, repito, ¿cómo es que nos tiene tan abandonados?

—Me estáis haciendo daño.

Felip Dalmau ordenó que lo soltasen.

—Y mucho más que le vamos a hacer, Rafael, si no es capaz de cumplir sus compromisos. La señora está triste. Le hemos llamado, le hemos enviado notas y ni se ha dignado contestar. Eso ha apenado mucho a la señora.

—No he contestado porque no tenía nada que decir. Demi no se fía de mí y me trata como a una mierda. Hasta este momento, lo único que me ha proporcionado es trabajo como intermediario en un negocio de llantas de goma.

—La señora ya le explicó que su hijo está haciendo una serie de movimientos extraños que no acaba de entender, y de los que no le da cuenta alguna. Tiene que concentrarse en eso, Rafael.

—He intentado estar a su lado, pero es imposible. Y tenéis razón, en estos últimos días parece como si estuviese en otro mundo.

—Doña Miquela ha decidido tomar la iniciativa. Aquí tiene las instrucciones —le extendió una abultada carpeta— para la semana entrante. Le permitirán pasar muchas horas junto al señor Gambús. Y en un asunto importante.

—Lo dudo.

—Ay, Rafael, Rafael, qué poca fe. Escúcheme, usted las va a seguir al pie de la letra, ¿estamos? No se trata de ninguna sugerencia, es una orden. Las estudia, memoriza lo que se le indica y a continuación las destruye, las quema. ¿Me ha entendido? Y más vale que aproveche esta oportunidad. Ahora, adiós. Y la próxima vez que la señora le llame, le recomiendo que responda al momento. No le gusta nada esa manera suya de proceder. Venga, márchese, el tranvía le espera.

De un empujón fue a parar al camino principal que conducía a la puerta. Curiosamente, los farolillos venecianos volvieron a encenderse. En la puerta no había nadie pero estaba abierta. En cuanto salió del recinto, las puertas se cerraron. Y el tranvía, allí mismo, sin duda lo estaba esperando, ya que fue subir y ponerse en marcha inmediatamente. Aunque no había ningún otro viajero, el cobrador no se le acercaba. Y cuando fue él quien se acercó, sin mirarlo, se negó a cobrarle el billete.

Rafael Escorrigüela aún tenía gusto a tierra en la boca. Y mucho miedo. Era el exponente del verdadero significado del miedo. Tenía tendencia a negar, a través de una conducta irracional, el objeto del mundo exterior que lo atacaba. Como si negando su existencia dejase de existir. Y claro, no era así. Y el resultado era comer tierra.

Durante el trayecto en tranvía deshizo las cintas de la carpeta y comenzó a echar un vistazo a aquel material. Se quedó pasmado. Para empezar, había allí un fajo de billetes con una cantidad fabulosa de dinero. Aparte, las instrucciones de doña Miquela le explicaban la razón por la que, en los próximos días, él y Demi tendrían ocasión de pasar mucho tiempo juntos. De improviso se iba a convocar una huelga salvaje en el sector de los basureros. Demi sería llamado a defender los intereses de la patronal y del ayuntamiento. La huelga entraría en una fase de intransigencia radical y, casualmente, entraría en escena Rafael Escorrigüela, quien, en virtud de una antigua y profunda amistad con uno de los cabecillas del comité de huelga, actuaría como intermediario. Todos los datos se adjuntaban en una hoja aparte. La huelga sería salvaje, con cuatro o cinco días durísimos. Se resolvería gracias a la intervención de Rafael Escorrigüela. Eso haría que aumentase la confianza de Demi en él. Al día siguiente tendría que presentarse en su despacho y depositar aquel fajo de billetes sobre la mesa, displicentemente, como quien no quiere la cosa, como queriendo hacerle saber: «Esto es para empezar, Demi. Deja lo de las llantas, e invierte por mí este dinero en lo que te parezca mejor.»

El tranvía se detuvo de repente. Era el punto más cercano a su casa. En todo el recorrido no se había detenido ni una sola vez. Tanto el conductor como el cobrador actuaban como si él no estuviera. Supuso que debía bajar. Dejó el asiento y salió. En aquel instante, la vergüenza superaba al miedo.

Caminó hasta el portal con el ánimo por los suelos. Ni siquiera se recobró cuando recordó que su suplicio tenía fecha de caducidad: doña Miquela le había asegurado que serían sólo unos cuantos meses. Se tumbó en la cama boca abajo, vestido, y se durmió. Tuvo unos sueños horribles relacionados con el pasado y con la familia Gambús. Se despertó media hora más tarde, desorientado y con un hilo de baba cayéndole por la comisura de los labios. No sabía qué hacer. Volvió a considerar la posibilidad de escapar por sorpresa... Pero... ¿Y si el hombre con cara de rata estaba abajo? Cualquier solución era válida menos marcharse. Sabía con certeza que no podría escapar una segunda vez de los Gambús.

A comienzos de 1898 trabajaba para ellos como recaudador. Era un buen trabajo que había conseguido merced a la amistad de su padre con el amo. Don Miquel Gambús, *el Mierda*, aplicaba impuestos particulares a casi todas las fuentes de ingresos posibles y Rafael era el encargado de cobrarlos. Uno de los más curiosos era el impuesto por actuar de intermediario en caso de robo. Los perjudicados acudían a don Miquel, el cual perseguía y atrapaba al ladrón. Le hacía saber a éste que, si se avenía a razones, no tenía nada que temer, ya que lo perdonaba en nombre de la víctima y le garantizaba el anonimato y una pequeña compensación económica. En caso contrario, su destino sería pudrirse en el fondo de un pozo seco, cortado en trocitos. Tanto en un caso como en el otro, una especie de jueces privados valoraban el género robado. La víctima lo recuperaba a un precio razonable, la familia Gambús se quedaba con un tanto por ciento y todo el mundo contento. Con el tiempo, ya casi nadie acudía a la justicia ordinaria. Don Miquel era mejor y más rápido. Un día, en lugar de entregar el dinero recaudado, Rafael Escorrigüela huyó con él. Para evitarle a su padre la vergüenza, no lo persiguieron. Fue a parar a Barcelona, profundamente libre y, al mismo tiempo, profundamente ridículo: aquella cantidad que en el pueblo le parecía fabulosa, en realidad era insignificante.

Ahora, aquel ridículo tan grande y tan espeso que casi le había cortado la respiración, se repetía. Y no lo soportaba.

Salió a la calle. Eran casi las diez y media. Sin darse cuenta, al cabo de media hora ya había recorrido unas cuantas tabernas e iba bastante borracho. Tomaba asiento, pedía un coñac y hablaba en voz alta. Les explicaba a los parroquianos cosas de los viejos tiempos, de Alcagaire, de los Gambús...

En un local de la calle Sant Jeroni consiguió que le preparasen una tortilla. Con la lengua anestesiada por el coñac y el moscatel, no distinguía ningún sabor. Al menos no estaba solo. Nuevamente en la calle, en un rincón, vomitó todo lo que había ingerido y se sintió mejor. Se limpió los morros con un pañuelo limpio y continuó. Las letras de los carteles de las tiendas bailaban y parecían querer escapar de su sitio, descolgarse, caer al suelo y, libres, salir corriendo. En otra taberna volvió a pedir una tortilla y un café. Miraba a su alrededor y, entre olor a picadura de tabaco y a fritos, vislumbraba rostros, gorras, todo moviéndose borrosamente a su alrededor, como chiribitas. Cuando salió a la calle la oscuridad era completa. El alumbrado no funcionaba. Aquello, sumado a un espeso silencio poco habitual, hizo que volviese a tener miedo, un miedo inmenso, ese miedo insoportable de los borrachos que puede llegar a hacerlos morir de terror. No se oía nada, como si una gran manta, mullida y pesada, hubiese caído sobre las casas. Vio luz y gente y hacia allí se encaminó. Las farolas de gas y las hojas de los árboles proyectaban sombras extrañas sobre el adoquinado. Desconsolado, comenzó a llorar. Gritaba como un niño y no se calmó hasta que una alma caritativa, que lo observaba desde una planta baja, se acercó a darle un vaso de agua. Corría una ligera brisa. Caminando como un autómata fue a parar delante mismo del gran palacio de don Eusebi Güell, en la calle Nou, al lado de la Rambla. Había salido la luna y lo iluminaba de lleno. Abrió los brazos y empezó a decir, a gritos y con la voz rota, como un loco:

—¡Don Eusebi! ¡Don Eusebi! ¡Aquí!

Y aún más fuerte:

—¡Eusebi Güell i Bacigalupi! ¡Industrial y mecenas! ¡Hijo de Joan Güell i Ferrer! ¡Estudió mecánica, economía política, derecho y ciencias aplicadas!

Cada vez gritaba más. La voz de Rafael Escorrigüela, cantando las excelencias de aquella biografía que tan bien conocía, resonaba en mitad de la calle.

—¡Casado con Isabel López y Bru, marquesa de Comillas! ¡Fundador en Santa Coloma de Cervelló de una fábrica de pana! ¡Fundador de la Compañía General de Asfaltos y Portland Asland!

En una de las ventanas que daban a la calle se encendió una luz. Una figura masculina apartó ligeramente un visillo con curiosidad.

—¡Señor Güell! ¡Señor Güell! ¡Aquí! ¡Aquí! ¡Señor Güell! ¡Consejero del Banco Hispano-Colonial! ¡De la Compañía Tabacos de Filipinas!

Súbitamente, la figura del hombre desapareció y la luz se apagó. Rafael gritó aún más. En medio de la calle, los pocos transeúntes que por allí pasaban se paraban a mirarlo.

—¡Concejal de Barcelona, diputado provincial y senador! ¡Propulsor de la cultura catalana, presidente y mantenedor del consistorio de los Juegos Florales! ¡Académico de la Academia de Sant Jordi de Barcelona y mecenas del arquitecto Gaudí! ¡Eusebi Güell i Bacigalupi, reza por mí!

Se calló un momento para recuperar fuerzas. En ese momento llegó una pareja de guardias. Alguien los debía de haber avisado desde el palacio Güell. Se fijaron en Rafael, con mala cara pero bien afeitado y vestido. Algo más allá, un par de obreros desocupados charlaban y fumaban apoyados en la pared. El más joven tenía un flequillo rebelde que le caía sobre los ojos. Cuando se cansaba de apartárselo con la mano, lo hacía soplando hacia arriba. Los policías se les acercaron y, en un santiamén, los detuvieron. Mientras se los llevaban, los obreros miraron con intensidad a Rafael Escorrigüela para que aclarase el malentendido. En seguida se dieron cuenta de que no iba a mover un dedo, pero aun así, ni lo delataron ni protestaron. Estaban acostumbrados.

Rafael Escorrigüela se quedó un rato largo plantado en

mitad de la calle. No veía gente, veía piernas y brazos moviéndose, veía sombreros, veía resplandores, veía estiércol de caballo, veía chispas eléctricas del cable del tranvía, veía sus guantes, aferrados como zarpas a sus rodillas.

Sereno de repente, con la mente en blanco, volvió a casa.

A Rafael Escorrigüela, Barcelona lo mataba.

21

He aquí un pomo de latón de la empresa Higiénicos Gallifa ennegrecido por las miles de manos sudadas que lo habían tocado en los últimos treinta o cuarenta años para entrar en aquella oficina.

He aquí la mano enguantada de Demi Gambús dudando si tocarlo y empujar la puerta.

En teoría, dos rectas paralelas no se encuentran nunca, si no es en el infinito.

Demi Gambús no estaba nada seguro de saber qué hacía en aquel momento, a las seis y media de la mañana, abriendo aquella puerta. Cosas de su madre. Doña Miquela había insistido en que, como abogado, debía ser parte activa en la resolución de la huelga de barrenderos. Nunca había discutido las dotes olfativas de su madre a la hora de saber de dónde soplaban los vientos que hacían deslizarse el barco familiar. Por lo tanto, nada que objetar. Seguro que era de interés para la familia. Pero en aquella ocasión no lo tenía tan claro. Estaba envejeciendo y en los días precedentes habían discutido muchísimo, más que nunca. Él estaba manejando miles de duros y la señora quería explicaciones al respecto. Había intentado calmarla, le había prometido que todo iría bien y que sería el mejor regalo para su fiesta: «Si todo sale como espero, nos haremos los amos de Barcelona. De no ser así, habremos perdido mucho dinero, pero no se preocupe, no nos arruinaremos...» Sin embargo, a su madre no le bastó con esta explicación. Por eso, que le hubiese encargado dirigir aquella apestosa negociación, lo atribuía más bien a ciertas ganas de castigarlo. Pero en fin, si la mujer se quedaba tranquila con ello, lo daba por bueno.

Él tenía puesta toda la atención en su proyecto: la gran operación había comenzado. Mil hilos se estaban moviendo al unísono. Y no era fácil.

Precisamente, el día en que Demi Gambús comunicó a Joan Rovira su negativa a ser alcalde, empezó a darse cuenta de que las cosas iban a ser mucho más difíciles de lo que pensaba. Le dijo: «Mire, Rovira, tengo grandes proyectos para Barcelona...» Y él: «¿Ah, sí? ¿De qué clase? Sea lo que sea, espero que pronto me haga el honor de contármelo más pormenorizadamente. Estoy seguro de que podría ayudarlo. En cualquier caso, desde la alcaldía todo se vería de otra manera, ya me entiende.» Desde luego que lo entendía. «Déjeme hacerle notar que su iniciación como político iría en beneficio de usted y de sus negocios. Todo el mundo en Barcelona, y cuando digo todo el mundo quiero decir todo el mundo, haría que así fuese. Aún estamos a tiempo de hablar con el ministro. Aún podría ser alcalde. Se lo repito: sería un error descomunal que perdiese una ocasión como ésta.»

Pero él también lo tenía claro y así se lo hizo saber, aunque no en aquel momento. Y menos aún con una posible mayoría de radicales en el consistorio. Ya se vería dentro de cuatro o cinco años.

Se interrumpían mutuamente: «Mi proyecto...» «Perdóneme, Gambús, y no se moleste, pero sea el proyecto que sea, no es incompatible con...» «Rovira, no se trata de un proyecto cualquiera; únicamente le diré que incluye el movimiento de fabulosas sumas de dinero imposibles de conseguir con garantías si no se implican en ello capital extranjero y el visto bueno del gobierno.»

Joan Rovira pensaba a toda velocidad, sumaba y restaba, encajaba piezas... Lentamente y mirándolo a los ojos le dijo: «Sin ir más lejos, ahora mismo en nuestra ciudad se están llevando a cabo un par de operaciones de las gordas...» Y Demi Gambús: «Ya sé por dónde va. Sólo le puedo decir una cosa: ríase del proyecto de la Reforma. De la operación del Ensanche, no le digo nada porque ésa la considero más a medio plazo...» Rovira no podía creer que, de un proyecto tan fabuloso, el mundo financiero de Barcelona no estuviera al tanto. Pero no consiguió arrancar ni un ápice más de información a su interlocutor, que repetía que no era el momento. «No es el momento. Dejémoslo aquí, Rovira, por favor, ya he hablado demasiado. Y vuelvo a decírselo, hay en danza sumas multimillonarias de capital extranjero. El mundo financiero de Barcelona no es una pieza principal del engranaje. Participarán según mis reglas, o se quedarán fuera de este juego.» Y Rovira: «Pero son el corazón de la ciudad. No les gustará nada que los deje de lado.»

El tono era bastante amenazador.

Pero después llegaron las elecciones municipales, con la clamorosa e inesperada victoria del Partido Radical lerrouxista. Este hecho sirvió para calmar momentáneamente a Joan Rovira, si bien en cuanto se hubiesen lamido las heridas, volverían a la carga. Habría que espabilarse.

De ahí la sensación de pérdida de tiempo y las pocas ganas con las que Demi Gambús entraba, de buena mañana, en las oficinas de Higiénicos Gallifa. Arrugó la nariz: el tufo dulzón de la basura en descomposición del vertedero de la empresa, no muy lejos del edificio, se mezclaba con el del depósito de excrementos: el origen de Higiénicos Gallifa había estado ligado a la explotación tradicional del vaciado de letrinas de particulares. A cambio del servicio, podía vender el contenido a los campesinos como abono. Actualmente era sólo una actividad marginal de la empresa, que se mantenía más por motivos sentimentales que por otra cosa. Sin embargo, pensó Deogràcies-Miquel Gambús, el hedor era el mismo. Y él allí, de cuerpo presente, como un clavo. Eso sí era amor filial.

Hizo de tripas corazón y empujó la puerta de cristal esmerilado. Una especie de ordenanza ya lo estaba esperando y lo acompañó al despacho principal. La penumbra del interior lo obligó a cerrar un poco los ojos. Era una pieza grande, aunque acogedora, con las paredes empapeladas, más albaranes que libros en los estantes, algunos retratos de personajes muy serios y diversos apliques de luz con pantalla de cristal azul distribuidos por la estancia. En un rincón, haciendo esquina, una caja de caudales apenas disimulada por unas cortinas.

—¿Qué pasa, Gambús, le extraña que tenga la caja fuerte tan a la vista?

Era una pregunta retórica de bienvenida. Quien la había formulado era Venceslau Gallifa, orgulloso de ser el primero de Barcelona en recoger, transportar y quemar basuras. Era un hombre delgado, de rasgos marcados, cabello negro y un rostro blanquecino que lo asemejaba vagamente a un payaso maquillado. Luego siguió:

—En confianza: es falsa, para despistar. La verdadera la tengo bien escondida.

El señor Gallifa rondaba los cincuenta y se encontraba en plenitud de facultades. Se estrecharon la mano y le presentó a la tercera persona que estaba en la habitación. Era un hombre ya mayor que permanecía sentado con el sombrero en la mano y gesto severo.

—Tengo el honor de presentarle al diputado Sostres.

Se saludaron con un movimiento de cabeza. El diputado provincial Sostres era un mediador oficioso comisionado por la Administración del Estado.

Una vez hechas las presentaciones, se dispusieron a esperar la llegada de la delegación de los trabajadores. Venceslau Gallifa había aceptado representar a los presidentes de otras dos compañías de recogida de basuras ante la inesperada y estúpida huelga de los basureros. Los patronos de la recogida de basuras de Barcelona y pueblos de los alrededores no tenían intención de ceder. Habían decidido por unanimidad que si la ciudad debía ahogarse en un mar de mierda, se ahogaría. Era una huelga incomprensible que parecía hecha con la única intención de molestar. Pero los días habían ido pasando. El nuevo consistorio de mayoría radical no podía consentirlo y el alcalde provisional estaba perdiendo la paciencia. La basura se acumulaba por todas partes, las ratas celebraban fiesta mayor, empezaba a hacer calor y la situación estaba llegando al límite.

Mientras esperaban, Demi Gambús consultó sus notas sobre el asunto: durante los primeros días, el ayuntamiento puso a los trabajadores de parques y jardines a hacer de basureros, pero el conflicto, en lugar de solucionarse, fue a peor. A la huelga se unieron los recogedores y transportistas de estiércol de vaca y caballo. Barcelona contaba con muchas vaquerías y cocheras con caballos estabulados y corría el riesgo de despertar una mañana con las calles alfombradas de excrementos. Los empresarios del sector, exasperados, continuaron con su política de firmeza y ordenaron el cierre total de las empresas. El ayuntamiento se encontró pues sin vehículos para transportar los desperdicios ni vertederos donde depositarlos. Este hecho les forzó a solicitar de los particulares que les alquilasen carros y terrenos, si es que tenían. Barcelona temblaba ante la visión de aquella montaña creciente de basuras, y estiércol que amenazaba con sepultarla. Un técnico municipal proponía meter la basura en vagones y llevarla a los municipios vecinos para quemarla. Otro hablaba de compactarla envolviéndola en una tela metálica y lanzarla al mar. Y en medio de estas disquisiciones, los piquetes de huelguistas persiguiendo esquiroles. Era el caos.

Demi Gambús cerró la carpeta, más aburrido aún que al principio. Quien consiguiese atajar el problema sería un héroe.

Llamaron a la puerta y entró el ordenanza con el aviso de que el resto de integrantes de la mesa negociadora ya había llegado. Gallifa lanzó una especie de gruñido con el que venía a decir que los hiciesen pasar mientras él se arrellanaba en su poltrona de caoba.

Cuando los representantes de los trabajadores entraron, Demi Gambús estaba muy concentrado ante un espejo simulando estar colocándose bien la corbata, cuando en realidad estaba aprovechando para soltar un bostezo inacabable y echar un vistazo a los pelos de sus orejas.

Venceslau Gallifa se levantó muy ceremonioso tras su escritorio y extendió una mano.

—¿Cómo estamos, señor Barral? Y usted, ¿qué tal, señor Escorrigüela?

Demi Gambús oyó aquel nombre y no pudo evitar volverse bruscamente. Mira por dónde, allí delante tenía, vestido de punta en blanco, al sinvergüenza de Rafael Escorrigüela. No daba crédito. Pero sí, sí, era él, sonriente. A su lado, el representante de los trabajadores en huelga, un jovencito con pantalones de pana oscura y americana negra, y un temblor en las manos que sujetaban la gorra. Se le escapó:

—Pero ¿tú qué haces aquí, Escorrigüela?

—Me temo que lo mismo que tú, Demi.

—¿Es que se conocen? —terció Venceslau Gallifa.

Demi Gambús no salía de su asombro, lo cual provocaba una explosión contenida, aunque continua, de felicidad en todos los circuitos cerebrales de Rafael Escorrigüela, los cuales producían torrentes de bienestar que se derramaban por todo su cuerpo. Por momentos como aquél valía la pena comer tierra de vez en cuando. No pudo evitar sentir una especie de deseo idiota y profundo de reír que le llegaba a la piel, como si a través suyo estuviera pasando corriente eléctrica. Obvió la presencia de su amigo y se dirigió a Venceslau Gallifa:

—Somos del mismo pueblo, crecimos juntos y conservamos una antigua amistad. —Se aclaró la garganta y, con la más falsa de sus caras de aflicción, continuó—: Espero sinceramente que este conocimiento previo no sea ningún impedimento.

—¿Y por qué habría de serlo? —dijo el diputado provincial Sostres, un hombre fatigado que era como un pájaro, con una nariz en forma de gancho en mitad de una cara terrosa y triangular de la que salían, a un lado y otro, como si hubieran sido allí plantadas, dos orejas como dos asas. No tenía ganas de perder el tiempo. Para un diputado provincial, no era gran cosa llevar un asunto tan trivial como una huelga de basureros. Insistió—: Al contrario, tal vez sea positivo para llegar a un buen acuerdo. ¿No le parece, señor Barral?

—A mí me da lo mismo. Lo que se tenga que discutir, habrá que discutirlo igual. Y lo que se deba ventilar, que se ventile.

—Sabias palabras, sí señor —remachó el diputado Sostres.

Venceslau Gallifa señaló los asientos vacíos alrededor de la mesa ovalada que ocupaba la parte central del despacho.

—Pónganse cómodos, se lo ruego. Si me lo permiten, abriré el turno de intervenciones. Bien, debo empezar diciendo que, con toda sinceridad y en nombre de las compañías a las que represento, no esperábamos esta huelga. Y que no nos la merecíamos. Pero también quiero decir que es nuestra intención llegar a un acuerdo por el bien de todos, cosa sobradamente conocida desde el principio por parte de los trabajadores. Gracias a ello podemos estar reunidos ahora y aquí.

Rafael Escorrigüela se aclaró la garganta, miró a los presentes, detuvo su mirada unos segundos más de lo preciso sobre Demi Gambús, y apuntó:

—Gracias a ello y a la buena voluntad de la parte social que represento, señor Gallifa.

—Claro, claro, naturalmente.

Rafael Escorrigüela estaba lanzado. Continuó:

—Señores, las cosas han ido demasiado lejos, creo que todos estamos de acuerdo en eso. No vamos a buscar culpables sino soluciones justas y duraderas. Tengo la absoluta certeza de que podremos resolver satisfactoriamente para ambas partes esta situación tan desagradable.

El diputado Sostres se aclaró la garganta y tosió. Todo el mundo se dispuso a escuchar.

—En nombre de la Diputación de Barcelona, estoy aquí sólo para recordarles una cosa: que por encima de nuestras insignificantes personas están los intereses de nuestra ciudad.

El señor Gallifa se lo quedó mirando con recelo. Rafael Escorrigüela retomó la palabra:

—Señores míos, según mi opinión, tenemos una ineludible responsabilidad, y será necesario que todo el mundo ceda un poco en sus demandas. Detrás quedan una serie de hechos que nunca deberían haber tenido lugar.

Demi Gambús observaba a Escorrigüela y no se lo podía creer. El diputado Sostres miraba el techo y el sindicalista callaba. Con parsimonia, Gallifa se desabrochó los gemelos de la camisa, se sacó el pañuelo del bolsillo, echó su aliento en las gafas y se dispuso a limpiarlas. Volvió a gruñir, esta vez sin contemplaciones:

—Si no deberían haber tenido lugar, entonces, ¿por qué han ocurrido?

En ese mismo momento, en el lado opuesto de la ciudad, el señor don Joan Rovira estaba entrando por la puerta principal de la casa familiar de los Gambús. Lo hicieron pasar directamente al comedor, que ya conocía. Por toda la estancia se respiraba un agradable aroma de café y pan tostado. Era él quien había pedido ser recibido, pero aquella familia tan extraña le había respondido que, o hablaban a aquellas horas de la mañana, o no podía ser. Le resultaba indiferente. Una entrevista a las siete le iba como anillo al dedo para aprovechar mejor el día.

—Buenos días, señor Rovira.

Se volvió. No había oído acercarse a nadie.

—Muy buenos días, señora Gambús. No quería molestarla; espero que no se haya despertado por mi culpa.

—Podría decirse que sí.

—Lo siento mucho.

—He mandado preparar un buen almuerzo.

—Gracias. Había quedado citado con su hijo.

—Ya lo sé. No está aquí. Se halla en las oficinas de Higiénicos Gallifa, negociando el final de esa huelga de basureros tan desagradable. El ayuntamiento le ha pedido en confianza actuar como representante suyo.

—Pero ayer mismo, al mediodía, le pedí que nos viésemos y recibí esta respuesta positiva a mi demanda...

Comenzó a rebuscar por los bolsillos sin resultado.

—No busque más, Rovira. Esa respuesta se la envié yo.

—¿Usted?

—Sí. Precisamente porque sabía que Demi no estaría a esta hora. Lo que tenga que decirle a él, me lo puede decir también a mí.

—Pero señora, no me obligue a ser descortés. Yo quería hablar con él.

—No le obligo a nada, señor Rovira. Me hago cargo de su sorpresa, pero no se inquiete, sólo le hago ver qué es lo que más le interesa. Vayamos al grano: sé quién es usted, señor Rovira. Y a qué dedica las horas muertas.

—¿Qué quiere decir? ¿Qué insinúa? No tengo por norma discutir con una dama que, por otra parte, podría ser mi madre, pero...

—¿Desea que le explique las idas y venidas de su grupito de conspiradores? Alguien de muy arriba, alguien cuya identidad incluso usted desconoce, les debió de sugerir que incorporar a un Gambús a su grupito era un buen negocio. Y que no preguntasen por qué.

Joan Rovira estaba tan desconcertado que casi daba pena. Dejar atónito al contrario era una de las tácticas favoritas de Miquela Gambús. Insistió en su estrategia:

—¿Es así o no, Rovira?

Joan Rovira había tardado muy poco en darse cuenta de que la vieja dama que tenía delante era cualquier cosa menos lo que él se había imaginado.

—Su descripción coincide casi punto por punto, señora.

—Debo reconocer que me sorprendió: se saca un as de la manga y le promete la alcaldía a mi hijo. Afortunadamente, le pude quitar esa idea de la cabeza. En este momento sería un error monumental.

—¿Y cree que, en un futuro, podría darse un momento mejor?

—Sí. Del mismo modo que he convencido a mi hijo en un sentido, podría convencerlo en otro.

—Eso me interesa.

—Ya lo sé. Digamos que podríamos ayudarnos mutuamente.

—Usted dirá.

—Tengo muy buenos amigos, Rovira. Y muy bien situados. Me tienen puntualmente informada de lo más importante que sucede a mi alrededor. Debo confesarle que, aun así, últimamente se me están escapando algunas miguitas de información relacionadas con Demi. Me tiene muy, pero que muy preocupada. Resulta que con la excusa de sorprenderme con un nuevo negocio, está moviendo grandes cantidades de dinero. Supongo que ya estará enterado...

—¿Yo? ¿Cómo quiere que conozca las idas y venidas financieras de su hijo? No soy banquero.

—Rovira...

Joan Rovira sorbió un poco de café, lo paladeó y, aguantando la mirada de Miquela Gambús, asintió. Un sexto sentido le advirtió que era lo mejor que podía hacer.

—Sí, señora, así es. En efectivo, en propiedades y en valores. Es un comentario generalizado que circula en estos últimos días. Ha estado comprando de forma masiva y en secreto en el espacio de la Reforma.

—¿La Reforma?

En esta ocasión fue ella la sorprendida. Los últimos informes de Felip Dalmau decían que Demi no paraba de hacer visitas a la Comandancia de Marina, que tenía el despacho lleno de cartas marítimas de la costa catalana, que consultaba tratados sobre las corrientes del Mediterráneo, que había solicitado informes sobre los submarinos que estaban probando los alemanes... Y ahora resultaba que estaba invirtiendo en terrenos. ¿Qué se traería entre manos?

Rovira suspiró y continuó:

—Casi recuerdo palabra por palabra lo que me dijo anteayer: «Acabaremos de abrir este puto barrio como un melón y nos lo comeremos entero sin dejar siquiera las pepitas. Le garantizo que una vez que sean míos todos esos solares, en un año haré que valgan el doble. Y cuando haya construido en ellos los nuevos edificios, valdrán quince veces más.»

Doña Miquela sonrió. Era el estilo presuntuoso de la familia, desde luego. Pero en el alma de Demi Gambús no había ni un albañil ni un inmobiliario. Lo vio claramente: podía engañar a Rovira y a sus amigos pero a ella no. Demi estaba agitando las aguas de la Reforma para que toda la banca barcelonesa acudiese a ver qué sucedía. De este modo se aseguraba de que descuidasen algún flanco de su interés. Pero ¿cuál?, ¿dónde? Ya lo descubriría.

—Era para eso, entonces, para lo que quería hablar con mi hijo, ¿verdad?

—Exactamente. Doña Miquela, es necesario que le haga ver que no puede ir por ahí comprando al buen tuntún. En quince días ha conseguido que los muertos de hambre de los propietarios, conformes hasta ahora con vender por una cantidad ligeramente mayor que la miseria que les pagaba el ayuntamiento por la expropiación forzosa, hayan subido los precios un veinte por ciento. Es absurdo. Lo mejor para todos es el acuerdo entre los compradores.

Miquela Gambús pactó con Rovira que él la mantendría informada y que ella intentaría influir sobre su hijo para que moderase sus ímpetus y para que, en un futuro, se dedicase a la política. A continuación lo despidió. No necesitaba escuchar nada más, estaba clarísimo: Demi los estaba engañando de mala manera. Pero había que descubrir para qué.

Era como si las campanas de la catedral hubiesen proclamado la buena nueva. El tintineo de los cascabeles de las mulas que tiraban de los carros de la basura, nuevamente en la calle, anunciaba el final de la huelga.

Si Rafael Escorrigüela hubiera sido torero, habría salido a hombros del señor Barral por la puerta grande de Higiénicos Gallifa. Don Venceslau Gallifa le aplaudió. Casi lloraba de emoción y le hizo prometer que iría a comer a su casa, con él y su familia, que estaba seguro de que surgirían ideas de negocios de futuro; el diputado Sostres apuntó discretamente el nombre de aquel joven tan prometedor. Un negociador de aquel temple era un buen elemento a tener en cuenta. Circunspecto, Barral desapareció. Y Demi Gambús, tan pasmado como admirado, invitó a su amigo a un buen almuerzo en un lugar decente.

Alquilaron un carruaje hasta la plaza de Catalunya. El sol ya calentaba lo suyo y resplandecía en las aceras, en los cristales de las tiendas y de los cafés, en las placas de cobre de las porterías que daban razón de médicos, ingenieros, abogados y notarios barceloneses. Entraron en la Maison Dorée, vacía y tranquila porque los burócratas de los alrededores aún no habían bajado a almorzar. Se instalaron en un banco corrido con cojines que abarcaba la totalidad de una de las paredes del café restaurante. La panorámica de Canaletas era excelente. En aquellos momentos, una brigada de barrenderos acababa de retirar la basura acumulada junto al quiosco de bebidas. Demi Gambús estiró los brazos hacia arriba y las piernas por debajo de la mesa, y dijo mientras bostezaba:

—Rafael, me has dejado de una pieza. Ya veo que te había juzgado equivocadamente.

—Sí, y ahora dirás eso de que las apariencias engañan.

—Pues no, no lo voy a decir. Sólo quería agradecértelo. El final de la huelga también me beneficia a mí. Mi prestigio subirá como la espuma.

—Acepto tus disculpas a condición de que me invites a un almuerzo regio.

—Dalo por hecho. Y dime una cosa, esa estrategia, ¿la tenías pensada?

—¿Estrategia? En el fondo no he hecho más que aplicar la lógica aprovechando el pequeño ascendente que tenía sobre el otro miembro de la delegación de los trabajadores: mínimo desgaste y máximo rendimiento para ambas partes. Parece mentira que todavía se tenga que explicar, no es ningún secreto: aumento de la producción, abaratamiento de los costes, incremento de beneficios y, por lo tanto, incremento de los salarios y erradicación de la semilla de la revuelta social. Estarás conmigo en que la única garantía que tienen los trabajadores es unirse, formando sindicatos, partidos, como sea: organizarse. Lo encuentro lógico y normal. Si nosotros hiciésemos más por comprenderlos, nos ahorraríamos muchos problemas.

Demi Gambús lo observó con más atención. Rafael estaba eufórico. Parecía un milhombres y, además, se expresaba en plural. «Nosotros»...

—Mi madre pregunta a menudo por ti. Cuando le explique lo que ha sucedido hoy, no se lo va a creer.

Rafael Escorrigüela sonrió amargamente.

—No estés tan seguro de ello.

Un camarero acababa de dejar una bandeja con sándwiches untados con mantequilla y con una gruesa capa de caviar. Detrás del primero, otro camarero les llevó una botella de champán.

—Tú eres hoy el protagonista.

—¡Vaya lujo!

Brindaron y empezaron a comerse los sándwiches. Demi Gambús no se lo acababa de creer aún.

—Cada vez que Gallifa apretaba las clavijas, Barral protestaba. ¡Nosotros te mirábamos, tú lo hacías callar y él te hacía caso! ¡Barral callaba y miraba hacia el techo mientras tú llegabas a un acuerdo con nosotros!

Rafael Escorrigüela observó que, de una de las columnas centrales del café, colgaba un cartel: «Don Josep Boronat dará esta noche una conferencia sobre el tema "Influencia de la mujer en los problemas sociales." Será en el local social de la Unión de Obreros Mecánicos, en la calle Tantarantana, 23.» Que los zurcieran, a los obreros mecánicos y a don Josep Boronat el primero de todos. Aquello era vida. Aquellas bolitas negras que se estaba zampando eran vida. No cambiaba por nada el placer de que estaba gozando. Y mucho menos en aquel instante, cuando Demi Gambús le estaba proponiendo quedar tranquilamente para el día siguiente y hablar de negocios.

—Tengo entre manos un asunto de tal calibre que ni en sueños te podrías hacer una idea.

—Inténtalo, me sobra imaginación.

Demi Gambús no lo escuchaba. Decía:

—Necesito a mi lado gente como tú.

—Puedes contar conmigo, Demi.

—Después de lo de hoy no necesito ninguna prueba más acerca de tu capacidad. Y para que veas que no hablo por hablar... toma.

Sacó su reloj del bolsillo del chaleco y se lo entregó, con cadena y todo.

—Demi, no puedo aceptarlo.

—Por supuesto que puedes. Es un regalo que te hago en prueba de agradecimiento y confianza.

—De acuerdo, lo acepto. Y te aseguro que para mí es mucho más importante de lo que te imaginas. Te propongo una cosa: ¿por qué no nos vamos de juerga esta noche? Celebrémoslo, como en los viejos tiempos. ¿Por qué no cenamos juntos?

—Imposible.

—Demi, no me jodas, para ti no hay nada imposible. Vamos...

—Imposible, te digo. Tengo pendiente un asunto que voy a resolver esta noche.

—Pues paso a buscarte después de la cena y...

—¡Que no puede ser, hostias!

—Bueno, hombre, bueno, no hace falta ponerse así.

—Discúlpame, ya te lo explicaré un día de éstos. Es algo muy importante.

Y por el tono con que cortó en seco la cuestión, quedó patente que no quería decir más.

La razón era muy sencilla. Deogràcies-Miquel Gambús tenía una cita a las dos en punto de la madrugada con Nonnita Serrallac. El día había llegado.

Demi Gambús y Rafael Escorrigüela se despidieron con la promesa de verse al día siguiente, después de comer, para ponerse manos a la obra.

Uno se fue para su casa, deseoso de dormir una buena siesta y explicárselo todo a su madre con pelos y señales. El otro se quedó un rato más en la Maison Dorée. Pidió otra fuente de aquello tan bueno: un día era un día. Y mientras con la punta de la lengua se limpiaba los dientes, llenos de puntitos negros, trataba de imaginar qué sería aquello tan importante que impedía a su amigo salir con él, aquello que, sin duda, lo había puesto muy nervioso.

Demi Gambús se fue a dormir. Tenía mucho sueño. Soñó que su madre, el día de la fiesta, designaba heredero a Rafael Escorrigüela y a él lo echaba de casa. Una auténtica pesadilla. Se despertó sediento. Recordó que aquélla era la gran noche de la apuesta. No tenía ningún temor. Estaba seguro de ganarla. Nonnita Serrallac era una desgraciada dispuesta a todo, desesperada. Y la experiencia le había enseñado a Demi Gambús que, en esos casos, siempre se sale perdiendo. No se está en las mejores condiciones para luchar. Sería divertido. Se lo pasaría bien con ella. La derrotaría y después trataría de ayudarla. Podría enviarla a parir a Alcagaire... Y mientras pensaba todo eso, se miraba en el espejo y se lavaba la cara y las manos en la palangana que tenía junto a la cama. En un mechón espeso de su cabello se había formado un remolino extraño que subía, puntiagudo, desde una oreja. Él, sin embargo, prestaba atención a sus ojos. Las orejas no quiso ni mirarlas. Había dormido un par de horas y eso era insuficiente. Oyó que llamaban a la puerta y fue a abrir. Era uno de los muchachos del servicio, inquieto.

—Una señora quiere hablar con usted.

—¿Quién es?

—La señora viuda de Roca.

Le extrañó. Desde el principio habían pactado que no se encontrarían nunca en ninguna de las dos casas. Por eso se habían hecho arreglar un discreto pisito en la calle Fontanella que les servía para las expansiones amorosas...

—Hazla pasar al despacho.

Segundos después, unos golpecitos, la puerta que se abría y la viuda Roca que entraba. Demi se volvió. Estaba imponente. Lucía un vestido, ligero y delicado, de muselina blanca de seda, y en la mano, a juego con el sombrero, una sombrilla de color crudo. Estaba fresca como una rosa. Debía de haberse levantado a la hora de comer, y no como él, que de buena mañana, cuando aún estaba oscuro, había tenido que reunirse para discutir sobre estiércol y basuras. Se dieron un leve beso en los labios.

—¿Qué te ocurre, nena?

Ella se detuvo ante él, mirando al suelo.

—Demi, lo nuestro no puede seguir así. Estoy cansada, siempre ocultándome.

—Pues no te ocultes. —La cogió por la cintura—. En realidad, lo sabe todo el mundo.

—Ya lo sé. ¿Crees que soy idiota?

Se separó ligeramente de él e intentó aplastarle el remolino rebelde. Demi aprovechó para besarla otra vez, pero ella le apartó la cara.

—Demi, hace más de seis meses que haces lo que quieres conmigo, hasta las cosas más bajas.

—No parece que te disgusten.

—No seas grosero.

—Discúlpame.

—No importa. Somos adultos y no tenemos que rendirle cuentas a nadie. Pero también es verdad que las cosas no pueden continuar como hasta ahora.

—Pero ¿qué te ocurre? Hace cinco minutos estaba durmiendo y aún estoy espeso. ¿Has venido a reñirme?

—No. He venido a pedirte que me pidas en matrimonio.

—¿Me lo puedes repetir? Parece un juego de palabras.

—Hablo en serio, Demi, y me has oído bien.

—Si no te importa, hablaremos de ello otro día.

La muchacha se sentó. Estaba triste, a punto de llorar, y sin embargo aguantaba con firmeza. Había ido allí con una idea concreta y no pensaba marcharse sin acabar lo que había empezado.

—¿Es que no vas a considerar siquiera lo de la boda?

—Ya te he dicho que no es el momento. Estoy a punto de tomar las riendas de los negocios familiares, mi madre se jubila y quiere volver al pueblo. Hagamos una cosa: te prometo formalmente que hablaremos de ello después del verano.

—De ninguna manera. ¿Tú me quieres, Demi?

—Claro que sí.

—Pues entonces hablemos ahora.

—¡Ahora no puede ser, hostias! ¿Qué bicho te ha picado, Merceneta? Entras como una tromba, sin avisar siquiera...

—Si no quieres que hablemos ahora, es que no me quieres.

—Merceneta, ¿te encuentras bien?

—Mejor que nunca. Dime sólo sí o no. ¿Formalizamos nuestra relación, Demi?

—Más adelante. Sabes que te quiero, que...

—Entonces hemos acabado. He recibido una propuesta de matrimonio. Del solterón de casa Moixoni. Voy a aceptarla. Ya hace tiempo que anda tras de mí.

—Pero ¿qué me estás diciendo? ¡Es un viejo! No puedo creer que hables en serio.

—Pues ve haciéndote a la idea. Lo siento mucho, pero las cosas son así.

—Que te cases con Manuel Moixoni no quiere decir que tú y yo...

—¡Adiós! Allá te las compongas. ¡Ah!, y vete un poco a la mierda, Demi.

Y se marchó impetuosamente, dejándolo con un palmo de narices.

El muchacho la siguió con la mirada, desconcertado. No estaba acostumbrado a que la gente lo dejara plantado y con la palabra en la boca. Se acomodó en el sofá. ¿Adiós? Se levantó y gritó hacia la puerta:

—¡Pues adiós! ¡Ya volverás!

Dio un puñetazo en el sofá y se tomó una pastilla de estricnina. Encendió una de las lámparas eléctricas y se puso a trabajar en su gran proyecto. Al cabo de unos minutos, aún flotaba en el ambiente un rastro del perfume de la viuda. Había mil detalles que tener en cuenta. ¡Mujeres! Trabajar con el extranjero era lento, difícil y arriesgado. Al fin pudo concentrarse y ya no pensó más en la viuda Roca.

Además, a esas alturas, los banqueros barceloneses ya debían de estar preocupadísimos por su irrupción y había que andarse con cuidado.

Demi Gambús cenó solo en su cuarto. De repente se le habían ido las ganas de compartir mesa con su madre. No quería verse en la obligación de explicarle las gestas matutinas de Rafael Escorrigüela.

A la una y cuarto de la madrugada en punto se vistió presuroso y salió. En la izquierda, bajo la axila, la pistola; en la derecha, en un bolsillo interior del chaleco, disimulado, el dinero. Fue a la habitación de su madre. A menudo la encontraba despierta a esas horas, pero en esta ocasión comprobó que dormía. Se quedó mirándola. La gran Miquela dormía.

Rápido hacia la Rambla. Apenas quedaba gente en la calle y el eco de los pasos de los pocos que caminaban a aquellas horas llegaba muchísimo antes que ellos mismos. Una vez en la Rambla, cogió la calle Nou. De prisa, sin mirar a ningún lado. En plena madrugada y los carros de la basura todavía trajinando, arriba y abajo. Barcelona rezumaba restos orgánicos e inorgánicos. Serían necesarios unos cuantos días para que todo volviera a estar limpio, aseado y presentable. Había que recuperar el tiempo perdido. Demi Gambús caminaba solo, en silencio. A los hombres y mujeres que se cruzaban con él los veía gastados y sin color. Pensaba. Y como iba absorto en sus cosas, no se daba cuenta de que alguien, torpemente, lo seguía. Si se hubiese dado la vuelta, habría visto a un individuo pegado a las paredes de las casas de aquella calle, alguien que se fundía con las sombras de las hojas de los nísperos que sobresalían por encima de los muros de los jardines particulares. Él miraba hacia adelante y pensaba. Un poco más adelante, no mucho más, se abría un resplandor. Era el Paralelo, que prometía luz, gente, carruajes, tartanas, autos, tranvías; pero a él, mientras no llegaba, le parecía estar anclado en una especie de calma quieta. Sintió en la boca un regusto polvoriento. Le ocurría siempre que estaba nervioso. Desembocó en el Paralelo, bullicioso y animado. Un muchachito limpiaba diligentemente el mostrador de madera de su puesto de cacahuetes, coco, pipas y regaliz. La melodía del organillo de los Soriano atacando el *Danubio Azul*, brillante y rápido, le llegaba de cara, desde el otro lado de la avenida, como si lo estuviera llamando con una voz dulce y autoritaria al mismo tiempo. Pero eran las notas de despedida; salían los últimos espectadores. De pronto se detuvo. Quiso ver cómo se apagaban las luces del teatro. Fue a sacar el reloj del bolsillo del chaleco, pero no lo tenía. Recordó entonces que se lo había regalado al insoportable Escorrigüela. Para tranquilizarse un poco entró en el Sevilla. El reloj de pared marcaba las dos menos veinte. Veinte minutos para el encuentro. En aquellos momentos en el local no había espectáculo, pero estaba lleno: hombres jóvenes y viejos, más gorras que sombreros, nada nuevo, todo el mundo muy chillón. Se apoyó en la barra. Sacó su cajita de plata y se tomó una pastilla de estricnina con un trago de cerveza. En menos de cinco minutos notaría sus efectos marcándose una polca dentro de sus venas. La necesitaba. Sólo de pensar que tenía que morder la puta paloma, le daban náuseas. A su lado, un marinero lanzó al suelo un oscuro y enorme escupitajo. A una de las camareras de la barra, que lo vio, le dio tanto asco que miró para otro lado. Delante de él, un cliente de la casa, con la gorra, el hedor y la trompetilla de barrendero, explicaba a voces cómo habían conseguido doblegar la voluntad de la patronal. Debía de haber trabajado todo el día porque estaba sucio y negro de los pies a la cabeza. Acababa de lavarse las manos y era la única parte blanca de su cuerpo. Justo hasta las muñecas, como si llevase guantes. Una muchacha le servía una copita de aguardiente. Desde la barra, el encargado le dijo:

—Deberías casarte. Los barrenderos tenéis un buen jornal, y más aún después de la huelga.

Rascándose la cabeza y con la gorra en la mano, el aludido respondió:

—Todavía no.

Demi Gambús pensó: «Mira, como yo.»

—Pues dentro de cuatro días te habrás convertido en un maldito solterón que no querrá nadie.

Demi Gambús no lo soportó más y salió a la calle. Eran las dos menos cinco. A su lado, apoyadas en la pared, un par de muchachas desgarbadas, jovencísimas, con una actitud más tétrica que seductora. Unos metros más allá, delante del Arnau, niños y niñas jugando. Tan tarde, un montón de chiquillería, sucios y con la ropa andrajosa, los mocos secos bajo la nariz y las bocas babeantes. Se estaban peleando como animalitos. Debían de ser hijos de las coristas, y esperaban en la calle, sacudiéndose un rato, mientras sus madres acababan de trabajar.

Alguien lo apartó sin miramientos de la puerta del Sevilla. No se molestó, era lo habitual. Se trataba del marinero que había tirado aquel salivazo al suelo. Estaba borracho. Se puso a observar a las chicas. Demi se fijó en él. La expresión del marinero pasó de la sorpresa al asco para acabar en el desprecio. Abrió la boca y no le salió nada. Finalmente se le escapó un eructo y exclamó:

—No lo entiendo. ¿Qué son, niñas o putas?

Y entró de nuevo al Sevilla para preguntarlo. Demi

Gambús cruzó el Paralelo guiado por un impulso. Pasó por delante del teatro Nuevo, donde un empleado cerraba la puerta con una barra de hierro y un candado. A su lado, el teatro Soriano permanecía en silencio. Eran las dos en punto.

Sacó de la petaca uno de los cigarrillos que se había liado por la tarde. Estaba buscando el encendedor en el bolsillo cuando notó que alguien le daba unos golpecitos en el hombro. Se dio la vuelta y era ella, Nonnita Serrallac, con toda su barriga, que había salido a buscarlo.

La muchacha miró a un lado y otro.

—¿Es que aún no te fías? He venido solo, tal como acordamos.

Ella no respondió y siguió vigilando los alrededores. Todo parecía en orden. Abrió una puerta lateral y le hizo una seña. El muchacho entró tras ella. La portezuela se cerró y todo volvió a quedar en silencio.

Unos segundos más tarde, otra persona cruzaba el Paralelo y se acercaba a la puerta de servicio del Soriano. Se quedó mirándola en silencio. Esperó un momento, indeciso. Se encontraba en una situación de desventaja, parado allí en medio. Observó a su derecha la actividad que había en el Café de la Tranquilidad. Se metió en él sin pensárselo dos veces. Si Demi salía de improviso y se encontraban, siempre podría hablar de simple casualidad. ¿Por qué no? Era Rafael Escorrigüela, desazonado porque había seguido a su amigo para nada: tantas molestias para acabar descubriendo que el gran Demi Gambús se lo montaba con una preñada del Paralelo. ¡Qué decepción!

Rafael Escorrigüela había esperado ansioso que llegara la noche. Hacía tiempo que no veía aquel brillo tan característico en los ojos de Demi Gambús. Se le veía verdaderamente excitado. ¿Qué se traería entre manos? Se había pasado toda la tarde pensando en ello. ¿Un encuentro amoroso? Tal vez. ¿Y de no ser eso...? ¿Una sociedad secreta? ¿Y si Demi era masón, rosacruz o de una de esas fraternidades extrañas? ¿Y si era una reunión de madrugada para organizar un complot político? Si no, ¿qué sentido tenía quedarse encerrado en casa hasta la una y media de la madrugada? Una cita a aquellas horas de la noche era algo extrañísimo. Fuera lo que fuese, él pensaba estar bien cerca. La información era poder y Demi Gambús había cometido el error de ser indiscreto con él. Cuando se dio cuenta ya era demasiado tarde. Si Demi Gambús tenía un secreto y ese secreto tenía algún valor, él, Rafael Escorrigüela, lo descubriría. El día había empezado fantásticamente bien y había continuado de manera inmejorable. Por eso se había tomado la molestia de esperar toda la noche a que Demi saliese de su casa para ir tras él. Con un poco de suerte, aquel día espléndido podría haber culminado en una noche fabulosa. Pero no, ¡ahora le salía con aquel despropósito! ¿El gran hombre ahora perdía la cabeza por las preñadas? ¡Qué desilusión! ¿Aquél era el gran compromiso? ¿Aquél era el gran secreto? Estaba claro que el señor Deogràcies-Miquel Gambús no tenía límites. ¡Vaya hijo de puta! ¿Cuánto le habría pagado a aquella perdida? No tenía ganas de volver a casa, le provocaba una especie de sentimiento morboso saber que, mientras él tomaba una cerveza, justo al lado, acaso pared con pared, Demi Gambús se lo montaba con aquella cómica. Sin embargo, en seguida le pudo el aburrimiento. Dejó una moneda sobre la mesa, se levantó y se fue. Era un perro que volvía a casa con el rabo entre las patas.

22

Dentro, la cosa fue como un reloj. La eficacia de Nonnita Serrallac fue total, absoluta y contundente. Lo tenía todo preparado. Se llevó a Demi Gambús hacia el escenario y le mostró la plataforma sobre la que se llevaría a cabo la apuesta. Le propuso ir al cobertizo de la parte de atrás, donde estaban los animales. Al principio él no quería, pero ella lo convenció con cuatro palabras. Le dijo que estaba nerviosa, que en cinco minutos estaría todo a punto, pero que mientras tanto, si le mostraba dónde tenían a los animales y cómo lo iban a hacer, se tranquilizaría. Su intención era sacarlo fuera para que no quedase el más mínimo rastro de que había transitado por el interior del teatro. Una vez fuera, a Demi lo asaltó un hedor fortísimo que provenía de un carro de color lila que tenían allí metido.

—¿Qué es ese pestazo?

—Uno de los trabajadores del teatro ha alquilado su carro al ayuntamiento para ayudar a recoger las basuras y...

No acabó la explicación. Mientras hablaba, Nonnita vio que Eustaqui Guillaumet se acercaba a Demi por detrás. Eustaqui descargó un estacazo seco sobre la cabeza del otro, que cayó al suelo sin perder completamente el sentido. Instintivamente se llevó la mano a la axila para sacar la pistola, pero Eustaqui Guillaumet, a quien Nonnita Serrallac había advertido sobre el lugar en que llevaba el arma, fue mucho más rápido. Saltó sobre él, y la muchacha temió que le hubiese roto una costilla. Lo mantuvo inmovilizado un momento, el tiempo justo para dormirlo mediante un trozo de algodón empapado en cloroformo. Demi Gambús pataleó un par de veces, pero tenía las de perder. Y se quedó dormido con cara de asco.

Eustaqui Guillaumet se incorporó y lo registró. Le quitó la pistola y se la guardó en el bolsillo. Lo zarandeaba de un lado a otro como a un muñeco. Casi con alegría, empezó a palparlo y en seguida encontró lo que buscaba. Le sacó la americana, y en la parte interior del chaleco, el bulto del fajo de billetes destacaba de un modo casi obsceno. Con una pequeña navaja rompió el forro. Los billetes estaban atados con una fajita de papel. La muchacha contemplaba la escena a poco más de un metro como hipnotizada. Ya no había marcha atrás. Eustaqui le entregó el dinero ceremoniosamente. Ella lo cogió y, sin contarlo, se lo guardó.

—Señora, ¿lo ato y nos largamos?

—Sí.

Lo hizo de prisa y bien. Cuando hubo terminado se volvió hacia la muchacha, esperando nuevas instrucciones. Ella lo miró esbozando una leve sonrisa.

—Me parece que va a haber un cambio de planes.

Nonnita Serrallac acababa de decidir que no se iban a limitar a atracar a Demi Gambús.

—Acabamos de pescar un pez que vale muchísimo dinero. Nadie puede relacionarlo con nosotros. Nos llevaremos el pescadito, lo guardaremos bien fresco y trataremos de sacar un buen pellizco. Su familia pagará lo que le pidamos. ¿Qué me dices?

Eustaqui Guillaumet se quedó parado e indeciso. Iba asimilando la idea poco a poco. Pensaba: «La señora me habla de peces. Nos llevamos este pez. ¿Ya sabe que es un pez gordo?»

—Es un pez de los gordos, señora, ¿tenemos ya suficiente red para retenerlo?

—Creo que sí.

—Pues entonces adelante. Usted manda.

Lo ataron, lo amordazaron, lo envolvieron con una lona y lo subieron al carro. Parecía que transportasen una momia. Una vez instalado lo cubrieron con el estiércol y la basura que allí había. Nadie osaría detener aquel carro cargado de mierda. Y menos aquella noche en que Barcelona estaba aún impregnada por la pestilencia de los desperdicios en descomposición. Cerraron todo bien cerrado y marcharon Paralelo adelante. El destino provisional era la casa de Nonnita.

Le parecía mentira la facilidad con que se desarrollaba todo.

Hicieron el trayecto en silencio, pendientes de la carga. No tuvieron ningún contratiempo. Únicamente cuando pasaron junto a la obra vigilada, muy cerca de la casa de la muchacha, el perro del vigilante comenzó a olisquear y a ladrar. El hombre se acercó al carro con cara de pocos amigos, pero cuando vio que, sentada en el pescante, también viajaba Nonnita Serrallac, esbozó una sonrisa. Levantó la mano y los saludó. El perro no paraba de ladrar. Alguien se asomó por una ventana y protestó:

—¿Qué habrá olido el perro? —dijo el vigilante.

—Vaya usted a saber, con tanta basura, lo mismo un gato muerto —dijo ella.

El hombre hizo callar al perro y les dio las buenas noches. Cuando llegaron, Eustaqui Guillaumet ayudó a Nonnita a bajar. Se maravilló de verla con una sonrisa en los labios. No sabía que en aquellos momentos estaba rodeada de amigos y conocidos muertos que la saludaban y le daban ánimos. Porque a veces los muertos se descuidan y olvidan la envidia que los caracteriza.

Eustaqui Guillaumet cargó sobre sus hombros el cuerpo de Demi Gambús como si fuera un muñeco. Pasó delante y comenzó a subir a paso vivo, a oscuras. Silbaba una canción vila-rodonina de vendimia y no paró hasta llegar arriba del todo. A la altura del piso de Nonnita Serrallac se les unieron Tomàs y el loro *Trinitat,* que asistían, curiosos, a una interrupción inusual de la rutina. Una vez en la azotea, Eustaqui Guillaumet dejó el paquete en el suelo y se dedicó a prepararle una especie de lecho en el palomar, que era donde lo tendrían encerrado a la espera de que su madre soltara el dinero. Ningún problema. Eustaqui Guillaumet no tenía nunca ningún problema. Pensaba que el individuo que había llevado envuelto como un redondo de ternera era un cabronazo y se merecía cualquier cosa que le pasase a partir de entonces. Siempre que se acordaba de la historia de la violación se le ponían los pelos de punta y le daban ganas de estrangularlo.

Nonnita Serrallac tardó aún cinco minutos en llegar arriba. Cada peldaño se le hacía una montaña. Una vez en la azotea, tuvo que apoyarse un momento en la barandilla para recuperar el aliento. Bajo la luz de la luna, su imagen, sudorosa y despeinada, desprendía vida por los cuatro costados.

No era demasiado bueno para una embarazada pasar por todas aquellas angustias, pensaba Eustaqui: secuestrar personas, estar pendiente de su amigo Tomàs, cada vez más ido, sacar adelante su embarazo... La admiraba profundamente; tanto que ni siquiera se podía enamorar.

—Aquí no hay peligro de que lo vea nadie —dijo la muchacha respirando aún con dificultad.

Toda la finca estaba deshabitada y también las dos contiguas. Se habían vaciado hacía pocos días: la Reforma avanzaba muy rápidamente. La primera sección, entre la plaza del Àngel y el paseo de Colón, ya estaba aplanada.

La segunda sección, hasta Urquinaona, acababa de iniciarse oficialmente: caían las primeras casas de las calles Vidal, Avellana y Tarascó.

Nonnita Serrallac le ordenó que desnudara a Gambús íntegramente. Para avergonzarlo y dificultarle una posible huida. Y que lo atase y amordazase.

—No debemos correr ningún riesgo.

Necesitaba algo de tiempo para pensar en qué estrategia seguiría. Salió del palomar y bajó los escalones, de uno en uno, hasta el descansillo de su piso.

Eustaqui, con Tomàs y el loro como espectadores, desenvolvió a Demi Gambús. Si hubiera tardado unos minutos más, se les habría muerto, asfixiado. No le habría importado nada.

Abajo, todos los muertos esperan a su amiga con rostros ansiosos y anhelantes. Están tan contentos que, por un instante, parecen más de este mundo que del otro. Ella les agradece el gesto como nunca. Todos sus muertecitos, al menos aquella noche, son solidarios con ella. Y marchan delante, detrás y a su lado, formando una fanfarria de muertos, rataplán, charanga de espectros, rataplán, *cobla* de fantasmas, rataplán, celebrando con Nonnita Serrallac que, si no otra cosa, tiene a Gambús encerrado en el palomar y envuelto como una morcilla. Están contentos por ella y la miran expectantes: acaso les permita entrar en su casa por primera vez... Pero no, todo tiene un límite y Nonnita Serrallac tiene claro hasta dónde pueden llegar. Les dice que no con el dedo índice y, con un gesto gracioso, les cierra la puerta en las narices.

Al contrario que para Demi Gambús, aquel día había sido para ella muy provechoso: lo recordó sumergido en un mar de mierda, en el carro y, sin darse cuenta, esbozó una sonrisa de lo más idiota.

TERCERA PARTE

23

El secuestro de Demi Gambús duró casi mes y medio. Durante todo ese tiempo ganó en sabiduría y perdió quilos. Como secuestrado, no estuvo ni mejor ni peor que cualquier otro en las mismas condiciones: unos días con más ánimo y otros con menos. No llegó a escaparse porque no se dieron las condiciones mínimas indispensables. Y sobre todo, porque tardó demasiado tiempo en comprender que aquello que le estaba ocurriendo era real, que no se trataba de ninguna broma. Tardó demasiado en reaccionar. Cuando se hizo cargo de la situación, ya era muy tarde.

Al día siguiente del secuestro, lo despertó un rayo de sol que le cosquilleaba los párpados aún cerrados, un rayo de sol que se colaba por una rendija de los tablones. Tenía un fuerte dolor de cabeza, fruto del golpe y del cloroformo. Además, había quedado impregnado de la fetidez de las basuras que habían servido para camuflarlo. Abrió los ojos. No sabía dónde estaba. Yacía tendido de lado sobre un jergón en el interior de una especie de cobertizo de madera. Intentó levantarse pero no pudo: lo habían amordazado y atado con las manos a la espalda y sujeto a la pared. También estaba desnudo como un recién nacido. Allí no había nadie. Su primer impulso fue gritar. Lo hizo. Se desgañitó durante un buen rato, pero con la mordaza, apenas si podía articular más que un ruido sordo y sin sentido. Se cansó porque respiraba con dificultad. La rabia le fue llegando poco a poco. Era evidente que la hija de puta de la preñada se quería vengar. La mataría, la abriría en canal y le sacaría del vientre la mierda de criatura que llevaba y... ¡Qué idiota, dejarse engañar de esa manera! Le había quitado el dinero y encima, aquella bromita.

Tiró de la cuerda con toda la rabia del mundo y se hizo daño. Volvió a gritar: nada que hacer. La mordaza seguía firme. Calló y escuchó. Al principio, su propio hedor le había impedido distinguir el pestazo a palomaza que lo rodeaba. No tenía la menor idea de dónde se encontraba. Evidentemente en un palomar, pero ¿dónde? Se oían voces y ruidos muy lejanos, como de gente trabajando; también campanadas de distinta procedencia, unas más cercanas y otras más lejos: sin duda era un barrio con unos cuantos campanarios. Lo mismo le daba.

Nuevamente se dejó llevar por el debilitamiento seductor del sueño. Un rato más tarde estaba otra vez despierto. Le dolía todo el cuerpo, se notaba las manos hinchadas. Se dio cuenta de que aquello no era una pesadilla y se dispuso a esperar. Seguía completamente solo. Bostezó y encogió las rodillas hasta el pecho. Entre los dos tablones que tenía delante había una rendija tan grande que cabía en ella una mano. Fue así como pudo seguir la trayectoria del sol. Y ver cómo se ponía e iba anocheciendo. Todo un día solo, atado y abandonado. ¿Y si a la loca aquella le había dado por abandonarlo a su suerte? ¿Y si pensaba vengarse matándolo de calor, hambre y sed? Estaba bien jodido. Se retorció, intentó cambiar de posición sin salirse del jergón... ¿Por qué no iba alguien, aunque fuese a cruzarle la cara a bofetadas? Pero nadie fue.

Se durmió profundamente. En mitad de la noche se despertó y casi se murió del susto: había un hombre con cara de loco mirándolo fijamente. Él empezó a gemir, a resoplar, a agitarse, a intentar llamar la atención, pero el hombre seguía sin quitarle el ojo de encima y sin mover ni un párpado. La situación se prolongó, invariable, durante unos cuantos minutos más. Ni en la peor de las pesadillas se le habría ocurrido una escena semejante. Una eternidad más tarde dedujo que aquel individuo, quieto como una estatua, dormía con los ojos abiertos, lo cual le produjo un miedo tan atroz que, sin querer, empezó a temblar. Él sí, él cerró los ojos tan fuerte como pudo. Los abrió un segundo y le pareció ver un loro. Convencido de que sufría alucinaciones, volvió a cerrarlos y se prometió que no los abriría si no era a la fuerza. Y el caso es que aquella cara le resultaba familiar. Tuvo suerte y se quedó dormido.

El día 22 de junio era martes y en el Concurso Hípico Internacional, en la plaza de armas del Parque de la Ciutadella, la alta sociedad barcelonesa sólo hablaba de dos o tres cosas: de quién sería el nuevo alcalde, de las inquietantes noticias que llegaban de Melilla y del calor que hacía a las tres de la tarde. Sobre el primer asunto, los rumores apuntaban en todas direcciones y no se descartaba que el gobierno, contrariamente a lo que había sido habitual, no nombrase al alcalde entre personas de prestigio del ámbito comercial o industrial, sino que hiciese una elección mucho más política para controlar de cerca el consistorio con mayoría lerrouxista. En el calor hallaba la excusa perfecta la elegante concurrencia para visitar el *foyer* y exhibirse paseando por la *pelouse* las magníficas *toilettes* estacionales de los barceloneses y barcelonesas que se lo podían permitir. Señoras, señoritas, condesas, generales, baronesas y marquesas charlaban de sus cosas. Algunas muchachitas que esperaban la llegada del día de la Virgen de agosto para hacer su presentación en sociedad rodeaban a uno de los militares que participaba en el concurso, fresco y repeinado pese al polvo. Acababa de llegar de Melilla. Aun siendo tan joven era ya un veterano. Lo escuchaban extasiadas y con una leve desazón en el cuerpo que no sabían explicar. Decía el señor capitán:

—Aprendí a controlar el sudor en África. Me dije: muchacho, aquí el agua es muy escasa y tú sudas, y perdón por la expresión, como un marrano. Y como si mi organismo me hubiera comprendido, el sudor fue retirándose poco a poco de mi cuerpo. Era cuestión de concentración, de moverse con movimientos regulares y evitar los cambios de ritmo repentinos. Ya pueden observar mi axila, miren, miren: ni rastro de mancha.

Y sólo de pensar en la axila y en el sudor del capitán, la desazón de las muchachas aumentaba.

—¿Y los moros? —preguntó una vocecilla.

—Te acostumbras en seguida a tratarlos. Si haces que te teman desde el principio, te obedecerán y todo saldrá a pedir de boca. Sólo conocen un lenguaje, el del bastón. Si les pegas fuerte, te cogen miedo y, cosa curiosa, te admiran y te quieren.

No muy lejos, sentada bajo una sombrilla, impecable y señorial, Miquela Gambús observaba a su alrededor. Había acudido al Concurso Hípico porque la proximidad de su fiesta la obligaba a intensificar su vida social. En un mes tenía previsto asistir a más actos que en nueve años y medio. Faltaban unas cinco semanas para el acontecimiento y aún había un par o tres de personalidades que no habían confirmado su asistencia. Si era necesario mover influencias para obligarlos a acudir, lo haría, aunque mejor si no hacía falta. Por esa razón había ido a pasar calor a aquella estúpida prueba hípica. Estaba nerviosa y enfadada. Y muy preocupada. Hacía casi una semana que no sabía nada de su hijo. No era la primera vez que desaparecía sin decir nada. Años atrás se había escapado un par de semanas a París con uno de aquellos espantajos de mujer que se agenciaba de vez en cuando por el Paralelo. Sin embargo, al cabo de tres días ya le había enviado un telegrama para que no se preocupara. Y no como ahora, que llevaba seis días fuera y ni avisaba ni daba señales de vida. En el fondo, lo que la ponía nerviosa era el descontrol, no saber qué pasaba. Le había ordenado a Felip Dalmau que removiese cielo y tierra, pero hasta la fecha no había obtenido ningún resultado. El caso es que ella recordaba perfectamente la noche de la desaparición de su hijo. Demi había entrado en su cuarto de madrugada para darle las buenas noches, como hacía a menudo, y ella, para no volver a discutir, había fingido que dormía. Al día siguiente no estaba y la cama sin deshacer.

Vio a Felip Dalmau que se acercaba. Delante de él, a pequeños empujones, llevaba a Rafael Escorrigüela, como siempre con cara de asustado. El pobre ex policía estaba deshecho y, con la angustia, la cara de rata se le acentuaba. Lamentaba la desaparición de Demi Gambús como si fuera culpa suya, cuando precisamente aquélla era una de las pocas veces en que nadie le podía reprochar nada: la propia doña Miquela lo había mandado a casa a descansar. Aquella noche todo estaba claro como el agua: ella dormía, el señorito Gambús ya se había retirado a su cuarto... ¿Quién podía prever que habría movimiento de madrugada? Pero por más que la señora lo hubiera exculpado, Dalmau no se había quedado tranquilo. Por eso se tomaba aquella búsqueda como un asunto personal. Le dio el último empujón a Rafael Escorrigüela y lo situó ante doña Miquela, que permaneció sentada.

Hizo que el muchacho se agachase y, disimuladamente, le dijo:

—Rafael, mírame a los ojos. ¿Qué sabes últimamente de Demi?

—No demasiado. Pero le juro que no es que no me esfuerce. He seguido al pie de la letra sus instrucciones, pero sigue sin querer saber nada de mí. Después de la historia de la huelga de basureros, se quedó deslumbrado, como usted había previsto. Estuvimos haciendo planes los dos juntos, pensaba que confiaría en mí, y hasta me regaló su reloj. Pero no ha sido así. Y le juro que lo intento. Voy a buscarlo en persona y su secretario, un tal Gatius, me dice que no está y que no sabe cuándo volverá. Doña Miquela, yo le juro...

—¡Calla! Y no gimotees, que me exasperas. Es decir, que últimamente no sabes nada, ¿verdad?

—No, pero lo he intentado, le prometo que...

—¡Ya te he oído! ¿Cuándo lo viste por última vez?

—El mismo día en que concluyó la huelga. Después de la reunión fuimos juntos a celebrarlo, me invitó a... —De pronto, a Rafael Escorrigüela se le encendió una lucecilla en la cabeza—. ¿Ocurre algo?

La mujer, dubitativa, consultó con la vista a Felip Dalmau. Clavó sus ojos negros en Rafael Escorrigüela y reconoció con cierta reticencia:

—Desde aquel día nadie sabe nada de Demi. Al día siguiente no estaba en casa y la cama estaba sin deshacer. Estoy preocupada.

—No creo que le haya sucedido nada.

—Nadie te ha pedido tu opinión.

Rafael Escorrigüela se calló en seco. Sonaron las trompetas que anunciaban la reanudación de las pruebas. Ahora le llegaba el turno a la de obstáculos, con participación de jinetes civiles y militares. Miquela Gambús sonrió a alguien a lo lejos y se dispuso a levantarse para ir hacia la tribuna de autoridades. Antes de hacerlo, miró a Rafael Escorrigüela y le dijo:

—Quiero que abras bien los ojos. Más que nunca. Mi hijo no desaparecería sin dejarme aviso de dónde estará y con quién. El más pequeño indicio puede ser importante. Si recuerdas o ves algo, se lo cuentas en seguida a Dalmau. Y de lo que acabamos de hablar, ni una palabra a nadie, ¿entendido?

—Entendido.

—Y estáte al tanto porque te puedo necesitar.

—Sí, señora.

Acto seguido, Miquela Gambús se levantó y se fue con toda la energía concentrada de su cuerpo, que era mucha. Él, clavado como un pasmarote, observó a Dalmau, quien le dio a entender que la audiencia había terminado.

Una vez fuera de la Ciutadella, Rafael Escorrigüela se detuvo un momento para secarse el sudor. Vio que tenía el pañuelo completamente mojado, manchado por el polvo de su frente: había estado sudando sin parar. Era el efecto de la vieja dama sobre él. Un día se orinaría encima y ni se daría cuenta. Todo aquello era muy extraño. ¿Dónde se habría metido Demi? De repente comenzó a temblar y a sudar más aún, a chorros: aquella noche él lo había visto entrar en el teatro Soriano, casi de tapadillo, acompañado por una preñada. Y por lo que parecía, su madre no tenía ni idea. Aquello quizá no significaba nada, o quizá sí. ¿Y si Demi se había fugado con la embarazada? Si él le daba la solución a doña Miquela, seguro que las cosas cambiarían. Se presentaría ante ella y le diría: «Doña Miquela, no sufra más, Rafael Escorrigüela, su perro de confianza, acaba de resolver su problema. No es fácil decirlo, pero su hijo la ha dejado plantada y ha huido con una cómica preñada.»

Y se echó a reír. Sentía aleteos en el estómago. Casi no se podía aguantar.

Aquella misma noche se fue hacia el teatro Soriano a echar un vistazo. En seguida vio a la muchacha embarazada, que ejercía como responsable del local. No parecía muy afectada por nada. Indeciso, cuando terminó el espectáculo se quedó esperando fuera. En el Paralelo siempre había desocupados apoyados en la pared, así que su presencia no llamaba la atención. Al cabo de un rato, la muchacha salió acompañada de un individuo mucho más alto que ella y que llevaba un loro en el hombro. Se lo veía fastidiado, las manos no le dejaban de temblar, y ella, embarazada y todo, lo llevaba casi a rastras. Debía de ser un hermano, o un pariente. Los siguió a prudente distancia. Era difícil porque iban muy despacio. Siguieron un camino algo absurdo ya que, para ir a la riera de San Juan, recorrieron todo el paseo de Colón y luego todo el trozo hacia arriba de la explanada de la Reforma, oscura y peligrosa. ¿Y si se habían dado cuenta de que los estaba siguiendo? De repente le entró miedo y se detuvo. Pero no parecía que lo hubiesen visto, porque aquella pareja no tomaba ninguna precaución. El caso es que aquello era muy aburrido. Tomó nota del portal en el que entraron. Desde la calle, siguiendo la llama de la cerilla que subía, pudo determinar más o menos en qué piso vivían. No vio nada extraño. Miró a un lado y otro de la calle y se dio cuenta de que aquél era un lugar muy solitario, y que lo mejor sería marcharse en seguida.

24

Las tardes y las noches de aquel verano de 1909 no diferían apenas de las de años precedentes. No habían estallado bombas desde principios de abril y la ciudad estaba confiada y con ganas de pasárselo bien. Con la fresca, crecía la animación. Cuando se ponía el sol, aquí y allá, las calles y plazas se iban llenando de ciudadanos. Se añadían a los que tomaban el fresco en sus portales, en camiseta, con un botijo al lado, y a los que lo hacían en los balcones, con una raja de melón en la mano. En algunas calles se organizaban bailes improvisados, con la música del momento o con sardanas; los cafés, de bote en bote, dentro y fuera. Y dentro de nada, los pueblos agregados empezarían sus fiestas mayores. ¿Quién podía ofrecer un conjunto tan variado y divertido?

Como ejemplo de todo ello, la verbena de San Juan. Aquella noche de junio la gente estaba ansiosa por salir a la calle. Las *golondrinas*, iluminadas para la ocasión, alargaron su horario hasta la madrugada para que los barceloneses disfrutaran de la visión nocturna de la ciudad llena de hogueras. La misma idea llevó a los copropietarios del Tibidabo a organizar allí la mejor de las verbenas. Por una peseta, mucha fiesta y el espectáculo de Barcelona iluminada por los fuegos visto desde la montaña. Y la tranquilidad de saber que el funicular del Tibidabo y las principales líneas de tranvías funcionarían durante toda la noche.

La noche de San Juan, aunque fuese bailando al son de un piano de manubrio en mitad de la calle, hasta el más pobre de los pobres lo pasaba bien.

Pero no así Demi Gambús.

Porque desde hacía una semana estaba encerrado en un palomar maloliente y asqueroso.

El segundo día había sido una repetición del primero con una ligera diferencia: el calor y el pestazo eran insoportables y fuera del palomar se oía una voz humana y otra de un loro. La primera decía: «Tupinamba», «Tupinamba» y la segunda respondía: «Hijo de puta», «Hijo de puta». Entonces la primera dedicaba un par de minutos a insultar a la segunda, que no se daba por aludida y entraba en un mutismo denso que duraba tres cuartos de hora o una hora. A lo largo del día entró varias veces al palomar el individuo que dormía con los ojos abiertos. Le quitaba la mordaza, se hacía el sordo a todo lo que se le decía y, como si fuera un niño, obligaba a Demi Gambús a beber un vaso de agua. En seguida recordó quién era. Su rostro iba ligado al de Nonnita Serrallac: era el violinista que la acompañaba durante la realización de su excéntrico número. La duda estaba en saber si se había vuelto idiota por culpa del golpe de violín en su cabeza o por alguna otra causa. Le era indiferente. Hubo un momento en que el prisionero, desde su lecho, vio entrar al loro caminando, aquel loro que la primera noche le había parecido una alucinación. El animal se le acercó y se lo quedó mirando. Pese a la mordaza, se le ocurrió decir:

—¡Tu... i... am... ba!

Y el loro contestó:

—Tupinamba.

El dueño del pájaro entró hecho una furia, estampó dos bofetadas en la cara de Demi Gambús, cogió el loro y salió.

Al atardecer se abrió la puerta y entró un muchacho muy joven, grande como un armario. Llevaba un pañuelo que contenía una cazuela. Fue directamente hacia él y, sin decir nada, lo incorporó un poco y le marcó los cinco dedos en la cara con otro par de bofetadas.

—Esto no es nada comparado con lo que te espera si no te portas bien.

Desde fuera, el otro le dijo:

—Yo también lo he calentado hace un rato.

Demi Gambús no salía de su asombro. Estaba en manos de unos secuestradores idiotizados.

En cualquier caso, después de dos días dentro de aquel horno, sin comer, bebiendo poco, sucio, sudado y orinado, al menos en aquel momento se portaría mejor que nadie en el mundo.

El secuestrador lo incorporó, le quitó la mordaza y empezó a darle lo que llevaba en la cazuela cucharada a cucharada, como si fuese un niño pequeño. Mientras tanto, le dijo que no se preocupara, que su secuestro no era político sino económico. Que esperaban que su madre pagase bien y pronto. Pero, si era como decía, ¿por qué lo tenían sucio y desnudo como un animal? Y la preñada, ¿dónde se había metido? Pidió que no le pusieran más la mordaza, que se estaba ahogando, y el muchacho, con una sonrisa, le respondió que de acuerdo, pero que si gritaba, de un puñetazo le incrustaría el puente de la nariz en el cerebro y su madre tendría serias dificultades para presentar un cadáver un poco decente a amigos y parientes.

Demi Gambús se quedó impresionado.

El tercer y cuarto día mejoró un poco su situación. Sin mordaza, después de observar cómo el guardián más joven fijaba una argolla inmensa en la pared, fue encadenado por los pies. El hecho de no estar atado de una manera tan humillante lo animó. Caminar no podía, porque la cadena medía apenas un metro, pero con los grilletes al menos podía levantarse y tomar asiento. Y sobre todo, tumbarse en el catre en una postura más natural. Y hacer sus necesidades como una persona, en un orinal que le habían proporcionado. En las manos le pusieron unas esposas de la policía. Durante el día era vigilado por el guardián perturbado, que únicamente hablaba con el loro y de vez en cuando hacía exhibición de la única arma que tenía: un látigo como de circo que hacía restallar en el aire cuando se aburría.

Demi Gambús intentaba ahorrar toda su energía para aislarse de aquella pesadilla. Durante aquellas horas interminables de cautiverio se dedicaba a diseñar mentalmente su isla. Reflexionaba, por ejemplo, sobre cómo mantener la sorpresa hasta el final. En los momentos de delirio provocados por los cuarenta grados de sofocante calor del interior del palomar, pensaba en encargar la confección de una lona gigante que cubriese por entero la isla. El día de la inauguración, cuarenta remolcadores tirarían de ella hacia el mar y dejarían al descubierto aquella maravilla. Cerraba los ojos y tenía la sensación de haber vivido una especie de revelación: tanto si se quería como si no, llegaba una ola gigante de expansión y progreso. Y él estaría en medio, esperando a pie firme, preparado para coger al vuelo todo lo que pudiese. Levantaría la nueva Barcelona... Pero abría los ojos y se veía atado como una bestia, rodeado de cagadas de paloma y vigilado por un cretino que la emprendía a golpes con él cuando se le antojaba. Entonces el odio y el rencor eran tan grandes que dejaba a un lado su proyecto y se concentraba en lo más inmediato: la venganza.

La sexta noche, noche de San Juan, el guardián más joven lo soltó de la pared, lo levantó y, así, con los grilletes en los pies, lo condujo al exterior. Serían las diez o diez y media, y hasta la azotea llegaba el resplandor de las hogueras cercanas. Su primera visión fue un panorama de azoteas: todas las de la ciudad, igualadas en su gris blanquecino contra un cielo despejado. Y ni una alma a la vista, salvo, a dos metros, la presencia del loro y su amo, que no dejaron de observarlo como si fuese un animal exótico. Y él, de pie en mitad del terrado, desnudo, se hizo sus cosas sin darse cuenta. Le daba igual. Los otros lo miraban, impasibles. Cuando hubo acabado, el más joven se le acercó con dos cubos de agua. Le echó uno por encima y, con una bayeta enjabonada, lo lavó de pies a cabeza. Y él, humillado, incapaz de comprender aún lo que le estaba sucediendo, permaneció quieto como un niño. Los fuegos artificiales que desgarraban aquí y allá el cielo de la ciudad, iluminaban a Demi Gambús intermitentemente, mientras Eustaqui Guillaumet le frotaba la espalda con el mismo ímpetu y estilo con que frotaba el lomo de la mula. Al finalizar esta operación le vertió por encima el otro cubo para aclararlo. Tomàs aplaudió y los dos se echaron a reír. El loro se contagió de la risa de los dos, y los tres rompieron aquel silencio extraño.

Noche de San Juan, bochornosa y solitaria en lo alto de aquella azotea silenciosa, sólo alterada de vez en cuando por los petardos y los gritos lejanos de unos vecinos que celebraban la fiesta, abajo en la calle, alrededor de las hogueras.

Y Demi Gambús se notaba subir la cólera como un rugido profundo desde las entrañas: no sólo haría pedacitos a aquella pandilla de imbéciles y echaría sus despojos a los perros, sino que localizaría aquel palomar, aquella casa y aquel barrio. Y lo arrasaría, fuese de quien fuese, costase lo que costase: lo compraría y lo haría volar por los aires con dinamita.

Ignoraba que el barrio en cuestión ya hacía tiempo que estaba condenado.

Desde siempre, en San Juan, el Paralelo tomaba un aire más familiar. Durante unas horas se mezclaban diversos ambientes. Los vecinos del Poble Sec, mayores y pequeños, paseaban por allí. Los teatros ganaban terreno en la calle e improvisaban terrazas iluminadas con farolillos. Situaban mesas y sillas de anea y, como excepción, aparte del alcohol, también se servían refrescos. Los cafés lo intentaban todo para ganar clientes, contrataban incluso bandas musicales que disponían sobre precarios entarimados. Como a veces había dos y tres cafés juntos, cada uno con su tarima y su banda, el barullo era monumental.

El teatro Soriano no iba a la zaga de los demás. Compartía patio con el vecino Café de la Tranquilidad. El café aportaba un magnífico órgano de manivela con un surtido extensísimo de canciones: valses, sardanas, rigodones, pasodobles... Las parejas bebían gaseosa y bailaban. Además, el Soriano, excepcionalmente y por una noche, permitía que uno de sus números de más éxito de la temporada se ejecutase al aire libre. Era el de Los Meteoros, escultores ultrarrápidos que, a cambio de una propina, se colocaban junto a una mesa y, en veinte minutos, con un bloque de arcilla reproducían la cabeza de un cliente o de una clienta.

Nonnita Serrallac estaba sentada a una de las mesas al aire libre tomándose una limonada fría. Sonreía a Tomàs Capdebrau, apoyado en el organillo. Él le devolvía la sonrisa y la saludaba agitando el brazo. El dueño del órgano, profesor de cornetín durante más de catorce años, se debía de entender con él porque de vez en cuando le tocaba el *Danubio Azul* con el violín. Y a cambio de tener el loro cerca, que atraía a la gente, en ocasiones dejaba que Tomàs girase la manivela durante un rato. La muchacha sonreía, pero en realidad estaba muy preocupada. Tenía a Demi Gambús encerrado justo encima de su propia casa; sabía lo que tenía que hacer, pero nunca se imaginó que costase tanto. Por eso había decidido no hablar con Demi Gambús hasta el último momento. No quería verle la cara y que le flaqueasen las piernas.

Su madre, en la mesa de al lado, siempre con la corteza de limón en la boca, va vestida de verano. O sea que los muertos también se visten según la estación, como los vivos. Al principio no la ha reconocido porque tal como está sentada le da la espalda y habla con otra mujer que Nonnita no conoce. Le está diciendo que se come el limón a mordiscos, con piel y todo, porque limpia por dentro. Como si eso le importase mucho a un muerto. Nonnita le pregunta qué debe hacer con su prisionero. Su madre se vuelve y le contesta de corrido: «No pienso darte ninguna idea. Eres una delincuente y Dios Nuestro Señor te castigará. Parirás una mierda de sietemesino.» La amiga de su madre también se da la vuelta, le enseña una boca de encías limpias, sin dientes, y le dice: «Pobre Nonnita, tantas preocupaciones para acabar pariendo un sietemesino.» Y ve que es la viuda Massini, pobre como las ratas, famosa en el barrio por haber robado un vestido en una sastrería de la calle Banys Nous y haberlo llevado en el acto a una casa de empeños de la calle Mercaders. La policía la detuvo veinte minutos después. Consiguió que el sastre la perdonara a cambio de coser gratis para él durante una buena temporada. Murió joven por culpa de una caquexia palúdica y nadie quería llevarla a enterrar por no contagiarse. La última fase de su enfermedad la había dejado en los huesos, asténica, anémica, apática, con edemas faciales y la piel seca, arrugada y amarillenta. Nonnita se acordaba porque la había visto en ese estado poco antes de que la metiesen en la caja. Su madre fue la única vecina que se atrevió a arreglarla un poco a la hora del tránsito de este mundo al otro. Tal vez por eso ahora las dos difuntas son tan amigas y en verano salen a pasear y a sentarse un rato en las terrazas de los cafés. Siguen metiéndose con ella: «Aborta, Nonnita, que si no saldrá con mirada de loco, tendrá delirios y será ladrón», dice la madre. «Y asesino, que los sietemesinos tienen muy malas pulgas, Nonnita, por enclenques y canijos», dice la viuda Massini. Las vuelve a observar: su madre le está pasando la corteza de limón a su amiga, le dice que le sentará bien. Y la viuda acepta su ofrecimiento para no hacerle un feo ya que, vuelve a pensarlo, una vez muerta, ¿de qué le sirve? Se lo toma a bien, del mismo modo que, pese a estar muerta, sigan tratándola de viuda.

Respiró hondo para tranquilizarse. De ninguna manera iba a permitir que un par de muertas piojosas, aunque una de ellas fuese su madre, la pusieran neurasténica hasta el punto de hacer que pariese un sietemesino.

Además, necesitaba toda la calma para salir exitosa del embrollo en que se habían metido. Había aguantado toda una semana sin manifestarse. Y si sus nervios se resentían ahora, no había ninguna razón para pensar que a la parte contraria no le estuviese ocurriendo lo mismo.

Dentro de veinte minutos estaba decidida a hacer llegar a la señora de casa Gambús el aviso del secuestro con una petición de rescate. En aquel preciso instante, la mujer se encontraba en el Parque Güell. Era fácil de saber porque había salido en todos los periódicos. Como miembro del Comité de Damas de la Cruz Roja de Barcelona, era una de las organizadoras de la verbena para recaudar fondos. Un ambiente ideal de algazara y anonimato para hacerle llegar la nota.

Acabó su limonada y le dijo adiós con la mano a Tomàs. Pobre Tomàs, pensaba; cada día peor. Un día no llegarían a tiempo. Días atrás subían con el carro por la Rambla. Entraron por la calle Portaferrisa y mientras Eustaqui iba a recoger un mueble viejo, Tomàs dejó a Nonnita en el carro y entró en el domicilio social de la Liga Industrial de Panaderos. Ella, desde el carro, vio con incredulidad cómo Tomàs cogía al conserje por las solapas y le decía a gritos: «¡Trabajo o dinero!» Se apresuró a bajar. Oía gritar a Tomàs: «¡O me das trabajo, o me das tres pesetas!» Lo siguiente que vio la muchacha fue al antiguo sastre, con un temblor de manos más fuerte que nunca, amenazando al conserje con un cuchillo de fantasía enorme, de esos de madera, dorados y con lentejuelas, un resto del circo. Y el conserje, horrorizado, que decía: «No puedo darle trabajo porque yo no soy nadie. Y tampoco puedo darle tres pesetas porque no las tengo. Y si las tuviese, antes que usted está mi familia. Si quiere unos panecillos de Viena...» Tomàs le rugió que no, y le colocó el cuchillo de mentira en el cuello. El pobre conserje, sin fuerzas, cayó al suelo quejándose de un dolor muy fuerte en el pecho. Tomàs, asustado y lleno de vergüenza, lo soltó y se escapó corriendo, se subió al carro y, como hacía siempre que tenía un problema, se tapó con la lona. Entre Nonnita y Eustaqui trasladaron al accidentado al dispensario de la calle Marquès de Barberà, donde lo dejaron, blanco como el mármol, recibiendo los primeros auxilios y recuperándose.

He aquí a Tomàs Capdebrau, atracador peligroso e implacable secuestrador. Ni siquiera era capaz de reconocer a aquel que vigilaba. Ni siquiera se daba cuenta de que tenía secuestrada a la misma persona que diez años atrás había ordenado que le abriesen la cabeza a violinazos mientras violaban a su amiga Nonnita. Pese a todo, había algo que sí había comprendido a la perfección: que tenía la gran responsabilidad de vigilar a una persona. Y sin hacer preguntas, como Eustaqui.

Durante todo el camino de vuelta a casa no dejan de pincharla, tanto su madre como la amiga de ésta, la viuda Massini. Ambas la mortifican, juntas se envalentonan. Su madre vuelve a las andadas: «Eres una delincuente. Y parirás un sietemesino como un sapo.» Y la viuda Massini insiste en lo mismo: «Los sietemesinos hijos de delincuentes como tú tienen mala vida. Y poca. En seguida se mueren: se les arruga la piel, se les secan los fluidos vitales por dentro y envejecen pronto.» La madre toma el relevo: «Y si viven, sólo dan disgustos, porque sus madres no tienen temor de Dios.» Nonnita se para en medio de la calle y grita: «¡Basta!» Hace mucho más calor de lo que es habitual en esas fechas. Está empapada de sudor. Se encara con los dos fantasmas y les dice: «¿Temor de Dios? ¿Dónde está Dios? ¿Quién es Dios?» Y las dos muertas se sienten descubiertas y desaparecen en un santiamén.

En lo alto del palomar la esperaba Eustaqui. Por suerte, el muchacho siempre sonreía, lo cual no era impedimento para que un momento antes le hubiese soltado otro par de bofetadas al prisionero. Nonnita le preguntó en voz baja:

—¿Por qué le pegas?

—Para que se calle, señora. Hoy le ha dado por gritar.

—Ah… ¿Y le has hecho daño?

—No. Bueno, me parece que no.

—Te espero en el piso.

Primero bajó ella. Cuando entró el muchacho, Nonnita ya lo esperaba con un sobre en la mano.

—Tal como acordamos, aquí tienes la nota para la señora Gambús y una peseta para poder entrar en la verbena del Parque Güell. Antes pasas por el teatro. Uno de los chicos de Los Meteoros te dejará una camisa, un cuello, puños y una corbata. Sobre todo, no te olvides del sombrero.

—¿Está segura, señora? Se va a notar que es de pasta de papel.

—Que no, hazme caso. Cuando le hayas entregado la nota, lo tiras y te pones la gorra. Te quitas el cuello, la corbata y los puños y te los guardas. Te quitas la chaqueta y te desabrochas la camisa hasta medio pecho. Ve con mucho cuidado, y si algo te parece sospechoso, no lo intentes.

Cuando Eustaqui llegó al teatro, Tomàs Capdebrau ya lo estaba esperando con el carro a punto y el loro. Se cambió en un momento. Repeinado y limpio, parecía otro. Tomó las riendas del carro y la mula emprendió un trote corto, casi perezoso. Se sumergieron en el ambiente del Paralelo. Los tranvías, ruidosos, con sus insistentes campanillas y sus conductores, de pie, girando con energía y precisión el volantín del freno, pasaban a escasos centímetros de la acera del Soriano, repleta de gente que salía a celebrar la verbena. Eustaqui cruzó el Paralelo y desapareció por la ronda de San Pablo: una mancha de color lila bajo el haz de luz del nuevo y flamante alumbrado eléctrico. Las hogueras en los principales cruces ambientaban las calles y las lenguas de fuego se enroscaban hacia arriba y casi chamuscaban los bajos de los pantalones de los vecinos de los principales, asomados a los balcones con rostros radiantes.

El loro, acobardado por el ruido y las tracas, no decía nada. Tomàs Capdebrau miraba fijamente hacia adelante. De pronto habló:

—La Universal.

—¿Qué?

—Hace cinco o seis años vi en persona a la Bella Chelito. Acompañada de un mulato impresionante, entró en la sastrería. La Universal, aquí mismo, en el número 9. Me quedé quieto como un idiota esperando fuera. Salieron al cabo de veinte minutos y el mulato llevaba puesta una camisa nueva y brillante de seda color hueso. La pareja continuó ronda arriba y yo los seguí. Dos minutos después me di cuenta de que no estaba solo, que éramos ocho o nueve los que los estábamos siguiendo. Ella se volvía, se echaba a reír y se cogía del brazo del mulato. Se detuvieron en la sombrerería La Moda, un poco más adelante, en la ronda de San Antonio. Para entonces, los ocho o nueve ya éramos unos veinticinco. Una pequeña brigada de ociosos estacionados en la calzada. Salieron y la Bella Chelito estaba más guapa que nunca. El chico había añadido a su indumentaria un sombrero de ala ancha, precioso. Alguien no se pudo aguantar y le gritó: «¡Macarra!» El mulato se abrió paso entre el gentío, cogió por las solapas al anónimo y celoso admirador de su acompañante y le arreó un puñetazo en la nariz, seco como una coz de mula, que lo tiró al suelo. Buenas noches, y aquí no ha pasado nada. Entonces todos nos pusimos a gritar: «¡¡¡Viva la Bella Chelito y compañía!!!» Y ya está.

—¿Ya está?

Pero Tomàs no le respondió. De hecho no volvió a decir ni una palabra en toda la noche. Lástima; Eustaqui se tranquilizaba oyéndolo. Porque, pese a no tener miedo, estaba un poco nervioso. Y sufría más por Nonnita Serrallac que por él mismo.

En el cruce de la calle Balmes con Corts se detuvieron para dejar pasar el tren de Sarrià. Mientras esperaba para reemprender la marcha, Eustaqui se dio cuenta de que tenía entre manos un pequeño problema técnico: ¿qué hacía con Tomàs Capdebrau mientras llevaba a cabo su misión? Llegó a la conclusión de que lo mejor sería dejarlo en el carro. Por los alrededores del Parque Güell había muchas tartanas, carros y carruajes estacionados de cualquier manera. Lo obligó a acostarse en la parte trasera, junto al loro, que continuaba en silencio con el miedo en el cuerpo. Los cubrió con la lona. Si alguien se atrevía a levantarla, se encontraría con Tomàs durmiendo con los ojos abiertos.

Se sentía ridículo con aquel sombrero en la cabeza, rígido como una piedra. Mientras esperaba en la cola, tenía la sensación de que todo el mundo se daría cuenta. Abonó la peseta de la entrada a la verbena y una vez dentro se olvidó del sombrero y del motivo que lo había llevado hasta allí: sólo en Barcelona podía haber un sitio tan torcido y al mismo tiempo tan recto como el Parque Güell. Estaba animadísimo y lleno de bote en bote. En la plaza central cantaba el Orfeón Canigó. Al lado, los militares de la orquesta esperaban su turno con la gorra sobre la pierna y secándose el sudor con el pañuelo. En seguida localizó a doña Miquela Gambús, a la que ya conocía de vista. Más difícil fue encontrar a un niño o niña de los que había por allí, jugando y bailando, y conseguir que, por diez céntimos, le entregase un sobre a aquella dama en concreto del palco principal.

Cuando la señora Gambús alcanzó a ver de qué trataba el papel que aquella niña le acababa de entregar, la expresión de su cara fue todo un espectáculo. Abrió desmesuradamente los ojos y comenzó a mirar en todas direcciones. Llamó a la niña y un individuo con cara de rata la levantó por encima de la muchedumbre. Pero era imposible localizar a alguien aquella noche. Y menos aún a Eustaqui Guillaumet quien, resguardado en la penumbra del rincón donde se proyectaba una película cinematográfica, se había quitado la corbata, el cuello y los puños de la camisa. Su corazón le recomendaba esperar, dominar las ganas de irse. Era imprescindible mezclarse con la gente, bailar, disimular, tomar una cerveza.

La señora Gambús en seguida se dio cuenta de que no podía obligar a una niña pequeña a buscar entre la multitud a una persona que, seguramente, ya estaría corriendo montaña abajo en dirección a Barcelona.

Unos veinte minutos más tarde, cuando todo el mundo estaba pendiente del castillo de fuegos artificiales, Eustaqui Guillaumet se retiró discretamente. Tiró el sombrero, se puso la gorra, se desabrochó la camisa, se remangó y se colgó la americana en el brazo. En la entrada no había nadie. Salió y, de repente, se encontró con que en la acera de enfrente estaban apostados el hombre con cara de rata y la niña. Estratégicamente situados, frente al parque, controlaban a todo el que salía por la puerta. Clavaban la vista en cada persona. Imposible echarse atrás sin levantar sospechas. Le entró un sudor frío. Tragó saliva y fue avanzando hacia ellos con las manos en los bolsillos y la americana colgando del brazo. La niña se lo quedó mirando fijamente y el hombre ni se enteró. Pasó por su lado y oyó que el hombre le preguntaba a la niña: «¿Es él? ¿Es él?» Eustaqui sentía su corazón a punto de estallarle dentro del pecho. Pero nadie lo detuvo. La niña debió de negar con la cabeza. Aún tuvo que reprimir las ganas de echar a correr y no detenerse hasta el mar.

Tomàs, la mula y el carro estaban donde los había dejado tres cuartos de hora antes. Hizo contento el camino de vuelta hacia el teatro. Allí dejó el carro y los pasajeros y se fue a casa de Nonnita. Le explicó lo bien que había ido todo. La muchacha, sin embargo, se enfadó mucho:

—¿Has ido a entregar la nota acompañado de Tomàs?

—Y el loro.

Ella no pudo reprimirse más y estalló.

—¿Es que acaso te he dicho que Tomàs fuese contigo? ¡Dime! ¿Te he dicho que fueras con el carro?

Nonnita Serrallac notó que las piernas no le respondían. Ahora lo veía claro: no lo conseguirían. Aquello no podía acabar bien. Se suponía que eran unos terroristas profesionales, unos secuestradores inhumanos, unos delincuentes peligrosos... Y Eustaqui ejecutaba una de las acciones más delicadas en compañía de un perturbado y de un loro y escapaba con un carro de color lila, ¡el no va más del disimulo!, tirado por una mula raquítica que en el mejor de los casos podría ir a la misma velocidad que una persona caminando. Aquello no podía acabar bien de ninguna de las maneras. Observó a Eustaqui: estaba avergonzado y dolido. Lo animó, le sugirió que no pensase más en ello y que, sobre todo, la próxima vez se limitara a hacer siempre las cosas tal como ella le decía.

Al menos, había tenido suerte y la nota había llegado a manos de su destinataria. Conminaba a doña Miquela Gambús, y únicamente a ella, a reunir en siete días la cantidad de cien mil duros en billetes viejos. Ya volverían a ponerse en contacto con ella para quedar de acuerdo para el intercambio.

25

Rafael Escorrigüela se enteró del secuestro de Demi Gambús porque se lo comunicó Felip Dalmau. Se quedó atónito. Más que nunca, su obligación era informar a la señora acerca de la preñada del teatro, pero no lo hizo. Era difícil de creer que una mujer con un embarazo tan avanzado fuese por el mundo secuestrando gente. Se convenció a sí mismo de que lo mejor era hacer alguna investigación previa. Más que nada para no meter la pata. No perdía nada con ello. Y cuanto antes lo hiciese, mejor, no fuera a ser que Dalmau sospechara de él y empezase a controlarlo. No quería ni pensar que la señora Gambús pudiera llegar a saber que le había ocultado un poco de información.

Se presentó ante la muchacha al final de una función y comenzó a hacerle preguntas indirectas relacionadas con Demi Gambús. La pilló totalmente por sorpresa. Nonnita Serrallac creía que tenía el asunto controlado. Y ahora le salía un individuo desconocido con cara de listo, pidiendo información sobre Demi Gambús. Las piernas le temblaban, pero no la voz. Y el tipo venga a insistir y ella venga a decirle que no sabía nada, que aquel nombre no le sonaba. Hasta que Rafael Escorrigüela se la llevó aparte.

—Demi Gambús es amigo mío. No la engaño. Mire... Este reloj me lo regaló él, ¿lo ve? Lleva grabado su nombre. No me diga que no lo conoce. ¡Y basta ya de fingir, cojones, que la otra noche vi cómo entraban los dos en el teatro! Lo que Demi quería, es posible que yo también lo quiera. Le puedo pagar mucho mejor que él...

Nonnita Serrallac, que se veía perdida, respiró aliviada. Aquel impertinente creía que ella era sólo una puta embarazada que ofrecía sus servicios a señoritos con gustos muy particulares. Se relajó.

—Mire, tiene razón, aquel muchacho me ofreció mucho dinero para que me fuese con él a la cama. Lo hicimos, me pagó y se fue tranquilamente al cabo de una hora. Y no pienso volver a hacerlo. ¿Entendido? Aquello fue una excepción; ni siquiera sabía su nombre. Me dio a ganar un dinero extra para cuando nazca mi hijo. Y se acabó. Yo no me dedico a eso. Sólo con cruzar la calle, en la otra acera, encontrará un montón de chicas que le harán lo que desee.

—¿Lo has vuelto a ver?

—No. Y ahora márchese de una vez o haré que lo echen de una patada en el culo. Según a qué horas, el Paralelo empieza a ser un lugar muy peligroso.

—Bueno, señora, tranquilícese, que en su estado no es muy recomendable perder los nervios. Ya me voy, pero quizá nos volvamos a ver.

—Anda y que te zurzan, desgraciado.

Tanto Demi Gambús como sus vigilantes empezaban a vislumbrar que la cosa podía alargarse y habían decidido hacerse la vida un poco más fácil mutuamente. Así las cosas, el cautivo había conseguido que le vendaran los tobillos para evitar las ulceraciones que le producían los grilletes. A cambio, se portaba bien. En el fondo se trataba de acostumbrarse a una rutina nueva. Si lo deseaba, podía levantarse del catre y quedarse de pie, o hacer flexiones. Cualquier cosa que necesitase debía pedírsela al guardián más joven, ya que el otro no respondía a ningún estímulo más que al de los celos que le producía que su loro se interesara más por el prisionero que por él. A menudo, el animalito, provocador, se plantaba junto a Demi Gambús y, por su cuenta, le soltaba: «¡Tupinamba!» Entonces su dueño, enfadado porque a él no se lo decía, entraba hecho una furia y, dependiendo de las circunstancias, le arreaba una bofetada al que menos culpa tenía. La verdad era que Demi Gambús le tenía mucho miedo: a veces, cuando estaba tumbado, sentía sus ojos clavados en la nuca. Se volvía y encontraba aquella mirada vacía, fija, aquella mirada que miraba sin ver. El loro tenía más vida, y casi seguro que más cerebro. Aquello lo aterrorizaba.

En un par de ocasiones pidió infructuosamente que le entregasen su cajita con las píldoras de estricnina. Seguro que aún estaba en el bolsillo de sus pantalones. Lo ayudarían a sobrellevar el cautiverio. Pero le dijeron que no.

Una noche soñó con horror que Nonnita Serrallac quería devolverle lo que él le había hecho a ella nueve años y medio atrás. Se vio atado en aquel palomar sin posibilidad de escapatoria y a seis fornidos marineros del muelle bajándose los pantalones y avanzando hacia él con una sonrisa libidinosa en la cara y las peores intenciones.

Pasaba muchas noches en blanco y no lograba dormirse hasta que el sol comenzaba a picar. Pensaba y pensaba. No paraba de pensar en su proyecto. Adelantaba ideas, situaciones, posibles colaboradores... Incluso acarició la idea, una vez la isla existiese, de pedir para ella un estatuto político y administrativo especial. Pese al calor asfixiante y las bofetadas del perturbado que lo vigilaba, no dejaba de pensar en el proyecto, pues tenía la certeza de que más temprano que tarde, aquella pesadilla se acabaría. Era evidente que se había dejado atrapar por personas que, más que una banda de criminales, eran una pandilla de desgraciados: un perturbado con un loro y un simple, grande como un armario. Eso sin contar a la embarazada. Daba lo mismo, él pensaba y pensaba. No quería tener la sensación de haber perdido el tiempo. Ya que no disponía de papel y lápiz, lo guardaría todo en su cabeza.

Nonnita Serrallac se quedó muy preocupada. La visita de Rafael Escorrigüela la había trastocado del todo. Era demasiada casualidad que aquel individuo hubiese aparecido al día siguiente de haber hecho llegar la nota a la vieja. ¿Se trataba de un policía? No lo creía. Tampoco veía en ese hecho el modo de actuar de una madre que quiere salvar a su hijo.

El caso era que aquel hombre, fuera quien fuese, podía relacionarla con Demi Gambús. Eso era un gran inconveniente. Para remate, al día siguiente al mediodía se lo volvió a encontrar, risueño, apoyado en una farola delante del teatro.

—¡Qué casualidad...!

—No sea pesado, ya le dije que no me interesa su propuesta.

—En realidad era mentira. No tenía ninguna intención de pagar para acostarme con usted. Tengo otros gustos.

—A mí usted también me resulta vomitivo. Y ahora que nos hemos declarado el uno al otro, ¿qué se le ofrece?

—¿Y si le dijese que soy de la policía?

Ella se detuvo y lo repasó de pies a cabeza. Lo apartó y le silbó al muchacho del carrito de los cacahuetes, el coco y las chufas.

—Bernat, este hombre dice que es policía, ¿a ti qué te parece?

El chico le dirigió una mirada rápida, le dedicó un gesto de aburrimiento a Nonnita, y continuó abriendo cocos con el martillo.

—¿Lo ve? Si me dijera que es policía, le respondería que no me lo creo.

Aquella exhibición tuvo la virtud de apaciguar el ímpetu de Rafael Escorrigüela. Era evidente que jugaba en territorio enemigo y aquella mujer no era de las que se dejaban impresionar.

—Tiene razón, no soy policía. Pero sí es verdad que soy amigo de Demi Gambús. Le voy a ser sincero: estamos preocupados porque ha desaparecido y no da señales de vida.

—La gente rica acostumbra a comportarse así. Ya aparecerá. Y a mí ¿por qué me molesta?

—¿No se acuerda? Yo vi cómo entraban juntos al teatro de madrugada. Después, es como si se lo hubiese tragado la tierra.

—¿Y qué se cree, que lo ha dejado todo para venirse conmigo? No me haga reír.

—No creo nada. Sólo le pido que trate de recordar si le hizo algún comentario... Puedo pagarle muy bien la información. Su madre está sufriendo mucho.

Nonnita Serrallac no perdió la calma y le repitió exactamente lo que tenía preparado: noche de amor pagada. Sin comentarios ni confidencias. Y que la dejase en paz.

El hombre le entregó su tarjeta y se fue tras recordarle que le pagaría muy bien cualquier información. Ella, temblando de pies a cabeza, a punto de estallar en lágrimas, se fue corriendo a casa.

Cleta la espera en el portal y Nonnita está a punto de ceder, pero finalmente se controla y no la invita a entrar en su casa. Habla con ella en el descansillo, y le pregunta, pese a sus diez años, dos trenzas, tres pecas y cuatro dientes, si cree que el escondite donde tiene a Gambús aún es seguro. «Las casualidades no existen, Cleta, y el corazón me dice que va a ser difícil quitarme de encima a ese tío que dice ser su amigo. Si me ha relacionado con él, dentro de nada sabrá dónde vivo. Eso si es que no lo sabe ya.» Cleta mira a Nonnita y quiere darle algún consejo, pero no se le ocurre nada porque cuando se murió apenas tenía diez años y no está capacitada para pensar demasiado. Lo más que puede hacer es ofrecerle sus poderes curativos. Por eso Nonnita le dice: «Cleta, tengo que irme a dormir.» Y la niña muerta se enoja. No comprende que los vivos tengan que dormir. No lo comprende por dos razones: porque es una niña muerta y quiere que le hagan caso y porque, al estar muerta, a ella no le hace falta dormir.

Nonnita Serrallac tardó un par de días en encontrar la nueva ubicación para Demi Gambús. Lo más delicado, otra vez, era el traslado. Lo fijó para el martes 28, durante la verbena de San Pedro. El ayuntamiento había organizado un acto popular en la plaza del Àngel para celebrar el éxito de la primera fase de la Reforma. Iba a tomar posesión oficialmente con una celebración popular, discursos, una hoguera gigante y un concierto de la banda municipal. Era la situación ideal para el traslado: ríos de gente arriba y abajo y jaleo de los gordos.

A la hora de la verdad, la confusión fue muchísimo más grande: aquella misma noche estalló una bomba en el teatro Principal. Eran las ocho y media y toda la Rambla quedó en silencio, perpleja, mirando hacia el teatro. En seguida se supo que no había habido desgracias personales porque, afortunadamente, hacía un cuarto de hora que se había acabado la sesión de tarde y el teatro estaba vacío. El explosivo, colocado bajo la butaca 52 de la primera fila del segundo piso, provocó tan sólo unos cuantos destrozos en el mobiliario, el embaldosado, la balaustrada y el techo. Lo que sí consiguió fue movilizar a las autoridades municipales, compuestas para asistir a la fiesta de la Reforma, que acudieron de inmediato al lugar de los hechos juntamente con la policía y los bomberos.

No se habían recuperado aún del susto cuando, un rato más tarde, hizo explosión una segunda bomba. Eran las diez y media y el teatro Soriano estaba hasta la bandera. La bomba estalló en el pasillo del piso principal, al final del último tramo de escalera de la parte nueva del teatro. Abrió un gran boquete en la pared, pero tampoco hubo muertos, sólo unos cuantos heridos leves. La explosión generó pánico y confusión. La gente corrió hacia la salida y se quedó fuera, esperando no se sabía muy bien qué. Pocos minutos después, en el Paralelo no cabía una alma. Pareció como si de pronto todo se detuviera. Delante del Soriano empezó a acumularse público y artistas de los otros teatros que, espontáneamente, se pusieron a aplaudir. A los pocos minutos aparecieron los hermanos Soriano, cubiertos de polvo de yeso de los pies a la cabeza. Don Ricardo Soriano, con el mismo altavoz que servía para anunciar el espectáculo, informó de que no había habido desgracias irreparables. Los aplausos fueron aún más fuertes.

Nonnita Serrallac vio con claridad que aquél era el momento. Pero al mismo tiempo cayó en la cuenta de que no se podía ir y dejar el teatro en aquellas circunstancias. Habría resultado extraño y sospechoso. Le hizo una señal a Eustaqui Guillaumet y le comunicó que tendría que hacerlo él solo, que ella no se podía mover de allí, y que era lo mejor para todos.

—Si alguien pregunta por ti, no te preocupes, diré que has resultado herido y te hemos llevado a que te curen.

El muchacho, agradecido por la confianza, le prometió que envolvería el pollo como si fuese un serafín del cielo y lo llevaría al nuevo nidito que le habían preparado.

—Esta vez, sobre todo, no te lleves a Tomàs.

—Señora, no me avergüence.

—Eustaqui...

Y sin poderse aguantar se le lanzó al cuello y se echó a llorar: la bomba la había asustado mucho. Aquello no eran maneras de traer un hijo al mundo. Se había quedado temblando y de pronto el miedo la atenazaba. Un mar de lágrimas y unos sollozos que parecía que se iba a ahogar. La gente, en mitad de la calle, conmovida, se paraba y comentaba la escena, en la creencia de que los llantos eran por la bomba.

Todavía necesitó otro minuto para dejar de llorar. Se había sonado un par de veces y tenía la nariz roja y el corazón avergonzado. No pudo ni decirle adiós a Eustaqui.

Sobre la acera, unos enfermeros reanimaban a mujeres que se habían desmayado. Otros atendían a un par de muchachos aplastados durante la salida. Los bomberos apuntalaban el edificio. Los curiosos contemplaban y comentaban. Llegaron las autoridades procedentes del teatro Principal, con más bomberos y decenas de policías. Nadie se fijó en un carro de color lila que, tranquilamente, salía por la esquina y enfilaba el Paralelo en dirección a la Aduana y a Colón.

Eustaqui detuvo el carro ante el portal y subió al palomar de cuatro zancadas. El joven Demi Gambús se asustó.

—¿Vienes a frotarme la espalda, como el otro día?

—No, nos vamos.

Y antes de que el prisionero entendiese qué pasaba, ya dormía por efecto del algodón con cloroformo sobre la nariz y la boca. Perdió el sentido casi al instante.

Casi con alegría, Eustaqui Guillaumet volvió a amordazarlo y a atarlo como la primera vez: un perfecto redondo de ternera. Una vez comprobado que respiraba bien, cogió su ropa, sombrero, zapatos, etc. y lo metió todo dentro de una bolsa. La cajita de las pastillas de estricnina resbaló desde el bolsillo de los pantalones arrugados de Demi Gambús y cayó al suelo. Se abrió y todos los comprimidos se esparcieron. Dudó un instante, pero finalmente los recogió. La señora le había dicho que había que llevárselo todo sin dejar ni rastro. Y todo era todo. Recogió las pastillas, las metió en la cajita y la guardó en la bolsa con todo lo demás. A continuación envolvió a Demi Gambús con la lona, como si fuese un paquete, una especie de alfombra, y se lo cargó a la espalda. Con la mano libre cogió la bolsa de las pertenencias personales del secuestrado y abandonó el palomar.

En el suelo quedó, olvidada, una de las pastillas de estricnina.

26

Entre la desembocadura de la riera de Horta por levante, y la del torrente del Bogatell por poniente, entre la playa y la vía del tren a Francia por Mataró, se encontraba el barrio de Pekín, así llamado porque sus primeros pobladores habían sido orientales. Estaba constituido por las chabolas más miserables, sucias e insalubres de Barcelona, rodeadas de aguas estancadas y vertederos, y hechas a base de estructuras de caña y trozos de madera, latas, cajas, cartones, restos de ropa, etc. Sus habitantes, indigentes y pobres de solemnidad, convivían con los animales dentro de las chabolas, que no se limpiaban hasta que el mal olor y las emanaciones hacían intolerable la existencia. La población era fija, aunque se renovaba a menudo: de vez en cuando, un temporal arrasaba el poblado y la gente se iba. O caía enferma y se moría. Por no tener, no tenían ni la suerte de los chabolistas vecinos de la zona de la Llacuna, instalados al abrigo de las paredes del Cementerio Viejo y que, cuando se morían, bastaba con moverlos unos pocos metros.

En una de aquellas chabolas, aislada del resto unos cien metros, sobre la misma arena de la playa, quedó depositado Deogràcies-Miquel Gambús. Lo cierto es que la denominación de chabola se alejaba bastante de la realidad. Comparada con la precariedad de lo que había a su alrededor, aquello era un palacio. Se trataba de un pedazo de carruaje hundido en la arena hasta la mitad de las ruedas. El carro era una galera grande, como las que usan la gente del circo y los gitanos como vivienda. Con puerta, ventanas e incluso una pequeña salida de humos. Sin embargo, le faltaba la mitad delantera, que se había llevado un incendio. De modo que la antigua puerta siempre estaba cerrada para que sirviese de pared y se entraba por la parte devastada apartando un trozo de lona. Pertenecía a un vagabundo del Paralelo, ratero ocasional, de nombre Josepet pero conocido como el Pajarraco, porque tenía una nariz con forma de apagavelas. Meses atrás, le había ganado a las cartas esa ruina requemada a un gitano de cara alargada y piel de color vinagre. Josepet *el Pajarraco* tuvo que tomar una gran decisión: cambiar la trashumancia, la libertad, por el sedentarismo, lo que convertía su dignidad de vagabundo en la bajeza del pobre de solemnidad. Sin embargo, lo interpretó finalmente como un designio del destino y le pidió a Nonnita Serrallac que le prestase el carro y la mula para trasladar el trasto. Engancharon el trozo de galera al carro lila y, gracias a las dos ruedas buenas que le quedaban, la trasladaron a la playa de Pekín, la clavaron en la arena y prepararon unas sardinas a la brasa al aire libre para celebrarlo.

Ahora era Nonnita Serrallac quien le pedía un favor: ¡que le vendiese el carromato! Josepet *el Pajarraco* aceptó inmediatamente y casi sin preguntas. Nonnita le dijo misteriosamente:

—Hazme caso, Josepet, vete lejos de aquí. Con el dinero que te he dado te puedes marchar donde quieras.

—Tampoco es tanto dinero. No sé de dónde lo has sacado ni para qué me has comprado la chabola. Para venir a vivir en ella, seguro que no. Aquí en el barrio no os conoce nadie. Y a ti te ocurre algo muy gordo. Sea como sea, me quedaré con vosotros, al menos durante unos días.

La gente del barrio no se intranquilizará si os ve conmigo. No levantaréis sospechas. Todo por el mismo precio. ¿Y ahora me vas decir qué cojones te traes entre manos?

Nonnita Serrallac necesitaba un aliado más con toda urgencia.

—Estoy escarmentando a un hijo de puta —fue toda la explicación. Josepet *el Pajarraco* tuvo suficiente, era de confianza.

Le llegó el paquete con Demi Gambús dentro en plena noche, lo cual no impidió que todo el poblado de chabolas se enterase. Pero como se trataba de Josepet y del mismo carro con que había llegado meses atrás, no le dieron importancia. En cualquier caso, si alguien les preguntaba, dirían que ellos no habían visto ni oído nada.

El esmero puesto por Eustaqui Guillaumet en el empaquetado provocó una vez más que el cuerpo y el alma del secuestrado estuviesen a punto de llegar por separado. Afortunadamente no fue así.

Cuando Deogràcies-Miquel Gambús se despertó en plena madrugada tuvo un ataque de pánico. Como la primera vez, prefirió esperar un rato antes de abrir los ojos. ¿Se estaba volviendo loco o lo acababa de despertar un tren, al lado mismo? Cuando el ruido del tren ya se había desvanecido, oyó el rumor cercano del mar. La pestilencia del palomar había sido sustituida por otro mal olor, agrio, como de suciedad. Notaba los grilletes de los pies unidos a una cadena, y ésta a una argolla sujeta a la pared. Y las manos esposadas. En ese sentido, ninguna novedad. Abrió los ojos y se encontró con la cara medio desdentada de un individuo que tenía nariz de carnaval, y que se rascaba la barba espesa, sucia y ensortijada con la uña del meñique izquierdo, larguísima y ennegrecida. El hombre sonrió y fue peor aún. En fin, daba igual un monstruo más o menos. Al parecer, la galería de monstruos de aquella banda era infinita. Demi Gambús prefirió cerrar los ojos y volverse en su rincón, dándole la espalda. Y no pensar en nada, sobre todo no pensar en nada.

Felip Dalmau estaba muy orgulloso de su pisito secreto. En el recibidor, un teléfono con línea directa con casa Gambús. Y un baúl con su arsenal: armas blancas, de fuego, etc., que eran como sus herramientas de trabajo. En la habitación, aparte de la cama, tenía un espejo y un armario con una muda. En el comedor le habían instalado un aparador, una vitrina, una mesa de madera maciza, cuatro sillas y dos cuadros que representaban escenas de caza. En la galería, también por deseo expreso de doña Miquela, había, junto a un escritorio, una planta de interior bastante grande, algo marchita y, en un rincón, un sillón tapizado de terciopelo rojo.

Trataba de ser el mejor de los anfitriones. Quería que la señora se encontrase a gusto cuando quedaban en el piso para despachar. Casi la veneraba. Cuando entró a trabajar para la familia Gambús estaba hundido profesionalmente. En poco tiempo lo habían apartado de la policía secreta, su destino de siempre, y lo habían devuelto a la calle, a perseguir ladronzuelos de tercera. La causa, una crítica constructiva al sistema de provisión de vacantes. Desde sus inicios, el servicio secreto español usaba las relaciones personales para captar nuevos agentes. Cuando en noviembre de 1904 estalló una bomba en la calle Ferran causando tres muertos, se recibió autorización de Madrid para aumentar la plantilla barcelonesa. El problema fue que en aquellos momentos no había candidatos de confianza. Se hace difícil imaginar un anuncio en los periódicos reclamando aspirantes a agentes del servicio secreto, pero así es como se hizo. Felip Dalmau comentó ese método de una manera un poco irónica y, al cabo de pocos días, ya lo habían trasladado a la calle.

Un día recibió una invitación para hablar con una vieja dama. Lo sabía todo sobre él, dónde vivía, cómo vivía, su familia, todo. Con voz melosa le anunció que podía ayudarlo mucho y mucho. Él le contestó de manera educada, pero firme, que se había equivocado de hombre: no aceptaba sobornos. La mujer, muy amable, le respondió que le gustaba tratar con gente de principios. Y añadió: «Es una pena que la sociedad actual obligue a dejarlos de lado de vez en cuando. Usted mismo es un ejemplo: un buen elemento apartado de la manera más injusta.»

Así fue como Felip Dalmau, de un día para otro, hizo borrón y cuenta nueva de los últimos quince años de su vida. Por orden de su nueva jefa, durante un tiempo continuó en el ejercicio de su papel de policía, una especie de agente infiltrado de la familia. Ahora hacía ya unos meses que había colgado definitivamente el uniforme y se dedicaba íntegramente a los asuntos de los Gambús.

Acababa de servirle un café frío a la señora Gambús. A su lado, Rafael Escorrigüela permanecía sentado sin decir nada. Con Felip Dalmau, eran las tres únicas personas que estaban al corriente del secuestro de Demi Gambús. Habían pasado cinco días desde que el plazo finalizara y no llegaba ninguna otra nota de los secuestradores. Miquela Gambús estaba muy preocupada. Tenía el dinero a punto, pero nadie se lo reclamaba. Era la desaparición más limpia de la historia de los secuestros. Nadie sabía nada. Por eso estaba a punto de recibir a Joan Rovira. Le había pedido que se encontrasen de incógnito en el piso de Dalmau para pedirle ayuda y consejo.

Llamaron abajo en la calle: dos golpes y un repique. Era él. Dalmau salió al descansillo y tiró de la cuerda para abrir el portal. En seguida oyó el resoplido de la visita subiendo la escalera. Escorrigüela se preparó para recibirlo y Felip Dalmau se escondió en la habitación contigua, desde donde podría seguir perfectamente la conversación.

El señor Rovira entró con cara de circunstancias: se le había dicho que un asunto muy importante y delicado exigía su presencia. Curiosamente se lo citaba en un lugar extrañísimo y pobre, casi clandestino. Tras disculparse como es debido y presentarle a Rafael Escorrigüela, Miquela Gambús le relató los hechos y le mostró la nota de los secuestradores.

Joan Rovira se quedó muy sorprendido. Se aseguró las gafas sobre la nariz y leyó la nota un par de veces.

—¿Qué le parece? —dijo la mujer con un tono impaciente. No era una persona a la que le gustase reconocer que necesitaba ayuda.

—No acabo de verlo claro. No quiero decir que la nota sea falsa, pero sí que parece más amenazadora de lo que es en realidad. ¿Cree usted que alguien pudiera querer gastarle una broma de mal gusto?

—¿Eso es todo lo que se le ocurre? ¿Una broma de mal gusto? Por el amor de Dios, Rovira, ¡hace más de quince días que mi hijo ha desaparecido!

—Discúlpeme.

—Mire, le puedo asegurar que si hubiese creído que se trataba de la carta de un enfermo mental, o de un amigo con un sentido del humor algo exagerado, no se me habría ocurrido molestarlo. Los Gambús tenemos mucha experiencia en el trato con las personas y no andamos perdiendo el tiempo. Esta carta va en serio. Y en cualquier caso responde a un hecho: que mi hijo ha desaparecido y yo no sé nada del asunto. Tengo a todos mis colaboradores trabajando en ello —hizo un gesto con la mano hacia Rafael Escorrigüela, quien asintió afirmativamente con un movimiento de la cabeza—, pero pasa el tiempo y no hay resultados. Y no quiero meter en esto a la policía porque no me fío de ellos. No quiero correr ningún riesgo. Con eso quiero decirle que le doy todo el valor a este trozo de papel. No pienso quedarme con los brazos cruzados pensando que se trata de una broma de mal gusto y luego recibir la noticia de que mi hijo ha aparecido cosido a navajazos entre los escombros de la Reforma.

—De acuerdo, de acuerdo. Considerémoslo seriamente. Su hijo es un hombre de mucho éxito, social y profesional. ¿Hay alguien que pudiera odiarlo hasta el punto de pensar que le haría un favor a la sociedad quitándolo de en medio?

—Los Gambús siempre hemos tenido enemigos. El mundo de los negocios implica hacer amigos y enemigos. Qué le voy a contar a usted... Francamente, no se me ocurre nadie en concreto.

—El móvil, pese a la exigencia económica, puede ser político. El secuestro de Demi Gambús, más que hacer daño a una formación política determinada es, se mire como se mire, un ataque a la clase dirigente del país.

—No niego su hipótesis, pero puede haber otras. Por ejemplo, tal como usted sabe, Demi se está metiendo en una serie de negocios que, por lo que alcanzo a deducir, pueden entrar en conflicto con intereses muy poderosos.

—Señora Gambús, me ofende. Y aun a riesgo de ser impertinente, me permito corregirla. En Barcelona hacemos negocios, no vamos secuestrando a la gente para tener el camino expedito. Y menos aún si somos del mismo ramo. La vida es muy larga y ya sabe lo que se dice: hoy por mí, mañana por ti. Permítame volver a insistir: yo veo en este caso un móvil político. La ciudad vuelve a estar alborotada y acobardada. En Barcelona se ponen bombas por todos lados, al tuntún, sin criterio, para aterrorizar. En el teatro Principal, donde se supone que van los ricos, y en el Soriano, en el Paralelo, donde van los pobres y donde se supone que mandan los radicales de Lerroux. También se ponen en las calles comerciales de los pequeños burgueses y en plena calle de Sant Pau, donde sólo hay pobreza. Ayer mismo hizo explosión otra bomba en los lavabos de los billares del Café Español. Ya sólo falta que vayan a cualquier barrio de chabolas. Los criminales tendrían suficiente con un petardito sobrante de las fiestas de San Juan. ¡O ni siquiera eso, con una simple cerilla! Y ahora, el secuestro de su hijo. No puede ser una casualidad, señora Gambús. Perdóneme, pero lo veo clarísimo. Se lo repito: intentan desestabilizar la sociedad por el método que sea. No me extrañaría que fuese el inicio de una cadena de secuestros para extorsionar a la clase dirigente. ¿Qué no daría uno de esos grupos anarquistas por tener a su hijo? Una buena vía de financiación para continuar colocando bombas.

—¡Basta, Rovira, por lo que más quiera! Le ruego que intente enfocar el asunto desde todos los ángulos posibles.

Joan Rovira calló durante unos segundos. Pensaba intensamente. El dilema era muy simple: ¿seguía con la conversación o la cortaba y se dedicaba a buscar al heredero Gambús por su cuenta? Decidió esperar a tener más información. Dijo:

—Sinceramente, lamento que no esté dispuesta a aceptar el móvil político. Creo que se engaña. Pero como quiero ayudarla de todo corazón, comenzaremos a investigar partiendo de la base de que el móvil es simplemente económico.

—Gracias, Rovira. Se me hace difícil pensar que mi hijo se haya dejado atrapar. En fin, si consigue devolvérmelo sano y salvo y me señala a los culpables, le prometo que le compensaré. Por ejemplo, convenciendo a mi hijo para que se implique más en su grupo político.

—¿Realmente lo haría?

—No hablo por hablar.

—Vaya, me complace enormemente oírselo decir. Y ahora, si me permite, vamos al grano. Voy a necesitar su total colaboración en todo momento. Si no es ningún enfermo mental ni ningún bromista, la cosa es seria. La gente no secuestra ni va soltando amenazas de muerte para distraerse. Los motivos ya los descubriremos. Para empezar, debería explicarme todos los detalles de la vida de su hijo, de arriba abajo. Es casi seguro que en esos detalles encontraremos algún indicio que nos permita empezar a desenredar la madeja.

—Puede decirse que el señor Escorrigüela es la última persona que lo vio. ¿Desea hablar con él?

Joan Rovira hablaba y hablaba. Y cada vez más, doña Miquela Gambús tenía la sensación de que, tanto si su hijo era rescatado vivo como si lo devolvían cadáver o, simplemente, no lo devolvían nunca, a él le iba como anillo al dedo. Cuanto más lo oía hablar, más se arrepentía de haberle pedido aquel favor. ¿Por qué Demi se había dejado atrapar? La respuesta a aquella pregunta era la clave del enigma. Por otra parte, tanto si Rovira encontraba a Demi como si no, le debería un favor, lo cual, entre aquel tipo de gente, siempre era peligroso. Ahora más que nunca recordaba una frase que a menudo le había repetido su padre: «Miquelona, lo mejor es que el enemigo sobreestime tus errores y, más aún, que los amigos subestimen tus virtudes.»

Nonnita Serrallac iba caminando por la calle a grandes zancadas y no se daba ni cuenta. No veía la manera de sacarse el miedo del cuerpo. Miedo de los vivos y no de los muertos, pese a que algunos días éstos se le hicieran muy pesados. Tenía que organizar cómo dar el paso siguiente, que consistía en hacerle saber a la vieja Gambús cómo y cuándo quería cobrar. Pero no se sentía con fuerzas, no sabía cómo hacerlo. Por si no tuviera suficiente, el día anterior Eustaqui Guillaumet le había enviado a Josepet *el Pajarraco* con el aviso de que Demi Gambús se negaba a comer. Desde hacía tres días sólo bebía agua y decía que no pensaba cambiar de actitud hasta morirse. Nonnita tuvo que idear una estratagema para salir del paso. Hizo que le dijeran que la cosa se desarrollaba con rapidez y que había que enviar a la familia una prueba de que estaba vivo. Le dieron papel, lápiz y un periódico del día. Le hicieron redactar las noticias y una nota en la que explicaba que lo trataban bien y esperaba que lo liberasen muy pronto. Hubo suerte y funcionó. Demi Gambús volvió a ingerir alimentos, pero ella quedó exhausta y tuvo que guardar cama un par de días.

No podía más. Necesitaba descansar, pero era evidente que no podía permitirse ese lujo. Además, había días en que el barrio se le venía encima. Salía a la calle y tan sólo se encontraba muertos o lugares y cosas que aún estaban pero que pronto dejarían de estar, como por ejemplo la tienda de pasta de la plaza del Oli, elaborada manualmente a la vista de los transeúntes: fideos, macarrones, canelones, etc. O el estanco, en la calle Gràcia Amat, que, aparte de tabaco y sellos, vendía tarjetas postales, calcomanías y, si el cuñado del dueño había bajado de Calaf, cestas de esparto.

Comenzó a caminar en dirección a la parada del tranvía. Se moría de bochorno. Todo el día había estado lloviznando. Esa lluvia barcelonesa de verano que no refresca y para lo único que sirve es para que la humedad del ambiente sea mayor. Caminaba y pensaba que, cuanto más tiempo pasaba, más aumentaban las posibilidades de ser descubiertos. Y más aún en aquellos días, en que continuaban las bombas, en Marruecos volvía a haber guerra, la gente protestaba... y Barcelona estaba llena de soldados y policías.

De repente oye cantar como los ángeles. Y se los encuentra, allí mismo, a su lado, en pleno día. Estuvieran donde estuviesen, se han apresurado a buscarla. Los gemelitos cantores de casa Tarrida se le acercan. Y cantan. Hoy es diferente: cantan como nunca antes lo habían hecho, en honor de Nonnita Serrallac. Y a ella lo mismo le da que sean sólo las ocho y media de la tarde y aún haya mucha gente en la calle mirándola. Los gemelitos gorjean como ruiseñores y hoy, por primera vez, le sonríen y, con sus manitas blancas, le piden que se acerque.

Tienen doce años, y son huérfanos y muy pobres. En el barrio todo el mundo los conoce por «Los gemelitos cantores de la calle Malla» y cantan por afición. Se ve que ya desde muy pequeños iban a la iglesia de Santa Marta a hacer de monaguillos sólo para que el párroco los dejase cantar. El tío con el que viven ha empezado a colocarlos en los bautizos y en las bodas. También en las fiestas privadas de gente rica. Tienen un amplio repertorio que incluye canciones populares, zarzuelas e incluso algunas piezas de música sacra. Están solicitadísimos porque, además, el tío los ofrece para animar y amenizar la celebración simplemente a cambio de propinas. Si no son muy espléndidas, al menos los gemelos cantores comistrejan tanto como pueden, sobre todo si hay morcilla; como son huérfanos, gemelos, pobres, canijos y escrofulosos en potencia, los dos se vuelven igual de locos por la morcilla y llegan ahítos a casa. De todos modos, si de lo que se trata es de cantar en una celebración privada de alta categoría, el tío les compra la morcilla antes y les obliga a comérsela con unas buenas rebanadas de pan. No quiere que los gemelos empiecen a picar sándwiches a escondidas, que los ricos son muy suyos y del mismo modo que pueden despilfarrar duros y duros de la manera más idiota, pueden enfadarse muchísimo si un par de muertos de hambre se comen un sándwich a escondidas, el valor del cual no pasa de unos cuantos céntimos. Nonnita se acuerda de ellos perfectamente. Los gemelos cantores son famosos en el barrio y la gente compra la morcilla de rodaja en rodaja, sólo para hacerles cantar una pieza en mitad de la calle.

Un día oyó que alguien decía: «Los gemelos cantores de la calle Malla se han muerto, pobrecillos. De tanto cantar se han consumido por dentro, escrofulositos, escrofulositos.» Y se fueron de este mundo, pero no de la memoria de Nonnita Serrallac.

Se detuvo y miró a su alrededor. Desvariaba. Se vio reflejada en el escaparate de la tienda de lápidas. Le devolvía la imagen de una muchacha pegada a una barriga gigante. En ocasiones, su panza de preñada le parecía independiente. La tienda de lápidas ya tenía fecha de cierre. Como quien dice, las lápidas las regalaban. En cuestión de días, la piqueta la haría desaparecer. Lo mismo que La Neotàfia, una funeraria de la plaza de Jonqueras especializada en el traslado de cadáveres. Anunciaban grandes descuentos en material funerario porque la Reforma ya los había señalado con una cruz roja. Pensó: «Morirse en el barrio de San Pedro trae cuenta; La Neotàfia está de rebajas...»

Subió al tranvía que iba de la plaza Palau a las Arenas. Como quien dice, paraba justo delante del Soriano. La gente se apartaba a su paso, se levantaban para dejarle un asiento, las señoras le ofrecían pañuelos impregnados de colonia... Faltaba poco para que empezase a ponerse el sol, con el cielo encapotado, lloviznando. Y de pronto, entre Montjuïc y el mar vio el arco iris, espléndido, entero, con todos los colores formando el semicírculo. Era inusual y todos los viajeros del tranvía se quedaron mudos. Por un segundo, aquel tranvía fue una cosa única y especial. Si la criatura que llevaba en sus entrañas llegaba bien al mundo y ella sobrevivía, en alguna ocasión, unos años más tarde, se lo contaría.

Estaba metida hasta el cuello. Y en la operación había arrastrado a la gente que le era más cercana. Si no salían adelante, la cárcel sería el mal menor. Era una irresponsable, pero sólo había una verdad cierta, real y tangible: no podía echarse atrás, tenía a una persona secuestrada. Sólo podía seguir adelante.

En cuanto llegó al teatro se dispuso a esbozar la nota con las instrucciones para efectuar el pago.

27

Rafael Escorrigüela vio venir a la modistilla con paso rápido. Su figurita, acercándose, ponía una nota fresca al calor de la plaza del Àngel, ahogada por el polvo de la Reforma. Parecía una muchacha de quince años. De todos modos, no tenía muchos más. Llevaba una faldita roja y una blusa de color rosa algo usada. Por encima, un delantal azul cielo con rayas blancas. Medias y zapatos negros. La esperaba en el Café del Suizo. ¿Qué tenía aquella muchacha que lo enternecía tan profundamente? Se veían muy poco. La pobre debía de pensar que estaba en misión secreta o algo parecido.

—Cada vez que lo veo, siempre pienso que será la última vez —dijo ella.

—No diga eso, mujer. Quiero verla contenta. Pida lo que quiera.

Pese al calor, pidió un chocolate a la taza. Rafael Escorrigüela observaba cómo se llevaba el bizcocho a la boca y cómo el bigotito se le quedaba manchado de negro brillante. Él mismo se sorprendía de sentir una especie de afecto vacío y gratuito que no acababa de comprender.

—¿Y qué, cómo va el trabajo?

—Bien. Hoy hemos tenido un día malísimo —contestó ella con un gesto muy gracioso—. He tenido que probarle un vestido de comunión a un niño insoportable, un niño de casa bien, un marquesito. «¿Le gusta así de largo, señora?», le preguntaba a la madre. Y ella decía que sí y entonces la criatura, sabihonda, decía lo contrario. Y yo venga a quitar y poner marcas de tiza en los pantalones. No se lo creerá, pero finalmente ¡la madre ha hecho caso al hijo de diez años!

La muchacha se calló de golpe. Su compañero tenía el pensamiento muy lejos.

—¿Le estoy aburriendo, Rafael?

—No, no, ¡qué va!, son las preocupaciones, que no me dejan a sol ni a sombra. Tiene usted suerte, sabe cuándo empieza a trabajar y cuándo acaba. Yo no. Le he dicho que quedáramos aquí a merendar porque tenía que hacer unas visitas de negocios por esta zona.

—¿Le puedo preguntar qué tipo de negocios?

—No es ningún secreto: ¿qué ve a su alrededor? Espacio y ruina. Y fincas a punto de ser derribadas. Pues eso: comprar y vender casas, terrenos... El dinero llama al dinero, y esta zona está en plena expansión. Moje, moje, no le dé vergüenza.

La muchacha había observado que Rafael Escorrigüela no se sacaba la mano derecha del bolsillo, pero no le dijo nada. Ni él mismo se daba cuenta. Tomaba su vaso de cerveza helada con la izquierda y, con la derecha, obsesivamente, tocaba y retocaba un objeto muy pequeño que llevaba en el bolsillo; pequeño, pero precioso: una pastilla de estricnina.

Miró de nuevo a la modistilla. Era bonita de verdad. En sus ojos, hasta entonces acostumbrados tan sólo a los pequeños problemas de su vida diaria, adivinó una gran fuerza de espíritu futura. La imaginó cosiendo con enorme habilidad el borde de un vestido o lo que hiciera falta, como si bordase su porvenir a fuerza de puntadas, y preguntándose por qué santa Lucía había escuchado sus oraciones y le había dado un posible prometido como él.

Tomó un trago de cerveza. La cerveza lo ayudaba a pensar. Rafael Escorrigüela no era una persona que se diese por vencida fácilmente, y a menudo se dejaba guiar por sus intuiciones. El corazón le decía que la solución al enigma de Gambús pasaba por la embarazada del Paralelo. Aquella misma tarde, tras asegurarse de que la muchacha entraba en el teatro Soriano, se había ido corriendo a hacer una visita a su casa.

El calor era insoportable y no había nadie por la calle. Los balcones estaban abiertos. Muchos, cubiertos por una cortina blanca que se hinchaba y se encogía como la vela de un barco. Tenía miedo de que alguien le llamase la atención, en esos barrios todo el mundo se conoce, pero nadie le había dicho nada. El portal estaba abierto. El contraste de temperatura casi le había puesto la piel de gallina. Con mucha precaución, ¡hacia arriba! Si aparecía algún vecino, ya tenía preparada una buena explicación: era un funcionario municipal que estaba llevando a cabo una inspección rutinaria. El edificio parecía vacío, no se oía ni el vuelo de una mosca. Cuando llegó al último piso, no le costó mucho forzar la cerradura. Aquel sitio donde vivía Nonnita Serrallac le pareció la casa de un trapero, llena de objetos de la más diversa procedencia. Lo había revuelto todo buscando cualquier indicio, la más pequeña prueba que le confirmase que Demi Gambús había estado allí. Era el último piso y el calor pesaba, y a Rafael Escorrigüela, cada vez más nervioso, lo estaba destrozando sin que se diera cuenta. La rabia lo impelía a desparramarlo todo por el suelo. Llegó incluso a rajar el colchón con un cuchillo de la cocina. Nada de nada. Finalmente, casi maquinalmente, había subido a la azotea. Recordaba que el estallido de luz tras abrir la puerta casi lo hizo desistir. Apoyado en la barandilla, no le había llamado la atención nada en especial: tejados, azoteas, el cimborrio de la catedral, inacabado, campanarios y palomares, muchos palomares. No sabría explicar por qué entró en el de aquel terrado. Tal vez alguna pieza no encajaba. Quizá alguna cosa no estaba en su sitio: ¿restos de paja fresca por el suelo, dentro de un palomar abandonado? No era normal. Tampoco es que fuera algo extrañísimo. Estando agachado había visto, entre los clavos oxidados que unían la estructura de madera, una argolla nueva sujeta a la pared. Y de golpe se había dado cuenta de que el olor que llenaba el habitáculo, más que de excrementos de paloma, era de excrementos humanos. Y entonces, aún agachado en aquel palomar vacío, entre dos baldosas del suelo, la había visto. Al principio parecía una piedrecilla blanca, cerca de la puerta. Se había acercado y la había cogido. Una pastilla. ¿A qué le recordaba? En un instante, las piezas del rompecabezas le habían encajado. ¡Era una pastilla de estricnina! ¡Una puñetera pastilla de estricnina exactamente igual a las que consumía el señorito Demi Gambús! No podía haber mucha gente en Barcelona que consumiese eso. Nervioso, la había envuelto en el pañuelo y, con el cuerpo aún temblando por la excitación, se había encaminado al Suizo, que estaba al lado mismo.

En ese estado de turbación lo había encontrado la modistilla. Ella lo había notado y por eso no paraba de hablar. Él era incapaz de escucharla, e incapaz de soltar la pequeña pastilla que llevaba en el bolsillo. Una vez pasada la excitación inicial, un sentimiento de euforia se estaba apoderando de su espíritu: ¡tenía la prueba de que aquella puta preñada, como mínimo, había tenido a Demi Gambús en aquel palomar!

La muchacha se había terminado ya el chocolate y se limpiaba graciosamente los labios con sus deditos de modistilla. Le estaba explicando que su padre había sido uno de los sastres más conocidos del barrio de San Pedro. Le venía bien que hablase, así la tenía distraída y él podía seguir cavilando.

—Lo tendría que haber visto, con su gorra de plato, vistiendo sahariana en verano, abrigo y manta sobre las piernas en invierno, y gafas incrustadas en la punta de la nariz. Con dos sillitas de anea, una para sentarse y otra delante, para colocar encima las cosas necesarias. Ah, y un cojín en la espalda. Se instalaba en un portal grande de la calle Sant Pere Més Alt y aprovechaba la luz del día para coser tanto como podía. En el portal hacía sus transacciones: recogía encargos, los entregaba...

—¡Llucieta!

La interrupción la asustó.

—Dígame.

—Me parece que la voy a llevar al baile, para que se le abra el apetito antes de cenar.

—¿De veras?

—Puede estar segura de ello.

Llegó a su casa muy animada. Tenía claro cómo organizar el canje de Demi Gambús por el dinero. Sólo tenía que ponerlo en limpio y hacérselo llegar a la madre. Por el camino sólo se había tropezado con un difunto, y no precisamente de los más pesados. Era el carbonero de casa Simó, que murió asfixiado bajo una pila de carbón que se le vino encima porque no había asegurado bien uno de los depósitos donde lo guardaba. Sin detenerse, Nonnita lo había tratado de burro por haberse muerto de aquella manera. El carbonero no había parado de repetirle que un descuido lo podía tener cualquiera y que bastante lo había pagado él, que se había ido al otro barrio en la flor de la vida. Con la flor en el culo, le había dicho ella burlándose, y además, con la cara sucia. El carbonero le había dicho que un descuido lo puede tener cualquiera. Ella no lo tendría a la hora de vender a Gambús, le replicó. Y el carbonero, sin dientes, sucio, le había respondido sencillamente: «Ya lo sé.» En ocasiones los muertos daban buenos consejos. No muy a menudo, sin embargo. Más bien al contrario: son muy pesados, pensó. Se arrepintió en seguida. Había muertos más educados que los vivos. Pero se dio cuenta de que ése era un pensamiento estúpido, como el de los que dicen: «Hay bestias que tienen más seso que sus dueños.»

Entonces fue a abrir la puerta de su casa y vio que había sido forzada. Entró, encendió el quinqué y se encontró con el panorama de su piso destrozado.

A Nonnita Serrallac no le hizo falta pensar mucho para saber qué había pasado. No había sido un ladronzuelo de mala muerte quien había hecho aquello. Se quedó acurrucada y quieta, incapaz de reaccionar, con las lágrimas corriéndole mejillas abajo. Se pasó un día entero sin hacer nada en aquel piso patas arriba; aterrorizada con la sola idea de bajar a la calle. Tenía miedo de que quien le había destrozado la casa volviera y la matase de mala manera.

Un par de veces había llegado hasta el descansillo, pero estaba lleno de difuntos que le preguntaban si quería que entrasen a hacerle compañía. Y ella les había dicho que no, que en todo caso prefería quedarse fuera con ellos. Así se sentía acompañada y a la vez estaba al acecho: si alguien entraba al portal, lo oiría subir la escalera. Porque estaba segura de que irían a buscarla. La harían abortar allí mismo de la paliza. La molerían a palos incluso después de haber revelado el lugar donde tenía encerrado a Demi Gambús.

En el rellano, pues, sentada en un peldaño y escuchando las tonterías de los muertos.

Uno a quien no conoce, con cara de luna llena, aparta a los otros de en medio y le explica que el sitio donde él reposa, en Montjuïc, es ideal. Que desde el nicho, la montaña desciende suavemente hasta el mar, como cuando una madre pasa la mano por la cabeza de su hijo. Y que su calle de muerto está llena de árboles, más de los que tuvo a su alrededor cuando estaba vivo. Además, ha subido de categoría social. Su entorno está lleno de muertos de gran condición y excelencia. Dice: «No demasiado lejos tengo un flamante panteón, como la torre de un castillo. Es de mármol blanco y brillante. No sé quién está dentro, pero tiene que ser importante y antiguo, para haber empleado tanto mármol.» Y Nonnita, con la mente poco ágil, le replica que será un médico o un inventor. O algún prohombre de la ciudad. Que Barcelona es una ciudad que genera un tanto por ciento muy elevado de prohombres y uno de ellos debe de ser el del panteón como una torre. Y que por muchos años. Y el muerto le dice: «¿Años? Sí, muchos. De hecho, todos.» Y ella se cansa de conversar con aquel muerto tan tranquilo, razonable, conformado y voluntariamente anónimo.

Porque a ella la inquietud no se le iba. Pensaba: «Si tienen que venir, que vengan de una vez.» Sudaba. Era incapaz de levantarse. Se quedó dormida con la cabeza recostada en la baranda.

Hacia la noche se despertó. Se levantó y volvió a entrar en casa. Todo le daba igual. Cerró la puerta en los morros de los muertos que quedaban en el rellano. Más que nada por el valor del gesto. Primero, porque la cerradura estaba reventada, y segundo, porque en general, una puerta cerrada no suele ser un impedimento serio para un muerto como es debido.

Seguía encontrándose muy mal. Comió un poco y vomitó. Entonces oyó que llamaban a la puerta y se asustó.

¿Por qué llamaban si la puerta estaba abierta? Tal vez eran los difuntos, que se aburrían y se acercaban a hacerle la pascua. Llegaría un día en que sin darse cuenta se marcharía con ellos. Se quedó quieta.

Los golpes continuaron. Oyó chirriar las bisagras y que alguien entraba. Se acabó, el momento había llegado. Fuera quien fuese, no estaba en su mano impedir que pasase para adentro.

Oyó pasos que se acercaban a la habitación. El corazón le latía a toda velocidad. Cerró los ojos y se cogió la barriga.

De pronto, la voz tranquila y profunda de Eustaqui Guillaumet:

—¿Se encuentra bien, señora? Todo el mundo en el teatro ha preguntado por usted.

No habría imaginado nunca que su presencia le pudiese causar tanta alegría. Le respondió tristemente:

—Mira cómo me han dejado el piso, Eustaqui.

El muchacho la cogió del brazo e hizo que se sentara. Le llevó un vaso de agua y la obligó a bebérselo.

Le palpó la frente.

—Me parece que tiene un poco de fiebre.

—No tiene importancia, cosas del embarazo. Escúchame...

Le resultaba imposible calmarse. Se sorbía los mocos y hablaba a trompicones:

—Tienes que procurar que no te sigan. Has de estar muy atento. Alguien sospecha que lo tenemos nosotros; esto de hoy no es por casualidad. Un millar de ojos nos controlarán a partir de ahora.

La llevó hacia la galería para que le diese un poco el aire. En silencio le fue poniendo trapos húmedos en la frente. La presencia del muchacho la calmó. Eustaqui tenía esa virtud.

—Enternecedor.

La voz tras ellos los pilló por sorpresa. No lo habían oído llegar. Se trataba de Rafael Escorrigüela, con un palillo en la boca, vestido como un señorito, con un traje caro de hilo, sombrero, guantes y bastón.

Con una sonrisa en la boca, señaló a Eustaqui Guillaumet.

—¿Quién es éste, el padre de la criatura?

Una vez más, Rafael Escorrigüela calculó mal el impacto psicológico de su papel de milhombres. Irritaba a personas cuya fuerza desconocía y luego le pasaba lo que entonces, que Eustaqui se levantó, se le acercó y, sin mediar palabra, le soltó un rodillazo en los testículos. Cayó al suelo, congestionado y sin respiración. A continuación, Eustaqui le escupió en la cara e, impasible, le dijo:

—No, señor, no soy el padre de la criatura.

La más ridícula sorpresa afloró en los ojos de Rafael Escorrigüela. No podía creer que alguien vestido como él pudiese ser humillado por alguien vestido como Eustaqui Guillaumet. Aquella temporada de nuevo rico le había llegado a hacer creer que una americana cara era como una especie de coraza, un burladero tras el que podía resguardarse. Y ahora se encontraba con que las baldosas sucias de aquella casa le estaban ensuciando los pantalones blancos de hilo. Sin embargo, como buen especialista en supervivencia que era, Rafael Escorrigüela guardó su rencor contra aquel gigante para el momento oportuno. No se incorporó hasta que volvió a respirar con cierta normalidad. Se sacudió el pantalón a la altura de las rodillas, se limpió el escupitajo y, entre toses y una sonrisa que quería ser irónica, dijo:

—No quiero pelearme.

—Hace un momento no lo parecía —dijo ella muy seriamente—. Desde hace unos días no dejas de molestarme. Entras en mi casa sin llamar, como un ladrón. ¿Por qué tengo que fiarme de ti? Me muero de ganas de pedirle a Eustaqui que te coja, te dé de bofetadas y luego te tire por la ventana.

A Rafael Escorrigüela, la perspectiva no le hizo la menor gracia.

—Perdóname, mujer, perdona si te he ofendido. He venido a hablar de negocios, no a recibir bofetadas.

—¿Negocios? ¿Qué negocios? ¿Has sido tú quien me ha destrozado la casa?

—No —mintió.

—No te creo. ¿Qué quieres?

—Tú tienes una cosa que a mí me interesa.

—No sé de qué me hablas.

Rafael, que se iba tranquilizando, no apartaba la vista de Eustaqui. Metió la mano en el bolsillo y palpó la pastilla de estricnina. Estuvo a punto de sacarla pero no lo hizo.

—Estoy seguro de que Demi Gambús ha estado aquí y tú sabes dónde está ahora. Te lo compro.

—Te repites y me aburres. Además, no me encuentro nada bien. Quiero que me pagues todo el destrozo que has hecho y que te largues.

—Estás loca.

—Ah, ¿sí?

Eustaqui avanzó hacia él y le arreó un sopapo que le hizo girar la cara en redondo y lo hizo sentar en una silla. Luego le arrancó la americana, le registró los bolsillos, encontró su cartera y rebuscó en ella.

—Tiene ocho pesetas y sesenta céntimos, señora.

—Mejor eso que nada. —Y a Rafael—: No te perdonaré lo del piso. La próxima vez Eustaqui te abrirá en canal y te lanzará a una de esas zanjas de la Reforma.

Rafael Escorrigüela se estremeció. La consideraba muy capaz de hacerlo. Sacó fuerzas de flaqueza y bramó:

—Os la estáis jugando. Los Gambús no son una familia cualquiera.

—Lárgate de aquí, alfeñique. Ahora aún puedes bajar caminando. Dentro de un minuto bajarás por el hueco de la escalera, volando. ¡Eustaqui!

—Muy bien, ya me voy, pero piensa bien en lo que te he dicho: negociar conmigo es más sencillo que hacerlo con la familia Gambús.

—¡Que te vayas!

—Piénsalo. Ya sabes dónde encontrarme.

—¡Fuera!

Eustaqui Guillaumet siguió a Rafael Escorrigüela para cerciorarse de que se iba. Cuando volvió, encontró a Nonnita Serrallac de pie y aún temblando. Lo esperaba con un papel en la mano.

—Toma, ésta es la nota para la familia Gambús. Ahora sí que ya no podemos esperar más. Ese hijo de puta lo va a echar todo a rodar. En un santiamén tendremos a la policía y a la familia encima. Hay que coger el dinero y marcharnos antes de que nos pesquen.

El espacio dentro de la media galera era tan pequeño que, a la hora de dormir, una vez que el secuestrado se tumbaba, difícilmente cabía otra persona. El resultado era que, sistemáticamente, algún vigilante acababa teniendo que dormir al raso, en la playa. Eso lo decía todo acerca de las condiciones en el interior de aquel cuchitril. Ante esta situación, Nonnita Serrallac invirtió una parte del dinero que llevaba consigo Gambús en comprar un toldo de lona. Construyeron una especie de prolongación del espacio original, como si fuera una habitación más, como una tienda de campaña unida estrambóticamente a los restos del carruaje. Disponía de todos los lujos: una mesa, dos sillas, un infernillo de petróleo y, en el suelo, dos jergones para dormir.

Mantenían a Demi Gambús en una penumbra continua. La antigua puerta y la única ventana del trozo de galera estaban tapadas con trapos por precaución, tanto de día como de noche. En esas condiciones, la madriguera, en pleno verano, sólo empezaba a ser soportable al caer la noche. Y aunque el aire corría por todos lados, el espacio no dejaba de impregnarse de un bochorno insano.

Al principio del cautiverio, Demi Gambús se pasaba las horas pensando en sus cosas, en sus proyectos de futuro, en cómo llevaría a cabo la venganza. Desde hacía unos días ya ni eso. En seguida se cansaba de leer y prefería enroscarse sobre el jergón de paja y cerrar los ojos. Al menos le habían permitido ponerse los calzoncillos.

Por las noches el silencio era absoluto, sólo interrumpido, a primera hora, por un gallo que puntualmente cantaba al amanecer. Y siempre, al lado, el rumor del mar. De vez en cuando, el sonido del tren. También algunos otros que traía el viento: voces humanas, de gente del barrio que pasaba cerca, o de sirenas lejanas de barcos. O un perro ladrando en una de las chabolas de los alrededores porque en plena noche había visto moverse un ratoncillo. O el perturbado gritándole al loro: «¡Di Tupinamba, hijo de puta!» Y el loro se quedaba únicamente con la segunda parte: «¡Hijo de puta! ¡Hijo de puta!»

Un día, muy de mañana, lo despertó lo que parecía una especie de traca. Uno de sus guardianes, el de la nariz en forma de gancho, le informó: «No se asuste. Son los soldados, que vienen aquí al lado, al Campo de la Bota, a hacer prácticas de tiro.»

A aquel desgraciado se le acababa de escapar dónde lo escondían. Y ni el vigilante se percató ni tampoco a él mismo le importó demasiado: estaba demasiado mal. Había perdido la noción del tiempo. No sabía si llevaba tres semanas, un mes o un mes y medio prisionero. Cuanto más tiempo pasaba, más baja tenía la moral. Y el recurso de fantasear con su isla en medio del mar ya no le servía tanto como al principio. Últimamente se entretenía imaginando grupos de comerciantes, trabajadores autónomos, industriales pequeños y grandes, abogados, banqueros y rentistas, médicos, aseguradores, arquitectos e ingenieros, funcionarios, incluso académicos, peleándose por instalarse en la ciudad marina. O se veía dirigiendo la construcción de un bloque de pisos altísimo, de esos que los americanos llamaban rascacielos, con viviendas de lujo para la alta burguesía barcelonesa, y poder decir en sus viajes a Madrid: «Ahora mismo en Barcelona estamos construyendo como en Chicago o Buffalo...»

Pero ahora ya ni eso. El futuro no le importaba. Su máxima preocupación era el presente, y más en concreto, evitar por encima de todo que aquel loro cabrón se le acercase. El último guantazo del guardián lo había dejado sordo de una oreja durante unas horas. Era muy curioso: Demi Gambús se había dejado ganar por una especie de fatalismo inusual en alguien como él. En más de una ocasión se había dicho que su deber primordial era intentar escaparse. Pero entonces miraba hacia sus guardianes y veía a un perturbado, a un pordiosero con nariz en forma de gancho o a un gigante bobalicón, y se le pasaban las ganas de plantar cara porque se moría de vergüenza. Su orgullo familiar lo convertía en esclavo de la estética: seguía siendo incapaz de creer que una cuadrilla de granujas en el límite de la salud mental dispusieran de su vida. Y menos aún que la presencia de un loro constituyese un suplicio añadido. Así pues, lo único que deseaba era que su madre pagara de una vez. Pero era evidente que no lo hacía. ¿Por qué? ¿Cuál era el problema? El tormento aumentaba cuando, a medida que pasaba el tiempo, no encontraba a qué agarrarse para rehuir una idea que le rondaba por la cabeza desde hacía días: que estaba en peligro de muerte.

Para Demi Gambús las mejores horas eran las de la noche. Sus captores, como antes en lo alto del palomar, lo sacaban de vez en cuando unos minutos, no demasiados, para que tomase el aire. Respiraba el aire del mar durante un rato, caminaba hasta la orilla con las manos esposadas por detrás y los pies engrilletados. A lo lejos, a su derecha, divisaba las luces de Barcelona y del puerto. A veces, como a un centenar de metros, veía algún pequeño fuego, en las chabolas. Entonces podía hacer sus necesidades, de espaldas a las olas, o lavarse con el agua del mar. Todo en un máximo de diez minutos. De hecho dependía del vigilante que le tocara. Los días en que le tocaba con el perturbado no había nada que hacer. Se colocaba a la entrada de la media galera y no se movía de allí hasta que llegaba su relevo. No decía nada. Parecía sordo y mudo. Sabía que no lo era, pero con él, como si lo fuera. De la embarazada, ni rastro. Algunas veces, Demi hablaba con el más joven, con el forzudo. No mucho, tres o cuatro frases. No debía de tener ni veinticinco años, pero tenía una actitud de hombre mayor, sensato y reposado, comprensivo pero implacable. En general no estaba durante el día. Por la noche llegaba muy tarde. Siempre lo saludaba. Se acercaba con una vela encendida y le daba un periódico atrasado o un libro cualquiera que se hubiera encontrado por la calle. Con él, cada día llegaba la esperanza, porque era el único que venía del exterior, el único que podía llevarle información nueva.

Una de aquellas noches, Demi Gambús se arriesgó. Estaba deprimido y seguía sin poder alejar de su cabeza el miedo al peligro de muerte. Además, había conseguido racionalizar aquella aprensión: dentro de poco sus secuestradores también se cansarían. Llegaría un momento en que les convendría más matarlo que mantenerlo vivo. Así se lo expuso al guardián joven mientras estaban solos en la orilla, junto a las olas. Lo pilló tan de sopetón que el muchacho se dio la vuelta de repente y cogió al prisionero por los hombros. Demi Gambús cerró los ojos mientras el otro lo zarandeaba. Pensaba que lo volvería a abofetear. Pero no. Lo soltó y le dijo tranquilamente:

—No soy un asesino.

Demi Gambús miraba el horizonte oscuro. Tan oscuro como su voz cuando siguió hablando, una voz que le brotó del fondo de su cuerpo con resonancias a partes iguales de Miquel Gambús I *el del Rey*, Miquel Gambús II *el Mierda*, y Miquela *la Rebañaollas* Gambús. Una voz de muerto:

—Tú no eres un asesino, pero lo serás. ¿Y sabes por qué? Porque no podrás evitar matarme. La razón es muy sencilla: he descubierto quién eres. Me ha costado unos cuantos días, pero de golpe lo he visto claro. Aquí tengo mucho tiempo para pensar. Muchísimo. Y ahora tengo la certeza: eres el de la puerta del teatro Soriano, el que se dirige a la gente con el altavoz animándola a entrar. Por lo tanto, escúchame bien: si salgo de ésta, juro que te encontraré, te escondas donde te escondas. Y cuando te haya encontrado, te mataré. Acabaré contigo como si fueras un gusano después de hacerte sufrir todo lo que un hombre puede hacer sufrir a otro. Y cuando te haya quitado de en medio, haré la vida imposible a los que te rodean: familia, amigos, incluso animales. Y a poco que pueda también los mataré. Nada de lo que tenga que ver contigo quedará a salvo de mí. Y si alguna vez tengo hijos, les inculcaré la ley de esta venganza, para que persigan, cacen y envíen al otro mundo a tus hijos. O sea, que si tienes una chispa de generosidad, te convertirás en asesino. Porque sólo matándome podrás evitar que haga lo que te acabo de pronosticar.

El otro se lo quedó mirando con el corazón encogido. No había esperado algo así. Se quedó mudo. Estaba tan impresionado que, en silencio, lo hizo levantar y volvió a encerrarlo.

Acostado a oscuras, Demi Gambús se dejó ganar por el pánico. Se pasó toda la noche en vela, esperando que el guardián entrase y lo condujese hacia el agua. Le hundiría la cabeza en el mar, como se hace con los gatitos o con los perros recién nacidos, y lo ahogaría. Y él se encontraba cada vez más débil. Debería haber intentado sobornarlo. Oyó el paso del tren; debía de ser un mercancías, largo y cargado. Bostezó desesperado, con los ojos abiertos y las manos bajo la nuca. Oía cómo sus guardianes dormían. Los tres. Pocas veces coincidían. Tenía sueño y miedo.

Al día siguiente, Eustaqui Guillaumet, conmocionado aún por la confesión de Demi Gambús, cruzaba Barcelona con el corazón más encogido que nunca. Por primera vez se había dado cuenta de que aquello no era un juego. Y de que estaba arriesgando la vida. Hasta entonces se había creído especialmente a salvo. A salvo de la gente como Gambús y de las conmociones de la sociedad en general.

En la Rambla se encontró con una manifestación contra la guerra de Melilla. Había un montón de mujeres jóvenes con sus hijos. Le explicaron que el gobierno, para luchar contra los moros, había preferido enviar reservistas, que ya estaban adiestrados, en lugar de reclutas inexpertos. De ahí la presencia de mujeres: había reservistas que hacía dos y tres años que habían acabado el servicio y se consideraban libres de deberes militares. Se habían casado, tenían hijos pequeños, un empleo... Y ahora tenían que dejarlo todo para ir a la guerra.

Apareció un grupo de policía montada y hubo carreras. La gente se metió por la calle Tallers con los guardias detrás. Un joven manifestante intentaba huir de entre las patas de un caballo encabritado. Se protegía con los brazos. Tenía un flequillo rebelde que le caía sobre los ojos. Cuando se cansaba de apartárselo con la mano, lo hacía soplando hacia arriba. Eustaqui oyó claramente tres o cuatro disparos. «La cosa no marcha bien si la policía dispara contra mujeres con hijos en sus brazos», se dijo. Pero, una vez más, la cosa no iba con él.

Eran días convulsos. No hacía mucho, se había encontrado con otra gran manifestación, en este caso de gente desfilando en orden, encabezada por un coche alquilado que llevaba los estandartes de los organizadores. Eustaqui les preguntó si protestaban por la guerra de África y uno de los participantes, indignado, le respondió que no, que ellos eran patriotas que protestaban contra los toros, que era una vergüenza que en pleno siglo XX hubiese aún aquellas carnicerías, degradantes para quienes participaban y para quienes las contemplaban.

Así pues, Barcelona seguía dándole motivos para maravillarse: la ciudad estaba alborotada, revuelta y confusa. La gente se quejaba a la mínima que podía. Unos protestaban porque el gobierno mandaba jóvenes al matadero; otros se preocupaban más por la vida de los toros... Y luego, las bombas. Pues bien, con todo y con eso, daba la impresión de que a la ciudad se la traía al fresco. El Paralelo era un buen ejemplo. El propio Eustaqui había visto cómo un montón de curiosos hacían cola para bajar a los urinarios municipales de delante del teatro Nuevo. Se trataba de echar un vistazo al sitio donde habían colocado la última bomba, descubierta antes de explotar. O sin ir más lejos, el episodio de la bomba del Soriano: media hora después de estallar, las aceras volvían a estar llenas, los toldos, recogidos de prisa y corriendo, volvían a desplegarse, los parroquianos de los establecimientos de bebidas y refrescos volvían a sentarse en las pérgolas al aire libre, los cafés y las cervecerías volvían a animarse con el murmullo de los clientes ansiosos de comentar los últimos acontecimientos... Era verano y, en verano, la gente quiere divertirse. Aquello tenía fascinado a Eustaqui Guillaumet.

Por eso, ahora, cuando no hacía ni media hora de la carga policial, no era extraño que los niños ya volviesen a jugar en la entrada de la Boqueria. Eustaqui los observaba como otras veces. A menudo, por el calor, encontraba grupos de niños y niñas jugando hasta bien entrada la noche. Después de jugar a policías y manifestantes, en aquellos momentos estaban empezando a jugar a la guerra del Rif. No faltaba ni un capitán, ni un moro cabileño y feroz, ni una sección femenina de voluntarias de la Cruz Roja para las niñas. Las criaturas, con sus sables hechos de caña y sus fusiles de madera de fresno, reproducían con gritos y onomatopeyas toda la mecánica de la guerra, desde la despedida de los soldados en el muelle, con los familiares llorando, hasta el capitán general arengando al cuerpo expedicionario, pasando por la llegada a Melilla y concluyendo con las batallas entre los moros y la tropa. Eran niños y niñas de la calle que tenían entre ocho y doce años. Eustaqui Guillaumet esperó un rato. Se acercó caminando hasta el grupo. Eligió a un niño que parecía aburrido porque lo habían matado en seguida. Le dio diez céntimos, le explicó que debía llamar a la puerta de casa Gambús, dejar el sobre en el suelo y volver corriendo.

—Si lo haces bien, te ganarás diez céntimos más.

Lo siguió a distancia para comprobar que cumplía con el encargo. Desde la penumbra de un portal vio cómo llamaba a la puerta con el elegante picaporte de latón dorado, cómo dejaba el sobre apoyado en la puerta y cómo salía disparado a cobrar sus otros diez céntimos. Ni que decir tiene que Eustaqui Guillaumet entonces ya se había marchado. «Así aprenderá a no fiarse nunca de los adultos», pensaba mientras volvía al teatro. También pensó que el final de todo aquello se acercaba a grandes pasos, muy rápidamente.

28

El transatlántico *Ciudad de Cádiz* de la compañía Transmediterránea, fletado por el generoso marqués consorte de Comillas, se alejaba con lentitud. En cubierta, la banda de música del batallón tocaba la *Marcha Real*, que se distorsionaba extrañamente por efecto de la calima. Eran las tres y media y el sol caía a plomo.

Mientras tanto, en el muelle, la policía vigilaba de cerca. No querían que se repitieran los incidentes de los días anteriores, con la multitud incitando a los soldados embarcados a tirar sus armas al agua. Dos días atrás, durante el embarque de otro contingente de tropas, llegaron a efectuar disparos intimidatorios al aire y acabaron llevándose detenidas a muchas personas.

Las gaviotas revoloteaban sobre la gente reunida para despedir a los soldaditos. Los fotógrafos, después de hacer los últimos retratos de recuerdo, recogían sus trípodes; los carteristas, después de guindar los últimos relojes a los corresponsales extranjeros, hacían recuento de su botín; los familiares de los soldados, en el muelle, cerca del agua, contemplaban por última vez el horizonte antes de volver a casa en silencio.

El *Ciudad de Cádiz*, lento y pausado, salía del puerto bajo un sol abrasador. La banda ya había callado. Un grupito de soldados, pequeños como si fueran de juguete, saludaban aún en dirección al muelle, apoyados en la baranda del lado de estribor. Un alférez y su ordenanza, bajo una vela de lona, seguían a las gaviotas con la mirada...

—Tengo ganas de volver a Marruecos —exclamó el alférez—. ¿Sabías que en Melilla, después de una hora de guardia, el sol te funde el cerebro? Entonces empieza a salir en forma de gotas por los agujeros naturales de la persona: las orejas y la nariz... Ni te das cuenta. Cuando empieza a dolerte la cabeza ya es demasiado tarde.

El ordenanza, verdaderamente asustado, miró a su superior con incredulidad. Se cruzaron con un elegante bergantín-goleta que estaba entrando en el puerto. Enarbolaba el pabellón de Austria-Hungría y avanzaba con todo su velamen desplegado, impresionante, refulgente. Un marinero agitó los brazos y fue correspondido por los soldados. También pasaron junto a un vapor, atracado, que estaba siendo reparado: era de color azul, panzudo y tenía dos largas chimeneas pintadas de un rojo chillón. Había varios hombres trabajando en la cubierta. Pararon un instante, se secaron el sudor e hicieron visera con las manos. Cuando un soldado los saludó, ellos le hicieron un corte de mangas y, con el dedo pulgar de la mano vuelto hacia abajo, le dieron a entender lo que le esperaba.

Los soldados estaban sentados bajo la vela de lona y cantaban.

Desde las oficinas portuarias de la compañía Transmediterránea, tomando vasitos de limonada fresca, una nutrida comisión de damas de la aristocracia y de la alta sociedad barcelonesa seguían el barco con sus binoculares de ir al Liceo. Plenamente satisfechas, habían cumplido con el objetivo del día: entregar medallas de la Virgen de Guadalupe a la tropa que embarcaba hacia Melilla, aun a pesar del boicot de los alborotadores profesionales. Y no sólo eso, sino que también habían repartido escapularios y petacas metálicas con cigarrillos. No a todos, claro, ya que se trataba de un acto simbólico.

Presidía la esforzada comisión de damas la señora marquesa de Castellflorite. Mediante sus iniciativas benéficas recaudaban dinero para las familias de los reservistas, casados y con hijos, que quedaban desamparadas al marchar aquéllos a la guerra. Entre las damas, la señora Miquela Gambús, que seguía prodigándose en su actividad social. Ahora, sin embargo, casi exclusivamente por una sola razón: mitigar un poco la intensa rabia que le provocaba el estúpido secuestro de su hijo. No entendía nada de nada y eso la ponía frenética. Era como si los secuestradores quisieran volverla loca. Debía de ser gente muy dura. Tal vez fuera cosa de la edad, pero estaba a punto de admitir que nunca en la vida se había encontrado en una situación tan tonta como aquélla; no controlaba el proceso y encima le tomaban el pelo como querían: ¡dedicarse a enviarle criaturas!

La marquesa de Castellflorite, toda humanidad, toda anillos en los dedos, collares en el cuello y broches en la pechera, la interrumpió repentinamente:

—Nuestros muchachos parten con la moral alta... Ha sido tan emocionante cuando el capitán general y su séquito han subido a bordo para... ¿Es que no se encuentra bien, doña Miquela? Tome un poco más de limonada, que el sol de hoy es asesino...

Miquela Gambús le hizo caso para que se callara y la dejase a solas con sus pensamientos. Haciendo un juego de palabras que le parecía una definición exacta de su estado de ánimo, estaba desconcertada, aunque no desconcentrada. Aguardaba su oportunidad pacientemente, como la leona que se oculta tras las zarzas y espera agachada para saltar sobre la cebra. Pero los secuestradores eran muy escurridizos y desconfiados. Unos días atrás le habían hecho llegar las instrucciones para pagar el rescate: a las diez de la noche del día siguiente, ella y no otra persona, sola, debía depositar una bolsa con quinientas mil pesetas en el interior de una barca medio podrida en la playa de la marina de Sants, cerca de la fábrica de abonos. Ella hizo que seis horas antes Felip Dalmau y sus hombres ya estuvieran por allí, escondidos, vigilando: dentro de la fábrica, en la carretera, incluso en el mar, en una barca, simulando que eran pescadores. A la hora convenida, siguió escrupulosamente las indicaciones de los secuestradores, dejó la bolsa de piel con el dinero en el lugar convenido, y se marchó. Media hora más tarde, allí no pasaba nada. Tal vez se trataba de unos secuestradores poco puntuales. O desconfiados. Una hora más tarde, a unos cien metros de la barca, apareció una familia de gitanos con un caballo. Se pusieron a lavar al animal con agua del mar mientras sus criaturas jugaban en la arena. Era noche cerrada y únicamente se distinguían siluetas difuminadas a la luz de un farolillo de petróleo. Felip Dalmau tuvo a los hombres a su cargo pendientes de cualquier movimiento de los gitanos. ¿Por qué se ponían a bañar un caballo a aquellas horas? Pero nada. Ni siquiera se acercaron a la barca. Cubrieron al animal con una manta llena de agujeros y se fueron tan tranquilos. Tres horas más tarde no se había presentado nadie. La propia doña Miquela fue a recuperar la bolsa con el dinero y dio orden de suspender el despliegue.

El personal de la Transmediterránea, de uniforme, se esmeraba en atender a las damas. En aquellas oficinas hacía mucho calor. Miquela Gambús tomó otro sorbo de limonada. No conseguía quitarse el asunto de la cabeza: sus secuestradores tendrían que manifestarse nuevamente, no eran humo, eran reales. Y cuando lo hiciesen, no se le escaparían.

Estaba harta de la marquesa de Castellflorite y de la madre que las había parido a todas. Dos días atrás, de no haber sido por la intervención de la policía, el populacho las habría linchado allí mismo, mientras repartían entre la tropa las puñeteras medallitas. Parecía mentira que estuviesen tan ciegas: la gente estaba muy enfadada. Se terminó la limonada y se llevó los binoculares a los ojos. Entre la neblina caliginosa, el *Ciudad de Cádiz* casi no se distinguía.

En cubierta, el alférez y su ordenanza continuaban a la sombra de la vela. El soldado sacó un objeto del bolsillo y lo observó disimuladamente. Pero el alférez lo vio.

—¿No te fías del escapulario que te han regalado las damas?

—Todo el mundo dice que son de mal augurio, que es como si llamasen a la muerte.

—En Melilla no hace falta que la llames, viene ella solita. La guerra de África es difícil de entender. Es rara, como los mismos moros. Tienen una fama bien ganada de falsos y crueles. Decapitan a sus enemigos, pinchan las cabezas en un bastón y las agitan al aire desde sus posiciones, para que lo veamos.

El ordenanza sintió que una bocanada de miedo le subía desde el estómago y le entraron ganas de llorar. Pero se contuvo porque los soldados no lloran. Se oía a un grupo de reclutas que, en la parte de proa, aún cantaban. Observaba cómo la ciudad iba quedando atrás poco a poco: los barcos anclados, las barcas de los pescadores, los almacenes del muelle… Hizo visera con la mano y señaló hacia tierra.

—¡Mire, alférez, el castillo de Montjuïc!

El transatlántico estaba alcanzando mar abierta. La canción de los soldados se fue perdiendo en el aire hasta morir por completo.

29

Nonnita Serrallac tenía una obsesión: acabar de una vez con aquello. ¿Por qué? Porque ya no podía más. El embarazo y aquel calor apenas le permitían pensar, tener los ojos bien abiertos, que era su función básica en aquella cuadrilla de bandoleros de poca monta. Lo tenía decidido: pactaría con el tal Escorrigüela. Le entregaría a Demi Gambús y que hiciese con él lo que le diera la gana. Si podía, intentaría sacarle algún dinero. Si no, daba igual.

Por ese motivo anuló la recogida del dinero. Aquel trozo de playa, bajo Montjuïc, era ideal: amplio y solitario. Había calculado también que no habría luna. La oscuridad sería absoluta en la playa. Pero a la hora de la verdad sintió miedo, el corazón le decía que no iba a salir bien, y se echó atrás. Tal como lo había planeado se necesitaba a tres personas en condiciones para culminar con éxito la operación. Había calculado que ella misma podía ser una. Ella, que según el día apenas se podía desplazar un par de metros. Se rió por no llorar.

Abre la puerta de casa para que entre un poco el aire y se encuentra a casi mil muertos de cara. Y comete el error de sincerarse con ellos. Cuando se da cuenta ya es demasiado tarde. Los muertos se excitan como monitas, y van arriba y abajo del rellano. No chocan entre ellos porque son difuntos y los difuntos no son corpóreos. Halagados por la confianza, tienen el descaro de convocar una asamblea y organizar una votación sobre el particular. Erigido en portavoz, con su huevo de madera en la mano, el barbero de la calle Tarongeta le comunica que la opinión mayoritaria del grupo de difuntos es que es la peor organizadora de secuestros de toda la historia de la criminalidad. Y que hace bien en finiquitar el asunto. La Pimentera, que no desea que Nonnita Serrallac acabe como ella, le dice: «Termina con ello de una vez, Nonnita, no seas idiota. Si no, acabarás apaleada, violada, ahogada y colgada por los pies como un bacalao.» Nonnita Serrallac se asusta y exclama: «¿Qué significa esto? Sois una panda de derrotistas. Claro que, ¿qué se puede esperar de un muerto? El hecho de que os comprenda no quita para que vuestra opinión valga tanto como una mierda.» Así mismo se lo dice. Los muertos se quedan tan parados y ofendidos que se vuelven transparentes por completo durante unos segundos. Ella vuelve a entrar en la casa. Nada más cerrar la puerta, sabe que tienen toda la razón.

Esperaba que llegase Eustaqui para explicárselo. Le pareció que alguien subía por la escalera.

Abre y es Severí, el muerto de la bufanda a medio tejer. Le dice: «De difunto soy tan poco espabilado como en vida, he llegado tarde a la asamblea de muertos. ¿Qué han decidido?» Nonnita le responde que nada, que qué se puede esperar de unos muertos que ni difuntos pueden despegarse del barrio y de la ciudad donde vivieron. Y Severí, con la bufanda y sus agujas de hacer punto, como es un muerto sin personalidad, se queda allí plantado e indeciso. Nonnita Serrallac le dice: «No te preocupes por los otros muertos.» Pero él le responde que la eternidad es muy larga y cuesta pasarla. Y le enseña la bufanda. Hace un momento era verde y ahora es amarilla; no tiene importancia. Y le sale con la canción de siempre, que no le importa no tener su nombre grabado en el nicho, que lo que de verdad le disgusta es haberse ido al otro barrio y no haber encontrado allí a su madre.

Y Nonnita Serrallac piensa que tal vez sí, tal vez acabará volviéndose loca. Y corre escaleras abajo a esperar a Eustaqui en la calle. Pero en medio del portal tropieza con una mujer que lleva la cabeza cubierta con un pañuelo negro. Está sentada en una sillita de anea y su rostro le resulta vagamente familiar. Tiene una expresión inmensamente triste. La mujer le tira de la falda y la detiene. Le dice que tiene un hijo en la guerra y que Nonnita lo ha conocido de pequeño, corriendo arriba y abajo por el barrio. «¿Yo?», pregunta ella muy extrañada. «Sí, tú. Ahora forma parte de uno de los batallones que han embarcado hoy.» Y añade que no llora porque por no tener, ya no tiene ni lagrimal. «Cada día, en cuanto salen los periódicos, me ajusto las gafas, cojo uno y, sentada en el portal, leo las noticias de la guerra en voz alta porque sólo sé leer así.» Nonnita, viendo correr sus lágrimas mejillas abajo, obstinada en la tarea para ella dificilísima de leer, piensa que es mentira que no tenga lagrimal, pero no le dice nada, porque es mejor que llore y se desahogue. Pero cuando está a punto de consolarla, se detiene súbitamente. Porque ve que el diario que la mujer tiene en sus manos es de treinta años antes y habla de otra guerra. Y que acaba de dejarse engañar por otro difunto. ¡Qué egoísmo el de los muertos, siempre haciendo lo posible para atraer la atención de los vivos! ¡Qué poca dignidad!

Y Eustaqui, ¿por qué no llegaba? ¿Qué estaba pasando? ¿Acaso era el día de los muertos? Sin darse cuenta iba corriendo riera de San Juan abajo. ¿Es que no podía dar dos pasos sin tropezarse con algún muerto? Sin embargo era con la gente con quien tropezaba. Eustaqui Guillaumet salía del callejón del Sant Crist, sonriente y tranquilo, como siempre. Casi toparon el uno con el otro. La muchacha se echó en sus brazos. No lloraba, estaba alterada. Entraron en la iglesia de Santa Marta, que estaba justo al lado. El muchacho pensó que el fresco del interior le sentaría bien. Hizo que se sentara. Nonnita Serrallac necesitó cinco minutos de silencio, sentada en el banco, para recuperar la calma. Entonces le dijo en un susurro:

—Tenemos que ir a ver al lechuguino del otro día. Tendríamos que llegar a un acuerdo. A mí me fastidia tanto como a ti, pero tienes que creerme: nosotros solos no lo podríamos rematar bien. Además, me tendrás que ayudar con otra cosa... Este fulano conoce mi piso. Ya no es seguro. Tengo que abandonarlo cuanto antes.

—Lo que usted diga, señora.

—Gracias. Ve a ver a Escorrigüela y lo citas para esta noche, en el teatro, al final de la función. Toma, ésta es la dirección.

Eustaqui salió para cumplir con el encargo y ella decidió quedarse un rato más dentro de la iglesia.

De repente se le aparece Severí, sentadito y formal a su lado. Con su bufanda y sus agujas. Teje en silencio, totalmente concentrado, lo cual agradece mucho Nonnita. Y es que hay muertos y muertos, piensa ella.

—¿Me decía algo, hija?

—¿Eh? No, no...

Era el párroco, que la miraba preocupado. Una vez más, ella había estado pensando en voz alta sin darse cuenta.

Lo dejó con la palabra en la boca y salió corriendo.

Eustaqui volvió con el carro dos horas más tarde. Escorrigüela había aceptado la cita sin dudarlo ni un solo momento.

—¿Y qué dijo? —le preguntó ella.

—Nada, señora, sólo sonreía —replicó él con una mueca de asco.

Entonces, Nonnita Serrallac advirtió que Eustaqui habría querido romperle el espinazo. Lo distrajo como pudo, igual que se hace con los niños.

—Tomàs nos espera arriba. Lo tenemos todo a punto.

Abandonaban el barrio y la sorpresa era primordial. Subieron y entre los tres hicieron unos cuantos fardos con cuatro cosas. Cuando los tuvieron preparados, Nonnita dijo que fuesen bajando, que quería echar un último vistazo al piso. En realidad quería despedirse de los muertos. Se iba del barrio y no sabía cuándo regresaría. Rió con amargura. Quizá muy pronto, para hacerles compañía, pero de igual a igual.

Abre la puerta del piso y espera dentro. En un instante, los muertos, indecisos y atemorizados, entran en la casa por primera vez porque ella los anima a hacerlo. En un santiamén están todos dentro. Y caben todos porque, como son etéreos, no ocupan tanto como un vivo. Está calculado: donde cabe un vivo se pueden meter un par de muertos medianitos. De la manera más cálida que puede les comunica que tiene que dejarlos. Pero aun así se ofenden. El barbero de la calle Tarongeta comienza a mover ostensiblemente su huevo en la boca y le da la espalda; la Pimentera la mira muy enfadada; los gemelitos cantores dicen que no al unísono con sus caritas. El carbonero le pregunta si piensa pasar por Castellfollit de Riubregós, porque tiene allí enterrada a su mujer y le daría un encargo para ella. Nonnita le dice que en principio no. Entonces el muerto hace una mueca y se desvanece hacia el exterior murmurando que de vivo nadie le hizo nunca un favor y que, al menos de muerto, podrían tener un poco de consideración. Todos están muy enojados y Nonnita lo nota porque desprenden una especie de aura gelatinosa. «En el fondo hay mucha envidia», comenta. «Envidia ¿de qué?», dice Severí, que acaba de aparecer con su bufanda. «Cuando estás muerto los traslados te afectan poco.» Y corrobora: «De hecho, en general no hay nada que te afecte demasiado cuando estás muerto.» Y Nonnita piensa que lo que les da más envidia es la posibilidad que ella tiene aún de producir novedades. En el país de los difuntos, todos los días se parecen demasiado entre sí y los pobres muertos se aburren como ostras.

Como no puede perder más tiempo, les dice adiós y se va. Ha notado que sus padres no estaban.

Tomàs se había llevado únicamente su maletín de antiguo sastre. De acuerdo con Nonnita habían decidido guardar provisionalmente sus cosas en el escondite de la playa de Pekín. Eustaqui lo haría en el albergue de la calle del Cid, donde, cuando finalizase todo, pensaba esconderse con la complicidad de su amigo Ferran. Subieron al carro y se pusieron en marcha. En el portal de enfrente, a la entrada y ocupando la acera, había cuatro sillas de estilo, un espejo de marco barroco y dorado, y su correspondiente consola. Todo atado con cuerdas y un cartel que decía: «Muebles estilo Luis XV. Se venden por la Reforma. Buen precio.» A la muchacha todo aquello le daba un poco de pena. Dentro de cuatro días lo derribarían todo, pero ella no estaría allí para verlo. Pasaron junto a la cerería, al lado de la plaza del Àngel. Le gustaba porque sus dependientes usaban blusa de algodón. Un día que entró a comprar una vela se encontró con que el cerero, un tipo con cara avinagrada, le decía que su casa no la tocaría la Reforma, ya que el derribo llegaba justo hasta la finca vecina.

Se dijo: «Vamos ya, di rápido cosas que aún están y que pronto habrán desaparecido, la primera que se te ocurra:

la taberna de la calle Avellana, donde además del vino de Gandesa, puedes encontrar eso que llaman leche búlgara o yogur...»

Cosas que aún estaban y que pronto habrían desaparecido.

Transitaron en dirección al mar por la amplia explanada, limpia y despejada, que había quedado tras la inauguración de la primera sección de la Gran Vía A. En el suelo, líneas de cal y estacas numeradas delimitaban las nuevas parcelas. Por el momento no eran más que calles dibujadas. Sin embargo, en algunos solares vacíos ya habían empezado a crecer malas hierbas y en algunos rincones aún había restos de desperdicios, de cosas inútiles de esas que no se tiran nunca pero que quedan impúdicamente a la vista si te derriban la casa. Y que, además, huelen a rancio.

Antes de tomar la avenida de Colón, Nonnita Serrallac vio un gran cartel que decía: «En este solar el Banco Hispano-Colonial edificará su nueva sede central. Inauguración prevista: 1913.»

Barcelona no se detenía por ella, eso era evidente. ¿Dónde estarían sus huesos en 1913?

Sin apartar la vista del frente, Eustaqui le dijo de pronto:

—Gambús me ha dicho que vale más que lo mate porque, si sobrevive al secuestro, me matará él a mí. ¿Cree que lo dice en serio?

A ella un puñado de sentimientos se le alborotaron en el corazón. Y aquella muchacha que no sonreía nunca, le sonrió con los ojos pero no con la boca. Y lo cogió tan fuerte por el brazo que la mula se detuvo. Y le respondió que sí, que gente como los Gambús cumplían siempre sus amenazas. Y que todo aquello estaba a punto de estallar, por uno u otro lado.

—Tendremos que tomar las de Villadiego, hermanito. Rápido y muy lejos.

—¿Nos iremos juntos, señora?

—No me importaría, pero es poco práctico. Nos irá mejor por separado.

Él hizo restallar de nuevo la tralla, caviloso, y siguieron hasta el teatro. No le gustaba nada la idea.

30

Rafael Escorrigüela esperaba ante la misma portezuela del teatro que se había tragado a Deogràcies-Miquel Gambús. A la hora prevista se abrió y apareció la muchacha. Se le acercó y le susurró:

—Para que esté más tranquilo iremos aquí al lado, al Café de la Tranquilidad.

—De acuerdo.

El café estaba abarrotado. La terraza estaba desbordada de gente y en el interior, pese al calor bochornoso, no cabía ni una aguja. En el piano sonaba un pasodoble que parecía amortiguarse en contacto con el humo que llenaba el local y que los ventiladores gigantes colgados del techo, que funcionaban a cuerda, como un reloj, eran incapaces de esparcir. Todo el mundo saludaba a Nonnita; no se podía decir que aquél fuera un terreno neutral. La muchacha le preguntó al dueño si tenían un sitio tranquilo donde poder charlar. Él mismo los acompañó hacia el fondo del establecimiento, junto a la barra. Iba apartando a los parroquianos como si fuesen moscas. Gritaba:

—¿Es que no veis que está embarazada?

Los condujo a una especie de reservado, con un sofá en forma de letra L, ideal para las parejas que querían intimidad y espacio. Había también una mesita y una silla. Nonnita Serrallac tomó asiento; en su estado lo prefería.

Rafael Escorrigüela se quedó de pie. Un camarero dejó dos vasos de menta con hielo picado sobre la mesa, dijo que era un detalle de la casa y se fue. Nonnita Serrallac tomó el suyo, sorbió un poco y, sin mirar a Escorrigüela, empezó a hablar:

—Estoy muy cansada. Quiero negociar contigo y no con la familia. Te traspaso a Demi Gambús.

Era la primera vez que aceptaba explícitamente su responsabilidad en los hechos. Escorrigüela sonrió.

—¿Cuánto pides?

—La mitad del dinero del rescate.

—¿Te has vuelto loca? Es una barbaridad. Yo no lo tengo, no soy rico.

—Pues yo no tengo ganas de regatear, así que tú verás.

—¿Dónde lo tenéis?

—No me hagas reír. Mi vida no vale un real si te lo digo.

—Ahora mismo tu vida tampoco vale un real.

—No estoy de acuerdo contigo. La madre de Gambús está nerviosa. Y enfadada. Sólo yo sé dónde está su hijo. Además, no soy avariciosa. O sea, que si me quieres escuchar, bien. Si no, soy capaz de coger al señorito y devolvérselo gratis a la dama.

Rafael Escorrigüela probó la menta con hielo. Estaba considerando qué le interesaba más. Era consciente de que el simple hecho de estar allí hablando con aquella mujer, a escondidas de la señora Gambús, ya lo situaba al borde de la traición.

—Y tú que lo sabes todo, suponiendo que consiguiese reunir el dinero, ¿cómo lo haríamos?

—¿Cómo? Del modo más sencillo: tú me pagas y yo te doy a Gambús.

—Yo tengo otra manera: me acompañas hasta donde tienes a Gambús y entonces te doy el dinero.

—Me temo que me darías algo más.

—Qué quieres que te diga, eres una mujer muy espabilada...

—No soy más que una embarazada a punto de parir. No tengo ni amigos ni conocidos que me puedan ayudar.

—No sigas, que voy a llorar.

—Tienes dos días. A mí me interesa liberarme de este peso. Una persona no es un gato que se puede llevar arriba y abajo, escondida en un saco... y estoy segura de que tú conseguirás el dinero. Busca un mecenas que te financie la operación. O pide el dinero en préstamo. Podrás revender a Gambús a su madre por el precio que quieras. Negocio redondo.

—Es un riesgo.

—Hasta ahora ya te has arriesgado mucho. No te importará hacerlo un poco más.

Clavó sus ojos en Escorrigüela y le dijo muy lentamente:

—No me has preguntado si Gambús está vivo o muerto, si se encuentra bien o no...

Se la quedó mirando, sonrió irónicamente y le respondió:

—Sí, claro, tienes razón: ¿Está vivo o muerto?

—Vivo.

—Me alegro. Pero no pienso darte ni un céntimo hasta estar seguro de que no me engañas. Hablas y hablas pero no me das ninguna prueba. Sigo sin saber si de verdad tienes a Demi Gambús.

Ella lo miró y dijo:

—Un momento.

Y desapareció entre la gente. Volvió en menos de tres minutos.

—Vamos a llevarte hasta donde lo tenemos. Una vez que lo hayas visto pactaremos la entrega del dinero. Haremos el intercambio y no volveremos a vernos nunca más.

—No lo veo claro. ¿Y si os da por secuestrarme a mí también?

—¿A ti? ¿Para qué íbamos a secuestrarte a ti? ¿A ti quién te quiere? Nos saldría más a cuenta pegarte un tiro en la cabeza y largarnos con el dinero. Pero no lo haremos. No vale la pena liarse más. Y menos aún por alguien como tú. Iremos ahora.

A Rafael Escorrigüela no le hizo ni pizca de gracia la frase. Apretó los dientes y murmuró:

—¿Ahora?

—Sí. Ahora o nunca. ¿Vamos?

—Vamos.

Fueron hasta la parte trasera del Soriano. Eustaqui apareció en la penumbra. Estaba a punto con el carro. Se acercó a Escorrigüela y le vendó los ojos. Luego le explicaron que debía tumbarse sobre la plataforma del carro y que haría todo el viaje tapado con una lona.

El trayecto hasta el barrio de Pekín fue tranquilo, y eso que el carro iba muy cargado: con Escorrigüela y cuatro muertos, los únicos que se habían arriesgado a pasear fuera de su zona: la madre de Nonnita, la viuda Massini, Cleta y Severí, con su bufanda.

Nonnita, sentada en el pescante, se da la vuelta y los ve, callados y temerosos. No dicen nada, se huelen una gorda. La muchacha tampoco dice nada porque no quiere que Eustaqui la oiga, como la otra vez, y empiece a creer que todo el asunto la está trastornando. Nunca había visto unos muertos con tanto miedo. Su madre y la viuda Massini le rehúyen la mirada porque, además de miedo, sienten vergüenza por ella, por delincuente y mala hija. Cleta y Severí están muy quietos, el uno al lado del otro. Quizá es que, aun estando muertos, también la noche les inspira miedo. ¿Cómo los han atrapado? ¿Qué error han cometido? ¿Qué habrían podido hacer para evitar lo que les ha pasado?

Finalmente llegaron. Hicieron bajar a Escorrigüela del carro, le pusieron un par de tapones de cera en las orejas para que no oyese el mar y, siempre con los ojos vendados, Eustaqui se lo echó a la espalda y lo llevó a través de la arena hasta el escondite. Tomàs los había oído acercarse y salió a su encuentro con una luz. También estaba Josepet.

La muchacha se quedó fuera mientras los otros entraban en el espacio cubierto por el toldo unido a la galera quemada. Su obsesión había sido joder a conciencia a Deogràcies-Miquel Gambús. Y lo estaba consiguiendo: con un poco de suerte lo revendería como un saco de estiércol.

—No quisiera que me viese —le susurró Escorrigüela a Eustaqui Guillaumet.

Éste se encogió de hombros. Tomàs, Josepet y el loro lo observaban todo en silencio. Depositaron a Escorrigüela en el suelo, sobre unos tablones, para que no pudiese notar la arena bajo los pies. Josepet lo acercó a la lona que cerraba la galera por la parte quemada, como si ayudase a un ciego. Escorrigüela le dio las gracias y él, mientras le decía «de nada», aprovechó para robarle el reloj que llevaba en el bolsillo del chaleco: Josepet era un vagabundo, pero encontraba inmoral dejar escapar las buenas oportunidades. Escorrigüela ni se enteró, porque en aquellos momentos Eustaqui le estaba alzando la venda en un ojo. Lo encararon bien y permitieron que mirase dentro unos cuantos segundos. Se quedó impresionado. Aquella persona que veía a la luz de la lámpara de aceite, durmiendo desnuda y engrilletada, no parecía Demi Gambús: cabellos enmarañados, barbudo, sin color… Había perdido ocho o diez quilos y tenía la piel llena de costras. Pero no cabía duda de que era él. De pronto se volvió y Escorrigüela pudo verle los ojos, vivos como los de su madre, clavados en la lona por un instante. Luego los cerró de nuevo y volvió a dormirse.

Escorrigüela tuvo suficiente. Hizo una señal y Eustaqui volvió a cubrirle el ojo y se lo llevó de allí. Nonnita Serrallac lo esperaba junto al carro.

—Te espero con el dinero pasado mañana por la noche, a las ocho, a la puerta del teatro. Querías una prueba. Ya la tienes. Pasado mañana, a las ocho. Si no vienes, daré por hecho que no te interesa el trato.

Rafael Escorrigüela estaba demasiado afectado para contestar. Movió la cabeza afirmativamente.

Lo tumbaron en el carro, lo taparon otra vez y volvieron al teatro.

Josepet contemplaba el reloj afanado a la luz de un quinqué, dentro del entoldado. Era bueno, parecía de oro macizo. Tal como era de suponer, tenía un nombre grabado en el canto. Ningún problema; igual que estaba, dejaría de estar.

Rafael Escorrigüela no pudo dormir en toda la noche. Hasta el día siguiente no echó en falta el reloj. Pero no pensó en ello ni dos minutos, tenía otros problemas más importantes. ¿Qué camino debía elegir? Podía intentar engañar a doña Miquela Gambús, haciéndole creer que los secuestradores lo habían designado como intermediario. Recibía el dinero, le daba la mitad a la preñada, se quedaba con la otra mitad, rescataba a Demi Gambús y se convertía en el héroe de la historia. Sonaba muy bien. Se imaginaba ya a doña Miquela dándole las gracias, demostrándole su eterna gratitud ofreciéndole un lugar de honor entre los de máxima responsabilidad en la organización familiar. Y a Demi Gambús, en la cama, recuperándose aún del mes largo de cautiverio, solicitando con insistencia su presencia, queriendo únicamente tenerlo a su lado para convertirlo casi en un hermano de sangre. Y él, digno y serio, diciendo que no había hecho más que lo que su sentido de la lealtad le exigía. Y que les agradecía mucho todas aquellas muestras de confianza renovada, pero... Pero tenía que seguir su camino, con el dinero en el bolsillo, claro; eso ellos no lo sabrían. Los dos, madre e hijo, rogándole que no se fuera y...

Sí, realmente la cosa sonaba muy bien. ¿Inconvenientes? Sólo uno pero de gran calibre: tanto doña Miquela como Dalmau eran muy listos.

Y de repente imaginó la situación contraria: que la cosa se torcía, que no lograba engañarlos y descubrían su maniobra para sacarles los cuartos. Se le puso la piel de gallina. Entonces comprendió las dudas de la preñada. No era tan fácil como parecía. No existía lugar en la tierra al que no pudiera llegar la venganza de los Gambús. Había que ser realista. Quizá debía conformarse con la sensación de haber tenido en sus manos durante un rato la vida de Demi Gambús.

Además, aparte de a su madre, ¿a quién podría interesarle comprar su libertad? ¿A un enemigo? Sí, claro, pero ¿a cuál? O tal vez a un amigo ansioso por devolverle un favor a la familia... Sí, pero ¿dónde lo encontraba? Le faltaba información.

De pronto tuvo una idea feliz. Recordó un comentario que había captado hacía un par de días. Oyó cómo doña Miquela se quejaba ante Dalmau de Joan Rovira. Decía que, desde la última vez que hablaron, no le había dicho ni palabra, que daba la impresión de que se pasaba el tiempo tranquilamente en su tienda esperando que el caso se solucionara solo. ¡Rovira era riquísimo! Y era evidente que deseaba gozar de la amistad de los Gambús. Podía tantearlo con mucho cuidado. Tal vez le interesara apuntarse aquel triunfo. No perdía nada intentándolo. Rafael Escorrigüela se animó. Y tanto lo hizo, que se encontró en la calle, bajo el sol, silbando y canturreando mientras caminaba hacia La Puertorriqueña. En veinte minutos ya había llegado. Allí se encontró un sarao inesperado. Un par de grandes carteles cubrían la fachada principal de la tienda: «Centenario de La Puertorriqueña, 1809-1909. ¡Liquidación a precio de coste! Damas y caballeros, tiramos la casa por la ventana. Alta calidad a precio de risa.»

Dentro de la tienda habían retirado las grandes piezas de tela de los mostradores y en ellos habían aparecido bandejas con tortilla de patata. Joan Rovira, de pie sobre una pequeña tarima, parecía a punto de comenzar un discurso. El auditorio, constituido por clientes y curiosos, estaba más pendiente de los mostradores que del orador. Los empleados del establecimiento lucían un flamante uniforme de gala elaborado por los propios talleres de la tienda. Alguien pidió silencio y don Joan Rovira se aclaró la garganta:

—Señoras y señores, damas y caballeros, es para mí un gran honor compartir con ustedes, clientes, empleados y amigos del barrio, este humilde piscolabis con el que acentuar la alegría que nos produce la celebración de los cien primeros años de La Puertorriqueña. La celebración de un centenario es un hito al que pocos comercios llegan. Pero La Puertorriqueña, a través del esfuerzo de cuatro generaciones, lo ha conseguido. En 1809, nuestra ciudad era dinámica, como siempre, pero estaba encorsetada por sus murallas; era industrial y comercial, pero estaba al acecho, esperando tiempos mejores, por el estado de guerra con Francia. Fue en esa época tan delicada cuando

Joan Rovira i Perelló fundó nuestra razón social. La Puertorriqueña ha sobrevivido cien años apoyándose en dos premisas: siempre harán falta trajes. Y si no los quieren los de casa, los querrán los de fuera.

»Hoy en día, Barcelona es ya una gran ciudad. Y todos, ricos y pobres, empresarios y obreros, tienen que ir vestidos, no pueden ir desnudos por la calle. Entonces entramos nosotros en acción: vistiendo a la clase obrera, vistiendo a los empleados, vistiendo al empresario, vistiendo al abogado, vistiendo al hombre de Estado, vistiendo al aristócrata, vistiendo a todo el mundo.

Los aplausos apagaron la despedida. Don Joan Rovira estaba contento. También Rafael Escorrigüela, que imaginaba que aquella casualidad lo ayudaría en la consecución de sus propósitos.

Se le acercó con un vasito de vino en la mano.

—Lo felicito de todo corazón...

—Muchas gracias, amigo mío. ¿Qué tal se encuentra doña Miquela?

—Cada día peor. Si esto no se soluciona pronto, no sé qué puede pasar.

Con aire teatral, Joan Rovira bajó la voz:

—Sigo haciendo mis pesquisas, no crea. Pero por ahora... —Hizo una pausa, saludó alzando su copa hacia un punto indeterminado del local y describió un movimiento circular con su mano libre que abarcaba toda la tienda—: ¿Qué le parece? No se cumplen cien años todos los días, ¿eh? Le agradezco mucho su asistencia, pero no era necesario. La de hoy es tan sólo una celebración íntima para los empleados y clientes. La próxima semana habrá un banquete oficial de aniversario en el restaurante Siete Puertas al que, desde este momento, ya puede considerarse invitado.

—Es usted muy amable, pero ha sido una casualidad.

Yo venía a buscarlo por otro asunto, un asunto urgentísimo.

—No me asuste.

—¿Podemos hablar en privado, señor Rovira?

—¿Ahora?

—Es una cuestión de vida o muerte. Lo que le tengo que explicar no le robará más de diez minutos. Soy consciente de que no es manera de presentarse, pero la gravedad del hecho que me trae aquí creo que lo justifica.

—¿Es algo relacionado con el secuestro?

—Sí.

—Acompáñeme.

Le invitó a pasar a una especie de salita de espera con una puerta al fondo que daba a su despacho personal.

—Siéntese, joven, siéntese, y hábleme con toda confianza. Un amigo personal de la señora Gambús es también mi amigo. Sobre todo si se trata de alguien tan importante: que yo sepa, es de los pocos que está al corriente de la terrible situación por la que está pasando esa familia, ¿no es así?

—Sí. Y ahora ha habido cambios. Cambios que sólo yo conozco y que, si usted lo considera conveniente, conoceremos los dos.

—¿Quiere decir que se trata de una información que mejor que no sepa la señora Gambús?

—Exacto.

—¿Es que acaso el pobre Demi Gambús ha sufrido algún daño?

—No, no, afortunadamente no es eso... todavía.

—Pues no lo entiendo. ¿Qué puede haber relacionado con el secuestro que deba saber yo y no pueda conocer la madre del secuestrado?

—Si me permite, se lo explicaré. La razón es de gran importancia. No sé bien cómo empezar. Digamos que gracias a una serie de investigaciones propias he conseguido abrir un canal inmejorable de comunicación con los secuestradores. Un canal al que sólo yo puedo acceder, naturalmente. Por ahora no lo sabe nadie más que usted. Si yo quisiera, Demi Gambús podría ser liberado mañana mismo.

—Pues hágalo. No entiendo qué se propone.

—No se inquiete; si me da dos minutitos, a buen seguro que lo entenderá. Usted y yo queremos lo mejor para Barcelona, ¿no es así?

—¿Barcelona? Pero ¿qué tiene eso que ver?

—¿Sí o no?

—Claro que sí, pero no veo...

—Mire, hoy mismo podría presentarme en casa Gambús, entregar en bandeja a la señora a su hijo Demi y colgarme la medalla. Con ello no lograría más que el reconocimiento personal de la familia. Un reconocimiento que yo ya tengo, recuerde que soy amigo de los Gambús desde antes del secuestro. La repercusión externa de todo este desgraciado asunto sería pues igual a cero: no se ha dicho nada, no ha trascendido nada y, por lo tanto, no ha pasado nada. Escúcheme, Rovira, usted y yo sabemos que el mal trago que está pasando Demi ya no se lo va a quitar nadie, lo recordará toda su vida. En este punto es donde a mí se me ha ocurrido que su sacrificio podría servir para algo. Por eso le ofrezco la posibilidad de que sea usted quien se lo devuelva a la familia.

—¿Yo? ¿Por qué?

Joan Rovira lo había comprendido al instante, pero antes debían dar un par de rodeos.

—Está clarísimo. El rendimiento social y político que usted y su grupo político pueden sacar del caso es enorme. Y de paso se beneficia también toda la ciudad. Imagíneselo: enviamos un comunicado anónimo a los periódicos con la noticia de que Demi Gambús, abogado y gran hombre de negocios, ha sido secuestrado, siendo ese acto nada más que el principio de una acción desestabilizadora del grupo que a usted le dé más rabia: radicales, sindicalistas... Monta un buen lío ciudadano, con repercusiones incluso en Madrid y, cuando más le convenga, deja en libertad a Demi Gambús. Espectacular. Y el pobre Demi, que ha pasado por todo un calvario, acaba elevado a nueva figura pública óptima para cualquiera de las empresas políticas que se le puedan encomendar. La cosa es así de sencilla. Pero, sobre todo, querría que no me tomase por un cínico o un desalmado. Simplemente he conseguido pensar fríamente y reconocer que, a veces, el bien social es más importante que el particular. Y que a Demi, a quien conozco desde siempre y sé que es un hombre duro, no le afectarán dos días más de cautiverio.

»Ahora bien, si usted lo ve demasiado maquiavélico, nos damos la mano, vuelvo a felicitarlo por el centenario de La Puertorriqueña y me voy por donde he venido. De ningún modo me gustaría ser malinterpretado. La amistad es uno de los valores que presiden mi vida.

La exposición de Escorrigüela había sido ejemplar, pensó Rovira. Un buen elemento al que habría que tener en cuenta para más adelante. Bien, ya era el momento de concretar:

—Y todo eso, ¿usted lo hace solamente por Barcelona?

—Hombre, Rovira, somos hombres de negocios. Naturalmente que lo hago por Barcelona, por la regeneración moral y política de nuestra ciudad. Pero fíjese: la casualidad pone en sus manos la posibilidad de cambiar el destino. ¿Por qué no una compensación económica? Yo he conseguido rebajar el precio del rescate a la mitad, dato que en estos momentos desconocen los Gambús. Y los Gambús tienen mucho dinero. Mucho más del que usted se pueda imaginar. Se trata de adelantar esa mitad que yo he negociado y que, desgraciadamente, yo no poseo. El negocio es evidente: cuando paguen el rescate usted gana el doble de dinero y la gloria.

—¿Y a cuánto subiría la operación?

—Los secuestradores le han pedido a la familia quinientas mil pesetas. Puede comprobarlo.

—¿Medio millón? Es una barbaridad.

—Ahora mismo necesito la mitad para pagar a los secuestradores. Cuando tengamos a Demi, el reparto más justo sería, una vez que su madre pague el rescate, repartirnos la otra mitad entre usted y yo. Para mí, un diez por ciento por adelantado. Y tiene que ser para mañana por la noche.

—¿Está de broma?

—No depende de mí. Son las condiciones de los secuestradores.

—¿Cómo sé que me puedo fiar?

—Esa misma pregunta se la he hecho yo al secuestrador.

—¿Y qué le ha contestado?

—Nada. Que me arriesgue. Yo le digo a usted lo mismo.

—Pero ¿está seguro de que no lo están engañando?

—Segurísimo: tengo pruebas.

—¿Se da cuenta de que lo que me está pidiendo es un delito?

—A veces un comportamiento virtuoso precisa de una pequeña falta.

Joan Rovira se quedó pensativo. Al otro lado de la puerta bullía el mundo de la ropa y las piezas de vestir de La Puertorriqueña, en plenas rebajas de verano.

—Permítame un momento. Ahí tiene el mueble de los licores. Tómese lo que quiera, con toda confianza. En seguida vuelvo.

Entró en su despacho. Rafael Escorrigüela oyó cómo pedía una comunicación telefónica. Por lo visto, Rovira y su interlocutor eran de los pocos afortunados en Barcelona que tenían teléfono particular. Se acercó a la puerta intentando espiar la conversación, pero apenas se entendía nada. Volvió al sofá, se sentó, tomó un traguito de buen vino mientras observaba un documento enmarcado en la pared: «En la ciudad de Barcelona, el día 25 de julio de 1809 se ha convenido por don Joan Rovira i Perelló y doña Mariana Gall i Peris, su futura esposa, formar una sociedad para la explotación del negocio de fabricación, distribución y venta de géneros de punto bajo la razón social de La Puertorriqueña.»

Sonrió con ironía: aquel pacto matrimonial supuraba amor. Se tomó otro traguito y se dispuso a esperar. No pasaron más de cinco minutos. Rovira salió del despacho con el gesto serio, se lo quedó mirando y le dijo:

—Tendrá el dinero mañana, aquí mismo. A las tres en punto.

Y se dieron la mano como símbolo del pacto.

Rafael Escorrigüela no acababa de creérselo. Cruzó la tienda, llena de damas que, una vez consumida la tortilla de patata, se dedicaban a revolver el género. Pero Rafael Escorrigüela no veía nada, era como si pisara copos de algodón, como si fuera de puntillas, igual que una bailarina. Estaba seguro de haber hecho la mejor jugada posible, teniendo en cuenta las cartas que llevaba. Iba a ser Rovira quien diese la cara. A él, Demi Gambús ni siquiera lo vería. Actuaría simplemente de intermediario. Aquello sí que era dinero. Cuando todo se acabara, esperaría prudencialmente unos días y se marcharía muy lejos. Salió de La Puertorriqueña contento como unas castañuelas. Se le ocurrió invitar a la modistilla a cenar y al baile, pero finalmente no lo hizo; estaba demasiado nervioso.

Al día siguiente a las tres en punto, Rafael Escorrigüela estaba de nuevo ante las puertas, ahora cerradas, de La Puertorriqueña. Aunque la distancia no era excesiva, había decidido ir hasta allí en coche. No podía arriesgarse: la ciudad era como una bomba a punto de estallar. Pese a la censura, se sabía por la prensa extranjera que en Marruecos se combatía intensamente, con muchos muertos. En Barcelona había carreras y manifestaciones y la policía no paraba de efectuar detenciones. El gobernador civil había prohibido la formación de grupos en la vía pública. La respuesta de los más extremistas fue la convocatoria de una huelga general a partir del lunes siguiente, 26 de julio. Aquel mismo sábado, la Solidaridad Obrera, el Partido Radical y la Izquierda Catalana discutían con los sindicalistas sobre si se sumaban o no a la huelga. Aquello, sin embargo, no preocupaba en absoluto a Rafael Escorrigüela, que ya se veía en su exilio dorado en París.

El sol caía a plomo y, por su tendencia a sudar fácilmente, no le gustaba estar en medio de la calle presa del calor. Oyó cómo se descorría un cerrojo interior y a continuación se abría la puerta. Apareció el señor Rovira y lo hizo entrar.

La Puertorriqueña, con sus estantes llenos, los mostradores vacíos y sus maniquís vestidos, parecía una catedral sin fieles. Rovira le entregó a Escorrigüela un fardo bastante voluminoso. Éste lo cogió, deshizo los nudos y esparció los billetes sobre el mostrador. Rovira hizo una mueca de disgusto. Era obsceno: ¡los billetes de banco sobre su altar del comercio! Escorrigüela, nervioso, exclamó en voz baja:

—¡No está todo!

—La mitad ahora, y el resto a la entrega del material. O eso o nada. Es mucho dinero. Y no se queje, ahí está su diez por ciento.

Era humillante: acababa de tener la sensación de que Rovira lo trataba como a un ladronzuelo de pega.

—Pero los secuestradores no querrán conformarse con esto.

—Propóngales el mismo trato, seguro que lo aceptarán.

Escorrigüela no estaba tan seguro. Pero tendría que intentarlo.

—Esperemos que así sea. Sólo le pido un par de cosas.

—Dígame. No le prometo nada.

—Le ruego que no me haga seguir. Lo tengo todo controlado. Saldríamos todos perdiendo.

Rovira reflexionó durante unos segundos.

—Muy bien, pero si intenta engañarme, el dinero que le acabo de dar no le servirá de nada. En el otro barrio no es de curso legal.

Rafael Escorrigüela sintió un escalofrío en la espalda.

—No necesita amenazarme, ya sé lo que me estoy jugando. Lo segundo que le pido es que espere cuarenta y ocho horas antes de hacerlo público. Es el tiempo que necesito para desaparecer si la familia Gambús tiene la más mínima sospecha sobre mí.

Rovira apoyó suavemente la mano sobre una pieza de muselina que había en el mostrador, fina como la seda. Se dio la vuelta y le dijo:

—No le puedo dar más de veinticuatro horas. Si lo he entendido bien, esta madrugada tendremos localizado y controlado a Demi Gambús, ¿no es así?

—Sí.

—Mañana es domingo, no es un día operativo. Pero el lunes sí. Además, es posible que se decida utilizar el asunto del secuestro de Gambús para boicotear la huelga general. Le doy mi palabra de que, cuando trate con la familia la resolución del caso, su nombre no aparecerá nunca. Pero a partir de esta madrugada no puedo garantizarle más de veinticuatro horas.

No era demasiado tiempo, pero quizá bastara. ¡Desde luego que sí! Al día siguiente, todo lo más el lunes, se habría acabado todo. ¡Y a correr! En esa ocasión no lo atraparían. Estaba contento.

Aunque tal vez no lo habría estado tanto si hubiera visto la figura que acababa de pararse en seco a su izquierda. Era Felip Dalmau, medio escondido tras uno de los plátanos de la ronda. Se estaba preguntando qué hacía Rafael Escorrigüela saliendo de la tienda de Joan Rovira con un fardo sin que ni él ni doña Miquela supieran nada. Y no creía que hubiese entrado a comprar ropa de verano de señora. Observó cómo subía a un coche que lo estaba esperando y se iba.

De vuelta en casa, Rafael Escorrigüela escondió su parte del dinero en el interior de un paragüero de porcelana que se había hecho instalar en el recibidor. En su fondo había encajado un compartimento secreto: se daba la vuelta al paragüero y, en la parte de abajo, tenía una puertecita con cerradura. Era una especie de hucha un poco especial.

El resto del día lo pasó esperando que llegase la hora de culminar la operación. Repasaba mentalmente una y otra vez todos sus movimientos y no encontraba ningún fallo en el plan. Si la cosa no salía bien, Rovira hablaría, estaba seguro, pero a él nada lo incriminaba. Se limitaría a negarlo todo. La palabra de Rovira contra la suya. O mejor, aprovecharía las veinticuatro horas de margen para poner pies en polvorosa.

Las horas pasaron muy lentamente. De nuevo era noche de verbena, la de San Jaime.

Él se daba por satisfecho. Sólo con la parte que le correspondía ya tenía bastante. Ni por un instante se le ocurrió estafar a Rovira. No tenía la menor duda de que su grupo, aquellas misteriosas personas a las que había telefoneado solicitando permiso, no le perdonarían que lo hiciera.

Los ojos de doña Miquela se iluminaron. Por fin se había desplazado una pieza inesperada en aquel tablero inmóvil. Días y días esperando que alguien se moviera, que alguien hiciese cualquier movimiento. Porque si éste tenía lugar, ella lo captaría. Y entonces se echaría encima. Ya lo decía el abuelo: a veces hay que imitar a los animales: quietos y al acecho. A menudo, como en aquel caso, la espera era larga y terrible. Pero tarde o temprano llegaba el momento en que ya no luchabas contra el aire, en que el objetivo tomaba forma. Entonces sólo había que cogerlo con fuerza. Por más que el enemigo se sacudiera, la presa ya no podía escapar.

Había habido un movimiento inesperado y fuera de lugar. Rafael Escorrigüela en la casa de Rovira.

Por eso, con renovada energía, había enviado un mensaje por escrito a Joan Rovira. Le pedía, por favor, que si tenía alguna novedad, se la diera por escrito al mensajero. La respuesta, tal como ella esperaba, fue negativa: nada nuevo, ningún contacto con nadie. Muy curioso.

Al día siguiente, domingo 25 de julio, tendría lugar su fiesta de jubilación. Ni por un instante había pensado en anularla. Con un poco de suerte, acudiría incluso su hijo Deogràcies-Miquel.

Cuando llegó la hora, Rafael Escorrigüela cogió el coche para dirigirse al teatro. Se encontró con que el cochero no era el de siempre.

—¿Y Peret?

—Está enfermo. Soy su cuñado. Me ha pedido que lo sustituya, si no tiene inconveniente. Yo también soy cochero profesional. He trabajado con el marqués de Alella y...

—Muy bien, muy bien... Ahora daremos un paseo. Más adelante ya le diré adónde vamos.

En la ciudad se vivía una situación extraña: las calles principales estaban tomadas por patrullas a caballo del Cuerpo de Seguridad para evitar las manifestaciones. El Ministerio de la Gobernación había aumentado la censura de prensa y prohibido las conferencias telefónicas para evitar la propagación de campañas tendenciosas sobre la situación en Melilla. Por orden del gobernador civil, se prohibía formar grupos de más de tres personas en la vía pública. La gente iba en filas de a tres y así entraban en las salas de fiestas, en los locales al aire libre y en los teatros. Aquel año, la verbena de San Jaime, o se celebraba dentro de un local o un recinto cerrado, o no se celebraba.

Escorrigüela había salido con tiempo suficiente para poder asegurarse de que no lo vigilaban. Ordenó al cochero que diese unas cuantas vueltas por Barcelona para despistar a posibles perseguidores. Cuando estuvo seguro de que no lo seguían, le pidió que lo llevase al teatro Soriano.

Todo era en vano. Miquela Gambús tenía bien cogida a la presa y no la iba a soltar.

El Paralelo ofrecía un aspecto extraño, casi fantasmagórico: todas las luces encendidas, toda la parafernalia de un sábado de pleno verano y sin embargo nadie en la calle. Al mismo tiempo, los cafés llenos, los ánimos encendidos y todo el mundo hablando de la inminente huelga general.

Escorrigüela estuvo dando vueltas en el coche hasta

que a las ocho en punto se detuvo ante el teatro Soriano y se dedicó a esperar.

En la acera de enfrente, camuflado con blusa y gorra, la cara de rata de Felip Dalmau no se perdía detalle.

Nonnita Serrallac abrió la portezuela y llamó a Rafael Escorrigüela. Él la oyó, ordenó al cochero que lo esperase y, sin pensárselo dos veces, salió del coche con el fardo de dinero apretado contra el pecho y entró en aquel espacio oscuro.

De aquella situación que había pasado tan rápida, en el cerebro fotográfico de Felip Dalmau quedó tan sólo una imagen: una barriga de embarazada y un fardo hecho con un pañuelo, probablemente el mismo que él había visto al mediodía.

Dentro del teatro, Nonnita Serrallac encendió una lámpara de petróleo. Estaban en un habitáculo reducidísimo, donde se cambiaba la taquillera. Había una puertecita que comunicaba con el teatro. Se oían los gritos y los aplausos del público que en aquellos momentos seguía el espectáculo.

La muchacha echó un rápido vistazo al dinero.

Rafael Escorrigüela sonrió; era la repetición de la escena que él mismo había vivido unas cuantas horas antes.

—No está todo, ¿qué pretendes?

—¿Crees que soy idiota? —Rafael Escorrigüela había aprendido rápidamente la lección—. Sólo está la mitad. El resto cuando me entregues a Demi Gambús.

La muchacha no lo dudó. Era la mitad de la mitad y aun así continuaba siendo una cantidad que imponía respeto.

—La entrega se hará mañana.

—¿Mañana? ¿Por qué?

—Simple precaución.

—¿Dónde y cuándo?

—No te preocupes, no queremos perder la parte que falta del rescate. Te prometo que será una entrega rápida y discreta. Somos gente de palabra. Lo único que tienes que hacer es esperar tranquilamente en tu casa. Al anochecer nos pondremos en contacto contigo.

—Pero...

—Adiós.

Rafael Escorrigüela salió del teatro un poco intranquilo. No había acertado a interpretar el gesto de la muchacha. Dentro, de las sombras salieron Eustaqui y Josepet. Nonnita los había tenido a punto por si acaso Escorrigüela salía por peteneras. Prepararon el carro para ir al barrio de Pekín.

Escorrigüela subió al coche sin dejar de darle vueltas a la cosa. Habría que avisar a Rovira, comunicarle que todo iba bien y que tuviese preparada la otra mitad del dinero para el día siguiente. Se encaminó hacia La Puertorriqueña. El cochero miró disimuladamente al otro lado de la calle. Felip Dalmau le hizo un gesto afirmativo con la cabeza. El otro le respondió y el coche emprendió la marcha.

Felip Dalmau reflexionaba sobre el próximo paso a dar. Hacía ya un buen rato que Escorrigüela se había marchado. Cabía la posibilidad de entrar en el teatro a ver qué encontraba... De pronto empezó a salir gente. La función de noche había finalizado. Unos guardias vigilaban que no se formasen grupos de más de tres personas. Felip Dalmau no quitaba ojo de la portezuela, más difícil de controlar entre aquella pequeña multitud. Diez minutos más tarde, la calma era total. No pasaba nada. No sabía qué hacer. En ese momento se abrió la portezuela y apareció la embarazada. La muchacha miró a ambos lados para asegurarse de que no había nadie sospechoso y entró de nuevo en el teatro. Felip Dalmau se puso en tensión. Entonces vio aparecer doblando la esquina un carro de color lila tirado por el caminar inmensamente cansado de una mula. En el pescante, Eustaqui Guillaumet y, a su lado, la muchacha embarazada con cara de no haber roto nunca un plato. Sobre la falda llevaba el fardo que le había entregado Escorrigüela. En la plataforma, un individuo con una nariz grotesca. Dejó que se distanciasen un poco y luego empezó a seguirlos. No parecía difícil: aquélla era la mula más hecha polvo de Barcelona y Felip Dalmau estaba en plena forma.

Nonnita Serrallac casi no respiraba de lo nerviosa que estaba. Se adaptaba al traqueteo del carro. La cosa llegaba a su fin. Por primera vez, la noche anterior se había visto con fuerzas para entrar a hablar con Demi Gambús. Yacía de espaldas. A la luz vacilante de la lámpara parecía muerto. No se movía. Parecía como si no respirase. Lo estuvo contemplando y se dio cuenta de que no la dominaba ningún sentimiento de victoria. Había pasado casi un mes y medio y estaba agotada. Y ahora que intuía el final del túnel, únicamente tenía ganas de acabar, de acabar...

Cogió una escoba y lo sacudió como a un animal hasta despertarlo. Él se volvió y apenas pareció sorprenderse.

—Vaya, por fin te has dignado visitar a tu invitado...

—No es una visita de cortesía.

—Ya me lo imagino. ¿A qué vienes entonces, a liquidarme? Como venganza por lo ocurrido hace diez años, lo considero algo exagerado.

—La función se ha terminado. Te dejaremos presentable y te devolveremos a tu madre. Mañana por la noche habremos cobrado el rescate y te pondremos en libertad.

—Sí, como la otra vez. ¿También me haréis copiar la

página de un periódico del día? Sois unos sádicos perturbados mentales que...

—Se han acabado las negociaciones. Ahora va en serio.

—Debes de estar satisfecha, ¿no?

—Sí.

La muchacha miraba a Demi Gambús, tan desamparado. No sabía cómo irse. Finalmente le dijo:

—Para ti, dentro de quince días, esto no habrá sido más que un mal recuerdo. A mí me resuelve la vida. A mí y a mi hijo.

—Vete a la mierda. Y reza para que encuentres un buen escondrijo. Porque si es verdad que me soltáis, a partir de ese momento, yo y todos mis descendientes...

—Sí, sí, ya conozco esa historia.

—Te haré abortar y me comeré el feto para cenar.

Sólo entonces levantó los ojos, y la miró con tanto odio como desprecio.

Ella salió de allí bruscamente. No soportaba más aquella visión. Se fue a pasear por la playa. Tantos días y a la hora de la verdad no había sabido qué decirle.

El carro recorrió todo el paseo de Colón y pasó de largo por la plaza Palau y la estación de ferrocarril. En este punto, Felip Dalmau empezó a darse cuenta de que aquella mula raquítica tenía más fuerza de lo que parecía. Circunvalaron al trote la Ciutadella por el lado de abajo y tomaron el antiguo camino del cementerio, con la vía del tren a Mataró a la derecha.

Demi Gambús pasaba sus últimas horas de cautiverio. El perturbado acababa de llevarle un cubo lleno de agua, diversos útiles de aseo y una toalla. También su ropa, los zapatos y todo lo que le habían retirado el primer día. Parecía, pues, que la cosa iba de veras. De todos modos, y por si acaso, no quiso hacerse demasiadas ilusiones. El vigilante estaba desenvolviendo una pastilla de jabón casero. También tenía una manopla y una toalla. Le quitó las esposas. Demi Gambús estaba tan débil que no le provocaba ningún temor. Hacía poco había intentado sublevarse. Había enganchado al perturbado por detrás y le había pasado la cadena de las esposas alrededor del cuello. Había empezado a ahogarlo mientras gritaba fuera de sí: «¡No quiero más bacalao, y estoy harto de los putos arenques!» Había recibido un codazo en la boca del estómago y la insurrección había terminado: cayó al suelo sin respiración y el otro se dedicó a darle puntapiés en las costillas. Por suerte había llegado el de la nariz grande. De no haber sido por él, lo habría dejado malherido. «¿Qué pasa?», le preguntó. Y el otro respondió sin que se le moviese ni una pestaña: «Parece que no le gusta el menú.»

Ahora Demi Gambús lo recordaba y, sin darse cuenta, comenzó a reírse.

—¿Qué hay para cenar? Calla, no me lo digas, sorpréndeme...

Tomàs lo observaba sin inmutarse lo más mínimo, en tensión. El loro se había acercado, curioso. El muchacho se reía del recuerdo de aquel instante de rebelión y se reía del presente, del refinamiento máximo que significaban aquel trozo de jabón, la manopla... y el agua salada. Le pidió por enésima vez a Tomàs Capdebrau que le diese una de sus pastillas de estricnina.

—Venga, hombre, ya ves que ahora va en serio: me voy. Esto se ha acabado. Anda, dame las pastillitas, que me animarán un poco.

Tomàs dudó. Finalmente buscó en los bolsillos de los pantalones de Gambús, tomó la cajita y sacó una sola pastilla. Dejó la cajita en el suelo y le entregó la píldora. Demi Gambús se la tragó con avidez. Por primera vez en mes y medio se sintió más o menos positivo. Tal vez sí que, después de todo, aquella cuadrilla de golfos fueran a dejarlo marchar. Vio al loro y lo llamó, desafiante. A punto de ser liberado, dudaba de que su dueño le soltara una última bofetada.

—*Trinitat*, majo, bonito, ven...

Como siempre que le hablaba al loro, Tomàs Capdebrau le hizo callar. Pero Demi Gambús no podía detenerse:

—¿Has visto qué amable es tu amo? Me ha dado una pastillita.

Capdebrau se estaba poniendo frenético. Seguía sin soportar que el cautivo congeniase con su loro. Estaba más celoso que nunca porque, además, el animal le hacía bastante caso. Miró a Gambús con una expresión de odio que, una vez más, a éste le produjo miedo.

—Perdona, hombre, no te enfades, sólo quería despedirme. Me ha hecho mucha compañía. ¿Lo ves? Mira, ya me lavo...

Mojó la manopla en agua salada y se humedeció todo el cuerpo. A continuación se enjabonó. Tomàs Capdebrau no le quitaba ojo, como si temiese que, en el último momento, le fuese a jugar una mala pasada.

Ni él ni Demi Gambús se dieron cuenta de que, en el suelo, el loro *Trinitat*, curioso infatigable, removía con el pico el contenido de la cajita de pastillas de estricnina. Le debían de parecer unas pipas de girasol un poco especiales. Las miraba, caminaba alrededor, les daba un picotazo. No había visto nunca unas pipas tan grandes y tan redondas. Cogió una, la sacó de la caja, la depositó en el suelo y comenzó a romperla con el pico y a comerse los pedacitos resultantes.

Mientras tanto, con la euforia renovada por la proximidad de su liberación y el efecto de la estricnina, Demi

Gambús se frotaba la piel tan fuerte que parecía que se la fuera a arrancar. Pese a la poca luz que había en aquel espacio, cuya fuente era un quinqué colgado de la pared, pensaba pedir un espejito y unas pinzas para arrancarse los pelos de las orejas; pensaba pedir papel y lápiz para empezar a apuntar ideas; pensaba...

Guardián y prisionero lo descubrieron al mismo tiempo: en el suelo, patitieso, con las patitas rígidas, yacía muerto el loro *Trinitat*. Hasta los colores tan preciosos y llamativos de su plumaje parecían haber perdido brillo e intensidad. A su lado, la cajita abierta y la pastilla a medio consumir indicaban claramente lo que había pasado. Tomàs Capdebrau se quedó clavado mirándolo. Lo recogió delicadamente y le pasó la mano por la cabeza como una madre a su hijo. El loro estaba muerto y bien muerto. Demi Gambús lo miraba sin atreverse a abrir la boca. Y el antiguo sastre, a quien últimamente no le temblaban las manos pero perdía el sentido de la realidad, de pronto se echó a llorar, a llorar a mares, a lágrima viva, en silencio. Lloraba y al tiempo acariciaba al animalito muerto. Demi Gambús seguía callado, asistía incrédulo a la escena. Lo último que le quedaba por ver. Cuando un día lo explicara, nadie se lo creería. ¡El perturbado llorando por un loro! Entonces dijo:

—Era un loro muy simpático.

En cuanto hubo pronunciado estas palabras, Tomàs se dio la vuelta y, con mucho cuidado, depositó el loro en el suelo. Se quedó mirando las pastillas y al cautivo alternativamente. Se le aproximó. Demi Gambús sintió que el corazón se le aceleraba por el miedo. Porque en los ojos de Tomàs Capdebrau vio su propia muerte. La máxima estupidez estaba a punto de tener lugar y no podía hacer nada. Lloriqueó, suplicó... Durante un instante, una décima de segundo, regresó a su mente, como una burla, una imagen de cuando era pequeño. En aquella época, tanto en Alcagaire como los primeros tiempos en Barcelona, sin darse cuenta, había ido viendo cómo lograba imponer su autoridad. Siempre sin dar voces. Sin grandes aspavientos y con leves gestos. Y funcionaba, ¡vaya si funcionaba! Tan sólo necesitaba imitar las maneras y las miradas del abuelo, transmitidas a la madre. Era como hacer magia: todo dios callado, firmes y cagándose encima.

El caso es que no tuvo tiempo de pensar ni de quejarse más porque Tomàs Capdebrau, que en su niebla mental había sido incapaz de reconocer al prisionero en mes y medio, le agarró el cuello con las dos manos y comenzó a estrangularlo. El otro, sin fuerzas, débil como un pajarillo, luchó tanto como pudo. Es decir, casi nada. Tomàs Capdebrau, ciego de rabia, apretó tan fuerte que antes de que a su víctima le faltase el aire, ya le había roto el cuello. De golpe, un hedor lo invadió todo. El cuerpo de Demi Gambús se había vaciado. Sin embargo, Tomàs Capdebrau siguió estrangulándolo un rato más sin advertir que ya era un cadáver. Lo zarandeaba como a un muñeco. Finalmente lo soltó, y el cuerpo de Gambús cayó sobre el sucio jergón, donde quedó medio sentado entre sus excrementos.

Dalmau resoplaba tras el carro. Había estado a punto de perderlo de vista un par de veces. La noche era bastante oscura y a duras penas podía seguirlo gracias al farolillo que habían encendido. Pasaron de largo por la Llacuna. Finalmente se detuvieron en el barrio de Pekín. Era noche cerrada y en las chabolas parecía reinar la calma. Todo el mundo dormía. Sólo los perros se habían despertado al paso del carro, pero como reconocían el olor, se callaban en seguida.

Se detuvieron y bajaron. Josepet encendió un cigarrillo junto al carro. Eustaqui le daba algarrobas a la mula y le hablaba bajito a la oreja.

Nonnita Serrallac tenía claro su plan: renunciar a la parte que faltaba del rescate a cambio de más garantías para escapar. Dejarían al cautivo a punto, limpio y presentable, y se largarían. Escorrigüela no esperaba tener noticias suyas hasta el día siguiente por la noche. Una vez que estuviesen lejos harían saber a la familia dónde encontrar a Demi Gambús. Y allá se las compusieran entre ellos. Con la seguridad de tener todo el proceso controlado, se dirigió decididamente hacia la playa. Si todo iba bien, en muy pocas horas estarían lejísimos.

Entró bajo la lona y el hedor que le asaltó la nariz la echó para atrás. No tenía la menor idea de lo que ocurría. No se oía nada. Apartó la cortina que separaba el habitáculo del prisionero y se encontró con los ojos sin vida de Demi Gambús, que la miraban fijamente. A su lado, Tomàs, sentado, con el loro muerto en las manos, limpiándolo con una esponja.

—Tomàs, ¿qué ha pasado? —preguntó.

Él señaló el loro.

—*Trinitat* se ha muerto por su culpa. Y él se ha muerto por mi culpa.

A Josepet, que había entrado tras ella, parecía que se le fueran a salir los ojos de sus órbitas, de tan abiertos como los tenía. Empezó a gimotear:

—¡Ahora sí que la hemos cagado!

Nonnita Serrallac lo hizo callar de un grito. Salió y avisó a Eustaqui. Pagaron a Josepet lo acordado y le dijeron que se marchara, si es que quería tener vida y salud para gastarse todo aquel dinero. En menos de cinco minutos había recogido todas sus cosas. Sujetó el reloj que le había afanado a Escorrigüela por el extremo de la cadena, como si fuese mierda. Había descubierto que el nombre que llevaba grabado era el del desgraciado que acababa de estirar la pata allí mismo. Se aproximó al muerto y se lo tiró encima. No quería nada de un muerto en aquellas condiciones: la mala suerte lo perseguiría toda la vida. Un minuto más tarde, de aquel Josepet y de su nariz ya no quedaba sino el recuerdo. Tomó el camino de Sant Adrià con tanto brío que ni se enteró de que había estado a punto de tropezar con Felip Dalmau, escondido muy cerca del carro. Al poco tiempo, bajo la escasa luna que había, el ex policía vio a la embarazada y al joven, que emergían desde la oscuridad de la playa con cierta precipitación cargando con cuatro fardos. Por primera vez pudo contemplar a la mujer más de cerca. Era la misma embarazada que había visto en compañía de Demi Gambús un par de meses atrás en el Café Sevilla. Apareció otro hombre de más edad que llevaba un maletín en una mano y un paquete envuelto en la otra, como si fuera un objeto delicado. Él y la preñada se sentaron en la parte trasera del carro. El muchacho hizo restallar la tralla y en un santiamén ya se habían perdido en la oscuridad. Era muy extraño: ¿a qué venían tantas prisas?

En esta ocasión, sin embargo, no los siguió. Esperó a que se perdiesen de vista, se levantó y siguió su rastro sobre la arena. De pronto descubrió aquella carcasa tan extraña acabada en forma de tienda y plantada en mitad de la playa. El cerebro de policía de Felip Dalmau comenzó a actuar. ¿Era posible que Demi Gambús estuviese recluido en aquella guarida? Sí. ¿Era probable? No estaba muy seguro. Si se equivocaba, podía salir muy perjudicado. No sabía cuánta gente podía haber allí dentro. Recapituló: hacía diez minutos que se había ido el de la nariz grande, ahora aquellos tres, todos ellos con bastante prisa: en aquel cubil no cabía tanta gente. Con un poco de suerte, se habría quedado una sola persona vigilando. Dos, todo lo más.

Era posible acercarse sin ser visto. Resolvió esperar un rato más. Dentro no se veía luz. Tal vez los vigilantes estaban durmiendo... Sacó la navaja y empezó a arrastrarse sobre la arena con precaución. No tenía miedo a luchar. Contaba a su favor con el efecto sorpresa. Atento al menor ruido, fue reptando hasta la misma entrada del entoldado. No se oía nada. Se detuvo, esperando oír la respiración acompasada de alguien durmiendo, pero de allí dentro no salía ningún ruido. Lo que sí salía era un hedor espantoso. Con mucho cuidado, completamente pegado al suelo, en tensión, con la navaja en la mano, levantó una esquina de la lona que cerraba la tienda y metió la cabeza. Si alguien lo había oído y lo estaba esperando, era la ocasión para reventársela de un golpe. No pasó nada. Cuando los ojos se le acostumbraron a la oscuridad, comprobó que no había nadie. Al fondo, una cortina cerraba el acceso al trozo de la galera. Muy despacio se fue incorporando. Detrás de aquella cortina tampoco se oía nada, sólo se notaba aquel hedor infecto, cada vez más fuerte.

Se dijo para sí: si Demi Gambús estaba allí, lo sacaría costase lo que costase. Con un gesto brusco apartó la lona dispuesto a clavar la navaja en el pecho de quien hiciera falta. Cuando ya lo tenía cogido por el cuello notó que no ofrecía resistencia y que estaba bastante frío.

Encendió una de sus cerillas de madera. Y sí, allí estaba, Demi Gambús, claro. Más solo que la una y tan muerto que no parecía un muerto. Sobre el pecho, como un desprecio, su reloj, tirado de cualquier manera.

31

Tras informar a Rovira sobre el estado de la cuestión y acordar con él que al día siguiente estarían pendientes de que los secuestradores cumpliesen lo pactado, Rafael Escorrigüela se metió en la cama. Se puso el despertador y se durmió casi al instante. Las cosas iban bien.

Soñaba que unos truenos fortísimos descargaban sobre las montañas. Se despertó. No eran truenos, eran golpes en la puerta de su casa. Miró el reloj: sólo eran las nueve y media. Se puso la bata y se dispuso a abrir. El claro sol del verano entraba a franjas por los postigos del balcón. Oyó una voz en el rellano:

—Abra, Escorrigüela, soy Dalmau.

Por el tono no parecía alterado. Era imposible que hubiesen descubierto nada. ¿Y si era una trampa para que le abriese la puerta?

—¿Qué quiere?

—Abra, cojones, doña Miquela quiere hablar con usted. Es urgente... Vamos, por Dios, que hoy la señora está muy atareada y no le gusta perder el tiempo. Ya sabe cómo se pone...

Aquel hombre tenía la virtud de provocarle temblores. Rafael Escorrigüela había estado a punto de flaquear. Nadie que acudiese con malas intenciones podía presentarse de aquella manera.

Abrió y el otro empujó con fuerza hacia dentro. No llevaba pistola ni cuchillo alguno en la mano ni parecía que quisiera reventarlo a bofetadas.

—¿Todavía estaba durmiendo?

—Sí.

—Pues venga, vístase.

—¿Ahora? —El otro no respondió—. ¿Hay alguna novedad? —le preguntó mientras se ponía los pantalones. El rostro adormecido y preocupado hacía que pareciese más mayor y más feo. Las manos le temblaban y no acertaba con la pernera. Felip Dalmau se tomó su tiempo antes de responder:

—¿Novedad? No tengo la menor idea. Y dese prisa.

Rafael Escorrigüela pensó en las promesas de los días pasados. Doña Miquela le había prometido que tendría muy en cuenta su colaboración en este asunto tan penoso. Debía de ser eso. No podía ser otra cosa. Era imposible.

Lo metieron en uno de los coches de la familia. Hicieron todo el trayecto en silencio. Miquela Gambús en persona esperaba junto al portal.

—Perdona que te haya hecho traer de esta manera, Rafael, pero tengo que discutir contigo un asunto importante.

—¿Tiene que ver con Demi?

—Sí y no. El caso se está alargando mucho y se me ocurre que tenemos que cambiar la estrategia. He organizado un banquete de gala y tengo mucho trabajo. Espérame en el despacho de mi hijo. Da una cabezada si quieres. O desayuna y lee el periódico... En cuanto tenga media horita libre, voy y charlamos.

—Lo que usted ordene, doña Miquela.

—De acuerdo entonces.

A primera hora, Miquela Gambús había hecho formar a todo el personal de la casa y les había presentado a Felip Dalmau. Les había dicho:

—Atended bien porque, durante todo el día de hoy, las órdenes que él os dé, es como si os las diera yo.

Ella y Dalmau habían organizado la fiesta hasta el último detalle. Las medidas de seguridad funcionaron a la perfección. La recepción no era multitudinaria, ya que sólo habría unos cuarenta invitados oficiales. Eso facilitaba la vigilancia: unos cuantos elementos de la policía secreta no dejaban de vigilar a la gente de la calle desde veinticuatro horas antes de que tuviese lugar el acontecimiento. Iban relevándose cada hora y media para no levantar sospechas. Teniendo en cuenta el caos ciudadano de aquellos días, la presencia policial no llamaba nada la atención. Luego estaban los guardias contratados por Miquela Gambús, que controlaban cualquier entrada y salida del recinto, apuntaban el nombre de todo el mundo y velaban por cualquier aspecto relacionado con la seguridad. Una visita del rey o del presidente del gobierno no habría estado más vigilada. El caso es que, si bien el monarca no acudiría, sí habría unos representantes suyos de la máxima categoría, como eran los marqueses de Comillas, de Alella y de Castellflorite, así como los duques de Sotomayor. También brillarían con luz propia invitados como por ejemplo el nuevo alcalde de la ciudad, los gobernadores civil y militar, el rector de la universidad, un general de Estado Mayor, el fiscal de la Audiencia y el delegado de Hacienda. Eso sin contar otras personalidades del mundo político, bancario, comercial, industrial y cultural barcelonés. Se habían disculpado por no asistir el capitán general y el señor cardenal, obispo de Barcelona.

A la anfitriona sólo le interesaba el segundo. Sonrió pensando en el obispo. Se acercaba el momento de cerrar simbólicamente una de las heridas que desde hacía más tiempo llevaba abierta en su corazón.

Hacia el mediodía empezaron a llegar las diferentes personalidades según el plan previsto. El sol de la calle llenaba de una luz intensa la amplia entrada de carruajes y provocaba mil efectos violeta al incidir sobre el racimo de lágrimas moradas de la lámpara de araña. Al pie de la escalera principal, cubierta con una alfombra gris sujeta a los escalones por una vara de latón plateado, los invitados eran recibidos por Miquela Gambús en persona. Refinada y distinguida, se presentaba ante ellos con un vestido de medio luto, ejemplo de elegancia y signo de fortuna. Su piel tan blanca era el fondo ideal para el resplandor morado de las amatistas de los pendientes, para el azul oscurísimo del ónice del colgante del cuello y para la perla negra que coronaba uno de sus anillos. Nunca la había visto nadie tan resplandeciente. Dejaba a los invitados en manos del mayordomo principal, que acompañaba a los más importantes a un salón aparte, para que pudiesen esperar con comodidad, e instalaba al resto directamente en el gran comedor. Durante el trayecto, el aspecto de la casa se revelaba cada vez más impresionante: tapices negros con ribetes grises en las paredes. En el suelo de los pasillos, una fina estera morada. En los salones, las magníficas alfombras turcas aparecían cubiertas por un tul transparente de color negro. También los objetos se habían oscurecido: sillas, mesitas, figuras, relojes, paragüeros, todo tenía su correspondiente toque mortuorio gracias a los velos color lila, gasas azuladas, sedas oscuras, crespones negros... Incluso se habían pintado de morado las bombillas de algunas lámparas eléctricas. Los invitados no salían de su asombro: en aquella casa estaban de luto, era evidente. Pero nadie sabía nada y la dueña no ayudaba a aclarar el misterio. Por eso, sin ir más lejos, no se veía allí ni un solo vestido femenino oscuro. Al contrario, las damas llegaban radiantes, con sus trajes veraniegos en tonos claros, cuya categoría no tenía nada que envidiar a la de la anfitriona, y mostrando un verdadero torrente de imaginación, fantasía y riqueza según los patrones de la última moda de París. Los vestidos de Paul Poiret, ligeros y altos de talle, liberaban a las mujeres del corsé y le daban a la reunión un ligero toque exótico y oriental.

Miquela Gambús hizo el recuento: a excepción del obispo y del capitán general, tenía en su casa a las personas más importantes de la ciudad en todos los ámbitos: político, militar, industrial, cultural...

Rafael Escorrigüela esperó un rato largo. Todo parecía normal. Todo el mundo era amable y educado con él, pero en su interior sentía vibrar una angustia profunda, inexplicable, probable resto del trastorno vivido la noche anterior. Había soñado con la última imagen de Demi Gambús, engrilletado y medio desnudo. No obstante, también estaba contento. La señora había sido muy clara. Tal como esperaba, la vieja debía de querer darle una nueva responsabilidad. Perfecto. Cualquier cosa le vendría bien para ganar tiempo y poner tierra de por medio. Los minutos pasaban y se aburría. Sacudió ligeramente la cabeza para espantar una mosca que revoloteaba a su alrededor. La preñada le había asegurado que hasta la noche no le iban a devolver a Demi Gambús, así que había tiempo.

Se tendió en el sofá y se quedó dormido hasta cerca de las once. Poco después oyó a través de la ventana que llegaba un carruaje. Se asomó. Pese al sol deslumbrante, pudo ver cómo entraba después de haber obtenido la aprobación de uno de aquellos nuevos porteros que había a la entrada. Cuántas precauciones... Salió de la habitación a estirar un poco las piernas. Los pasillos estaban llenos de personal que tampoco había visto antes: camareros, sirvientas... Se oía ruido de estar arrastrando muebles y a alguien que daba órdenes. Era un verdadero banquete de gran gala... y a él, la puta vieja no lo había invitado. Quiso bajar hasta la puerta principal a curiosear. Se quedó de piedra: al final del pasillo, más vigilantes, también desconocidos, le cerraban el paso. De regreso al despacho se encontró con Felip Dalmau en uno de los pasillos. Lo saludó y él le devolvió el saludo con una sonrisa de rata que producía escalofríos.

—Escorrigüela, por favor, ¿no se le ha dicho que espere?

—¿Qué es toda esta agitación? ¡Menuda comilona, eh!

—Vuelva al despacho, hombre —dijo Dalmau con mirada impasible.

No podían haber descubierto nada. Había hecho la transacción más cuidadosa y limpia de su vida. Lo tenía todo preparado: al día siguiente pensaba huir a toda velocidad. Esta vez tendría dinero, mucho dinero. Tomaría el tren y no se detendría hasta llegar a París. Se encontraba bien, valiente: tenía un secreto, el perro fiel devoraba al amo.

Los asistentes fueron acomodados según una disposición rigurosísima en la gran mesa central del comedor. La anfitriona, afable como nunca, seguía sin hacer referencia a ningún muerto, de modo que, por cortesía, nadie la interrogaba a propósito de la decoración funeraria de la casa. Los invitados se relajaron en seguida y se dedicaron a comentar lo que, clarísimamente, era una muestra de extravagancia de la anfitriona, que tal vez empezaba a chochear. Se echaba de menos la presencia de Deogràcies-Miquel Gambús, pero como nadie decía nada, y si acaso alguien se atrevía a preguntar, se le comunicaba que había tenido que partir con urgencia en viaje de negocios, la cuestión quedó relegada a un educado segundo plano y en seguida se pasó a una conversación distendida. Una moderada alegría empezó a extenderse por la estancia: de no se sabía dónde apareció un trío de músicos que, discretamente situados en un rincón y a un volumen que no molestaba, empezó a tocar ritmos y canciones de lo más moderno, incluyendo piezas de zarzuela. Todo el mundo estaba encantado y extrañado a un tiempo: manteles malva, servilletas negras... y sin embargo nadie parecía triste. De modo que las damas y los caballeros fueron concentrándose en lo que se preveía iba a ser la comilona del año.

Servido por criados con guantes negros, el menú era el mismo que había sido ofrecido al rey un año y medio antes, cuando había visitado la ciudad: consomé Princesa o crema Martigny, con vino de Jerez de 1812. Pechugas de pollo a la Rachel o filetes de vaca Wagram, regado con Marqués de Riscal. Capones de Mans asados, con alcachofas y salsa holandesa, y ensalada, todo ello regado con un Pommard de 1892. Para terminar, biscuit helado a la catalana, con champán Cordon Rouge, y macedonia de frutas regada con Málaga. Previo a todo eso y como aperitivo, canapés de caviar con champán Roederer.

La ilustre concurrencia se fue animando. Y en medio de todos, durante el aperitivo, doña Miquela Gambús, pletórica, con un extraño brillo en los ojos, yendo de un grupo a otro, tanto con los que estaban sentados como con los que permanecían de pie. Era el último gran acto social de su vida.

En cada mesa, brillando pese a los tonos oscuros que lo dominaban todo, las copas de vino y aperitivos alternaban con las de champán. En unas ocho o diez bandejas blancas triunfaban los canapés variados. A pesar de las bombas, a pesar de la convocatoria de huelga general, a pesar de las algaradas antimilitaristas, a pesar de la delicada situación política, el ambiente era de inicio de vacaciones.

Nadie advirtió que la anfitriona había salido discretamente.

Rafael Escorrigüela yacía, cuan largo era, sobre el sofá. Le habían llevado una bandeja con algo para comer y beber, pero no lo había probado. No tenía apetito. Únicamente un vaso de vino, para refrescarse. Abrió la puerta de nuevo: seguían las idas y venidas de personal. Pasó una hora más. No dejaba de pensar. Hacía mucho calor. Pasaba por momentos de todo: de euforia y de inquietud. Si hubiesen descubierto algo, no lo tendrían de aquella manera, eso estaba claro.

Acababa de probar un poco de jamón cuando oyó que se abría la puerta. Entró una música lejana y dulce. Se volvió y se quedó helado. Era doña Miquela, completamente de negro de los pies a la cabeza, con una expresión, más que seria, aterradora.

Detrás de Miquela Gambús estaba Felip Dalmau, circunspecto. Los nervios apenas le dejaron mascullar un «hola» y expulsar partículas de pan y jamón. Ella se acercó hasta la mesita y Dalmau se quedó en la puerta. Intentó recuperar la tranquilidad, tenía una coartada perfecta, no podían acusarlo de nada.

Pero para su desgracia, las cosas no iban a ir por ese camino.

—Siéntate, Rafael —dijo ella señalando el sofá con los ojos. Él obedeció al instante. Lo que oyó a continuación le pareció que no iba con él, hasta el punto de que no lo entendió—: Te he tenido en esta habitación, llena del recuerdo de mi hijo, varias horas. Suponía que te haría recapacitar y, al menos, arrojarte pidiendo clemencia...

—¿Clemencia por qué?

—¿Lo ves? Sigues equivocándote. Siempre te equivocas. ¿Quieres que te explique un cuento? Allá por octubre de 1899, hacía días y días que llovía sin parar, como nunca antes se había visto en el pueblo de Alcagaire. El viejo puente se había derrumbado y las dos orillas del río quedaron incomunicadas. En la margen izquierda, por la parte de la montaña, en el acantilado que cae a plomo sobre el río, un corrimiento de tierras se había llevado a una familia que no había tenido tiempo de ponerse a salvo. Todos fueron a parar al agua salvo un niño de unos dos o tres años, que se había quedado enganchado en un saliente de la roca. Mi padre, alcalde y protector del pueblo, decidió que había que salvarlo. No cesaba de llover, el río no paraba de crecer y el puente más cercano estaba muy lejos. Cuando la tempestad amainaba, el paisaje era más claro y se podía ver a la criatura, en el otro lado, moviendo brazos y piernas para llamar la atención. Mi padre, con su traje oficial de alcalde, vara incluida, ordenó que se preparase la barcaza y que pusieran en ella cuerdas y el material necesario para descolgarse por una pared. Era un transbordador como tantos otros que había en el río, ya los conoces: la plataforma con barandillas fijada sobre dos embarcaciones y la maroma que sirve como guía. En pocos minutos, el agua impediría totalmente cruzar. Entonces mi padre levantó la voz y ofreció diez duros de plata a los dos valientes que estuvieran dispuestos a pasar al otro lado para rescatar al niño. Daba mucha pena que la criatura muriese, pero la fuerza del agua era brutal. Más que dos valientes estaba pidiendo dos inconscientes o dos suicidas: si no se los llevaba el río, se despeñarían cuando intentaran descolgarse en busca del niño. No se ofreció nadie. El miedo a morir superaba el miedo al amo. Evarist, tu padre, más amigo que subordinado, viendo su rostro decepcionado, se adelantó y le dijo que él estaba dispuesto a intentarlo. Mi padre se acercó y lo abrazó. Entonces, bajo aquel torrente de agua que caía, dijo que ya veía con claridad meridiana de dónde venía el nombre de Alcagaire, de «pueblo de cagados», y anunció a gritos que él mismo sería el segundo voluntario, porque no iba a dejar solo a su amigo. Yo no salía de mi asombro: ¡tenía sesenta y nueve años! En fin, no hubo manera de disuadirlo. Él y tu padre soltaron amarras y el transbordador se dirigió al centro del río. Seguía lloviendo a cántaros. No tenían ninguna posibilidad. La fuerza de las aguas hizo que en seguida se tensara la maroma. Bajaban troncos y animales que habían muerto ahogados. Estuvieron a punto de volcar en dos ocasiones, el agua pasaba por encima de la plataforma... El caso es que consiguieron llegar al otro lado. Incluso vimos cómo desembarcaban segundos antes de que un golpe de agua se llevase el transbordador río abajo. Los seguimos viendo mientras trepaban por el acantilado y cómo llegaban a la vertical del punto en que se encontraba el niño. Observamos boquiabiertos cómo ataban la cuerda a un árbol y la dejaban caer hasta donde estaba la criatura. Parecía un milagro. Tu padre se agarró con fuerza a la cuerda y se dispuso a bajar. De pronto, y aunque era primera hora de la tarde, todo se oscureció y la otra orilla del río desapareció de nuestra vista. El ruido de la corriente y del agua cayendo era ensordecedor, pero la gente, quieta bajo la lluvia, esperaba. Finalmente las nubes negras se desplazaron y la tempestad remitió.

Todo el mundo, yo la primera, estiramos el cuello y forzamos la vista: ya no estaban el árbol, ni la cuerda, ni el acantilado, ni tu padre, ni el niño, ni mi padre, nada de nada. Otro corrimiento de tierras se lo había llevado todo. No nos hicimos ninguna ilusión. A mi padre lo encontramos aguas abajo al cabo de tres días: tenía la vara municipal cogida con la mano agarrotada. A tu padre tardamos un poco más en encontrarlo; aún estaba atado a la cuerda. La criatura ni siquiera apareció. Y este cuento se ha acabado. Dos muertes estúpidas, pero con una cierta nobleza. —Miró a Rafael Escorrigüela con ojos glaciales—: No como la de mi hijo, también estúpida, pero indigna. Rafael Escorrigüela, has mandado matar a mi hijo y luego se lo has revendido a Rovira, como si fuese carne de tercera.

Fue incapaz de responder: ¿Muerto? Pero ¿qué estaba diciendo aquella horrible mujer? ¿Por qué todo era siempre tan enigmático? Si lo que decía la vieja era cierto, iba a pagar injustamente por la muerte de Demi Gambús. Había llegado su hora.

Con voz tranquila, doña Miquela continuó con la explicación:

—Estoy celebrando mi fiesta de jubilación. Demi no estará aquí; no hace falta que te diga por qué. Es una lástima. Toda una vida esperando un momento como éste y ya ves... Mañana mismo vuelvo a Alcagaire y quiero dejar bien cerradas todas las puertas detrás de mí; no me gustan las corrientes de aire.

A un gesto suyo se le acercó Felip Dalmau y le entregó un objeto, el reloj de Demi Gambús. Ella, con un gesto displicente, cogiéndolo por la cadena, lo dejó colgando a un palmo de la cara de Escorrigüela, como un péndulo. Parecía que lo quisiera hipnotizar. Y continuó, tranquila y terrible:

—¿No quieres recuperar tu reloj? Mi hijo te lo regaló

y tú te lo vas dejando olvidado por los sitios más curiosos. ¿O es que quisiste devolvérselo de una manera, digamos, ostentosa? ¡Qué hijo de puta eres!

Rafael Escorrigüela estaba aterrorizado porque no entendía nada. Miquela Gambús continuó:

—Me da lo mismo si mi hijo ha muerto por tu mano o por la de otro. Me es indiferente. Tu obligación era defenderlo. O avisar para que fuésemos a defenderlo. Te contraté para eso, y no lo has hecho. Y más aún: te has burlado de nuestro acuerdo y me has traicionado.

—Por favor, por favor, por favor, doña Miquela, no me mate. Se lo puedo explicar. Todo ha sido culpa de Rovira...

Miquela Gambús hizo un gesto a Felip Dalmau, quien se acercó con decisión a Rafael Escorrigüela, lo levantó del sofá y le soltó un par de bofetadas con la palma y el revés de la mano. Escorrigüela dejó de llorar y se secó el hilillo de sangre que le salía de la boca.

—Pórtate como un hombre, Rafael. Y piensa, tú conoces a la familia: si te quisiera muerto, a estas horas yo no estaría aquí dándote explicaciones, con todos mis invitados abajo, comiendo. Estarías en el fondo del muelle con una piedra atada a los pies. No te voy a matar, Rafael Escorrigüela, al menos por ahora. La razón es tu padre, muerto por culpa del mío. Por eso te perdoné la vida la primera vez y ahora vuelvo a hacerlo. No quiero que tu madre tenga en la boca el nombre de los Gambús tan sólo para maldecirnos. Tienes una suerte que no te mereces: tu vida a cambio de la de tu padre. Aunque eso sí, recibirás un castigo. Por tu mala cabeza y tu mala alma, volverás a Alcagaire y te quedarás allí hasta que te mueras. Tendrás libertad para instalarte donde quieras y hacer lo que quieras, pero no podrás salir del pueblo. Si lo intentas, morirás del modo más rastrero y horrible. Porque de ahora en adelante, cualquier habitante de Alcagaire tendrá permiso para ir tras de ti, cazarte como a una rata y desollarte. Pagaré un buen precio por tu piel, un precio que irá aumentando cada día que pase. Éste será mi castigo, esperar que te hundas en la desesperación y tú mismo te cuelgues de una de las vigas de tu casa. Partirás ahora mismo. Adiós, Rafael.

Dio media vuelta y se fue. Dalmau sujetó a Rafael Escorrigüela por el brazo, lo levantó y lo aguantó porque las piernas le fallaban. Lo acompañó hasta la entrada principal, donde un coche lo estaba esperando. Lo metió dentro y le dijo adiós a través de la ventanilla con una siniestra sonrisa. El coche salió de la casa. Sólo entonces Rafael Escorrigüela se dio cuenta de que no viajaba solo. Un muchacho de apariencia tranquila lo saludó y le explicó que iba con él para asegurarse de que llegaba bien al pueblo. Él se echó de nuevo a llorar. Estaba seguro de que quien estaba a su lado tenía la orden de asesinarlo de la peor manera. Nunca llegaría vivo a Alcagaire para despedirse de su madre.

Pero no fue así. Miquela Gambús se lo había dicho muy claramente: su vida por la de su padre. No obstante, en todas y cada una de las larguísimas horas que duró el viaje hasta Alcagaire, Rafael Escorrigüela temió que de pronto le cortaran el cuello y lo lanzaran por la ventana. Eso era una parte del castigo con la que la señora ya contaba.

Cuando llegaron al pueblo estaba amaneciendo. El carruaje se detuvo ante la casa de su madre. Rafael Escorrigüela la vio y se emocionó.

El sicario, entonces sí, le cortó el cuello y lo tiró por la ventana.

En el comedor reinaba el mejor de los ambientes. Miquela Gambús, contenta, volvió a tomar asiento. En ese momento, el trío ejecutaba una selección de suaves temas clásicos y los comensales, que iban por el primer plato, aguantaban como podían el calor de finales de julio, con resignación y con unas gotas de vino. El aire circulaba merced a los grandes ventiladores eléctricos que colgaban del techo, uno de los grandes avances de las aplicaciones de la electricidad.

Uno de los invitados, un diputado del partido conservador, volvía del cuarto de baño escoltado por uno de los criados que, sin detenerse, le iba poniendo una elegante americana de hilo. Se abotonó, tomó asiento y se sacó un vozarrón de todo punto inesperado:

—Como le iba diciendo antes de que este atontado de criado me arrugase la americana, ya es hora de que los partidos dinásticos vuelvan a unir sus esfuerzos y designen un hombre fuerte. ¡Es una vergüenza!

—No puede cerrar los ojos a la realidad —contestó el señor que tenía delante, decano del colegio de farmacéuticos—: Observe la calle. Vea toda esa muchedumbre...

—Pero ¿qué muchedumbre? ¿Debemos creer en el resultado de las últimas elecciones, señor mío?

—Supongo que sí.

—¿Y dónde estaban entonces a la hora de votar? No son capaces ni de votar a sus propios compañeros. Porque en el fondo ya les va bien considerarse sojuzgados y pisoteados. Así pueden gritar más, que es lo único que saben hacer: juntarse en la Casa del Pueblo y quejarse. En lugar de trabajar, como las personas honradas y decentes.

—No me parece que el trabajo sea la única aspiración...

—Cómo se nota que es farmacéutico y le interesa estar a bien con todo el mundo. Venga, dedíquese a las fórmulas magistrales. Eso sí, no saque la nariz de la farmacia, no sea que se la vayan a chamuscar con uno de esos petardos que ponen. Todo ese parloteo anarquista no engaña a nadie.

Algo alejado, un joven coronel, ayudante del general de Estado Mayor, hablaba de la guerra de Marruecos. Era alto y de facciones redondeadas, con una barba corta y puntiaguda. El uniforme de gala le sentaba de maravilla, con sus medallas y galones. Cuando se refería a la población autóctona del Rif hablaba de «aquella gente»; lo traicionaba el subconsciente. Sin ningún tipo de vergüenza explicaba lo que a todas luces era una evidente mentira:

—Las operaciones se han caracterizado por su rapidez y desde hace quince días no se registran incidentes importantes. Resultan extrañamente grotescas las pretensiones de algunos agitadores del Rif. Después del escarmiento que han recibido, los rifeños no se separarán nunca de España.

A su lado, la esposa del vicepresidente del Banco Hispano-Colonial, excitada por el hecho de formar parte de una comida de aquella relevancia, recordaba cómo había sorprendido al joven coronel repasándose el bigote en el espejo que había a la entrada del comedor. La luz producía reflejos plateados en sus polainas, detalle en el que la mujer se había fijado. Su marido interrumpió la disertación del militar:

—Perdóneme, joven, pero tengo entendido que lleva el uniforme de gala, ¿no es así?

—Sí, señor.

—¿De gala simple o de gran gala?

—Simple.

—¿Y cómo es que no incorpora el cinturón? Creo que desluce el uniforme.

El coronel, desconcertado, le respondió que no tenía ni idea, que se limitaba a cumplir con el reglamento en lo que respectaba al uniforme. El banquero, satisfecho por haber desconcertado un poco a aquel joven por el que tanto interés parecía sentir su esposa, hizo un gesto afirmativo con la cabeza y se volvió a su izquierda. Se dispuso a escuchar al rector de la universidad, que comentaba con satisfacción la reciente medida gubernativa de prohibir las salas de juego y las tabernas de la calle Tallers, llenas de estudiantes a todas horas.

El nuevo alcalde de Barcelona, señor Coll i Pujol, le manifestaba al marqués de Alella una de sus prioridades para mejorar la vida de los barceloneses necesitados: construir más lavabos públicos gratuitos.

El aristócrata, con aire ausente, se volvió hacia su mujer. Estaba molesto por tener que asistir a un banquete tan extravagante cuando, en su calidad de vicepresidente del recién constituido Aeroclub de Cataluña, era mucho más necesario en la comida de la junta directiva. Con evidente desgana le dijo:

—¿Lo has oído? El señor alcalde pondrá lavabos.

La mujer miró al alcalde con una sonrisa y exclamó:

—¡Vaya, qué curioso! Lavabos...

Y fingiendo aplaudir, dirigió la vista hacia el gobernador civil, el cual, como no la había oído ni sabía de qué iba la cosa, disimuló e hizo como que escuchaba con gran atención el pasaje musical que en aquellos momentos interpretaba el trío.

Felip Dalmau entró discretamente en la estancia y se acercó a doña Miquela. Ella lo vio, consultó el reloj de pared, asintió con la cabeza y el hombre volvió a salir.

Un rato más tarde, en su piso, Felip Dalmau observaba la calle desde la ventana. Esperaba que lo fuesen a buscar. Se decía para sí: «Bien, es cierto, tendré cara de rata hasta el día en que me muera. Pero al menos en esta ocasión me va a venir de perlas.» Y se alisó con las manos la sotana que llevaba puesta. Si aquella cara contribuía a que pareciese aún más un cura, muchísimo mejor. En cualquier caso, reforzaba la insignificancia de su aspecto. Además, sabía cómo llevar la sotana. Éstas, como los uniformes, hacen mayor o menor efecto dependiendo de cómo se lleven.

Cuando entró al servicio de doña Miquela, pensó que duraría tres días. Afortunadamente, ella lo tenía muy claro; tan sólo le hizo una observación: «Dalmau, en un mundo de zorros hay que estar en el bando de los ganadores, que el tiempo pasa muy de prisa.»

Ahora podía considerarse un hombre tranquilo y moderadamente feliz.

Llamaron a la puerta con suavidad. Consultó el reloj, hizo las últimas comprobaciones y salió. Un carruaje lo esperaba en el portal con el estribo desplegado. Arriba, junto al cochero, uno de los hombres de doña Miquela. Entró y se acomodó en el asiento. Se colocó la boina, tan apropiada, y dio orden de partir. Con la boina puesta se ahorraba tener que hacerse la tonsura.

En el comedor, los comensales hacían los honores a los capones asados. Las botellas de Marqués de Riscal y de Pommard 92 volaban de un lado para otro. Los camareros esperaban con la servilleta colgando del antebrazo, dirigidos por un maître contratado para la ocasión. Y entre el aroma de la carne asada y el repiqueteo de cuchillos, tenedores, vasos y copas, se enroscaba como un caracolillo la melodía de un vals.

El gobernador civil, don Ángel Ossorio, máxima autoridad civil presente en la sala, departía con la anfitriona con total confianza; una confianza derivada del hecho de que, desde Madrid, le habían insinuado que aquella mujer merecía no uno, sino todos sus respetos. Y que los servicios que había ofrecido a la Patria no los ofrecería él en veinte años.

—Lo que es deplorable, querida señora Gambús, es que los partidos españoles históricos se encuentren actualmente en un verdadero estado de confusión respecto a Cataluña. Es un buen lío: está la cuestión de la autonomía, la descentralización, la Solidaridad, las bombas, el terror, el patriotismo. Ahora mismo, ya me dirá usted, la gente no quiere ir a la guerra...

—A mí me preocupa mucho el problema de las bombas.

—Y hace bien en preocuparse. En España no somos capaces de actuar como en los Estados Unidos de América. La cosa es muy sencilla: a los inmigrantes recién llegados les preguntan: ¿es usted anarquista? Si dicen que sí, les responden: pues no puede ser ciudadano americano. Rechazado. A los anarquistas del interior, las autoridades no les preguntan nada, los echan fuera del país de una patada en el culo. Deportación fulminante y lo más lejos posible. Que vayan a hacer la revolución con los pingüinos de la Antártida. Sin miedo a represalias asesinas, ni a que los intelectuales y la prensa acusen al gobierno de reaccionario.

El señor Ossorio se había encendido de repente:

—Los anarquistas son salvajes. Sus ideas sólo conducen al crimen. Por lo tanto, las leyes no tienen nada que ver con ellos. Se autoexcluyen del derecho común. Son viles asesinos con los que hay que emplear todas las medidas excepcionales de represión que hagan falta. Fíjese en lo que pasó en Rusia hace cuatro años: masas obreras ocupando la calle y pidiendo la cabeza del zar.

—¿Qué cree que va a pasar con la huelga general de mañana?

—Nada. Una tormenta de verano. Agua de borrajas. Nada de nada, puede estar segura de ello. Como intento de desestabilizar el Estado, ha fracasado antes de comenzar.

—Yo soy vieja y un poco supersticiosa, ¿sabe? Recuerdo a mi padre, Miquel Gambús, un gran amante de la estadística, que me demostraba que los grandes follones tenían lugar siempre en verano. Parece como si, de vez en cuando, nos diera por amenizar los veranos con disturbios, golpes de Estado, juicios y ejecuciones.

—Pues no se inquiete, señora mía, le puedo asegurar que mañana, 26 de julio de 1909, en Barcelona no va a pasar nada de nada.

Se levantó un invitado con aspecto de hurón. No cesaba de sonreír e iba repartiendo saludos a diestro y siniestro, como si aquello fuera una boda y él el padre de la novia. En el dedo llevaba un anillo con un diamante fabuloso del que colgaba una pequeña cabeza de tigre de oro con dos rubíes como ojos. Era un gran empresario de importación-exportación de la ciudad, con intereses comerciales en Cuba. Últimamente se dedicaba al contrabando de material de guerra. Vendía armas a los rifeños a través de las islas Canarias y Tánger. Ahora mismo tenía todo su capital invertido en un paquebote que navegaba rumbo a Las Palmas lleno hasta arriba de cajas de cartuchos Hotchkins. Intentaba no pensar en ello, pero era en balde. Por eso se estaba excediendo un poco con el champán. Vio a su vecina de mesa, la marquesa de Castellflorite, con los ojos clavados en su anillo. Estaba indignada. Había decidido acudir al banquete de su amiga, enjoyada de manera lujosa pero discreta; no era cuestión de menospreciar a la anfitriona. Así pues, la calidad de la pedrería que se había colocado encima no pasaba del lapislázuli. Y sin embargo se encontraba a la Gambús adornada como una reina y a aquel comerciante innoble luciendo aquella barbaridad de joya. Sacudió la manga de la americana de su marido y le dijo:

—¿Te has fijado en ese anillo? Ese hombre debe de ser de Madrid, los catalanes no somos tan ostentosos.

—Pues lleva todo el tiempo hablando en catalán.

—¿Y qué?

A su lado, el tema marroquí seguía provocando vivísimas discusiones:

—Pero ¿qué mercado quiere encontrar usted en un país atrasado donde la gente no lleva calzoncillos? —decía el duque de Sotomayor con evidente disgusto.

Se dirigía a un comensal de larga barba blanca que contrastaba con la fuerza de sus argumentos y lo nervioso de sus movimientos. Era el representante de la patronal catalana.

—Señor duque, podría objetarle que no sólo de calzoncillos vive la industria de Cataluña. Sin embargo, el textil es la base de nuestra región y tenemos todo el derecho a venderles calzoncillos a los moros. Más aún, tengo el pleno convencimiento de que los rifeños se acostumbrarán a esta pieza de vestir. De hecho, me han contado que hace poco se presentó en Melilla un capitoste moro, muy arrogante, con su capa blanca y montado en un brioso corcel. Para demostrar su conformidad con la civilización y sus progresos, lucía a la vista de todos unos espléndidos calzoncillos. Dejen que se establezca la venta de estas prendas en Nador y la natural elegancia magrebí se expandirá con estas fantasías de la indumentaria. ¿O por qué no? En la mezcla. ¿Se imagina? Una base de género típico y exótico, con la capa blanca. Y calzoncillos a la vista.

—Adiós poesía.

—No, perdóneme, señor duque: una desaparece y hace su entrada la otra. La civilización no tiene por qué estar reñida con la poesía.

—Entonces se poetizarán hasta los calzoncillos de nuestros moros, ¿no?

—Efectivamente.

—Así por encima, ¿cuántos dice que tiene en stock?

—Diecinueve mil, señor duque, a dos pesetas. —Y añadió bajando la voz—: Ni que decir tiene que, para usted, el diez por ciento habitual...

—Entendido. Haré lo que pueda. Y ahora no me hable más de dinero, que tenemos aún en los labios la palabra «poesía».

En el cruce de las calles Bergara y Balmes, Felip Dalmau se apeó del carruaje y fue caminando hasta un portal de la ronda Universitat. Observaba los dedos de sus pies demasiado blancos, sobresaliendo de las sandalias. A finales de julio, a aquella hora, no había nadie por la calle. Y él, disfrazado de cura. ¡Qué vueltas daba la vida! Se ajustó la boina, entró en el portal que buscaba y subió hasta el principal. Llamó a la puerta y esperó, completamente tranquilo. Abrió Joan Rovira en persona con cierto aire de disgusto. Aquella misma mañana había recibido dos mensajes más de la señora Gambús preguntándole si sabía algo nuevo sobre su hijo. Creía que era otra vez la misma cantinela. Pero no, se encontró con la sencillez de una sotana almidonada y un cura con cara de roedor dentro de ella. Felip Dalmau explicó que lo enviaban a buscarlo del arzobispado para un asunto de lo más secreto y de máxima confianza. Un coche camuflado los estaba esperando abajo para llevarlos al despacho del señor obispo.

—También estará allí el señor gobernador civil —añadió.

Rovira no salía de su asombro. La Iglesia y el Estado, juntos codo con codo. ¡Y lo necesitaban a él!

—¿Sabe de qué va a tratar la reunión, padre?

—No lo sé, señor Rovira. Únicamente me han dicho que es una cuestión de vida o muerte. No puedo irme de aquí sin usted.

Otra persona habría desconfiado, pero no el señor Rovira. Él era indispensable. Llamaría a alguien de confianza para que estuviese pendiente del asunto con Rafael Escorrigüela. Si llegaba el caso, hasta podía poner al corriente al gobernador.

—Si me permite un segundo, por favor. Pase al recibidor.

—Gracias, no es necesario. Prefiero esperar aquí.

—Como desee, padre.

Dalmau oyó cómo hablaba por teléfono.

El señor Rovira se puso la americana, le explicó a su mujer que una cuestión urgente exigía su presencia y salió del piso seguido del sacerdote. Una vez en el portal, tuvieron que esperar un momento hasta que apareció el carruaje. Subieron en él rápidamente y salieron al trote con las cortinas de las ventanillas corridas.

Hubo un instante de silencio inesperado en la mesa. Los músicos cambiaban las partituras, y en ese momento se oyó el grito extemporáneo de uno de los comensales que decía:

—¡De igual manera que sería una majadería de grueso calibre pretender que el árbol podrido diera fruto, es una aberración incalificable esperar que de la escuela laica salgan buenos ciudadanos!

De pronto, la estancia se volvió a llenar del murmullo generalizado y ahogó su voz. Tres damas se levantaron para ir juntas al tocador: una morena de cincuenta años, dientes cortos y bigote incipiente, que no podía contener la risa y reía sin separar los labios. Llevaba un vestido color salmón e iba del brazo de una jovencita de rosa, de cabello castaño muy liso; detrás, una señorona con peineta y una cinta negra de terciopelo ceñida al cuello. Las tres eran socias activas de las Conferencias de San Vicente de Paúl, que, mediante pequeñas donaciones y otras ayudas indirectas, se aplicaban con perseverancia a la reducción del número de uniones ilegítimas que proliferaban en los barrios pobres de Barcelona. Salieron con un frufrú de sedas y relucientes zapatos de charol, guiadas por una de las doncellas de la casa.

El comerciante del diamante y la cabeza de tigre en el dedo echó ligeramente el aliento sobre su anillo y lo limpió con una servilleta mientras observaba con indolencia perderse a las damas camino del lavabo. La mezcla del aroma de los perfumes le había producido un ligero mareo. Se volvió bruscamente y pidió más champán. El criado le llenó la copa y él, satisfecho y un poco ebrio, se la llevó a los labios e hizo un chasquido seco con la lengua. Le indicó al criado que se acercara.

—Muy bueno. Extraordinario. Le felicito. Acabo de llegar de Alemania y... ¿Usted ha estado alguna vez en Alemania?

—No, señor.

—Pues no lo parece. En Alemania, cuando se le dirige la palabra al mozo de un café o al camarero de un restaurante, éste no se siente inferior por su profesión. Incluso intenta demostrar su dominio de la misma. Esa dignidad profesional es encomiable. La he observado en usted y lo felicito nuevamente por ello. Y no tenga la menor duda de que lo pondré en conocimiento de la dueña de esta casa.

—El señor es muy amable.

El criado se retiró pensativo. Era un joven radical del sector del vidrio que acababa de perder su trabajo y ahora estaba empleado como camarero. Tenía un flequillo rebelde que le caía sobre los ojos. Cuando se cansaba de apartárselo con la mano lo hacía soplando hacia arriba. No le había pasado desapercibido el anillo de aquel invitado. Al día siguiente habría huelga general revolucionaria. Quizá volvieran a verse las caras en otra situación...

El ambiente, pese al aire en circulación, se hacía denso y confortable por momentos gracias a los vapores del champán, el perfume de las señoras, las colonias de los señores y el humo de los primeros habanos de la sobremesa. Los biscuits helados desaparecieron en un santiamén.

Un distinguido anciano deslizaba con sumo cuidado la vitola de su puro como si se estuviera quitando un anillo. Era un hombre de cara enrojecida, cabellos amarillentos y nariz puntiaguda, que hablaba con una cantinela fáusticamente jovial. Lucía en la corbata un pasador dorado nada ostentoso pero imposible de ignorar. Observaba el anillo de su vecino sin ningún disimulo. Le preguntó:

—Es una cabeza de tigre, ¿verdad?

—Sí señor, de oro macizo. Con dos rubíes como ojos.

—Lo felicito. ¿Dónde se lo han hecho?

—Si se lo dijera, no se lo iba a creer.

—Inténtelo, hombre, inténtelo...

Joan Rovira estaba inquieto. ¿De qué le sonaba la cara de aquel cura? Era un rostro especial, como de rata. Lo tenía sentado enfrente. Pese al traqueteo del coche seguía observándolo con detenimiento, por ver si lo recordaba, pero no había manera. El hombre se desabrochó los botones centrales de la sotana e introdujo en ella la mano izquierda. Sacó un sobre lacrado, que entregó a su acompañante.

—El señor obispo me ha encargado que se lo diera antes de llegar.

Joan Rovira extendió confiadamente la mano para coger el sobre. Instrucciones confidenciales, sin duda. Pero de pronto notó que el cura, en lugar de dárselo, le sujetaba la mano con fuerza y lo atraía hacia sí, como si quisiera abrazarlo.

—¿Qué significa esto?

—De parte de la señora Gambús.

Dalmau lo hizo con tanta delicadeza como si estuviese comprobando la cantidad de tocino de un jamón. Mientras apretaba el cuerpo de Rovira contra él con su mano izquierda, le atravesó el corazón con la navaja que tenía en la otra mano. Ni siquiera gritó. Dalmau hundió el arma hasta el puño, hurgando, con rabia, hasta tres veces en la herida.

Rovira estaba muerto. Acto seguido, se lo quitó de encima de un empujón y lo dejó apoyado en su asiento, con los ojos dilatados por la sorpresa. Una muerte rápida, limpia, instantánea, ya la querría Dalmau para sí mismo, pensó mientras intentaba desclavarle la navaja. Lo consiguió al segundo intento. La limpió de sangre en los pantalones del muerto y se la guardó en el bolsillo. Luego, le prendió en el pecho una nota con un imperdible en la que uno de los grupos que convocaban la huelga general reivindicaba aquel asesinato.

Bajaron con el carruaje hasta el Paralelo y tiraron el cuerpo de Rovira en un descampado, a la puerta de un matadero clandestino donde sacrificaban caballos viejos. Allí compraban la carne dos carniceros de la calle Arc del Teatre y una mujer la distribuía. Por la mañana encontrarían aquel cadáver. Como quedó en una posición extraña y antinatural, Felip Dalmau tuvo la paciencia de bajar, dejarlo bien colocado y ponerle un zapato que se le había caído.

Una legión de criadas se afanaba repartiendo café y licores, por lo que una nueva invasión de aromas se esparció por el comedor.

El gobernador militar se levantó para proponer un brindis, uno más que se sumaba a los tres o cuatro que ya se habían hecho hasta entonces:

—Aprovecho la ocasión que nos facilita nuestra gentil anfitriona para alzar una vez más nuestra copa y recordar las palabras de nuestro capitán general De Santiago, hoy ausente, firme al pie del cañón: «Europa nos ha confiado la honrosa misión de abrir paso a la civilización en las tierras salvajes del Rif. Y vamos a cumplirla.» ¡Viva el rey! ¡Viva España!

Todo el mundo respondió entusiasmado a los vivas. Las damas lo encontraban mucho más divertido y excitante de lo que habían creído.

Apareció Felip Dalmau, con la camisa limpia y los zapatos relucientes. Le dijo algo al oído a doña Miquela, quien alzó los ojos y dibujó una sonrisa.

Dalmau volvió a salir y ella se recostó en su asiento, satisfecha. Se pasó una mano por los cabellos, húmedos de sudor. Lo músicos habían dejado de tocar momentáneamente para trasladarse al salón de baile, contiguo al comedor. Un camarero batallaba con una botella de champán. Con el ruido del tapón, la señora del moño con peineta se asustó y dio un chillido nervioso. Tenía el ruido de las bombas metido en la cabeza y el estampido de una botella de champán al ser descorchada la alteraba profundamente, aunque se tratara de una partida especial de la marca Irroy de Reims. A su lado, un médico higienista, secretario de la Academia de Higiene de Cataluña, le insistía en el hecho de que el vestuario femenino, sobre todo en verano, no debía pesar más de dos quilos y medio y era necesario desterrar el corsé. Fue interrumpido en esta aseveración por el señor gobernador civil que, para no ser menos que el gobernador militar, se levantó para proponer otro brindis, en esta ocasión por la dueña de la casa. Se brindó y se aplaudió. Miquela Gambús respondió que se sentía muy halagada, que nunca olvidaría aquellas muestras de agradecimiento tan bondadosas y que en el pueblo de Alcagaire de la Roca tendrían siempre su casa. Hubo sonrisas y más aplausos, a cuyo término la anfitriona anunció que se abría el salón de baile, donde se servirían pastelillos, coñac, Chartreuse, Benedictine, anís, más champán, más café y todo lo que quisieran. No había acabado de decirlo cuando la música empezó a sonar de nuevo. Los invitados se levantaron y, por parejas, individualmente o en grupitos, pasaron al salón de baile en la mejor de las armonías. La estancia, lujosa, grande, con consolas ornamentadas y sus correspondientes cornucopias encima, tenía un aspecto tan brillante como funerario, igual que el comedor. Sillas, sofás y mesitas colocados junto a las paredes dejaban libre para el baile el inmenso espacio central. En un rincón, los músicos tocaban mazurcas. La gente, según el estilo de la pieza, escuchaba o bailaba. O permanecía sentada charlando. Incluso se improvisó un pequeño concierto cuando los músicos se ofrecieron a tocar una adaptación del quinteto «*La trucha*», de Schubert. Los criados dispusieron las sillas y la interpretación fue largamente aplaudida.

Una sirvienta entregó una nota a la dueña de la casa. Ésta la leyó, la rompió a pedacitos y se la devolvió a la muchacha. Miquela Gambús confesó a sus invitados más cercanos que se encontraba un poco cansada y que se retiraba unos minutos a descansar. Su salida de la sala, como en ocasiones anteriores, pasó inadvertida.

Se dirigió a la escalera y bajó hasta el sótano de la casa, a la parte más fría, a la antigua bodega. Allí, a la luz de una lámpara de petróleo, sobre una mesa, había un cuerpo tapado con una sábana. A su lado se encontraba un hombre alto y gordo, que respiraba pesadamente. Suspiraba y llenaba tanto su pecho que casi hacía saltar los botones del chaleco. Se llamaba Diumenge Jordà, sepulturero, embalsamador y taxidermista de Alcagaire. Estrechó la mano de la señora e hizo una inclinación con la cabeza. Miquela Gambús casi no se dio cuenta. La vista se le había quedado clavada en aquella sábana. Sacó de su manga un pañuelo de puntillas bordadas y se sonó ligeramente la nariz. Empezó a hablar, pero la voz se le rompió. Guardó el pañuelo, se aclaró la garganta y dijo en tono grave:

—Gracias por haber venido, Diumenge. Son las cinco; parece mentira que hace doce horas estuvieses aún en Alcagaire.

—Tartana y tren, doña Miquela. Me han dado el telegrama y a las cinco y media ya volaba camino de la estación. He tenido suerte con la coincidencia de horarios. Acabo de llegar.

—Me ayudaste cuando murió mi padre. Ahora quiero que me ayudes de nuevo.

Levantó la sábana y apareció el cuerpo de Demi Gambús, desnudo, limpio y pulcro, con el pelo y la barba peinados, tranquilo y sereno. Las dos marcas de color púrpura que habían dejado los gruesos dedos de Tomàs Capdebrau destacaban en el cuello.

—La acompaño en el sentimiento, doña Miquela.

—Gracias. Tienes a tu disposición a toda mi gente. Pide lo que necesites y haz un buen trabajo, como siempre. Cuando acabes, organizas el traslado a Alcagaire. Te estaré esperando allí.

—Así lo haré, doña Miquela. Quedará como un ángel, se lo prometo.

Un cuarto de hora más tarde, libre ya del suntuoso vestido y de las perlas, salió de su habitación y bajó a la puerta principal. Desde el patio de entrada podía oírse el jolgorio procedente del salón de arriba. Subió a uno de sus coches y se marchó.

Los más dispuestos estuvieron bailando toda la tarde en aquella especie de fiesta macabra. A medida que los invitados se iban marchando, Felip Dalmau se disculpaba en nombre de la anfitriona, les comunicaba que se había visto obligada a retirarse por culpa de una migraña fortísima y que lamentaba mucho no poder despedirse personalmente de cada uno.

El último invitado abandonó la casa a las siete. Y detrás de él, Felip Dalmau.

También tenía prisa.

32

Aquel domingo, 25 de julio de 1909, entró muy de mañana en el puerto de Barcelona, procedente de Cagliari, el bergantín-goleta italiano *Ida.* Era un barco de líneas estilizadas y colores claros y evanescentes, cargado con 145 toneladas de carbón vegetal en sus bodegas. Estaba atracado en el muelle con todo su velamen recogido, preparado para soportar con resignación la descarga que los estibadores harían de mala gana, ya que era víspera de una huelga general.

A través de una ventana en su escondite, Nonnita Serrallac lo podía ver. Con las tres banderolas al viento, le parecía el barco más bonito del mundo porque era su vía de libertad, la de ella y la de Tomàs Capdebrau.

La muerte de Demi Gambús lo había precipitado todo. Unas horas antes se habían tenido que despedir a toda prisa de Eustaqui. Últimamente se había dado cuenta de que tenía sentimientos muy profundos por él. Sentimientos de confianza y de gratitud. Y cada vez que, sin querer, la complicidad total en el caso se hacía evidente, el afecto le salía a la superficie. Él se daba cuenta y también percibía que para Nonnita Serrallac nunca dejaría de ser una especie de hermanito pequeño. Aun así, no pudo evitar repetirle la pregunta. Tenía la sensación de no haber acabado el trabajo en condiciones:

—¿Seguro que no sería mejor que nos marchásemos juntos, señora?

—Ya te dije que no. Sería más fácil identificarnos.

El muchacho pensó que una preñada, un perturbado y un loro muerto también eran muy fácilmente identificables.

Se dieron un abrazo muy fuerte.

—Me temo que en esta ocasión no le voy a hacer caso, señora.

Ella lo contempló esbozando una sonrisa. Le pasó la mano por el pelo y recalcó:

—Sí que me lo harás. Quiero estar segura de que si las cosas se tuercen, por lo menos le vaya bien a alguno de nosotros. Te quedas escondido unos días en el albergue y en cuanto puedas te largas a tu casa, vuelves a Vila-rodona…

—¿Pasando por Cádiz?

—¿Cómo?

—Así es como llegué a Barcelona y es el único modo que conozco de volver a casa.

Nonnita sonrió y le prometió que más adelante, quizá al cabo de un año, o dos, o tres, harían todo lo posible para reencontrarse. Pero él no se iba y la muchacha tuvo que prometerle de todo: que iría a buscarlo a Vila-rodona, que montarían un negocio…

Nuevamente se abrazaron y esta vez fue la despedida.

Hacia la noche de aquel domingo, Escorrigüela se daría cuenta de que nadie le entregaba al cautivo. Lo entendería como una estafa e iría directamente al teatro a buscarlos. Entraría allí de mala manera y los pobres hermanos Soriano no sabrían qué responder. Registraría cielo y tierra buscando a Demi Gambús. Era posible que Escorrigüela recordase algún detalle que lo llevase hasta la playa de Pekín. ¡Ojalá! Demi Gambús muerto era mejor que nada, sobre todo para el misterioso capitalista que había pagado el dinero.

En cualquier caso, Nonnita Serrallac era consciente de que sólo tenían de margen aquellas pocas horas de espera y confusión para intentar poner cuanta más distancia mejor entre ellos y sus futuros perseguidores.

El plan de huida ya lo tenía trazado desde varios días antes. El domingo 25 era el ideal porque aquel barco italiano, el *Ida*, llegaba muy de mañana y partía hacia Marsella la misma noche, después de descargar. Había pactado con el vigilante nocturno de la compañía comercial que recibía al *Ida* que los mantendría escondidos en las oficinas hasta que oscureciese. Entonces los acompañaría al muelle de pescadores donde, en una barca de pesca, los llevarían hasta la bocana del puerto, donde el barco los recogería. Serían tratados como una especie de polizones de lujo. Habrían podido embarcar legalmente, pagando su billete. Incluso habrían podido hacerlo ilegalmente, a plena luz del día, simplemente yendo con un poco de cuidado. Mientras pagasen, a los italianos les daba lo mismo. Pero Nonnita no se fiaba de nada ni de nadie. No quería dejar ningún rastro. Estableció que, por aquel precio, o se hacía a su manera o no había trato. Y comoquiera que, tanto el vigilante, como el pescador, como el capitán del *Ida* pensaban sacar unos buenos beneficios, nadie objetó nada. Antes de regresar a Cagliari, el barco tenía que hacer escala en Marsella para cargar colorantes y anilina. Allí dejaría su carga humana. Nonnita Serrallac pensaba instalarse en Marsella hasta que su hijo naciera. Luego, ya se vería.

En las oficinas de la compañía no había nadie. No era más que un domingo de finales de julio que invitaba a tumbarse y no moverse. Nonnita Serrallac y Tomàs Capdebrau permanecían ocultos en el almacén, rodeados de cuerdas, faroles, poleas, anclas, redes, cajas... Con ayuda de un cántaro de agua fresca, gentileza del vigilante, las horas pasaban lentas y tranquilas. Las probabilidades de no llegar a subir al barco eran pocas, pero existían: no cabía la menor duda de que bastaría con que alguien le diese más dinero al viejo vigilante para que éste los traicionara. El hombre se llamaba Joaquín y todo el mundo en el muelle sabía cómo era. Por eso, Nonnita Serrallac se le había presentado sin previo aviso dos días antes. Le había dejado caer sin ambages que el domingo por la tarde iría allí en compañía de un amigo, que tenían que embarcar en el *Ida* a escondidas y que pagaría muy bien a quien los escondiese. El viejo se había aclarado la garganta y, sonriente, le había preguntado: «¿Cuánto quiere decir bien?» Y ella: «Cincuenta duros. Para que nos tenga escondidos el tiempo que haga falta y por la gestión con el capitán italiano. El precio del billete aparte.» Al viejo los ojos le hacían chiribitas de la emoción.

La muerte de Gambús los había obligado a presentarse muy de mañana. Nada que no pudiera arreglarse con una propina de veinticinco pesetas más.

Ahora esperaban. Ellos en el almacén, muriéndose de calor, y en la habitación contigua, que era propiamente la oficina de la compañía, sentado y fumando, el vigilante.

Nonnita observó a Tomàs, aferrado a su maletín, que era lo único que se llevaba. En aquel momento no se daba cuenta de nada, sentado entre los martillos, las escarpias y los picos, como una herramienta más. El silencio de aquella habitación estaba lleno de los ruidos ensordecedores que aquellos objetos producían cuando estaban en actividad. Por la ventana entró un olor penetrante, intensísimo.

El vigilante entró a sentarse un rato con ellos. Les explicó que estaban descargando el *Congo*, un vapor belga con productos químicos para la casa Cros: sulfuros, silicatos...

—Un paquete de sulfatos se ha reventado y han tenido que correr. De ahí viene ese mal olor. Tiene mala cara, señorita.

—¿Y qué cara quiere que tenga?

Estaba a punto de vomitar. Y si vomitaba, con las contracciones paría allí mismo, seguro.

El viejo volvió a encender su cigarrillo, que se le había apagado, y le ofreció un periódico a Nonnita:

—Tenga, distráigase. Es el de ayer. Recojo los que tiran los clientes. O sea, que de la huelga general, no trae nada de nada.

Nonnita Serrallac lo rechazó. No estaba para periódicos. Sudaba y se notaba la piel de la tripa tensa y reluciente como la de un tambor. Por suerte, al cabo de un rato se levantó el aire y se llevó el mal olor.

A media tarde, el vigilante salió a hacer una ronda y regresó con la noticia de que los trabajadores del puerto se habían negado a descargar la bodega del *Ida*, llena de carbón. Nonnita se mordió los labios. Problemas. El viejo arrojó la colilla al suelo y la aplastó con el zapato. Luego explicó:

—El capitán no sabe qué hacer. Ha comunicado que esperará hasta mañana por la mañana para descargar. De no poder, se marcharía igualmente hacia Marsella con el carbón. Dice que también allí podrá venderlo a un buen precio. Me ha encargado que les comunique que no deben angustiarse, que el plan continúa y que, en cualquier caso, embarcarán esta noche con toda seguridad. En vez de zarpar de madrugada, lo harán mañana por la mañana.

Problemas. Nonnita no tenía ánimo ni para responder. Suspiró y se tumbó sobre un saco de arpillera. Que no se angustiaran... ¿Y él qué sabía? ¡Hasta que no estuviesen en alta mar no dejaría de angustiarse!

Se pasó un buen rato contemplando la piel brillante de la maletita de Tomàs Capdebrau. Dentro estaba el cadáver del loro muerto. No había habido manera de quitárselo. Con aquel calor ya estaría medio podrido. Tomàs no recordaba nada. Ni de la muerte de Demi Gambús ni menos todavía de la del loro. Pensaba que se había muerto de viejo cuando estaba a punto de conseguir aprenderse entero el mensaje publicitario de los cafés Tupinamba. Nonnita consiguió arrancarle la promesa de que, cuando estuvieran en el barco, echarían el pájaro al mar.

El cerebro de Nonnita Serrallac era una masa inerte, cálida y blanda. Recostó la cabeza en el hombro de Tomàs Capdebrau y se durmió. Cuando se despertó, el viejo estaba comiendo rajas de un melón que tenía puesto a refrescar dentro de un cubo con agua fría. A su lado, Tomàs también comía, con mano temblorosa.

—Está bueno —dijo el viejo.

—Pero verde —dijo Tomàs.

—Pero está bueno —replicó el viejo.

—Pero verde —insistió Tomàs.

Por si lo que buscaba era bronca, el vigilante no le quitó la vista de encima. En seguida comprendió que no. Ya no le contestó. Masticaba con calma y pensaba: «Diga lo que diga este idiota, el melón me ha salido bueno.» Sonrió y pensó que, en cualquier caso, no iba a discutir por ello: era el cliente y el cliente siempre tiene razón. Quería el dinero que le iba a dar Nonnita Serrallac, porque era viejo y tenía miedo. Y sabía que en Barcelona, en aquellos días, ser viejo era una de las peores cosas que se podía ser.

Anocheció y empezó a refrescar. Permanecían a oscuras, quietos y en silencio. Nonnita calculó que serían las diez y media o las once. Rafael Escorrigüela estaría poniendo la ciudad patas arriba de rabia.

El vigilante entró y dijo en voz baja:

—En seguida vuelvo... Y no se preocupen, que todo saldrá bien.

Llevaba un cigarrillo en la oreja y se estaba liando otro. Era la hora de la primera ronda de la noche. Cogió la linterna y abrió la puerta. Una bocanada de aire fresco entró desde el exterior. Salió y cerró con doble vuelta. Antes de adentrarse en la noche encendió el cigarrillo que se acababa de liar y luego la linterna.

Nonnita se incorporó para mirar por la ventana. Fue siguiendo los dos puntos de luz que acompañaban el andar del viejo: en la parte superior, la punta encendida del cigarrillo. En la inferior, la llama pequeña y vacilante de la linterna, colgando de la mano. De hecho, era más para ser visto que para ver él: se sabía el camino de memoria. Se detuvo. Una pareja de la Guardia Civil acababa de pararse delante de él. Nonnita se sintió perdida: iban a buscarla. Pero no: los tres hombres se echaron a reír, estuvieron charlando un momento y continuaron con sus respectivas rondas. Todo quedó en silencio. Miró hacia arriba. A través de la ventana le llegaba ahora el difuso reflejo de la luz de uno de los faroles del puerto. Era como una cortinilla que le impedía ver el cielo y, de paso, le ahorraba pensar. Tan sólo quería que las horas pasaran de una vez, poder subir a aquel barco y marcharse muy lejos. Volvió a sentarse. Si no embarcaban rápidamente, era posible que se volviera loca de verdad.

El viejo volvió con buenas noticias: le acababan de anunciar que el capitán del *Ida* había vendido su carbón en Marsella por vía telegráfica. Quería zarpar en seguida pero, debido a las formalidades, aún tardaría un par de horas.

—Dentro de hora y media les conduciré hasta la barca.

—Gracias —dijo ella.

Era noche cerrada. El domingo daba sus últimas bocanadas y Barcelona se recogía. Y quedaba a merced del polvillo blanquecino de la iluminación eléctrica y del amarillento de la luz de gas. El domingo se acababa y daría paso a una nueva semana para aquella ciudad tan enloquecida, la mejor y la peor del mundo.

Barcelona era una suma del pasado que ya no existía y el futuro que aún tenía que llegar. Y Nonnita Serrallac se iba con los recuerdos cargados a la espalda.

Como se dio cuenta de que estaba pensando demasiado, se levantó, bebió un poco de agua del cántaro, estiró los brazos y bostezó. Los nervios le producían sueño. A su lado, Tomàs Capdebrau llevaba ya un buen rato durmiendo con los ojos abiertos y la maletita aferrada.

Volvió a tumbarse sobre el saco de arpillera y se durmió.

Despertó en mitad de una pesadilla; una luz le daba directamente en los ojos y la cegaba. No sabía si aún estaba soñando.

Entonces la luz se apartó y apareció la verdadera pesadilla: una vieja decrépita la miraba sujetando un quinqué en la mano. De detrás de la vieja oyó una voz muy tranquila que decía:

—Carmeta, ya puedes irte.

La vieja dio media vuelta y salió arrastrando los pies. Las chispitas del deslumbramiento se fueron desvaneciendo y apareció ella, Miquela Gambús.

Al principio no la reconoció, pero cuando se dio cuenta de quién era, el cuerpo se le quedó hecho un guiñapo. Miró alrededor: Tomàs Capdebrau no estaba.

La mujer estaba situada delante de ella, observándola. Detrás, Felip Dalmau, tranquilo y confiado.

Nonnita bajó la cabeza y se quedó mirando al suelo, más triste que atemorizada. Como el reo de muerte que espera el hachazo del verdugo. Las defensas se le habían agotado muchos días atrás. Se echó a llorar de una manera sorda pero sostenida, cada vez más fuerte. Cuando ya tenía el cielo al alcance de las manos, todo se iba a pique. Era de esperar. Estaba clarísimo que ella y la gente como ella no tenían derecho a nada. Al menos a nada nuevo. La vieja los mataría, a ella, a Tomàs y a la criatura que llevaba en su vientre. Y haría bien porque ellos habían matado a su hijo. Todas las historias tienen su final escrito de antemano. Y una cualquiera como ella no podía cambiarlo.

Le sorprendió el tono sosegado de la mujer:

—No llores. Toma. —Y le alargó un pañuelo con las iniciales M. G. bordadas—. ¡Cálmate!... ¡Cálmate! Quiero que me escuches, pero si sigues así no vas a poder. No debes tener miedo. En tu estado no te conviene lo más mínimo. En realidad, y después de todo lo que has pasado, no comprendo cómo has podido llegar entera hasta el día de hoy.

Nonnita Serrallac aún sollozaba desde el fondo del corazón, como hacen los niños. Miquela Gambús esperó a que parase, pero como no lo hizo, continuó:

—¡Basta! No tengas miedo, no voy a hacerte nada.

—¿Y Tomàs?

—¿Tu amigo? Está aquí al lado, tan tranquilo, tomándose una sopa fría que le ha preparado Carmeta. Del otro que has dejado en Barcelona no te sé decir, ya se apañará. Si le ocurre cualquier cosa, no será cosa mía. Éste es Felip Dalmau, secretario y amigo.

Nonnita Serrallac se movió inconscientemente, lo que provocó una reacción instantánea de Felip Dalmau, siempre presto a defender a doña Miquela. La muchacha lo interpretó como un ataque. Inclinó la cabeza y se la cubrió con las manos mientras empezaba a gemir. ¿Por qué hablaba tanto la vieja? ¿Por qué no acababan de una vez?

—Felip, espéreme fuera.

El tono seco y autoritario fue seguido por los pasos del hombre saliendo y cerrando la puerta.

—¿Lo ves? Estamos solas, las dos, tú y yo, nadie más... ¿Te parece que hablemos como dos personas adultas? No dispongo de todo el día y, te lo diré claramente, tu futuro, ahora mismo, depende de tu actitud. Así que, ¿hablamos o no hablamos?

La muchacha alzó la vista despacio y dijo que sí con la cabeza. Sus miradas se encontraron. Intentó decir algo pero Miquela Gambús la hizo callar con un gesto. En un tono distante y nada agresivo, continuó:

—Lo sé todo. Desde el principio. Sé que mi hijo está muerto y que ya no puedo hacer nada. Sé que fuiste tú quien lo engañó...

De cerca, las arrugas del rostro de la vieja parecían mucho más profundas.

—Pero...

—No hace falta que te esfuerces, no vale la pena. Mi hijo iba a menudo al Paralelo, él mismo me lo contaba. Supongo que te conocería allí. Una cosa debió de llevar a la otra y os liasteis... La primera vez que te presentaste en mi casa ya me temí que algo pasaría. Carmeta, que es vieja y por eso es tan astuta, es como una sombra que lo escucha todo. En seguida vino a contármelo: «Una mujer de la calle ha venido a pedirle algo al señorito Demi. Ha dicho que estaba preñada.» Desapareciste del mapa y no me quedó más remedio que esperar. Hacer vigilar a mi hijo y esperar. Y volviste a mi casa meses más tarde, ahora ya con una barriga considerable. Era evidente lo que reclamabas. Y también fue evidente lo que Demi te contestó. Felip Dalmau os vio juntos un día en un café del Paralelo. Oyó que querías hacerle una propuesta a mi hijo... Supongo que se volvería a negar. Me avergüenzo: no es digno de un Gambús. Y al final, desesperada, tomas la gran decisión y lo secuestras. Demi tenía muchos defectos, pero no era un memo. Supongo que quiso ayudarte y fue a verte con dinero en la cartera, totalmente confiado. Ningún desconocido lo habría pillado por sorpresa. Comprendo tu ira al ver cómo mi hijo era incapaz de asumir lo que había hecho.

¿Lo que había hecho? Nonnita Serrallac fue levantando lentamente la cabeza. Un rayo de luz comenzaba a abrirse paso en su mente. Y lo que lo provocaba era tan absurdo, que le resultaba imposible de creer. La señora, sin embargo, continuaba:

—Sí, sí, no me mires así. Pensaste, este hijo de puta, rico, me deja preñada, me hace pasar vergüenza y ahora no quiere saber nada. Se va a acordar. Sin duda eres toda una mujer, valiente y arriesgada. Pero no demasiado lista. Porque viendo los medios y el grupo que te acompañaba, no tenías ninguna posibilidad de éxito. En cualquier momento se comete un error. Y tú has cometido muchos. De hecho, aún estás viva porque has tenido la inmensa suerte de estar embarazada. Pero del mismo modo que no habría dudado en liquidarte sin piedad, también te digo que, ahora mismo, no debes temer nada de mí... si te portas como es debido y no me das motivos. No me interesas ni mucho ni poco. Podría aplastarte con un dedo como si fueses una hormiga. Pero no lo haré si no me obligas, porque es evidente que mi único hijo está muerto y que tú llevas dentro a mi nieto.

—Su nieto...

—Iremos al pueblo y allí te presentaré como la viuda de Demi. Y cuando nazca la criatura, lo celebraremos durante siete días y siete noches. A ti nunca te faltará de nada si te sabes comportar adecuadamente. No te engañes: nunca te perdonaré. No olvidaré ni un solo día que mi hijo murió por tu culpa. Por lo tanto, ve con cuidado: vivirás conmigo y veremos crecer a ese pequeño Gambús que llevas en ti, porque, ya que no va a tener padre, al menos que tenga madre. Te vigilaré y, si no me das problemas, vivirás como una reina. Pero no lo olvides, a la mínima te mato. Prefiero que mi nieto crezca con madre, pero si no puede ser, mala suerte. Mala suerte para ti, claro. Cuando el nieto, o la nieta, sea mayor te podrás marchar. Sola. ¿Queda claro? Eres una chica lista y se que harás lo que convenga. Y quién sabe, hasta es posible que acabes encontrándote bien entre nosotros. Si eres consciente de lo que te interesa y, sobre todo, de lo que le conviene a tu hijo, dejarás que crezca como un Gambús. ¿Qué te pasa?

Y es que a Nonnita Serrallac le había venido un ataque de risa desde el mismo estómago. Una risa brutal, absoluta, ancestral. Un deseo incontenible de reír ante aquel absurdo: «... vivirás como una reina...» Desde luego que quería vivir como una reina. No lloró de risa porque ya había gastado todas sus lágrimas llorando de miedo. De pronto, Miquela Gambús volvió a mirarla fijamente.

—Ahora ya sólo queda una cosa por aclarar: ¿quién mató a mi hijo?

Otra vez a punto de despeñarse. Se le ocurrió la respuesta más estúpida e inverosímil. En su estado no podía elegir ninguna otra:

—Nosotros no. Se lo juro.

Miquela Gambús continuaba impasible. Respondió:

—Ya lo sé. No teníais ninguna razón para hacerlo. Estoy segura de que si hubieses podido evitar la muerte de Demi, lo habrías hecho. Además, ya sé quién lo hizo.

—Ah, ¿sí?

—Probablemente algún enviado de Rovira. O tal vez del desgraciado de Escorrigüela. No es suficiente hombre para soportar las situaciones hasta el final... Ya me he encargado de él.

Se detuvo, de pronto le había temblado la voz. Estaba acostumbrada a esconder los sentimientos. Pero fue sólo por un instante. La miró a los ojos. Volvió a sentir la rabia:

—Tuvo la poca vergüenza de tirarle encima el reloj que el mismo Demi le había regalado. Dalmau os siguió. Os vio llegar y salir disparados pocos minutos después. Es evidente que os lo encontrasteis todo hecho. Dentro, al parecer, estaba ese amigo tuyo, el que te acompaña, el medio lelo. Poco habría podido hacer ante un sicario bien adiestrado... —Dejó pasar unos segundos y se tranquilizó. Suspiró profundamente—: Los Gambús somos una familia un poco especial, ya lo verás. Hacemos grandes cosas y al mismo tiempo somos capaces de las muertes más inútiles, como la de mi hijo. O como la de mi padre. Ven, acompáñame. ¿Tienes hambre?

—Un poco.

—Carmeta, ve preparando la cena de la señorita Nonnita.

Pasaron a la oficina. Casi era de día. Tomàs se reía y tomaba una sopa fría. Dalmau permanecía en un rincón, sentado, relajado y mirando hacia fuera. El señor Joaquín, el vigilante, había desaparecido del mapa. Unos minutos antes, Nonnita Serrallac estaba en peligro de muerte. Y ahora, uno de los que la podían matar le daba una rebanada de pan con tomate con una tortilla francesa.

—¿Estás cómoda? —le preguntó la vieja Miquela.

Y ella, sentada con una servilleta sobre el vientre de embarazada, le respondió con un hilillo de voz:

—Sí.

Y notó que se le estaba escapando un poquito de pipí de felicidad. Y que, si al salir de aquella oficina aquel hombre con cara de rata la mataba, ya no le importaría. Así, en una nube, oyó la voz de la vieja que le decía:

—He dado órdenes para que lo tengan todo preparado cuando lleguemos. Primero tendremos que celebrar el funeral. Luego, lo único importante será tu hijo, mi nieto.

Permaneció en silencio unos segundos y señaló a Tomàs:

—En cuanto a tu amigo, lo pondremos en manos de los mejores médicos. Si se recupera, estupendo; si no, procuraremos que viva tranquila y decentemente hasta que le llegue su hora.

Nonnita Serrallac se limpió los labios con la servilleta, la miró, le sonrió y se lo agradeció. Unos segundos más tarde le preguntó:

—A usted, ¿cómo tengo que llamarla?

—Como quieras, menos «madre».

Le explicó que se embarcarían igualmente en el *Ida*, que se desviaría de su rumbo y los llevaría hasta la altura de Hospitalet de l'Infant, donde los esperaría un coche de la familia para trasladarlos a Alcagaire.

Y así se hizo. Un rato después llamaron a la puerta. Felip Dalmau se dispuso a abrir. Eran dos marineros morenos y fornidos. Bajo la luz de la lámpara de la oficina, Nonnita leyó en los torsos de los marineros un nombre tatuado: *Ida*. Hablaban en italiano. El sonido de esa lengua la sorprendió, y así tuvo el último pensamiento para el padre de su hijo. Pobre Emidio, ¿dónde estaría? Lo que sabía con certeza era dónde se encontraban ella y su futuro. Y que le había tocado la lotería: adiós, Emidio.

Siguió con la vista a los dos muchachos, que cargaban todo el equipaje y se lo llevaban.

—¿Qué hora es, Felip?

—Las siete y media, doña Miquela.

—Una buena hora para partir. ¡Andando!

Todo el grupo se movió. La señora mandaba y dirigía. Y así, caminando, sin miedo, llegaron a la pasarela del barco. En aquel amanecer, el aire que llegaba del mar era fresco y salado. Bajó a recibirlos un oficial, que los invitó a subir. Nonnita fue la primera en subir pasarela arriba, caminando a buen paso, agarrada a la barandilla de cuerda, moviendo acompasadamente las piernas y los brazos.

Ya era de día y la visión del puerto casi deslumbraba. Había un transatlántico, probablemente a punto de embarcar más tropas, pontones en el muelle para facilitar la carga, barcas de pesca, remolcadores, barcazas llenas de sacos, siluetas de personas que de repente se ponían a caminar. La humedad del muelle se mezclaba con el olor a moho y a petróleo.

Nonnita Serrallac lo veía todo como si ya no estuviese allí.

Le dieron un camarote para ella sola. Lo repasó de arriba abajo. El ojo de buey tenía los bordes dorados. A través suyo se veían las casas grises y cuadradas más cercanas al muelle. Destacaban al fondo, como recortadas en mitad del cielo, como pintadas en un cuadro romántico.

Aquella situación le parecía mentira. En dos días sería capaz de convencer a la vieja de que podía ser la mejor madre para su nieto y la mejor de las hijas políticas para ella. Más adelante, ya se vería.

De pronto, el barco empezó a moverse tirado por un remolcador que no estaba en huelga. Nonnita Serrallac salió fuera y corrió a cubierta. Apoyada en la barandilla, con el viento en la cara y la vista fija en la ciudad, le pareció distinguir a lo lejos un grupo de gente, pequeña, pequeñita, que agitaba los brazos, como si se despidieran. Sonrió. Por qué no. Se imaginó que aquel grupo, con toda probabilidad un piquete de huelguistas protestando, estaba allí por ella. Era descabellado, pero le gustaba la idea.

O que era Eustaqui y unos cuantos amigos que habían ido a despedirla por sorpresa. Daba lo mismo. Les devolvió el saludo con la mano. Para satisfacer su curiosidad, le pidió al oficial que le dejase un momento los binoculares. Enfocó hacia el grupo.

—Claro, ¿quiénes iban a ser si no?

Son ellos, sus muertecitos, todos, en fila en la frontera del barrio, como si no se atrevieran a traspasar una línea imaginaria, al final de la herida abierta que es la explanada de la futura Via Laietana. Son ellos, que la saludan y se despiden. Con los binoculares puede contemplarlos casi uno por uno: en primer término, sus padres, desconsolados porque hace unos días alguien les ha arrancado la palmera enana y no tienen dónde esconderse. Y le dice adiós a su madre, que está comiéndose un limón a mordiscos, con piel y todo, porque dice que limpia por dentro. Y su padre, sentado en el taburete de tres patas. Fuma su purito con la parsimonia habitual y Nonnita le pide en voz alta, con el reflejo del sol en los ojos, que deje de fumar porque el bigote se le está amarilleando por culpa del humo. Y su padre le repite desde la lejanía que a ver si se le mete en la cabeza que la amarillez es por la muerte, no por fumar. Los dos le desean a Nonnita que tenga suerte dondequiera que vaya. El carbonero de casa Simó, con la cara sucia y diciendo que tiene prisa: la contradicción de siempre, no se puede estar muerto y tener prisa. Los gemelos cantores de la calle Malla, que gorjean como dos gorriones. Aunque no distingue qué canción cantan, se lo agradece, porque sabe que se la cantan a ella. Jaume, el barbero de la calle Tarongeta, que ya vuelve a ser su amigo, le enseña cómo es capaz de hacer bailar en la boca su huevo de madera. Y el albañil murciano, con su cucurucho de cacahuetes, aseado y emperifollado, contento porque finalmente, aunque sea como muerto, es un barcelonés de pleno derecho. Y lo confirma el que esté allí, entre los otros. Y Severí, de casa Blauet, que agita con alegría la bufanda a medio hacer en señal de despedida. A su lado está la Pimentera, bonita, joven y salvaje, que se ha ahogado en el mar porque en tierra la ahogaba la rabia, sonríe con tristeza porque no quiere que Nonnita se vaya. También ve a Cleta, la de la alpargatería de la calle Tapineria, que le señala el vientre y le repite que no se preocupe, que si la criatura que nazca tiene fiebre, ella la curará porque ha nacido el día de Navidad y tiene poderes. Y no falta la viuda Massini, con el rostro demacrado por la caquexia palúdica y que, aun muerta, mantiene las amistades. Le dice que se vaya tranquila, que sabe con certeza que no va a parir un sietemesino. Y aquel muerto desconocido, con cara de luna llena que, egoísta, se abre paso entre sus muertos para explicarle que el lugar donde reposa, en Montjuïc, es ideal y que lo verá en seguida, cuando el barco pase por delante. Nonnita tiene que apretar bien los dientes porque se está emocionando y no quiere que la vean llorar.

Mientras se aleja, las figuras de sus muertecitos se hacen cada vez más diminutas. Las imágenes de la ciudad que abandona se le mezclan con ellos en el interior de los ojos y se le graban a fuego en la memoria.

La interrumpió la voz de Miquela Gambús:

—Te he explicado muchas cosas sobre nosotros. ¿Tú no tienes nada que decir, algo que me pueda interesar?

Antes de responder dudó, pero finalmente le dijo:

—Hablo con los muertos. No con todos, claro, sólo con los de mi barrio. Al menos hasta ahora era así. Pero como dentro de dos días ya no tendrán barrio, tal vez les dé por venir a visitarme.

Miquela Gambús tardó unos segundos en reaccionar. No le pareció que la muchacha hablase en broma ni que fuera una simple.

—Pues que vengan, mujer, que vengan. Cuantos más

seamos, mejor lo pasaremos. Siempre me han preocupado más los vivos.

Desde la cubierta del *Ida*, los tranvías que pasaban por la avenida de Colón se veían pequeños, lentos y cuadraditos: la lejanía simplificaba las líneas. Tenía la sensación de estar oyendo el chirrido de las ruedas sobre las vías. De pronto, por la parte de la Rambla, se oyó una gran explosión seguida de otras más pequeñas. También ruido de disparos, que llegaban difuminados, como petardos. La muchacha volvió a mirar por los binoculares. Vio mucha gente gritando y disparando. Podía ver sus caras crispadas. Un grupo acababa de volcar un tranvía. El más exaltado era un joven con un flequillo rebelde que le caía sobre los ojos. Cuando se cansaba de apartárselo con la mano, lo hacía soplando hacia arriba. Nonnita observó cómo de pronto se detenía en seco y caía hacia atrás. El muchacho acababa de descubrir, demasiado tarde, que ser joven y del Partido Radical no lo hacía inmune a las balas. Quedó tendido en el suelo. Al mismo tiempo, un par de columnas de humo espeso comenzaron a elevarse hacia el cielo de la ciudad.

—¿Qué sucede?, hay explosiones y columnas de humo, han volcado un tranvía, están matando gente...

Miquela Gambús recordó cuando un par de días atrás, en plena madrugada, se había presentado en persona en los escolapios de San Antonio. Para su banquete les alquiló, a precio de oro, toda la ropa negra y morada que tuviesen, incluidos tapices, alfombras y colgaduras. El religioso que les abrió la puerta, extrañado, no comprendía nada. Y ella, insistiendo: «No la necesito ni para veinticuatro horas. Además, total, para lo que les queda...» «¿Qué quiere decir, señora Gambús?», le preguntó el fraile, soñoliento y sorprendido. Y ella: «Nada, nada, cosas mías...» Con la ropa ya cargada en dos carros, le puso el dinero del alquiler en la mano y, con la voz seca y cortante, le dijo: «Mire, a cambio del favor que me acaba de hacer, le daré un consejo: váyase de viaje dos o tres días, dicen que es muy bueno para la salud...» Y él: «¿Quiere decir de vacaciones?» Miquela Gambús lo contempló de pies a cabeza y le dijo: «De vacaciones o de lo que quiera, pero hágame caso.» El fraile se guardó el dinero en el bolsillo, le dio las gracias, recordó que la familia Gambús era una de sus principales benefactoras y se volvió a dormir.

Un pequeño golpe de mar hizo que se agarrara a la barandilla. Soplaba un viento fresco de poniente y el cielo era claro. Sorprendió a Nonnita mirándola. Se había olvidado de ella. Relajó el rostro y le dijo:

—¿Me preguntas por las humaredas y los disparos?

—Sí.

—Sólo puedo decirte que mañana habrá más.

—¿Y cómo lo sabe?

—Una corazonada —respondió con un tono más burlón que siniestro.

El agua apenas se movía, atravesada como blanda mantequilla por la proa cortante del bergantín-goleta.

Miquela Gambús dejaba Barcelona con la conciencia tranquila. Ahora ya se podía ir al infierno con la cara bien alta a encontrarse con su padre. Esperar había valido la pena. Pensó en su hijo muerto, en su nieto que iba a nacer, y esbozó una ligera sonrisa. Parecía más joven...

Señaló hacia la ciudad con indolencia y añadió:

—Habrá un día en que volverás a Barcelona... ¿Y sabes qué, Nonnita?

—¿Qué, doña Miquela?

—Pues que aún estará aquí.

Barcelona, enero de 1998-junio de 2000.